Carlos H. Coimbra

Catimbó Caboclo

(História dos tempos de Lampião
em 10 partes com um prólogo e um epílogo)

exemplar nº 036

curitiba-pr
2024

PROJETO GRÁFICO **FREDE TIZZOT**

ILUSTRAÇÃO DA CAPA **J. BORGES**

REVISÃO **PAULA GRINKO PEZZINI**

ENCADERNAÇÃO **LABORATÓRIO GRÁFICO ARTE E LETRA**

© 2024, EDITORA ARTE & LETRA

C 679
COIMBRA, CARLOS
CATIMBÓ CABLOCO / CARLOS COIMBRA. – CURITIBA : ARTE & LETRA,
2024.

300 P.

ISBN 978-65-87603-67-4

1. FICÇÃO BRASILEIRA.   I. TÍTULO

CDD   869.93

ÍNDICE PARA CATÁLOGO SISTEMÁTICO:
1. FICÇÃO: LITERATURA BRASILEIRA   869.93
CATALOGAÇÃO NA FONTE
BIBLIOTECÁRIA RESPONSÁVEL: ANA LÚCIA MEREGE - CRB-7 4667

ARTE & LETRA EDITORA
Curitiba - PR - Brasil / CEP: 80420-180
(41) 3223-5302 | @arteeletra
www.arteeletra.com.br | contato@arteeletra.com.br

À minha mãe e ao meu pai, dedico
Luz estelar que mantém a vida

imagem da xilogravura original feita por J. Borges para esta edição

Prefácio

UM GRANDE AUTOR PARA UMA HISTÓRIA FORTE
Raimundo Carrero

Carlos H. Coimbra é um destes autores que já nascem prontos, como se costuma dizer na crítica literária. Retornando ao campo do Regionalismo, entra sertão adentro para narrar uma história dos tempos de Lampião, como ele próprio anuncia no pórtico do livro para deixar o leitor à vontade, como se costuma fazer nos folhetos de cordel na tradição da literatura popular brasileira, com as marcas de um Nordeste encantado sem cair no lugar comum, até porque se trata de um autor profundamente inventivo.

Isso mesmo, Carlos vai ao interior do Brasil, onde encontraremos personagens sofisticados, talvez mais, sofisticadíssimos, em meio à aridez do lugar como se verá logo do princípio do romance, de modo a solidificar um mundo novo, com um talento imenso para a visibilidade. Sem equívoco, as imagens são claras e objetivas, saltando aos nossos olhos como se estivessem num filme a cores, expondo-se e exibindo-se.

Daí em diante a história se instala com o leitor exigindo mais e lhe sendo oferecido, sobretudo através destes personagens que, como já destaquei em algum lugar, são cada vez mais exóticos. Por isso, as cenas iniciais chegam com um força impressionantes e seduzem o leitor.

Como tenho destacado em meus estudos, sendo esta uma das características fundamentais do escritor de ficção.

A meu ver, vem daí a razão pela qual Machado de Assis, o nosso mestre maior, é chamado de Bruxo, o Bruxo Cosme Velho. Chamo a atenção para o romance Dom Casmurro. Quando o narrador usa dois capítulos para convencer o leitor de que seu nome é Dom Casmurro, mas no terceiro capítulo é eloquente: "Ia entrar em casa quando ouvi falar meu nome: Dona Glória, a senhora insiste em colocar Bentinho no seminário?" – Vejam que mágica espetacular, a mudança é radical mas sutil, Dom Casmurro transforma-se em Bentinho e o leitor nem percebe. Foi seduzido mas não enganado, até porque a diferença é grande.

Embora não use o mesmo exemplo, até porque seria imitação, Carlos, na figura do narrador, usa elementos bem próximos no episódio do licor já nas primeiras páginas do livro, surpreendendo e seduzindo o leitor, mais do que os personagens, envolvidos numa situação de pura beleza literária, que, como já destaquei, é um dos mistérios da ficção, algo bem próximo da farsa, da boa farsa, retomando assim ao folheto de cordel.

Nas páginas seguintes veremos que o truque se revela, sem dúvidas, nas frases elegantes e bem construídas, às vezes cômicas, a exemplo de: "Dona Matilde, apesar da fama de esposa ideal, tem também certa fama de encrenqueira". Com um toque de psicologia da personagem. O que também é uma demonstração da maturidade do autor, como aliás destaquei no título deste prefácio.

Por tudo que digo aqui, convido o leitor para percorrer estas páginas, que é um convite para a beleza e o agradável, que são, assim, características deste autor que já nasce grande para uma história tão forte. Vamos lá.

Recife, 26.01.2024

Prólogo

Fumaceira nublada de macios odores agrestes e dois amigos experimentando polpudos charutos cubanos. Lá fora, um dia de sol menos escaldante com fim de tarde de céu colorido e especialmente violáceo. Dentro da sala de estar, fumo a anuviar os olhos. "Partagas Cifuentes Blend", lê-se na linda caixa vermelha, de arestas douradas com detalhes em azul. O fecho metálico é travado; a caixa, guardada numa cristaleira: charutos muito bem acesos. Ernesto Tavares e Sepúlveda Maroni com seus smokings seminovos a baforar borbotões de fumaça que dominam os quatro cantos da sala. Na mesinha, um recém-aberto Macallan Valerio Adami 60 anos, uísque *single malt* do nordeste escocês.

– Está em guarda há quase uma década – comenta Ernesto, enxugando o canto da boca. – Aqui no cofre da fazenda não tem dinheiro, não. Só relíquia! Um dia te mostro. Quer gelo, água?

– Sem gelo – responde Sepúlveda direto e sem cerimônias.

Enquanto bebem, amenidades borbotam de suas bocas alcoolizadas. Doutor Sepúlveda, juiz da comarca de Caruaru, traz um pacote embrulhado em fino papel de presente, com fitinhas e cartão.

– Parabéns, Ernesto. Por ti e por tua filha. Trouxemos um jogo de prataria importado da França, para que a noiva tenha talheres à altura da nova família. Longa vida!

– Longa vida, doutor Sepúlveda!

– E longa vida a tuas outras conquistas, que merecem igual comemoração. E, por isso, trouxe aqui pequena lembrança, bebida para outra ocasião. Não é um Macallan, mas te juro que é igualmente divino.

Ernesto desembala o presente. É uma garrafa do raro licor de rosa e violeta das freiras do Bom Pastor de Garanhuns.

– Eita! Que surpresa danada, seu menino! Por que não me disseste antes? Que a gente abria e tomava. Nem aquele Château d'Yquem que está na minha adega, doce que só mel de uruçu, é tão bom quanto isso aqui, doutor! Agradecido. Oxe, rapaz, isso aqui, olhe, pense… néctar dos deuses!

– Nem se amofine, Ernesto. A ocasião pede o Macallan. Nessas horas não há que ser piran_gueiro.

– Mas doutor, também merecemos esse preciosíssimo licor das freiras! Beberemos os dois! Será nossa bebida de sobremesa, para mais tarde.

– Pode ser, aceito.

– Afora isso, já bebeste essa edição do Macallan?

– Macallan 1926... não.

– Adivinhas onde comprei?

– Nova Iorque?

– Meu caro – disse Ernesto, após uma breve risada e gestos exagerados de negação – para surpresa de todos, isso foi comprado no Recife anos atrás de um lote de bebidas desviadas dos States! Já imaginou? E não é falso!

– Olha, que surpresa! Fruto da Lei Seca? Imagino que sim. Aposto que compraste em alguma loja à altura de uma Fênix. Lá em Recife há umas senhoras *épiceries*! Não há nem o que contestar.

– Falei com muita gente antes de me aventurar na compra, para tentar garantir a autenticidade do produto. O mimo foi importado diretamente da Escócia, o navio foi embargado em Nova Iorque, e umas garrafas foram desviadas para um navio recifense. Quando me falaram em puro malte escocês em terras pernambucanas, pronto!, pensei que fosse um "colar, colou"... mas não, oxente! Legítimo, legítimo!

– Essas garrafas na Lei Seca passaram por cada aventura... impressionante!

Muito antes desse encontro de fim de tarde, Ernesto já andava por aí, cumprimentando os primeiros convidados. Aos poucos as pessoas chegaram, deixaram seus chapéus na recepção, as crianças preferindo manter suas boinas. A mescla de perfumes caros e os burburinhos entrecortados por risos indicava a clara presença de certa *crème de la crème* da alta sociedade interiorana – políticos, empresários, celebridades e suas esposas. A festa parece agradar a gregos e a troianos, a guelfos e a gibelinos, aos Alencar e aos Sampaio, aos Ferraz e aos Novaes. Estão todos ali, dando trégua a suas guerras diárias, em nome da amizade do tão querido personagem: o coronel Ernesto, pérola humana da cidade de Confeitaria.

– Letícia, quero comemorar na praia, em nossa casinha de veraneio em Boa Viagem. Abrir champanhe, chamar amigos...

– Eita! Faz tanto tempo que não te vejo assim... que animação é essa? Quando foi a última vez que comentaste de ir à praia? Nem lembro! Sempre dizes que a viagem é longa e o mar entediante. Mas se queres...

Hoje, a filha se casando, a festa mais esperada do Sertão, centenas de convidados, os mais ricos e os mais *chics* do interior e também da capital. Gente do Rio e do Paraná também apareceu.

– Chegou doutor Sepúlveda! – exclama dona Letícia ao marido, dando-lhe leve beliscão.

Hoje, no casamento da filha, o casal estava ciceroneando prefeitos, deputados e, naturalmente, doutor Sepúlveda, o mais paparicado ser do Nordeste, quiçá do Brasil. Chegaram ele e a esposa, a chiquérrima dona Laura, loura, olhos azuis, sensual, filha da mais rica elite de Pernambuco. Assim que apareceram, transformaram-se no centro das atenções. Os demais convidados, sorrisos abertos – desmedidamente mostravam todos os seus dentes –, aplaudiam com alegria, fanatizavam ao máximo o momento. Doutor Sepúlveda e a esposa cumprimentaram discretamente os cicerones. Um círculo de gente querendo paparicar, falar, se amostrar, se apresentar.

Depois de quase quinze minutos entravados em beijinhos e apertos de mão, finalmente o casal disputado se embrenhava com um pouco mais de liberdade pelo salão da casa grande. Dona Laura então ficou às falas com dona Letícia, bebericando champanhe, comendo canapés. Coronel Ernesto chamou doutor Sepúlveda para um canto. Tinha orgulho daquela amizade e estava profundamente feliz:

– A festa é o casamento da minha filha, mas, caro doutor, parece tua. Que cabra mais paparicado! Temos muito a comemorar! Venha!

Entraram numa sala de estar mais reservada, inacessível aos demais convivas. Doutor Sepúlveda deu aquela olhadela afiada, percorrendo o cômodo em busca de algum livro que lhe chamasse a atenção, de alguma poeirinha que depois pudesse usar como tema de conversa sobre "o escritório empoeirado do coronel". Enquanto isso, Ernesto retirava de uma gavetinha um corta-charutos e procurava aquela caixa de Partagas Cifuentes que havia deixado em algum canto de sua linda cristaleira em *art noveau*, de pés curvos e vidraça belga. Abriu-se o cofre da casa grande e veio a garrafa de uísque. Dos gestos, dos sorrisos e do afago via-se claramente que os dois, de fato – a não ser que fossem excelentes atores –, deviam ser grandes amigos.

– Parabéns, Ernesto. Longa vida a tua família! Concordo, no fim de noite que venha o licor das freiras e o bolo de noiva.

Parte I
Sertão verde de brejo abundante

1 – A Feira de Caruaru

"Maxixe, quiabo, tomate e coentro!", grita o matuto do dente de ouro. Carrancudos bonecos de Vitalino, materializados diretamente do Alto do Moura, testemunham, mudos, tudo – muito embora guardem só para si os causos mais cabeludos. No rebuliço generalizado, uns vendem, outros compram e há os que nada fazem, em suas solitudes de papudinhos ensimesmados e incensados do forte buquê de cachaças brabas. Há também os que bebem em rodas animadas e contam os seus próprios causos, verdadeiros ou inventados, do dia anterior ou de dias inexistentes, de personagens amplamente invejados. Os tamboretes se aglomeram e o anedotário real ou imaginário é entrecortado por agudas risadas encatarradas, que se misturam ao burburinho farfalhante de feira, ao grito do vendedor aqui, aos carroceiros vociferando acolá – tudo entrecortado pela voz harmoniosa de pífanos artesanais, acompanhados dos cantares de artistas sonhadores, reis do xaxado de si mesmos, astros da RCA de mentirinha. "Massa de mandioca, batata doce, queijo, mel de uruçu, galinha, carneiro e porco. Olha o balaio, a rede, a baleeira!" O mesmo que um dia escreverá Onildo Almeida, poesia a ser cantada pelo futuro rei do baião sobre esse evento nostálgico e simbólico: a Feira de Caruaru.

Embiocadas no memorável festival de cores e cheiros, três amigas trintonas percorrem os corredores labirínticos da feira, reparando nos doces japoneses escurecidos, água na boca tal o perfume das vistosas cocadas brancas, enojadas, mas nem tanto, com a sensual catinga das jacas abertas. Riem-se à vontade dos rótulos de aguardentes indecentes ou das piscadelas dos rapazes que vendem seus produtos nas apertadas barracas. Há a faladora Laura, a curiosa Jucélia e a tímida Inês, a mais nova do grupo dessas três alegres comadres de Windsor do Agreste. Enquanto jogam conversa fora, todas as três ajeitam os cabelos permanentes à Elizabeth Arden. Não há dúvida e vê-se bem: sorrisos e gargalhadas demonstram o quanto apreciam tal vuco-vuco sem-vergonha dos atores da barulhenta peça teatral caruaruense.

– Gente pra cá e pra lá, quanta gente! – exclama Laura, na lenta caminhada dentro do flamejante coração do evento. – Faz meses que não venho a esta feira! Chegue, Jucélia! Como está teu pai, seu Tião Gaspar? Ele vem sempre a Caruaru? – continua Laura, dirigindo-se em particular a Jucélia, filha do dito cujo.

– Oxe, vem a Caruaru praticamente toda semana. Caruaru é a alma do negócio dele. Depois que começou esse ritual de vir aqui, a lojinha de Confeitaria se transformou, começou a crescer – responde Jucélia. – Aqui ele vende, compra peças para a loja de Confeitaria, revende, vai angariando dinheiro para a reforma não só da loja daqui de Caruaru, mas também a do Recife, que está de vento em popa. Às vezes até fica mais na lojinha daqui que na de Confeitaria, vida agitada.

– Eita, Inês! Somos amigas da filha de Sebastião Gaspar e Souza. Ela parece que nem sabe, mas o pai tá é construindo um império. Império dos tecidos, da cama, mesa e banho. Tem até a musiquinha, lembra? "Vem pra feira do Tião, oxente, vem pra feira comprar…" Jucélia, então tu confirma que ele quer abrir loja em Recife. Aí sim, menina! Dizem que a ideia é do teu irmão Tião Filho… agora é que decola de vez!

– Não é ideia só de Tiãozinho, não; mas dele e de meus irmãos, com palpites especiais de *moi* – diz Jucélia, apontando o dedo para o próprio peito, ares de orgulho. – Meus irmãos são uns trelosos! No fundo querem mesmo é morar na praia. Digo não de imaginar, mas de ouvir a própria Manu, minha cunhada, dizendo que Robertinho quer aplicar dinheiro no setor hoteleiro do Recife, investir na construção de prédios em Boa Viagem, transformar o lugar – completou, entre risos e abanações de seu leque originalmente espanhol, última moda. E conclui: – Oxe, eles estão é corretíssimos: ali naquela praia só tem casinha sem graça. Constroem-se logo uns prédios e fica tudo *chic*. Prédios grandes! Nova Iorque à beira-mar!

No meio do caminho, alguém, por trás, achega-se no cangote de Jucélia e assopra forte. É a marota dona Joana, querendo fazer surpresa à filha.

– Virgem Maria! Eita, mainha! Quer me matar de susto? – exclama Jucélia, botando a mão no peito, tentando esconder um riso nervoso.

– Oxente que tenho uma filha assustada por demais! Menina, olha só quem está em Caruaru! Que surpresa, querida Laura! E tu também, Inês, bom revê-las. O que fazem por aqui?

Inês faz um aceno de cortesia sorridente. Já Laura, assanhada que só ela, inicia o papo imediatamente:

– Bom dia, dona Joana, que bom que chegou! Estávamos comentando que Tião Gaspar e Tião Filho estão é botando as Casas Sebastião Gaspar na berlinda. Oxe, daqui a pouco é um império de verdade. A loja de Caruaru é simplesmente enorme e linda, parabéns! Eita que dona Joana está é perfumada! Que perfume é esse? É o novo da Hermany?

– Agradecida, querida! Adoro aquele da Hermany! Mas este que estou usando é o novo da Bazin.

– Cheirosa e formosa como está, cuidado que é capaz de vir de repente algum vendedor para cheirar teu cangote. Oxe, estou brincando, não!

– Meu Deus, Laura, que trelosa, fale assim não – diz Inês, beliscando a amiga. Já dona Joana, ri-se gostosamente, mas logo desvia do assunto:

– Menina, as lojas de Tião, nem me fale nisso! Nossa Senhora é testemunha. Meu marido não para mais em casa, trabalha feito um cafuçu; acorda cedo, dorme tarde... pra tu ver, Laura, querida, só em Confeitaria já tem duas lojas. Duas lojas! Ele acorda às cinco da matina, volta pra casa às sete da noite e depois da ceia fica até meia-noite bulindo no livro caixa da firma. Onde já se viu? Até Verinha, a mais nova, está ajudando no serviço da loja. Ela agora é contadora e fica com o pai no escritório explicando os ganhos e perdas... vive no livro caixa, no livro razão, no livro diário, é tanto livro! Já visse a letra da menina? É uma perfeição! Até já substituiu Francisco na contabilidade. Não é não, Jucélia?

– Eita que Verinha é mesmo danada! – comenta Laura.

Jucélia confirma tudo com a cabeça. Ao ouvir o nome de Francisco, seu afilhado, Inês, que até o momento estivera calada, pergunta:

– Dona Joana, me dê notícias de Francisco! Faz tempo que não vejo meu afilhado. Essa minha vida de Recife me afastou de todos... vixe que ele está é homem feito. Meu Deus, como o tempo passa! Já tem mais de ano que não o vejo. Quando casa com Mariquinha? Da última vez que estive em Confeitaria, ano passado, os dois já estavam compromissados. Lindo de ver o casal. Mariquinha é prendada que só, né? Costura como uma Chanel! E sabe até fazer bolo de rolo!

– Ah, minha querida! Também, né? Mariquinha, tu bem sabe, é filha do mais respeitado médico de nosso estado. Ali é a educação em pessoa! Braba às vezes, um doce quase sempre.

Jucélia é puro silêncio, morde-se com a conversa sobre a futura cunhada, por quem não tem tanto apreço. Já Laura conhece Mariquinha muito bem, dos jantares da sociedade caruaruense. Como não se admirar com a filha do famoso doutor Zago? Não perde a oportunidade, faz questão de comentar:

– Eita que Chiquinho não resistiu aos encantos da filha dos gaúchos... a "guria" é mesmo linda e educadíssima. Já a ouvi tocando canções francesas ao piano. Parabéns, dona Joana, tua família merece unir laços com os Zago. Confeitaria é uma cidade muito sortuda! Como é que doutor Luiz Zago foi parar ali? Ei, Jucélia, não faça essa cara! Teu irmão escolheu bem. Nem sei por que não gostas de Mariquinha. Sempre ficas enfadada quando falamos dela. Deixe de muxoxo, menina!

Inês não contém um sorriso furtivo, disfarçado discretamente com as pontas dos dedos, enquanto Laura é pura muganga e deboche, gargalhada à vontade. Tem intimidades suficientes com a amiga Jucélia para mangar da pobre. Jucélia responde com um impropério inaudível e mostra uma figa às amigas.

– Não perdem por esperar!

"Olha o doce japonês!", grita o vendedor. Dona Joana se junta à andança e vai observando os itens expostos nas barraquinhas.

– Como são lindas essas bonecas de pano... – comenta.

– E esses bonequinhos de barro do mestre Vitalino? Olha só: é cavalo-marinho, é bumba-meu-boi... ali, olhem ali! Aquele rapaz é o mestre Vitalino em pessoa. Meninas! – exclama Laura, sinceramente admirada.

Jucélia, ainda enfezada com a mangação da companheira, resmunga, sem cerimônia, a seguinte contrafeita:

– Eu acho é meio pobre e feio. Está mais para carranca. Virgem! Olha só esse aqui, como é feio: parece um monstro, um bicho de macumba braba. E esse tal mestre Vitalino? Oxe, quem é ele? Nunca ouvi falar. E reparem! Parece mais é um esmolé!

Laura, rindo-se, comenta:

– Eita! Essa já se comporta como a riquinha do pedaço. Mas que malvada! Oxe, menina, mestre Vitalino está vendendo esses bonequinhos como água para a gente lá do Sul. Em São Paulo e no Rio, ele já começa a ganhar fama, não sabia? – explica com orgulho, segurando um bumba-meu-boi colorido, branco, vermelho, azul, detalhes em amarelo – laços, correias e cincerro – boi da cara preta, chifres gigantescos.

– Eu que sou a riquinha? Inês, me ajude, olha só quem fala: logo ela, Laura Cavalcanti de Lima Maroni, filha dos donos do império Confeito, reis do doce de goiaba e do bolo de rolo. Agora casada com o juiz mais influente do Nordeste! Sim, e depois que aprendeu a receita do bolo de rolo é que ficou intragável mesmo. Não é não, mainha?

Ninguém responde, mas caem na gargalhada ao mesmo tempo. Dona Joana, fingindo uma seriedade que não há, apenas comenta:

– Não mangue de Laura, não, Jucélia. Lembra o que tu disse uma vez sobre o bolo de rolo dela? Lembra? Oxe, você veio com um "aquele bolo de rolo!" Não foi assim que tu comentasse não faz nem dois dias? – e depois de um curto intervalo: – Agora, Jucélia... sério, agora, minha filha. Pois olhe bem: não mangue da gente simples, não. O trabalho do rapaz é feio de lascar, mas não mangue, não. Lembre-se de que a loja de teu pai tem também o objetivo de atingir a gente bem simples que não é sofisticada. Vendemos com um precinho bom para que a mulher pobre compre tecido e costure em casa uma roupa nova por semana, para que se sinta bem.

E, após um átimo de silêncio tumular, dona Joana muda de assunto e pergunta:

– Ah, Laura, antes que me esqueça, por onde anda teu marido, o nosso grande paranaense, o homem do momento?

– Ai, ai, dona Joana, nem me fale! Se não está no tribunal, ou está em casa, na sala de trabalho, ou tomando uísque com a nata de Caruaru.

– Esse, sim, é homem requisitado. Tião tem é orgulho de ser amigo de homem tão sério.

– Oxe, dona Joana. Sepúlveda pode ser tudo, mas sério ele não é, não. Sezinho é treloso que só.

– Pode até ser treloso, mas que é importante que só... é, sim! Oxe, é um cavalo do cão! – ajuntou Jucélia com intimidade.

– Já faço coleção de recortes de jornal. Sempre há umas notícias dele. Jornalistas de Recife vivem por aqui buscando opinião sobre algum nó jurídico. Gente do Jornal da Tarde, Commercio e Diário de Pernambuco. Vivem lá em casa! Até o próprio Assis Chateaubriand já apareceu para tomar um trago com Sezinho.

As três continuam a alegre andança pelo meio da feira. Meia hora depois, sob um esbaforido sol das onze, surge seu Tião Gaspar por entre as barracas minimalistas de bugigangas coloridas, vindo não se sabe de onde, carregando uns jornais debaixo do braço. Num deles, de São Paulo, há a manchete saliente "IMPORTANTE DISCURSO DO SR. HITLER PERANTE O REICHSTAG, MEDIDAS CONTRA O BOLCHEVISMO E OS JUDEUS". Exibe barba feita, bigode impecável, paletó sob medida, gravata italiana de nó Windsor apertadíssimo quase a enforcar o homem. Vale dizer que o chapéu, da mesma cor do paletó, fora forjado meticulosamente pelo alfaiate dos Gaspar em Confeitaria sob os cuidados auspiciosos de dona Joana, grande conhecedora dos cortes em voga tanto na rua Nova quanto, sobretudo, nas ruas de Paris.

– Oxe, esse chapéu foi feito em Confeitaria, mas aposto com você que qualquer um não faria distinção alguma entre ele e um chapéu original comprado na Galeria Lafayette de Paris – comenta dona Joana enquanto seu Tião se aproxima.

– Eita, dona Joana e suas chiquérrimas promenades pelos Champs-Élysées, Le Bon Marché ou Galeries Lafayette. Oxe, um passarinho me contou, dona Joana. A senhora é tão chique que dá agonia, ave! – responde Laura, sussurrando.

Seu Tião se dirige tranquilamente ao local de encontro, na exata hora marcada, assobiando, jocoso, um de seus *ragtimes* preferidos: o *Maple Leaf Rag*. Acerca-se do grupo e pressiona levemente o lenço ao redor do rosto e da testa, desfazendo-se das incômodas gotas de suor. Depois, cumprimenta as alegres comadres:

– Cheguei, enfim! Essa cachorrada na rua me atrasou. Olhem ali! Latem para qualquer um que passa. É um esparro arretado! Pois bem... tudo resolvido, agora é voltar para Confeitaria e ficar de olho nesses gerentes que deixei aqui na nossa loja de Caruaru, que, valha-me Santa Águeda, vende tecido como se fosse banana! E tecido do melhor! Sucesso total. Enfim. Bom revê-las, minhas caras dona Laura e dona Inês. Ah, sim! Dona Laura, acabei de rever teu esposo, doutor Sepúlveda; tomávamos um cafezinho na confeitaria ao lado do fórum. E, enfim, dona Inês, como está o Recife? Joana me cobra toda semana viagem. Já tem saudades da rua Nova. Não deixe de mandar minhas mais ternas lembranças a teu esposo, tão honroso amigo, doutor Joaquim Távora. Há tempos que não o vejo...

– Obrigada, senhor Sebastião – responde Inês, secundada por Laura:

– O senhor veio caminhando da loja até aqui ali por aquele bairro cheio da canalha? Olhe que conheço bem Caruaru e acho que o senhor veio pelo lugar mais perigoso da cidade: gente mal educada e sem estilo, dançadores de samba e xaxado, uma canalha desconfiável.

– Não, não, dona Laura. Nem se preocupe. Sei que são uns desocupados fanfarrões, vocacionados ao banditismo. Mas sei por onde andar. Depois de muito viver, perdi o medo dessas coisas. Se tem algo que aprendi depois dos 40 é que, antes dos 40, a gente tem uns medos ilusórios e pensa que já sabe tudo.

E, depois de um átimo, suspira de cansaço, para então perguntar a dona Joana e a Jucélia:

– E então, queridas, voltamos a Confeitaria? A maxambomba parte dentro de uma hora, tempo para as despedidas e um percurso calmo até o hotel, pegar a bagagem e depois para a estação, sem passar por bandido ou canalha. Pela avenida central de charrete, que tal?

Diante das despedidas, Dona Laura intervém e insiste:

– Oxente, senhor Sebastião. Por que não fica mais um pouco? Poderiam almoçar conosco. Hoje Benedita fez aquele bodinho que só ela sabe fazer. Mais saladinha, feijão de corda e uma farofinha com charque que olhe! Ou então não me roube Jucélia. Quem sabe ela não fique mais um pouco? Sim, sei que o senhor não gosta disso, ela ficar sem o marido. Mas deixe que cuido bem dela. Avise a doutor Laurindo que fim de semana ela já volta. Que tal? Não é bom, não, Jucélia? Ainda nem acabamos um por cento dos mexericos que sabemos sobre o povo de Confeitaria!

Seu Tião sorri amistosamente e responde:

– Ah, seria um prazer de nossa parte. Muito agradecido, dona Laura. Agradeça também a doutor Sepúlveda por mim. Mas é que hoje é quinta e, não tem jeito, tenho que cuidar da loja de Confeitaria na sexta e no sábado. Quanto a Jucélia, ela escolhe, já tem idade – diz isso gracejando, mas no fundo se contorcendo para que a filha volte com ele e não fique sozinha por aí sem a presença do marido, pois, afinal, o que diriam lá em Confeitaria?

– Inês, diga alguma coisa em nosso favor – acena Laura, bem humorada, à amiga, que almoçará logo mais com ela e doutor Sepúlveda.

Inês, quase sempre muda, atende ao pedido e abre a boca para engrossar o convite de Laura:

– Fique, senhor Sebastião. Joana e Jucélia são sempre boa prosa... se não for possível mesmo, deixem Jucélia ficar. Ligaremos logo mais para doutor Laurindo, pedindo permissão, não se preocupem. Eu mais Quinzinho ficaremos por aqui até domingo...

– Mil perdões, dona Inês, compreendemos as vossas boas intenções. No entanto, como sei que doutor Laurindo não conseguirá vir até domingo, e como vocês daqui já retornam a Recife, fica difícil concordar com a estadia de Jucélia em Caruaru. E voltar sozinha é impensável. A volta de trem a Confeitaria é cheia de canalha sem vergonha, não é seguro, vocês bem sabem... – responde prontamente seu Tião.

– Mas o tempo parece que está ficando feio, chuva vem vindo. Não é melhor ficar? – insiste um pouco mais dona Inês, para ajudar o coro da amiga Laura.

Seu Tião apenas responde com um misto de decoro e bom humor:

– Chuva nessa época? Chove não, nem se preocupem! Quiçá voltemos nós três e mais Verinha na próxima semana, dessa vez mais perto do fim de semana. E então será um prazer almoçar com vocês e prosear com os compadres. A viagem é tranquila, bem sabem. Não é a chapoletada que é ir a Recife. Voltaremos logo.

Para que não sobrasse mal entendido algum, dona Joana resolve reforçar as palavras do esposo Tião:

– Laura e Inês, desculpem mesmo. Eu sei como é apertado o serviço na loja de Confeitaria. Nosso mais sincero desejo é continuar por aqui, almoçar, prosear com vossas mercês. Mas deixe estar, em breve voltaremos a Caruaru para conversar com mais calma. É pertinho, vocês sabem disso.

– Desculpe-nos, querida Inês. Agradecemos imensamente a gentileza e a boa ideia. Mas realmente não gosto de voltar sozinha de trem até Confeitaria. Dificilmente Laurindo viria me buscar. Deixemos para a próxima... – manifesta-se finalmente Jucélia, meio sem graça.

– Pois que seja e sem falta, viu? – responde Laura com um sorriso meio encabulado.

– Deixemos para a próxima. E venham nos visitar em Confeitaria. Será um prazer recebê-las! – completa dona Joana.

Dona Inês agradece o convite, mas diz que demoraria a ir a Confeitaria. Já Laura informa a ida à cidadezinha dentro de duas semanas para visitar seus pais.

– Daqui a duas semanas está ótimo, querida! – concorda uma sorridente dona Joana. – Domingo para o chá da tarde?

– Combinadíssimo! Levarei um bolo de rolo! – responde Laura.

Assim que dona Joana, Jucélia e seu Tião se retiram, Laura e Inês continuam suas prosas sem fim: as palavrinhas que se guardam quando se mora longe, das visitas entrecortadas por longos intervalos. Saem da feira e entram numa ruazinha repleta de juremas em flor. Atualizam as novidades sobre seus respectivos vizinhos, o disse-me-disse sobre quem se enamora de quem, sobre quem sai com quem e sobre quem trai quem. E, naquele mesmo momento, no Alto do Moura, um vozeirão sonoro entoa aos quatro cantos um carretel de ditos que mais parece mandinga:

– Quem pariu Mateus que o embale, quem pariu Mateus que balance, quem não pariu que descanse, ajoelhou tem que rezar, quando a água bate na bunda ou você nada ou afunda, nunca comeu caramelo agora que comeu se lambuza, quem com pouco não se contenta, com muito acaba por se afogar, quem não pode com mandinga não carrega patuá.

– Se desvencilhe, disso, menino! – reclama a mãe do gritador enquanto estende as roupas no varal.

2 – Bolo de rolo

Confeitaria à noite é cidade em que o povo se senta à frente de suas casas ou, senão, dos mais jovens nos bancos das praças a conversar sobre tudo e todos. Muitos até altas horas, mormente quando é fim de semana. Há um variado cardápio de bate-papos e infindáveis conversas vazias que não chegam a lugar nenhum:

– Oxe, tá cheio de bronca meu irmão. É isso aí mesmo, oxente. É bronca braba, oxe.

Ou o jogo de palavras entre o romântico e o sensual dos metidos a garanhão a conquistarem jovenzinhas ou solteiras mais velhas – lindas, mas que o povo diz que já estão ficando "pra titia". Há as conversas com aspecto intelectual, mas sem profundidade; e as conversas aparentemente simples, mas profundas. Ou ainda verdadeiros ensaios acadêmicos sobre a culinária nordestina: o pastel de nata pernambucano veio do pastel de belém lisboeta, o escondidinho recheado com charque veio da *shepherd pie* britânica?

– Que pinote minguado é esse, rapaz! Aí já complica a história dos alimentos! *Shepherd pie* é de batata, escondidinho é de macaxeira. O recheio da *shepherd pie* é uma mistureba só: legumes, carnes e sei lá mais o quê. E o escondidinho de charque só tem charque e cebola ou, no máximo, charque, cebola e alho. É discutir o sexo dos anjos, meu camarada!

Algumas mulheres, sentadas em círculo em frente à mansão do dono da fábrica Confeito conversam sobre receitas, especialmente sobre a receita do famoso bolo de rolo.

– Laura, tu não sabe, mas a cidade tem esse nome por causa do bolo, menina!

– Que mentira, Nonoca, não sei de onde tu tira isso.

– Eita, e como tu tá?

– Agora tô bem, menina. Tive uns pensamentos ruins ontem. E tava com uma dor de cabeça desgramada.

– Oxe, nunca acredite em teus pensamentos quando tu tiver triste, ou cansada, ou com dor de cabeça.

Laura, que mora em Caruaru, hoje está visitando os pais. Ela conta às amigas Jucélia e Nonoca o que ouvira a mãe contar desde criança: que o bolo de rolo nascera de fato em Confeitaria, uma adaptação do bolo enrolado de avelã português. Aquele mistério que ninguém saberá a história verdadeira:

– Mas quem experimentou os dois pra contrastar os gostos, gente que foi a Portugal e comeu de tudo, diz que o bolo de rolo, esse nosso pernambucano recheado com goiabada, é muito mais gostoso que o português.

Laura ainda insiste que o bolo de rolo fora inventado pela tradicional família Marchant, seus primos por parte de mãe. As três, cabelos permanentes cheios de laquê, sorriem. Nonoca prestando atenção meio quieta, Jucélia a mangar e interromper Laura a todo instante.

– Oxe, Jucélia. Deixe Laura contar de uma vez como é que ela faz o bolo. Já que a receita da família dela é a original, eu quero ouvir!

– Ave Maria, Nonoca. Já vai ser a milésima vez que tu vai ouvir isso. Pegue um papel e anote de uma vez, menina! – responde Jucélia entre risos.

– Deixe de ser gaiata, vamos ouvir Laura e pare de atrapalhar!

Laura, sorrindo que só, então descreve a receita:

– Farinha de trigo, manteiga, leite, gemas, açúcar refinado, doce de goiaba da Confeito e um segredinho apócrifo, não contem por aí: vinho madeira. Bata o açúcar com a manteiga e vá botando as gemas aos poucos, uma a uma, e depois a farinha de trigo. Unte as assadeiras com manteiga. A quantidade de assadeiras será a quantidade de camadas. Faça quantas quiser, mas seis é um bom número. Depois de bater bem a massa, coloque na assadeira e leve ao forno. Derreta o doce de goiaba, coloque um pouco do vinho madeira e, assim que a massa estiver pronta, coloque-a sobre um guardanapo aberto de pano e espalhe sobre a massa um tanto de doce. Nem muito nem pouco. Enrole rapidinho a massa sobre o doce como um rolo. Faça o mesmo com as outras massas, assim que estiverem prontas. Mas agora, após deitar o doce, coloque o rolo prévio sobre a nova massa e enrole depressa.

– Eita coisa trabalhosa! Não é receita pra mim, mas gosto de ouvir de tua boca – comenta Nonoca.

– Mas é gostoso que só, né, não? Reconheça, Nonoca – diz Jucélia ironicamente.

– Jucélia, tu sabe a receita usada por tua cunhada Mariquinha? Nunca experimentei, dizem que o bolo dela é divino. Tu sabe? – pergunta Laura com curiosidade.

– Ah, não! O bolo é bom mesmo. Mas nunca vou perguntar isso a Mariquinha, não.

– Deixe de coisa, Jucélia! Que birra é essa com a própria cunhada? Vá lá na casa do teu irmão, converse com ela, tente descobrir como ela faz, menina!

– Oxe, tá brincando? Vou não, Laura. Nem que a vaca tussa!

Na realidade, Jucélia diz isso só da boca para fora. Ela queria mesmo era ter coragem de perguntar à cunhada sobre isso há muito tempo. No dia seguinte, Jucélia vai bem quietinha à casa do irmão Francisquinho, ver ao vivo como se faz bolo de rolo – o que tanto no Recife quanto no interior chamavam de "bolo dos deuses". Isso porque queria contrastar aquela receita de Laura com a de Mariquinha.

Que fique claro neste ponto: Mariquinha e Francisquinho já tinham se casado num daqueles sábados do mês de maio, festa solene e comentada por semanas por toda Confeitaria. Mariquinha, que recebera de manhã o aviso da vinda da cunhada, no final da tarde já estava pronta, com todos os ingredientes separados. Ela recepciona a visita e leva Jucélia pelo braço até a cozinha. Mariquinha, a bem da verdade, não gosta de fazer comida; mas, todas as vezes que se aventurou a botar a mão na massa, não decepcionou.

– Como é que tu aprendeu a fazer o bolo? – pergunta Jucélia.

Mariquinha então conta sua história e aventuras com o quitute. Diz que aprendeu por um acaso, conversando aqui e acolá com pessoas, principalmente Laura e o pessoal da família Marchant, os tais alegados inventores do bolo. Viu a própria Clara Marchant, a matriarca da família, fazendo o tal do bolo. Depois teve que prometer guardar segredo, mas foi treinando e virou a boleira oficial da família Zago.

– Bolo dos deuses – repete Mariquinha à cunhada. – Há muitos segredos – diz, apontando para os ingredientes sobre o balcão. – Tem que ter farinha finíssima, açúcar refinado em engenhos confiáveis. Eu mesma compro de um amigo de meu pai, dono de engenho para os lados de Moreno. Nunca vi açúcar mais puro, fino e branco. Ele me vende a um precinho pechincheiro, de vez em quando até me manda um farnéis extras, umas uvinhas, uns docinhos, uns olhos de sogra que a mulher dele faz. E eu às vezes mando uns bolos para eles.

Antes de começar a aula prática de bolo de rolo, Mariquinha ainda conta a Jucélia aquela história que todo mundo já sabia. Jucélia faz cara que finge não conhecer o tal conto: bolo adaptado da culinária portuguesa, feito de creme de nozes ou avelã:

– Provavelmente inventado por alguma freira cartuxa da cidade do Porto ou do Alentejo. Aquelas freiras da antiguidade que usavam a clara de ovo para engomar seus hábitos e não sabiam o que fazer com as gemas, sabe? E daí tiveram que inventar receitas, quindins, pasteis e confeitarias diversas.

Em seguida, Mariquinha começa o processo, de avental, toda empertigada e compenetrada, e vai ensinando e dizendo que a massa tem que ser fina, "mas bem fina mesmo!", que tem que ser assim e assado:

– E também açucarada nas superfícies – diz, mostrando como passar o açúcar corretamente.

Jucélia vê ao vivo muito do que ouvira de Laura no dia anterior. Mariquinha conhece inclusive o tal segredo do vinho madeira, mas não o usa: prefere que o doce seja puro. E, no fim, as duas se divertem juntas, imbricando massa sobre massa no formato de rolo. Com o bolo pronto e suficientemente frio, já estão a comê-lo, um café longo para acompanhar.

– Dos deuses, menina! – diz Jucélia, sinceramente impressionada com o talento de Mariquinha. Já havia comido algumas vezes o bolo da cunhada, mas parece que acompanhar o processo de produção da iguaria dava ao bolo um sabor especial, um algo a mais. E, daquela experiência gastronômica, Jucélia tem a impressão de que, se Mariquinha investisse na ideia, aquele bolo poderia ganhar o Recife muito em breve e fazer sucesso nas confeitarias da capital. E é por isso que Jucélia sugere:

– Oxe, Mariquinha, leve esse bolo para o Recife! Vai ser um estrondo! Digo isso honestamente.

3 – Natal de antigamente, Natal de Pastoril

Kuati-mirim, o Curumim Guará, sobe na árvore, frondoso juazeiro que seus bisavós plantaram em tempos imemoriáveis. Dali ele observa a mata que, magnânima, enchumaça toda aquela terra repleta dos mais coloridos pássaros de cantos ensimesmados e, ao mesmo tempo, extraordinários. A direção norte, do alto daquela serra, é pura beleza, verde, espetacular enlevo. Na direção contrária, há a planície árida, amarelada, seca, entrecortada por morros, uma cidadezinha ao longe. À tarde, já está marcado: ele descerá o Brejo, irá com sua mãe e seu pai até o sítio de Zezé Tibúrcio comemorar o Natal. Haverá ali pequena árvore cheia de enfeites, linda de ver, e um curioso presépio de bonecos de pano. De noitinha, comerão uma ceia natalina, cheia dos quitutes de dona Eunice, sarapatel e maxixada, e dos doces de vovó Naná, sequilhos e alfenins. Não há festa melhor que o Natal: comer, comer, comer. Delícias! Depois, Kuati-mirim brincará com Carolzinha, celebrarão o Pastoril. Ela e a irmã, Águeda, estarão vestidas de pastorinhas, uma com a fitinha vermelha, representando o cordão encarnado; a outra, de fitinha azul, o cordão azulado. E dançarão a lapinha no amplo quintal da casa de taipa de Zezé e pedirão que o Curumim seja o Véio Cebola, já que não há Diana para arbitrar. Quem há de dançar melhor? Os três entrarão na casa, arrodearão a lapinha do Menino-Deus, Carolzinha e Águeda cantarão juntas:

Somos as pastorinhas
Que alegremente vamos a Belém.

Carolzinha então entoará:

Sou a Mestra do cordão encarnado
O meu cordão eu sei dominar
Eu peço palmas
Peço riso e flores.

E a irmã Águeda entrará com a linda melodia:

Sou a Contramestra do cordão azul
O meu partido eu sei dominar
Com minhas danças
Minhas cantorias.

E, como não haverá Diana, o Curumim fará o seu papel, cantando:

Sou o Véio Cebola, não tenho partido
O meu partido são os dois cordões
Eu peço palmas, fitas e flores!

E dona Eunice perguntará com bom humor: "oxe, onde já se viu Véio Cebola decidir?" E todos rirão do divertido embate de mentirinha.

Logo mais, à noite, antes de dormir na rede que Zezé preparará com tanto esmero, Curumim pegará na mão de Carolzinha, ouvirá histórias sobre as estrelas, a prosa cheia de vida de seus pais e de vovó Naná. Admirará os vaga-lumes, sorrirá para Carolzinha um tanto encabulado, não falará nada, só ouvirá o murmúrio do vento que vem do Brejo e sentirá as mãos enroscadas, como promessa de que nunca deixariam de se amar.

Curumim Kuati-mirim imagina tudo isso sentado em seu galho no alto daquela árvore de juá, lá na Serra do Brejo do Umuarã. Não sabe exatamente que horas são. Seu relógio não é de pulso ou algibeira, mas de ritmos e ciclos naturais, que lhe dizem com precisão que está quase na hora de descer até a casa de Zezé e comemorar o Natal, como está a imaginar em seu sonho de curumim.

4 – Jantares confeitenses na casa de Mariquinha e Francisquinho

No sábado seguinte àquele em que a elegante Mariquinha trocara alianças na igreja matriz com o garboso filho do dono das Casas Tião Gaspar – empresa de tecidos e confecções de sucesso nacional e orgulho de Confeitaria –, o casal oferece pequeno jantar a pequeno círculo de amigos confeitenses, depois de passar a lua de mel em um luxuoso hotel da cidade de Garanhuns. Nas primeiras semanas de casados, os dois puseram-se a organizar a nova casa, própria, comprada com o dinheirinho que Francisco economizara nos últimos dois anos, por causa das comissões das vendas da loja local.

Confeitaria é cidade pequena, mas não tanto. É menor que Caruaru, mas não tanto. Tem seus 30 mil habitantes, ruas em sua maioria pavimentadas por paralelepípedos graníticos. Limpa, não tão bem planejada, antiga – e é talvez bem por isso que não é tão bem planejada. Mas é relativamente bonita, com casas construídas no século XIX e muitas outras acabadas ao longo da década de 1920. A prefeitura é um casarão colonial provavelmente barroco. Vê-se que já foi casa de gente importante a partir do telhado com tribeira. As outras casas, mais tardias, nem bem sabem o que é isso e são todas sem eira nem beira. Mesmo assim bonitas.

Naquele sábado de noite confeitense, Mariquinha e Francisquinho recebem pequeno grupo de amigos de infância. Estão a conversar na sala com Francisquinho, enquanto Mariquinha, na cozinha, dá algumas instruções às empregadas. Francisquinho é aquele conversador do tipo comedido, às vezes até meio retraído. Hoje ele está solto, conta suas aventuras e desventuras nas ruas do Recife:

– E depois de resolver tudo na cidade, vou à rua da Concórdia, praça Joaquim Nabuco, almoçar no restaurante Leite. Rapaz, a língua ao molho madeira que eles fazem é divina! Sem falar no famoso bacalhau.

Assim que o jantar está pronto, Mariquinha serve aos convidados a maravilhosa galinha cabidela que só dona Onorina, sua empregada, sabe fazer. De entrada, sarapatel com pimenta, limão e uma farinhazinha de mandioca. Na casa, o casal e mais quatro amigos e amigas em comum da época de colégio: Luciana, Fábio, Alencar e Gigi. Esses dois últimos foram padrinhos de casamento, embora não tenham relacionamento de namoro ou matrimônio. Quem sabe ali não se semeia casamento entre Alencar e Gigi que, amigos de infância, amam-se a olhos vistos? Talvez não exatamente um amor reconhecido e consciente, se alguém der a essa palavra aquele sentido mais adolescente que remete a beijos escandalosos e pensamentos obsessivos. Aqui, no caso, é algo mais simples, o sentido platônico da palavra: todo mundo sabe que os dois se querem, mas só os dois, tímidos que só, fazem questão de fingir que não há nada. Vivem juntos, riem-se juntos, têm gostos parecidos. Só não dão o braço a torcer. Mas vai que a galinha cabidela, a de dona Onorina, e a flecha de cupido de Mariquinha não dão um jeito nesse aperreado chove-não-molha?

– Aqui em Confeitaria todo homem parece amar o chapéu estilo fedora – comenta Gigi apontando para o chapéu de Alencar, pendurado no cabide.

– Meu pai tem uns dez fedoras, incluindo panamás, mais uns dois derbies. Não gosta dos trilbies. O único trilby que tem, do qual fala com orgulho mas nunca usa, é um comprado em Londres, na tradicional e caríssima Lock & Co. Hatters – responde Mariquinha entre uma garfada e outra.

Gigi cochicha baixinho com Alencar, que admira o pai de Mariquinha, doutor Zago – que é rico, mas nem parece.

– Engraçado que meu pai não tem homburgs… como ele pôde estar alheio aos homburgs? Isso é estranho. Direi para comprar um, nem que seja na nossa próxima ida ao Recife. A verdade é que, quando o chapéu homburg fizer sucesso em Confeitaria, é o fim do chapéu homburg! – diz Mariquinha entre risos.

Após a ceia, tomam um cafezinho curto. Mariquinha liga o pequeno gramofone: antigo, mas potente, de enorme corneta dourada; e põe um *slow foxtrot*, disco de Carroll Gibbons & His Boyfriends, selo Columbia, que seu pai lhe dera, lembrança de Londres de anos atrás. Todos ouvem e cantarolam baixinho a canção "On the Air" – piano, violino e a voz de Cecile Petrie, "*on the air greetings everybody, everywhere…*" –, que enche a sala dos jovens senhor e senhora Gaspar com aquela chiadeira sofisticada de disco, sons que carregam sonhos vibrantes de uma nova *belle époque* interiorana.

5 – Era uma vez um menino com voz de marreco

É Jornal do Commercio, é Diário da Manhã, é Diário da Tarde, é Folha do Povo ou mesmo Diário de Pernambuco. Virou rotina: notícias positivas, reportagens grandiosas sobre o cada vez mais famoso doutor Sepúlveda Alberto Maroni – juiz poderoso, paranaense de Londrina, andarilho do Brasil, verdugo dos corruptos, herói dos brasileiros. As belas notícias, Laura as coleciona com carinho, recortes que se amontoam sofisticadamente em um *bullet journal* preparado especialmente para isso.

– Doutor Sepúlveda é praticamente um enviado de Deus – comenta doutor Francisco de Assis Chateaubriand à imprensa no *American bar* do Hotel Central sobre aquele grande amigo que conhecera há mais de década no Rio de Janeiro, época em que Sepúlveda começara carreira de juiz substituto no Estado da Guanabara, na 4ª vara criminal. Agora ele é o "enviado de Deus", juiz da comarca de Caruaru, mediador dos conflitos do interior de Pernambuco, que praticamente é o mesmo que dizer do interior do Nordeste. – Ele é juiz dos bons! Prócer de novos tempos: até Lampião morre de medo dessa máquina de justiça, meus caros! – completa o jornalista paraibano, que é dono de tudo.

A Guanabara dos anos 1920, o centro daquele Brasil agrícola de República Velha. Há pessoas que usaram mais gravatas-borboleta do que em todo o resto da história fluminense. Pois é desde aí que doutor Sepúlveda tem predileções por gravatas-borboleta de bolinha. Bolinhas brancas, bolinhas acinzentadas, bolinhas pequenas, bolinhas grandes. Ele ama. É ambicioso de gravatas de bolinhas e de prestígio no meio jurídico. Cresceu de juiz substituto a titular, fez certa fama e amigos poderosos, viu crimes que preferiu esquecer. Por esse e outros motivos, resolveu partir para comarcas menos turbulentas. E, por influência de Assis Chateaubriand, amigo de tribunal e de bebidas, assumiu primeiramente Garanhuns; que, segundo doutor Assis, tem ares tranquilos e serranos. E depois foi-se para Caruaru, a capital do interior nordestino. No fundo, Chatô, apelido que por aí usavam para chamar o doutor Assis, queria alguém que cuidasse de seus negócios no seio do faroeste sertanejo, que ora se desenvolvia, contra cangaços e coronelismos.

– Ouvi falar de uma tal "hecatombe de Garanhuns", chacina feroz, análoga àquelas do cangaço recente – replicou doutor Sepúlveda ao doutor Assis na época da mudança.

– Eita, isso já tem tempo, foi em 1917: tempo do ronca! Briga de coronéis para ver quem seria o prefeito. Tu irás conhecer gente da família Jardim, bem como gente da família Brasileiro. O coronel Julio Eutímio Brasileiro, dizem, fraudou as eleições de 16 e concorreu sozinho no pleito seguinte. Dizem que um tal capitão Sales Vila quis resolver o problema na pistola, encontrou o coronel Brasileiro no Café Chile, no Recife, e disparou-lhe vários tiros. O coronel, ferido, foi levado ao Hotel Lusitano, mas morreu ali. A viúva, dona Ana Duperon Brasileiro, resolveu se vingar e chamou jagunços, o bando do cangaceiro Vicentão, primos e amigos para matar qualquer inimigo político do falecido coronel. Como sempre, matam um, depois a família deste vem e mata o outro... no final, a família mais poderosa sempre vence: a jagunçada da família Brasileiro emboscou os inimigos em uma cadeia pública vazia. Foi tiro ao alvo à vontade. Matança de mulheres e anciãos. Cabeças rolaram e dedos foram mutilados...

– Minha nossa! E tu achas que vou para cidade assim? Nem morto, doutor Assis!

– Não turbe o vosso coração, doutor Sepúlveda. Isso já tem mais de década, a cidade hoje é pacífica. Amigos meus são os donos da política local e domam a cidade com mão de ferro... mas, veja bem, se não quiser Garanhuns, dou-lhe a cereja do bolo. A própria comarca de Caruaru, que não é cidade tão bonita quanto Garanhuns, mas é o centro de todo o interior nordestino. Ali, meu amigo, está o segredo. Em Recife tudo parece mais confortável, mas não é. Em Recife ninguém se destaca e um come o outro. Em Caruaru, meu amigo, serás rei! Não foi Machado de Assis que disse que a vida é uma ópera, uma grande ópera? Pois bem, prepara-te para seres a *prima donna*!

Doutor Sepúlveda, pelos idos de 31, foi finalmente morar em Pernambuco. Iniciou o trabalho na cidade de Confeitaria como juiz de paz, enquanto esperava os trâmites para substituir o juiz de comarcas mais polpudas. Ali conheceu Laura Cavalcanti de Lima, filha do maior industrial da região, do homem mais rico do interior. Casaram-se em Confeitaria e um pouco depois já passaram a morar em Garanhuns. Breve passagem. Sezinho, como era chamado pela esposa, acabou ficando mesmo em Caruaru e ali fez fama. Prendeu e julgou um bando de cangaceiros infernais, colocou na cadeia um líder baderneiro que pretendia reforma agrária e tornou-se grande mesmo depois que juntou provas contra um deputado varguista da região que já se mostrava influente no Rio e era inimigo político de Assis Chateaubriand. A propaganda contra o deputado foi tão bem sucedida que nem o próprio Getúlio conseguiu reverter a situação. Todos os louros para doutor Sepúlveda, o terror dos corruptos: construiu mansão, virou o juiz central de todo o Agreste, referência de todo o Sertão, influência em todo o Nordeste. Entre a elite recifense, dizia-se até que nem o próprio governador do estado tinha tanto prestígio. E daí em diante virou lenda viva no Recife:

– Um querido! – dizia a atriz Dorinha Vasconcelos.

– Doutor Sepúlveda Maroni? Um homem que é amigo ao mesmo tempo dos Lundgrens e de Chatô? Esse é o cara! – conclamam os políticos no Café Chile ou no Café Continental, o da esquina da fábrica de cigarros Lafayette.

– Nosso herói! E dona Laura Maroni? Olhe, mas que finesse! – comentam as socialites de famílias de prestígio tais quais Cavalcanti, Corte Real, entre outras.

– Exemplo de homem! – prega o cardeal arcebispo de Olinda e Recife.

Hoje, no restaurante Leite, reencontra o velho amigo Assis Chateaubriand. Chatô pede para que toque no gramofone algum disco do "rei da voz", Chico Viola. Retira sua cigarreira dourada, acende um Lucky Strike e solicita champanhe digno para a ocasião:

– Padilha, um Champagne Bollinger Vintage 1928, *s'il vous plaît*.

Depois os dois falam de política, jornais, mulheres, maçonaria.

– Não tens saudades do Paraná, da tua Londrina? – pergunta Chatô.

– Até que tenho pequenas saudades, tão pequenas que nem contam direito – responde o juiz.

Enquanto isso, do lado de fora do restaurante, o vendedor grita:

– Dez ovos por uma pataca!

No fim dos antepastos, Chatô pergunta ao amigo qual a sua maior ambição.

– Antes de responder o que eu quero, meu amigo, vale refletir sobre a pergunta: e o que todos querem? No fundo, todos querem esse valor simbólico que é o prestígio… inclusive eu. E, além disso, quem sabe, uma casinha na beira-mar: Boa Viagem ou Piedade… – diz doutor Sepúlveda, sorvendo um gole de seu champanhe.

– Uma casinha? Do que te conheço, quando falas em casinhas, estás a te referir a castelinhos, ou não é?

– Excelente champanhe este aqui, não? – retruca doutor Sepúlveda, mudando de assunto. – Tem gente no interior que sonha em montar vinícolas, como as da Borgonha ou as de Champagne. Já pensaste? Ouviste falar dos fazendeiros de Petrolina? Pretendem plantar fruta na beira do São Francisco… sonhadores, sonhadores…

– Ora, ora, meu caro, doutor Sepúlveda. Um bando de cabra doido! Rastaqueras! E por falar nisso, ontem também encontrei gentes aqui em Recife sonhadoras por demais. Ecoam as ideias daquele escritor judeu que de vez em quando aparece lá no Rio, o Stefan Zweig. Ele diz que o Brasil é o país do futuro! É um parvo, pelo amor de Deus! Brasil nunca vai ser país do futuro e nunca vai ser grande. Até tem pessoas que falam em Brasil passar os Estados Unidos... Brasil passar os Estados Unidos? Oxe, mas o quê? O Brasil perante a grande nação da América está é na condição de mulata sestrosa e tem o dever de aceder às vontades de seu eterno gigolô – diz Chatô entre gargalhadas catarrentas, fazendo coro aos estribilhos da música de Francisco Alves, que enche o ambiente de voz aveludada.

Por falar em voz aveludada, diz-se que, no Sertão de muito tempo atrás, um menino almoçou um marreco inteirinho e, por incrível que pareça, passou a falar com voz de pato a partir daquele momento. Pato e marreco não são a mesma coisa. Mas aqui não é aula de biologia e ninguém sabe se é lenda ou lorota de sertanejo matuto. E quem quiser que conte outra.

6 – Dona Letícia e a fazenda do coronel Ernesto

No gramofone, um disco em cujo rótulo lê-se: "*Symphonie Fantastique en cinq parties*, Hector Berlioz". Dona Letícia adora ouvir e bailar sozinha ao som da valsa do segundo movimento. Manda Elza, uma de suas empregadas, praticamente a camareira-governanta, abrir um Riesling Schloss Reinhartshausen, do Rheingau, que ganhara de lembrança da irmã quando de suas últimas andanças pela Alemanha. Letícia quer beber à vontade aquele oleoso licor picante, ouvir o disco e ouvir novamente. A faixa número dois certamente é a sua preferida, aquela da valsa, "*Un bal*". Dança e sonha com os salões de uma Paris de muito tempo, a do século XIX ou a da recente *Belle Époque*, em que jovens e moças trocavam passos de valsa, entretendo-se no romântico conluio de cortejamentos românticos e de olhares flamejantes, de sonhos de amor eterno.

Fora da sala da casa grande, a enorme fazenda de gado, muito gado, leiteiro e de corte. As rezes pastam entre a vegetação agreste, as colinas rochosas que se estendem até a serra verdejante, onde se encontra o magnífico e lindo Brejo do Umuarã. O gado se espraia por quilômetros, sob o olhar de vaqueiros atentos, bebericando em sobejantes linguadas as escassas águas das sangas estreitas: os braços enfraquecidos do enfraquecido rio Ipojuca ou quiçá os rebentos de uma das lagoas do Brejo.

A fazenda tem bem umas mil cabeças, é o que acha dona Letícia. Nunca perguntara ao marido e nunca conversavam sobre essas coisas. Concluiu que o número era esse por ouvir conversa entre os fazendeiros amigos de Ernesto. Às vezes tinha dúvidas e mudava de opinião, a de que provavelmente era para mais de mil cabeças.

Alimento! "Que missão sublime", pensa ela, "a de alimentar o homem sertanejo e mesmo o homem recifense com leite à vontade e com a carne de sol". Pensa nisso enquanto se inebria com o seu Riesling e, ao mesmo tempo, sonha com a doce ventura de um jovem e forte moço a pastorear o gado, aquele vaqueiro jovenzinho e galeguinho; pobre, mas lindo, que vira ontem e que hoje está na sua imaginação a dançar com ela no baile de Paris do século passado – o sonho de valsa que ora escuta através da Radio-Electrola Víctor novinha, recém-chegada dos Estados Unidos.

Um dia, quem sabe, tomaria o Zeppelin no campo de pouso do Recife e mais uma vez se aventuraria em Berlim, para então tomar trem até Paris e, depois, quiçá, dançar a valsa tão sonhada. Logicamente o marido irá, bancando tudo, a viagem, as garrafas de Dom Pérignon. Quiçá!

A bem da verdade, coronel Ernesto tem mesmo umas mil cabeças. Mas ali, na fazenda de Confeitaria, é só mesmo gado de corte. Para os lados de Garanhuns tem outra fazenda, duzentas cabeças para a produção de leite e de novilhos que, em breve, acabarão nos pratos da gente rica do Recife e Maceió. A vitela caríssima dos mercados e dos restaurantes *chics*.

7 – Mariquinha, a prendada

O casamento de Mariquinha com Francisquinho, o herdeiro do império "Casas Tião Gaspar", loja de tecidos finos, cama, mesa e banho foi – segundo gente velha e gente nova – o mais lindo da cidade. A notícia correu bairros e cidades, fofoca que se espalha como fumaça e penetra nas casas de bons e maus, de justos e injustos. O casamento encheu de orgulho os pais da noiva; mas, sobretudo, um evento de imorredoura importância para seu Tião Gaspar, que então passou a ser sogro da filha de homem tão distinto e impoluto tal qual doutor Zago, intitulado por povão e elites de "médico do

Sertão e do Agreste". Um casamento desses, para um novo rico sem ramer-rames e etiquetas – o caso de seu Tião –, fazia toda a diferença. Um bilhete premiado para adentrar cada vez mais nas rodas da alta sociedade confeiten-se, para ser aceito e ser legítimo integrante dos círculos de prestígio.

Doutor Luiz de Moura Zago e dona Matilde Dias Zago vivem de fato uma dessas vidas de causar inveja: estupenda, farta, repleta de viagens à Euro-pa. Diz-se que são os dois mais felizes e mais bonitos de Confeitaria. Porque têm posses, embora não sejam os mais ricos, são do Sul, do Rio Grande, am-bos com olhos azuis, descendentes de italianos – e falam como tal, com um certo tempero de sotaque do Sertão –, além de simpaticíssimos. A inveja de muitos vem desses dotes, mas também da inteligência aguda de doutor Zago que, pode-se dizer, é um dos poucos minimamente intelectuais da cidade. O casal vive em casa chiquérrima, isolada do resto da cidade, em bairro mais alto, conhecido como Alto da Neblina. Ali há cinco quartos: um do casal, outro que é usado como escritório de trabalho, o de Serginho, outro para Araci e Luíza e um último, que já foi o de Mariquinha; e, agora, é só um quarto vazio, que mantém a decoração original, ponto saudosista da casa. O que é escritório é, na verdade, o maior cômodo, com pequena adaptação para uso médico, tem maca e tudo, um verdadeiro consultório – muito embora, diga-se de passagem, doutor Zago tenha, de fato, uma pequena clínica, um dispensário muito bem equipado no centro da cidade. Na mansão, há ainda dois gatos, Gigio e Toni, e uma cadelinha, Palas. E, como é de praxe na casa dos abastados da cidade, ali há três criadas: dona Marli, dona Maria da Conceição e dona Maria do Carmo. Esta última mais conhecida por Zefinha, mesmo que ninguém com-preenda de onde vem o apelido. "Zefinha é nome sem ligação com Maria do Carmo: oxe, tem certeza de que teu nome não tem Josefa, não?", perguntam as amigas. E há só três criadas, pois havia uma quarta, dona Onorina, cedida à fi-lha recém-casada. Dona Onorina, cozinheira de primeira, a melhor da cidade, agora braço direito de Mariquinha, nos quitutes e na arrumação do cabelo. De qualquer forma, as três que ficaram hoje fazem respectivamente papel de faxi-neira, babá e cozinheira. Elas dormem na edícula da casa, pequena construção no fundo do grande quintal, virada para o poente, quente que só o inferno. Por toda essa sequência de características e possibilidades, a gente da cidade colocou na cabeça que a família Zago é a família dos sonhos, a família perfeita.

Faz mais de vinte anos que doutor Zago e dona Matilde moram na cidade. Luiz Zago conheceu a esposa em Porto Alegre. Casaram-se e passaram a vagar por aí: o ofício da medicina levou o médico, com dona Matilde a tiracolo, para os lugarzinhos mais esquecidos do Brasil – oeste do Paraná, sertão da Bahia, sul do Maranhão e por aí vai. Em Pernambuco se aquietaram: Recife primeiro, Caruaru depois e Confeitaria por último. Confeitaria, a preferida de doutor Zago e a odiada por dona Matilde.

– Cidade de bons ares, Matilde. Aqui se cura até tuberculose, tchê – disse ele à esposa, quando decidiu se fixar na cidade, rodeada por fazendas, brejos e serras. – Aqui o ar é puro e o clima não é tão quente, afinal Confeitaria está a mil metros de altitude, Matilde. Em Recife, estarias derretendo e reclamando do tempo firme de sol cáustico. Aqui só não faz mais frio que o Rio Grande porque aqui já estamos muito perto da linha do Equador.

Então veio a primeira filha, Maria Achiropita, a Mariquinha. A menina foi a pá de cal nos sonhos de dona Matilde, que queria porque queria se mudar da cidade. Mariquinha foi quem acabou estabelecendo o casal de vez. "Cidade pequena é melhor pra criar filho, Matilde", dizia doutor Zago quando a esposa ensaiava pensamentos sobre morarem em Recife. Depois vieram Sérgio, Araci e Luíza, o arremate para fincar de vez a âncora naquele oceano de caatinga e fazendinhas nas partes baixas, brejos e matas nas partes altas. "Quem dera Recife", pensava alto dona Matilde às vezes, com esperanças vãs de que um dia pudessem se mudar para a capital. No fim, doutor Zago ama Confeitaria, nunca fala em se mudar. Fizera, a bem dizer, acordo firmado em cartório com a esposa para fazer viagem mensal a Recife. Passavam três dias, de sexta a domingo, a mimar um pouco a família e alimentar aquele gosto insaciável por passeio e compras.

Dona Matilde, apesar da fama de esposa ideal, tem também certa fama de encrenqueira. Diz-se que não dá trégua a doutor Zago e que educa os filhos com rigidez extrema. Na época em que Mariquinha ainda era solteira e tinha seus quinze anos, vez em quando relembrava à filha para não se encantar com "cabra da peste" qualquer da cidade. "Confeitaria só tem lobo em pele de cordeiro", era o mote. Doutor Zago também tinha suas preocupações. Embora mais tranquilo que a esposa, reforçava todo aquele cuidado sobre os tais "cabras da peste". Logo ele, gaúcho da fronteira, Bagé para ser exato, que é cismado por natureza. "Cabra da peste", diz ele quase que soletrando. Não consegue falar com o jeitão do matuto do Sertão, se bem que às vezes simula quase com um certa perfeição algumas frases prontas, só para criar maiores empatias com o povo do lugar. Mas falha miseravelmente, pois seu sotaque logo retorna aos "tchês" esporádicos e aos incorrigíveis erres marcados por aquele marcante som vibrante alveolar. Erre que vibra a língua, qual erre de italiano, espanhol e gaúcho. O cuidado com Mariquinha vem de que ela, desde sempre, foi, é e será o xodó indubitável do casal. Principalmente do pai. Pai e filha eram tão bem quistos que as pessoas sempre comentavam entre si coisas como "filha e pai de gostos refinados e atitudes simples". Já a mãe, segundo alguns, é a "faladeira braba de sotaque estranho". Mas aplaudiam quando dona Matilde redobrava as atenções e comentava em alto e bom som "cuidado com a piazada sem-vergonha". Depois dos quinze, uma carrada de meninos mais novos ou mais velhos tentavam se aproximar da casa dos Zago. E bastasse Mariquinha se achegar aos rapazes mais bonitos e bem apessoados da cidade, lá vinha a insistência: "Cuidado com essa piazada!"

A menina, mesmo sem querer, virou também xodó de muitos. O fato é que Mariquinha é pernambucana, tem sotaque pernambucano, cresceu respirando Pernambuco e ama o seu estado. Desde cedo, frequentava e convivia com a alta sociedade de Confeitaria, praticamente íntima desse meio. Amada, portanto, pelo povão – mas também pela elite da cidade.

Doutor Luiz Zago também era bem quisto, com ares praticamente míticos. Ele é doutor porque tem doutorado em Medicina Tropical, tirado com honras no excelentíssimo Instituto Oswaldo Cruz do Rio de Janeiro. As pessoas nem sabiam do título e chamavam-no de doutor – só porque era médico mesmo. Naqueles dias, quem sabe hoje ainda, médicos e advogados de todo o país insistem que são doutores porque assim o quis Dom Pedro I. Em especial os bacharéis em Direito, formados em Recife, repetiam que Dom Pedro I, por graça de Deus e unânime aclamação dos povos, assinara lei em 1827 permitindo que bacharéis recém-formados recebessem o grau de doutores conforme o caso. "Duvidoso isso", repetia doutor Zago quando se deparava com a informação.

Os filhos do casal Zago estudam no famoso Colégio das Carmelitas, o melhor da cidade, instituição de renome em que mesmo representantes da nata caruaruense ou da recifense colocam os filhos para aprender conhecimentos e etiquetas. Ali se fala francês, inglês e latim. O fato que mais massageia o ego de doutor Zago, que, na sua cabeça, diferenciava-o dos outros pais moradores da cidade, é que ele fez questão que os filhos tenham, além do aprendizado trilíngue da escola, aulas particulares de inglês com uma professora britânica – filha de um funcionário da Great Western Railway, que mora em Confeitaria. Para doutor Zago, é vital que os filhos sejam poliglotas, logo ele que também é poliglota e fala fluentemente inglês e francês, além do dialeto vêneto de seus avós e do espanhol aventureiro, *hablado* com sotaque argentino – adquirido de tanto cantarolar os tangos da velha época em que morara em Buenos Aires: os de Gardel ao *"El Caminito"* de Juan de Dios Filiberto – *"caminito que todas las tardes feliz recorría cantando mi amor"*, balbucia às vezes enquanto caminha pelas ruas de Confeitaria.

Maria Achiropita Zago é o verdadeiro nome da menina Mariquinha, em homenagem à santa padroeira da Calábria, de quem dona Matilde é devota. A bem dizer, ninguém sabe que esse é de fato seu nome – todos pensam que "Mariquinha" é o de batismo. Quando alguém descobria e questionava, Dona Matilde fazia questão de explicar e se estendia demasiadamente, alugando os ouvidos dos visitantes, discorrendo sobre lembranças da infância e da vida de menina em Porto Alegre. Dizia que sua mãe, a avó de Mariquinha, era italiana, vinda de Reggio Calabria, devota de Nossa Senhora de Rossano, mais conhecida por Nossa Senhora Achiropita: "aquela que tem festa comemorativa no bairro paulistano do Bixiga". Além das raízes italianas, diz com orgulho que seu pai, o avô de Mariquinha, apesar de gaúcho, era primo terceiro do grande poeta maranhense Gonçalves Dias. Já Mariquinha odeia seu nome, feiíssimo, segundo ela. Por isso, dona Matilde não se cansa de insistir que Achiropita é nome sagrado, do qual a menina deve se orgulhar, e assim por diante. Nem mesmo doutor Zago gosta do nome esquisito. E então, desde cedo, surgira o apelido Mariquinha, nome praticamente oficializado na praça.

No frigir dos ovos, Mariquinha é uma dessas que todos na cidade clamavam "moça de família", "moça pra casar". Quando tinha uns dezesseis anos, na festa de aniversário do pai, ela se engraçou de Lúcio Tavares, filho mais novo do coronel Ernesto. O rapaz foi ao aniversário acompanhando o pai, já que doutor Zago é médico de gente pobre mas especialmente da gente rica, como os coronéis e fazendeiros da região. Dos pobres não cobra nada e, por isso, muitos dizem "doutor Luiz Zago é um santo!". Dos ricos cobra fortuna e os invejosos coronéis da redondeza, logo que doutor Zago chegara à cidade, viviam a cochichar sobre o tal doutor gaúcho "gaveteiro" que tem posses, muitas posses, mas sem vocação para nababo. Depois de um bom tempo, quando soube do apelido "gaveteiro", doutor Zago, sob fortes protestos de dona Matilde, resolveu adquirir um carro – para provar que sabia usar seu dinheiro para alguma coisa. Comprou um veículo importado, praticamente zero quilômetro, de uns italianos moradores do Recife: o Bugatti Ventoux 1936 de oito cilindros, o carro mais bonito de Confeitaria, segundo as crianças da cidade. Pois bem, quando Mariquinha tinha uns dezesseis, durante a tal festa de aniversário do pai, andou de *flirts* com Lúcio. Isso levou doutor Zago a comentar discretamente ao pé do ouvido de dona Matilde:

– Matilde, olha Mariquinha de flerte com o filho do coronel. Tchê, até gosto dessa família... não gosto é das confusões em que se metem. Falar a verdade, não dou nem meu velho lenço chimango por eles, se quer saber. Converse com a menina: não quero ela se enroscando com essa gente.

Naturalmente, Mariquinha não gostou da intervenção. No dia em que a mãe apareceu, a conversa braba já começou com insinuações de que todo mundo tinha visto a troca de olhares e que na cidade não se falava de outro assunto.

– Isso não é coisa de moça de família. Já tem gente gaudéria na cidade mexericando a dizer "dou-lhe um doce se me disser com quem Mariquinha está flertando". Olhe, olhe, mas que barbaridade! Minha filha não vai ter dedo podre, não vai ter o mal destino de escolher partido ruim. Mariquinha, é melhor sair desse entrevero e não se meter com esse guri perigoso chamado Lúcio Tavares. Dá-me razão?

A menina se trancou no quarto, ofendida, nó na garganta, orgulho ferido. Ajeitou a melena atroz e ficou a se perguntar... "como assim, 'guri perigoso'?" Não era só a tesourada na paixonite, mas, principalmente – e essencialmente –, a absurda insinuação de que "moças de família não fazem essas coisas". Depois de chorar um tanto, colocou um disco no gramofone que tem no quarto e cantou junto com Carrol Gibbons:

> *With a smile and a song*
> *Life is just a bright sunny day*
> *Your cares fade away*
> *And your heart is young.*

Lúcio também não gostou do inusitado desprezo. Até tentou se aproximar da família, mas só levou rebordosa. Aí, de saco cheio, afastou-se definitivamente.

Por um bom tempo, com medo dos trololós da gente faladeira da cidade, Mariquinha permaneceu longe dos bailes e dos *flirts*. Às vezes entrava na escola imaginando que todos os olhares e cochichos eram para ela e sobre ela. Até certo momento, não sabia que Lúcio Tavares havia procurado o pai com o intuito de frequentar a casa, fazer a corte. Depois, ouviu boatos e, finalmente, veio a confirmação. Em seu quarto, escutou claramente a conversa distante da mãe com a vizinha:

– Aquele coronelzinho estropiado veio aqui para ver Mariquinha: assanhado que nem lambari de sanga! Mas Luiz já deu uma desculpa qualquer, o chega-pra-lá bem merecido, com finesse. Buena hora desse ginete safado desencilhar daqui!

A raiva pela mãe explodiu e a pequena depressão amorosa veio, aquela melancolia perene dos jovens corações de idades mais tenras. Desejou nunca mais ver a cara dos pais e nem encontrar ninguém na rua ou na escola. Queria ficar só e nunca mais falar com qualquer viva alma. Essa tristeza demorou a passar. Foi quase um ano até que a moça voltasse a frequentar os aniversários e os jantares costumeiros, mesmo sob protestos e insistência da mãe.

– A guria não quer ir mais aos bochinchos: já estou mais contrariada que gato a cabresto. Daqui a pouco eu mesma tenho que colocar a pilcha na menina e obrigá-la a sair de casa – dizia ao doutor Luiz Zago, antes de dormir.

Doutor Zago resolveu não dizer nada, sabia que era mais timidez envergonhada que tristeza e que logo, logo a menina voltaria às festas. Resolveu um dia abrir a casa para um jantar íntimo com alguns amigos da loja maçônica e suas respectivas famílias. Mariquinha, meio a contragosto, participou e acabou, aos poucos, animando-se novamente pelas reuniões sociais. Assim que deu as caras nas casas das famílias, muitos pretendentes de prestígio surgiram: doutor Marcelo Henrique Carneiro Leão, juiz da comarca de Bezerros, e doutor Filipe Aparecido do Rego Barros, um advogado famoso de Caruaru e arredores. Padrinhos e vizinhos e gente amiga torceram entusiasmados para que o interesse se transformasse em casamento, principalmente em relação ao juiz Marcelo Carneiro Leão, rico e prestigiado que só a gota. "Zago, gente do Sul, unida a Carneiro Leão, família importante de Pernambuco, já pensaram?", repetiam os amigos da família.

Acabou não dando certo. Mariquinha não quis, achou o juiz feio e velho. Trinta anos mais velho: verdadeiro avô. Esquivou-se dos encontros, a mãe ficou passada. Como deixar escapar uma oportunidade tão preciosa? Doutor Zago deu razão à filha:

– Matilde, deixe a menina escolher. Vê-se bem que ela não foi com a cara do sujeito. E, aqui pra nós, tchê, o homem é bem mais velho que a menina. Fica realmente difícil... um dia aparece outro tão bem apessoado quanto...

Depois de passados tais acontecimentos, a menina, agora perto de completar os dezoito, decidiu não mais se preocupar com casamento. Melhor se distrair, fugir de pressões sociais. Às vezes, nos jantares e aniversários, chegou mesmo a se entusiasmar com possíveis pretendentes. No fim, seu interesse acabou se voltando às conversas descompromissadas e engraçadas de amigos e amigas.

Numa dessas recepções, porém, conheceu o cativante olhar de Francisco Gaspar, ou Francisquinho – como era mais conhecido pelos familiares. Já vira o rapaz algumas vezes na loja do pai, Tião Gaspar, mas nunca havia reparado no quão simpático era. Encantador, um verdadeiro *gentleman*. Francisquinho, sério e tímido que só ele, muito discretamente fez a corte. Dona Matilde não gostou no começo, não tinha tantos laços com a família dele e achava o rapaz quieto demais. Depois foi se acostumando, doutor Zago a lhe dizer coisas positivas sobre o jovem. E, a partir de certo momento, Francisquinho participava do chá da tarde na casa de Mariquinha toda quarta-feira e, aos sábados, ficava para a ceia.

Meses depois os dois se casaram. Casamento a caráter. Nenhuma das duas famílias pertence à tradicionalidade da cidade: Gaspar e Zago, relegados e discriminados; mas, todo mundo sabe, ambas as famílias com mais dinheiro que alguns dos mais tradicionais Cavalcantis do lugar, o suficiente para abarrotar qualquer gazofilácio do mundo. A partir daí, começaram a se juntar no Natal que, todo ano, é comemorado na casa de seu Tião Gaspar. Doutor Zago e dona Matilde são os convidados de honra. Na primeira festa de Natal, por pura galhofa, pediram a Francisquinho que pronunciasse o nome completo de Mariquinha. Ele não conseguiu. E essa virou a piada anual das festas de Natal da família Gaspar: depois de dois ou três tragos dos caros uísques Stagg Bourbon que seu Tião trazia dos Estados Unidos, os primos de Francisquinho caíam em cima, mangavam da gagueira decorrente. Mariquinha e Francisco, novos e tímidos, não sabiam o que dizer; e, já fartos daquilo, apenas traduziam sua humilhação em um sorriso amarelo, visto pelos tios ébrios como um sinal de reação bem humorada. Para completar o estorvo, caso Francisquinho emitisse qualquer incômodo ou reclamasse da brincadeira, os parentes e amigos de Tião Gaspar não tinham vergonha de dizer frases soltas e intimidantes em alto som:

– Oxe, Tião! Teu filho é meio estilão. Por qualquer coisa já se avexa.

Mariquinha, que era devota de Nossa Senhora de Fátima, às vezes pensava que Nossa Senhora Achiropita nunca deveria ter existido.

– Odeio Nossa Senhora Achiropita! – dizia para o esposo.

Sabendo dessas confusões, amigos das famílias tradicionais de Confeitaria perguntavam a doutor Zago se não via problema em ver a filha casada com um comerciante de "família tão sem estilo, que nem sequer sabe manusear talheres". Ele respondia:

– Fácil de responder, tchê. Nesse lusco-fusco entre mau gosto e refinamento, antes comerciante honesto e trabalhador que gente abastada de berço metida a coronel.

8 – Bicho da seda

– Ô de casa!

– Seu Gaspar, que honra recebê-lo! Vamos chegar! Seja bem-vindo. Um café, um chá, um biscoito? Temos bolo de rolo também! Feito por Bernardete, nossa empregada. Oxe, ela é caprichosa por demais, visse?

– Obrigado, dona Laura. Pode ser um cafezinho e o tal bolo de rolo. Para mim, por incrível que pareça, ainda é novidade. Em Confeitaria, ultimamente, só se fala nesse bolo. Inventaram que o bolo é confeitense de nascença e criação, uma adaptação do bolo português de creme de amêndoas. Mas não acredito muito, duvideodó! – diz Tião Gaspar, olhando discretamente para seu relógio de algibeira.

A ampla e agradável mansão de doutor Sepúlveda e dona Laura cheira a perfume de rosas. Uma música baixa sai de algum lugar, o gramofone a tocar "The Continental", muito provavelmente de Leo Reisman e orquestra.

– Como não? Oxente, Sepúlveda vai lhe explicar tudo. Ele conhece essa história do bolo de rolo como ninguém! Ele é fascinado pela história dos lugares pelos quais passamos. Pergunte sobre Londrina, que é a cidade natal dele: oxe, ele sabe tudo! Pergunte sobre o Rio, onde morou por anos. Até sobre Garanhuns e Confeitaria, cidades em que morou por alguns meses, ele sabe tudo! E vai lhe confirmar que a história do bolo de rolo de Confeitaria é verdade pura, sim, senhor! Olhe ele aí! Sezinho, estávamos falando de você e da história do bolo de rolo. Vou passar um café que chegou ontem de Maringá, grãos selecionados! E também já lhe trago uma fatia do bolo com queijo do reino.

37

Enquanto dona Laura se retira para a cozinha, doutor Sepúlveda cumprimenta a visita com a simpática seriedade de sempre.

– Ave minha santa Águeda do céu! Oxe, doutor, deixe eu lhe dizer, olhe só: essa história do bolo de rolo já ouvi centenas de vezes. Qual a possibilidade de não a ouvir pela centésima primeira vez? Rogo por bondade e por gentileza – diz seu Tião, rindo-se com intimidade e falando baixinho para não ser ouvido por dona Laura. – Aqui pra nós, doutor Sepúlveda, sou confeitense de nascença, nunca ouvi sobre "bolo de rolo". Eita história inventada da pleura! Bem na medida pra vender doce de goiaba, dona Laura e fábrica Confeito que me perdoem – completa, praticamente cochichando no ouvido do juiz.

– O senhor é uma figura, meu caro Tião Gaspar! Conte comigo que não digo a Laura o que acabei de ouvir – diz doutor Sepúlveda, discretamente, entre risos. – Ah, sim, e de resto, perdoe-me o atraso: audiências até tarde. Tu bem sabes que a vida de juiz é uma turbulência só. No entanto, ressalte-se: sempre é uma satisfação recebê-lo por aqui. Vamos aos negócios?

– A satisfação é sempre minha. Doutor Sepúlveda, vim só para informar que aquele probleminha de antes já está resolvido: resolvi graças a sua indicação muito prestimosa desse homem de prestígio chamado doutor Romero de Alencar Fonseca. Eita que o homem tem contato com todo mundo, até com o governador Carlos de Lima Cavalcanti. Nem sei como lhe agradecer, doutor Sepúlveda. O doutor é uma alma ímpar!

– Ah, seu Tião. Estou aqui pra isso, meu amigo!

– Oxe, hoje em dia a gente tem que se fiar nessas sagradas amizades, senão já viu, a gente não sai do lugar. Meu caro doutor Sepúlveda, as portas se abriram completamente, graças a ti. Agora, Romero virou um grande amigo. Dia sim, dia não, ele me liga para saber como está aquele negócio que eu lhe disse. Oxe, me liga lá de Recife! Que cabra arretado! Anteontem mesmo batemos um papo da gota. Diz ele que par'o ano eu serei o rei do tecido do Recife.

– Que excelente ouvir isso! Olhe, não esqueça de mandar minhas mais ternas lembranças a Romero, que também é meu amigo. Só não conversamos tanto quanto vocês agora conversam. Diga a ele, ouça bem isso, que esse negócio será comemorado com champanhe da boa na praia de Tulum, no México! Ante as ruínas do povo Maia!

– Certamente, doutor Sepúlveda! Só fico preocupado com uma coisa, sem querer tomar teu tempo. E é bem por isso que estou aqui hoje. Não sei se o doutor já ouviu falar de uma tal seda sintética... essa danada está começando a encher as lojas do Recife. Só as Casas Tião Gaspar ainda não vendem. Mas já falei com meus filhos e todos concordam: é uma questão de amor próprio, amor pela qualidade e, acima de tudo, uma questão de princípios! Eu nunca vou vender essa porcaria, perdoe-me o palavreado. Seda sintética? Oxente, isso é esculhambação da braba! Aqui, doutor Sepúlveda, é seda de verdade! – diz Tião Gaspar apontando para o próprio peito.

– Ouvi falar dessa história. Aqui em Caruaru, vieram uns vendedores com esse negócio para vender nos tabuleiros. Parece mesmo material de quinta, ou estou enganado?

– De sexta, de sétima categoria! É um tecido péssimo, calorento, irritante! E não falo só por mim. Já pensou o que será dos Lundgren e dos Batista se essa porcaria vingar? Desculpe-me o palavreado, mas hoje estou possesso, doutor.

– Senhor Tião Gaspar, não se preocupe, não. O senhor sabe que não precisa se preocupar. Ah, sobre o bolo de rolo, é receita inventada pelos pais de Laura, mas até tem inspiração mesmo naquele bolo de nozes ou de amêndoas de Portugal. A fábrica Confeito inventou essa história para vender doce e dar glamour a Confeitaria…

Nessa altura, dona Laura aparece com o bolo de rolo e o café.

– Agora acredita na história do bolo de rolo? – pergunta Laura a Tião Gaspar.

Como não dera tempo de se chegar à história, seu Tião nem titubeia. Dá uma piscadela na direção de doutor Sepúlveda e diz:

– Dona Laura, nem me diga. Oxe, acredito como nunca!

***

Na semana seguinte, seu Tião está de volta a Caruaru. Anda a cidade inteira e não vê mais a seda sintética – nem na feira de Caruaru, nem nos tabuleiros das ruas da cidade. Fica sabendo por Romero que, igualmente, na rua Nova, no Recife, acabou-se essa história de seda sintética.

No final de semana seguinte, seu Tião Gaspar estará em Confeitaria, reunido com os filhos, e será visto dizendo a eles e aos amigos que maior que doutor Sepúlveda não há.

– Eita cabra arretado de bom! Ali cumpre o que diz, não tem fala sem importância de batota qualquer.

9 – Ricardinho, filho de coronel Ernesto

– As terras de painho foram compradas de um velho coronel que se cansou do interior e se mandou para o Recife. As novas sesmarias adquiridas, painho as encheu de sementes de animais criadores da melhor estirpe. Antes, ali era tudo mata, extensão dos brejos de Nossa Senhora do Umuarã. Até 1879, 1880, era um aldeamento de Xererês. Os pobres agora vivem por aí, pedindo esmola, bebendo cachaça.

Ricardo disse isso entre os nhoc-nhocs e nheco-nhecos de camas e suspiros, vindos dos quartinhos ao redor. Odores acres se misturam à luz difusa de abajures lilases e a perfumes baratos de marcas desconhecidas, enquanto rapazes ricos ou pobres se refestelam à vontade – desde que tenham dinheiro que pague. Numa sala à parte, escritório improvisado, ele joga baralho com dona Cândida e seu Marques, os cafetões do estabelecimento, calejados há muito nesse tipo de negócio, com passagens por Recife e Salvador e tudo. Dona Cândida trabalhara por muito tempo no Chanteclair, aquele estabelecimento clássico com cara de cabaré parisiense. Agora, aqui em Confeitaria, ela é dona do próprio negócio. Seu estabelecimento, por sinal, é carinhosamente conhecido na cidade e região como "casa de dona Cândida".

– Eita que tu és mesmo um porre! Só tem dezesseis anos e só sabe ganhar. Como pode? Oxe, Cândida, veja aí se Ricardinho não está enrolando. Debaixo desse paletó aí tem mutreta! – exclama seu Marques, inconformado.

Dona Cândida ria-se à vontade:

– Debaixo desse paletó eu não sei. Mas das calças… quem faz uma propaganda danada é Caroline, apaixonada que só pelo pacote mágico que Ricardinho tem ali debaixo… e eu concordo em gênero, número e grau. Já é lenda, menino!

– Deixe disso, mulher, que preciso me concentrar. Essa história aí todo mundo sabe. É nosso cliente há mais de ano… o que irrita não é a pitoca lendária. É a mão mágica desse porra. Joga feito um diabo. Esse tem pacto com o cramunhão, só pode – diz seu Marques, fazendo o sinal da cruz. – Puta merda! Olha a mão boba desse carniça!

Ricardo, calado, apenas ouve, contendo o humor com leve sorriso no canto do lábio. Tenta manter a concentração em seus naipes, o que enraivece ainda mais os oponentes.

– Por isso a gente sempre perde desse aí e do pai dele. Eita gente desabrida com complexo de gostosura. É caso de família. Esses Tavares mandam e desmandam em Confeitaria, Arcoverde, Poção e sei lá quantas cidades. E, dos Tavares, coronel Ernesto é o lobo e Ricardinho é o lobinho, tem a quem puxar. Cabra bom é assim, bota moral no jogo, mas é um porre!

Ricardinho pigarreia:

– Oxe, seu Marques, reclame não. Painho ganha sempre e isso é quase uma regra. É mestre do pôquer e da porra toda. Quero ver viv'alma ganhando dele: ali é foda! Seja aqui no Sertão ou no Agreste, no Recife ou na puta que pariu. E digo mais! Só vi painho perder uma só vez. Foi para aquele juiz de Caruaru, mas já faz tempo. E só perdeu uma vez, umazinha! Quando o juiz vem a Confeitaria, sempre joga umas partidas de xadrez ou pôquer com papai. E sai daqui arretado da vida. Também! E olhe que esse doutor Sepúlveda, sabem quem é, né?, é esmerado que só a gota no baralho. Nunca ganhei nada dele... no final é só ele e painho. Lúcio sempre dança primeiro. Depois, os compadres da cidade, depois eu. O pote daí fica sempre entre o juiz e papai.

– Ah, sim, doutor Sezinho, gente fina. Finíssimo! – remendou dona Cândida. – Conheço bem, educado nos tratos, selvagem nos quartos. Pois é... coronel Ernesto e doutor Sezinho são verdadeiros *gentlemen*. Mas teu pai é mesmo o mestre das cartas, concordo. Oxe, Marques que o diga, né não, Marques? O Coronel tem aquela fala mansa só para enganar os desavisados. É fala mansa, mas é grossa, cavernosa! Eita voz grave do caralho, menino! Esse teu pai é feito champanhe dos bons: é discreto, mas é certeiro, passa a perna nos desavisados. É como eu digo. Fala-se muito em Veuve Clicquot e esquece-se completamente do Champagne Cristal. Menino, teu pai é o Cristal das cartas: não há nada melhor e não está à venda, e só se conquista com muita destreza.

Seu Marques mordisca seu palito e ouve tudo sem tirar os olhos das cartas. Que conversa boba essa de champanhe e "vêve" pra cá, "cristal" pra lá. "Oxe, vamo jogar, porra!", pensa com seus botões. Por entre suas correntes de ouro, escorrem filetes de suor viscoso, a molhar a camisa íntima de algodão, que ele deixa à mostra para espantar o calor do pequeno cubículo usado ao mesmo tempo como escritório e sala de jogatinas do cabaré. Enquanto ajeita seus naipes, repete meio mecanicamente algumas das palavras de dona Cândida:

– Essa fala mansa dele e do pai é só pra enganar alesado... Ricardinho engana até padre! Oxe, semana passada o menino foi eleito noiteiro de Santa Águeda, prometeu fazer vigília diária na Matriz por uma semana, mas escapou escondido pra vir aqui comer Caroline. Que safado da porra! Ai se o padre descobre!

Depois de mais uma ou duas partidas, alguém bate à porta da salinha. Dona Cândida pergunta quem é. Uma voz fanhosa e arrastada, timbres inebriados, responde do outro lado. É Valdir, feitor do coronel Mendonça, fazendeiro amigo e vizinho dos Tavares. Assim que a porta se abre, seu Marques olha o jagunço de alto a baixo e, entre risos, diz:

– Oxente bichinho! Olha quem está aí: Valdir bêbado feito gambá, tentando fechar o zíper com a bilola de fora. Fecha logo esse fecho-éclair, meu amigo! E cuidado pra não decepar a porra da tua pitoca. Puta merda, que visão do inferno! Muito bem, venha cá, rapaz, não seja tímido. Tome um trago conosco. Essa aqui é da boa! Nestor trouxe ontem lá de Vitória de Santo Antão, do engenho de coronel Joel Cândido Carneiro. Experimente, é da boa.

Valdir tentava de fato fechar um zíper aparentemente quebrado. Tímido, passou o chapéu de palha pela frente da calça para disfarçar as vergonhas que pareciam saltar para fora da abertura inusitada.

– Boa noite, seu Marques. Tomo até o trago de pinga, mas jogar carta na doida com coroné Ricardinho eu não quero, não. Meu patrão, coroné Mendonça, nunca ganhou de ninguém dessa família aí.

– Não disse? – exclama um orgulhoso Ricardo, a virar seu copinho da tal pinga do Engenho Cândido Carneiro, vulgo Pitú. – Eia, Valdir. Chegue! Isso aqui tá bom pra caralho! E esconda a porra dessa bilola direito que ainda tô vendo é tudo! Chegue! Na casa da luz vermelha, somos todos irmãos. Com quem tu tava agora?

– Lurdinha – responde Valdir, sentando-se ao lado de Ricardinho.

– Cabra de sorte! Essa usa a boca pra fazer milagre!

Bebericam e jogam cartas por um tempo. A pinga sobe à cabeça de todos e Valdir, que já está bem amaciado, vai se soltando ainda mais. De vez em quando faz alguma pergunta, liberta algum pensamento:

– Coroné Ricardinho já ouviu falar da terra que tem lá por trás da Serra do Umuarã?

– Conheço a serra e o brejo, mas nunca vi essa terra por trás do brejo, não. Conte mais, Valdir. O que tem ali?

– Oxe, é impressionante que ninguém conhece direito o que tem por lá. Terra plana e fértil! Só que ali tem uns caboclos catimbozeiros. Antes eles moravam no pé da serra, naquele lugar cheio de pedra. Sabe, aquele lugar que o gado às vezes vai? Hoje é terra de teu pai... depois, não sei como, descobriram essa terra boa para além do brejo... é terra que não acaba mais!

Vale a pena dar uma olhada. Nem sei por que teu pai nunca botou o olho ali. E, se botou, não prestou atenção.

– Interessante... pensei que não existisse mais índio nos matos de nossa cidade, pra mim tinha tudo virado mendigo... – responde secamente Ricardo, pensativo, a acender serenamente um Chesterfield King Size, "o cigarro que satisfaz!", companheiro inseparável de alegrias e tristezas. Guarda a informação e se concentra no jogo. Depois, põem-se a conversar aleatoriedades. Os homens a contar suas vantagens amorosas. Ricardinho, Valdir e seu Marques cobrem de pasmo dona Cândida, boquejam conquistas que nunca tiveram e ricas amantes que só existem em sonho. No fim da madrugada, depois de duas ou mais garrafas de Pitú, calam-se, jogam mais um tanto. Seus silêncios acabam se misturando à essência madrugadora da densa fumaça do recinto, proveniente de largas baforadas, e dos gemidos cada vez menos intensos das putas exaustas.

Num canto da sala, sobre um pequeno altar repleto de flores, entronizada, uma estatuazinha de São Jorge abençoa tudo, higieniza e santifica o lugar. No final da madrugada, todos saem da sala para dormir seus sagrados sonos matutinos, sem esquecerem de fazer suas genuflexões a São Jorge. Benzem-se, entoam pequeninas rezas e padres-nossos em que "perdoai nossas ofensas" e "livrai-nos do mal" são ditos com louvável e admirável ênfase.

Parte II

Todo Éden tem maçã, todo Éden tem serpente

10 – Moscas

Moscas pretas, verdes, azuis, pequenas e grandes dominam o ambiente das casas das fazendas e da cidade. Voam por tudo e se espalham pelas mesas, como cravos pretos em narizes oleosos. Naquela fazenda, em particular, as moscas varejeiras habitam com predileção, buscam açúcar e ciscos putrefatos. Uma delas sai do curral dos bois, traspassando mutucas e demais concorrentes, ainda lambuzada em esterco. Entra pela porta aberta da casa grande, cujo convidativo aroma é de ricas notas de fossa aberta. Voa, voa e, como sempre, depois de enjoar do ambiente, tenta escapar por uma janela de vidro que, fechada, é o muro invisível que projeta efêmera ilusão de liberdade. A varejeira bate, teima, tenta, não consegue. O chiar agudo e incômodo das asas do artrópode alado se espalha no ambiente como o inescrupuloso grito de horror de gente encurralada de morte. Varejeira grande. Vai de um canto a outro da janela, até que se vê contida pela armadilha de uma ampla teia de aranha. Alguns talvez achem que seja teia de aranha marrom, aquela chamada de "a mais perigosa"; quiçá, outros dirão, de viúva-negra, aracnídeo inexistente naquelas paragens. As mentes criarão a explicação mais espetacular; quando, na verdade, a teia é de aranha simples, aquela que é a mais comum de todas, de pernas muito longas e finas, com uma bunda gigantesca para a diminuta estatura corporal. A mosca arrosta a teia, mas sua valentia apenas faz com que se enrosque ainda mais, chamando a atenção da senhora "aranha comum". Esta, sagaz, rapidamente se aproxima e jorra de sua glândula sericígena o seu visco fiandeiro ao redor das asas do hiperativo inseto. O som das asas passa de agudo a grave, sem deixar de lado as nítidas notas nauseantes. A varejeira, no desespero, é cada vez mais empurrada para o meio da insuportável teia que, ao contrário das teias de aranhas de jardim, não é nem bidimensional, nem simétrica. É espalhada nas coordenadas x, y, z e completamente anisotrópica. Teia feita para enroscar. A mosca se debate e se cansa. Para. Imobilizada pela força dos fios, confirma sua vulnerabilidade e se oferece à chance inevitável e fatal de ser domada e de ser picada. Aproxima-se a aranha e calcula o ponto em que cravará suas quelíceras. A mosca está presa, mas é forte. Intrépida, tenta se afastar do centro, volta devagar para as bordas, debatendo-se, quebrando amarras, libertando cada vez mais suas asas. O conglomerado de viscos também é poderoso. Todo o conjunto balança, atiçando fome e instintos. Para não perder a presa, acorre decidida a jogar cada vez mais fios pegajosos ao redor de seu futuro jantar. O som é impressionante. A varejeira aposta toda sua alma na impossível fuga. Ela vai morrer, é isso o que acontecerá. No entanto, a potência do horror daquela insistência a desvencilha das teias mais fortes, restando um único fio a ligá-la à mansão armadilhada. O inseto voa sem voar, mais parece pipa. Depois da agonia repetitiva, registre-se, a mosca ganha a quebra de braço e some esvoaçante por entre os cômodos da casa: percorre a ampla sala, pousa em uma cadeira, observa a porta aberta, promessa de liberdade. Espana as patas dianteiras, uma contra a outra, remexe seu encéfalo de olhos gigantescos, prepara-se para o voo e zumbe suas asas, levantando-se às alturas, em velocidade cada vez maior. A aranha que se exploda em seu ninho de iniquidade débil, *au revoir*! O plano sequência presente no *sketchbook* da varejeira, ao que parece, é glorioso: a liberdade está praticamente garantida. Seu instinto intrépido não percebe as rápidas mãos do habilidoso verdugo que se colocam em seu caminho: em câmera lenta, aproximam-se por cima e por baixo, esquerda e direita, a prece ameaçadora que culmina em estampido doloroso de morte. A mosca cai no chão, esmagada, completamente lambuzada de seus cremes internos, *crème fraîche* de vísceras diminutas. Lá embaixo, seu último suspiro ainda consegue divisar o assassino. Seus olhinhos telescópicos amplificam a face do verdugo: um homem de chapéu branco, pele enrugada, cílios espessos a saírem-lhe das ventas. É o dono daquela casa e daqueles currais em que passara boa parte de sua efêmera vida. Em seu último suspiro, vê o sorriso matreiro do coronel Ernesto, o senhor daquilo tudo. Morre sem reclamar.

11 – Silvino, caçador de passarinho

Feitor Silvino trabalha há dez anos para coronel Ernesto. Ele e Valdir, feitor de coronel Mendonça, formam um par perfeito de serviços prestados e memoráveis. Além disso, salvo melhor juízo, Silvino, Valdir e Ricardinho formam aquele trio invencível das mesas de pôquer e das camas desarrumadas do cabaré de dona Cândida. Invencíveis! Pois bem, Silvino, antes de empregado-mor de fazenda, foi vaqueiro dos bons lá para os lados de Buíque. Sabe-se que nasceu no

Crato, sertão do Cariri, Ceará, mas de pequeno veio a Pernambuco, Inajá, fronteira com Alagoas. Da mãe herdou a devoção por Padim Pade Ciço, como era de se esperar. Do pai herdou o sangue nos olhos e a faca nos dentes.

Por falar nisso, de pequeno Silvino perdera totalmente o contato com o genitor. Soube uma vez, por um disse-que-disse, que o pai se metera em diversas confusões ali por Araripina, que em 32 voltara de vez para o Ceará e que hoje está apodrecendo na cadeia. Disseram que a seca estava tão braba que o povo faminto partira em romaria para Fortaleza. Para evitar a invasão do matuto pobre na cidade, o governo fornecera passagem de trem a todo mundo para ir ao campo de concentração de Quixeramobim. Ali tinha vigilante, arame farpado, atributos de contenção diversos para evitar a revolta contra a fome e o medo de que os famintos invadissem Fortaleza. Tudo indica que o pai embarcara numa dessas aventuras e acabara caindo num desses campos de concentração. Ao que parece, ao tentar fugir, acabou matando um guarda; passou-lhe a peixeira no pescoço e foi detido ali mesmo. Aí caiu na Casa de Detenção de Fortaleza e nunca mais se ouviu falar. O fato é que Silvino teve a quem puxar, pois os arroubos do pai são muito parecidos com os do filho: sangue nos olhos e uma habilidade danada com a peixeira. Isso desde criança – quando Silvino se metia na caatinga de Inajá para pegar galo-de-campina, o passarinho de penacho vermelho. Criava as próprias armadilhas e vendia os animais na feira da cidade. Um dia, quando tinha uns quinze, desanimou das vendas; um padre novo na cidade comprava tudo e depois soltava no meio do mato. A bem da verdade é que, no início, o jovem Silvino não se importou. Com o que vendia, ganhava dinheiro de qualquer jeito; para que se preocupar? Depois de perguntar ao padre por que comprava e soltava, tudo mudou.

– Oxe, padre, soltar pra quê?

– Tudo o que Deus faz, faz certinho. Os pássaros pertencem ao céu, meu filho. Já dizia Leonardo da Vinci que, no fundo, imitava São Francisco quando soltava os pássaros da gaiola. E São Francisco imitava Cristo. "Olhai as aves do céu", já dizia Nosso Senhor. Ou tu já ouviste Cristo dizendo "olhai os pássaros da gaiola"? Não, meu filho. Lugar de passarinho é voando solto.

O menino simplesmente desanimou, não conseguia mais armar uma arapuca. Silvino deixou a vida de caçador de passarinho e foi ser aprendiz de vaqueiro. Aprendeu a fazer trabalho em couro e, poucos anos depois, costurou seu próprio uniforme. Quando estava devidamente preparado para a lida, na arte de alimentar o gado com ramos de mulungu e macambira queimada e picada;

quando se esmerou na arte do aboio e de buscar uma rês perdida no meio da caatinga; e quando finalmente dominou a arte da pegada de boi barbatão, tornou-se um vaqueiro propriamente dito e foi cuidar do gado dos Andrades nas caatingas de Ibimirim e Buíque. Inevitavelmente, passou a visitar Salgueiro ano a ano para participar das corridas de mourão. Às vezes, derrubava um ou dois bois nos torneios para ganhar um agradinho de algum coronel da cidade.

Um dia, durante uma viagem dessas, depois de tanto tempo esbarrou novamente com aquele padre de Inajá, o que soltava passarinho.

– Que roupa bonita de couro! Parece aquelas de Lampião e Maria Bonita que se vê em fotos.

– Nada a ver, seu padre. Lampião não usa gibão e nem calça de couro, não. E olha o chapéu. O de Lampião é grandão, o meu é pequenininho.

– Virou vaqueiro?

– Virei, sim. Pastoreio e aboio as rês dos Andrades. E às vezes vou nas corridas de mourão aqui de Salgueiro e das cidades do Pajeú.

– Mourão?

– Isso, a corrida para pegar boi desgarrado. Puxar pelo rabo...

– Oxe, meu filho. São Francisco também não aprovava esse negócio de puxar boi pelo rabo...

Silvino fez cara feia, mas ficou calado. Eita padre esquisito da pleura! Por causa disso, dessa vez, Silvino perdeu a vontade de ser vaqueiro depois de um tempo. Que padre chato! Foi embora de Buíque trabalhar para os lados do Sertão do Moxotó com alguma coisa que não precisasse derrubar boi nem prender passarinho. Acabou como feitor da fazenda do coronel Quincas Gomes em Arcoverde e, depois, por indicação do próprio coronel, conseguiu emprego melhor como feitor, jagunço, braço direito, capanga e guarda-costas do coronel Ernesto Tavares, da Fazenda Umuarã, em Confeitaria. Ganhava muito bem, principalmente quando surgia um servicinho de dar surra em presepeiro ou afugentar vagabundo. Sua cicatriz de faca no rosto e o olhar de poucos amigos denunciam a vivência experiente de homem de confiança dessas gentes importantes do Sertão. E que o padre de Inajá não chegue perto! Se hipoteticamente aparecesse em Confeitaria com papo de arrombado, de que Jesus e São Francisco não aprovam surra em vagabundo, aí seria demais! Arriégua, rapaz! Se isso acontecesse, mandaria aquele padre aluado não se meter na vida dos outros. "Que vá lamber sabão!", pensa Silvino, com raiva desse acontecimento que nem aconteceu. E pediria ao padre, por gentileza, que se mandasse deste mundo, que fosse para o inferno. Se o padre otário queria dar lição de moral, que desse ao coisa ruim – que esse, sim, precisa aprender a ser temente a Deus.

O jagunço conta essa história a todo mundo. Alguns dizem que é bravateiro de primeira:

– Oxente, Silvino, tu errou de profissão. Está mais é pra pescador!

Histórias que não morrem: anos depois, Silvino partirá cedo, de porrada na cadeia – mas suas histórias sobreviverão na mente de uns coronéis de Confeitaria que, uns dez anos depois de sua morte, ainda contarão aqueles causos no Café do Girão, em Recife, a uns amigos e amigas da turma da orquestra da recém-inaugurada Rádio Jornal do Commercio. O maestro ouvirá, anotando tudo em cadernos e, quando lançar sua música, alguém na plateia do Santa Isabel terá a impressão de ver Silvino a correr em seu cavalo de vaqueiro, a derrubar boi em corrida de mourão.

12 – Pequeno segredo de polichinelo

Confeitaria é cidade que se estende num planalto cercado por serras e pelo Brejo do Umuarã. Valdir e Silvino, a mando de seus respectivos chefes, realizaram expedições ao longo do Brejo e viram que por trás dele realmente há muitas terras inabitadas, que não se sabe a quem pertencem.

– Não contem a ninguém o que descobriram – diz coronel Ernesto aos dois jagunços, sem saber que, de cachacinha aqui e cachacinha acolá, os dois foram espalhando a notícia entre outros feitores, donos de taberna e até entre as meninas da casa de dona Cândida.

Mas há sempre aquele dia em que se descobre que o segredo bem guardado não passa de segredo de polichinelo. Não tarda muito, coronel Ernesto descobre que os fazendeiros da região estão todos de espreita, entocaiados à espera de um melhor momento para tomarem para si aquelas terras. Ele dá bronca feroz em Valdir e Silvino, pede com urgência a presença de coronel Mendonça, aquele mais compadre. Depois, tem que fazer acordo de divisão de lotes – senão a faísca ia explodir bomba.

– Valdir, tu não presta mesmo, né, seu porra! Oxe, se não fosse por tu e Silvino, painho abocanhava aquela terra inteirinha só pra ele. Agora tá lá essa confusão. Eita, porra! – diz Ricardinho ao jagunço, fulo da vida, enquanto jogam cartas num dia desses de dona Cândida.

13 – *E-ho, choc-choc*

Choc-choc, choc-choc. O chocalho é quem estabelece o ritmo. *E-ho, e-ho, e-ho.* Na roda de índios o coro é frenético. *E-ho, e-ho.* Quem não canta e dança, toma mocororó e fica logo alegre, levantando-se de pronto, respaldado pelo sumo de efeitos extasiantes, para dançar, cantar, tocar cabaça. *Choc-choc.*

A gente intelectual do Recife chama aquele povo de "Kariri de Fora". Já o povo de Confeitaria simplesmente diz que é um "bando de caboclo catimbozeiro". Já os próprios, que nem têm ciência dessa batalha semântica, autodenominam-se Xererê-Eho. E amam o seu grito de poder: *e-ho, e-ho*!

O terreiro da tribo se abre por entre ocas de sapê, casinhas de pau-a--pique, cobertas por folhas da palmeira licuri. A tribo se espalha ao longo da serra do Umuarã, ao redor da grande pedra sagrada, a Pedra do Céu. O forte cheiro de tinta fresca do extrato de jenipapo permeia a roda de dança toré. Tinta preta e vermelha que cobre o tronco da turba com cruzamentos, listras e pontas ancestrais. Cocar de pena azul, outros de pena verde ou, ainda, pena branca. Estão a usá-los os fortes mancebos a andar de lado com seus passos curtos, ritmados pelo *choc-choc.*

Os zunidos do vento da serra trazem ainda novos acordes. Incrementados aos *e-hos*, criam extraordinárias sinfonias atonais. O vento varre as penas do cocar do cacique Guará e do curumim Kuati-mirim. *E-ho, e-ho,* gritam eles.

Sentadas na plateia, cuja arquibancada é o próprio chão de mato e poeira, as damas Xererê acompanham com os olhos o desenvolvimento de seus pais ou filhos, ou de maridos ou irmãos. Batem palmas e cantam, soltando de vez em quando seus gritinhos, *i-hu, i-hu*!

Lateja das mãos do velho pajé, e dos moços iniciados, grosso tubo que se une à canção, *fum-fum*! É o rito do ouricuri, gongórico segredo místico guardado a sete chaves, que se desenrola alvissareiro a evocar ancestrais, pedindo em forma de *choc-chocs* e *e-hos*, *i-hus* e *fum-funs* proteção para a caça: bicho para comer e também para apreciar. Mas, acima de tudo, rezam por mandioca boa.

O pajé fuma, dança, assopra, *fum fu-fu-fu-fu.* E grita *e-hos.* Hoje ele sai do corpo. Hoje o pajé vira carcará!

14 – Rosário no céu

Há quem o descreva como matuto simplório. No entanto, não sabem que ele é sábio. Sábio travestido de simplório. Assim é Zezé Tibúrcio, o matuto que mora na pequena roça ali no pé da Serra do Umuarã, bem onde começa a linda mata de brejo que se estende até as altitudes. Ele entende de ervas e de passe espírita: benzedeiro igual à mãe. Vê-se claramente que é meio tristonho, não se sabe se por ter sido sempre assim, jeitão característico, ou se isso é tão somente o sinal da vida íngreme de todo matuto sertanejo de alma asfixiada pelas duras provas do Sertão. Mas "matuto simplório" só mesmo na boca do povo. Pode até ser matuto, mas sabe, mais que muito doutor, das coisas do céu e das histórias do mato. São testemunhas as suas duas filhas, sua mãe Naná e sua mulher Eunice.

Depois da última carpida, deixa a enxada de lado e senta na relva macia para ver o pôr do sol. Seus olhos a refletirem os matizes de rosa e laranja que se avermelham tão logo o astro rei vai desaparecendo por trás do horizonte. Olhos castanhos que presenciam sol, salpicados de azul ou verde – quem poderá dizer – com umas marcas irregulares, cicatrizes da alma. Preto de olho esverdeado, é o que diz de si mesmo. Depois acende um cachimbinho e contempla o voo dos pássaros, que se aglutinam em bandos irremediáveis de cantos diversos: a miríade de espécies aladas que espanta atmosferas enfadonhas, promessa de ares novos na mente imaginativa do matuto. A ele se juntam a esposa e as duas filhinhas. Zezé se levanta e, como sempre, em seu ritual diário, acende a pequena fogueira em que assará lebre, galinha ou o que tiver caçado naquele dia. Todos esperam ansiosos: a melhor hora do dia, a hora que a noite vem. O fogo se ergue, o alimento é preparado e as histórias são contadas. O próprio Zezé faz questão de assar e também preparar o café coado. Ele, que nem toma café – não suporta o gosto amargo –, mas que adora ver dona Eunice, sua esposa, a bebericar o café misturado com leite de cabra quentinho, recém-tirado por ela mesma naquele fim de tarde. E essa rotina de se reunirem ao redor da fogueirinha guarda histórias aparentemente caducas, mas bem-vindas, contadas de geração em geração.

Antes da contação de histórias, Carolina e Águeda sempre jogam o Escravos de Jó, passando entre si uma boneca de pano maltratada de tanto ser amassada na hora do "zigue, zigue, zá!".

– Chegue, Carolzinha. Chegue, Águeda. Olha ali as Três Marias – aponta Zezé com o dedo. – A Maria Nossa Senhora, a Maria Magdalena e a outra Maria, que ninguém sabe quem é.

Alguém dirá que é mentira. Acreditem: ele se acostumou a falar como se estivesse cantando. Uma prosa mais parecida com um aboio do Pajeú misturado aos cordéis recitados na feira de Caruaru. Sobremaneira encantador. De sorte que suas filhas, com brilho no olhar, ouvem sob verdadeiro hipnotismo. Para elas, é a melhor hora do dia: acordam cedo para ajudar na roça, almoçam ao meio-dia, brincam de boneca de pano, ajudam vovó Naná a debulhar e separar o feijão para, à noite, juntarem-se ao pai para ouvir histórias e, então, dormir cedo para acordar cedo.

– As estrelas são tribos distantes que se acendem no escuro. São milhares de fogueiras acesas no céu – começa Zezé, entoando a história que ouvira do pajé da tribo que fica ali dentro do brejo matreiro, que está ao lado de sua chacarazinha, na subida da serra. – As estrelas brancas são fogueiras de fogo frio e as vermelhas, de fogo quente. A mais brilhante, aquela ali, estão vendo?, aquela perto das Três Marias, aquela é a luz da tribo do grande cacique protetor de todas as tribos. Mais para baixo, depois da estrela vermelha, tem o rosário de Nossa Senhora, que são dez estrelas para alguns, trinta para outros, uma junta da outra. São as pequenas tribos, as que têm pouca madeira, com fogueiras muito fraquinhas.

– Cadê o rosário? Não enxergo, painho – pergunta Carolzinha, ansiosa.

– Primeiro tem que acostumar o olho. Ali, ó. Primeiro tu vê uma mancha e depois vai perceber um bocadinho de estrelinhas. Tente e me diga… consegue ver? – responde o pai, espanando com as mãos na direção da minúscula região em que se encontra o dito rosário; Plêiades, para os astrônomos do mundo.

O fato é que, no decorrer dessas conversas e observações, em segredo Carolzinha se orgulha por demais de ter pai tão sábio.

15 – Arruando pela rua Nova

Mariquinha está concentrada em sua oração. A ida regular ao Recife agora é uma das raras vezes em que sai de casa sem o marido Francisco, que, nos últimos tempos, praticamente assumira a loja de Confeitaria. Consumido pelo trabalho, não ousa deixar o negócio de família descoberto. Francisquinho… faz só dois dias que não o vê, mas já tem saudades. Pede proteção a Deus e à Virgem e agradece a Santo Antônio por estar bem casada. Ela olha fixamente para o crucifixo central do altar, ladeado de nichos que contêm as imagens de São Sebastião de um lado e Santo Antônio de outro. Véu de renda fina sobre os cabelos, rosário nas mãos, dúvidas na cabeça. Ela, que é nova que só, não quer ter filhos – embora saiba que nem sua família nem a família de Francisquinho arredarão pé de um rápido neto. Gravidez, ainda nada. Não é que queira ter filhos agora, mas precisa, tem que ter. Pede a Nossa Senhora do Perpétuo Socorro a bênção de prestíssima gravidez. "Só tenho um mês de casada, mas, sem isso, minha Mãe, serei alvo das faladeiras sem-vergonha. Terei que me explicar em toda festa, terei que dar satisfação a Deus e ao mundo. Estendei Vossa mão sobre minh'alma, ó Virgem amantíssima", pensava Mariquinha ao longo de toda a missa.

A família está toda reunida na igreja: pai, mãe, irmãos. Serginho, em especial, finge reza, mas está distraído – ora olha para o belíssimo lustre de cristal que se destaca do forro da nave, ora para as moças que acompanham a missa em companhia de seus pais. A Igreja do Santíssimo Sacramento de Santo Antônio está repleta. Quando o padre conclama *ite, missa est*, todos se erguem, se benzem, se conversam, dão tapinhas nas costas, fazem uma genuflexão e rapidamente saem pela porta principal para a atividade predileta dos *chics* de fim de tarde: arruar na rua Nova. Rua que, no papel, se chama "João Pessoa", nome que ninguém gosta e que não pegou.

Mensalmente, eles vêm a Recife – já é velho costume. Hospedam-se no Palace da Maciel Pinheiro, ali do lado do casario onde um dia morara a família Lispector e onde está a Igreja Matriz da Boa Vista. O Palace também já é costume: doutor Zago e família uma vez se hospedaram perto da Estação Central, por comodidade, mas não gostaram nem do hotel nem do local: "junto por demais da Cadeia Pública", dizia dona Matilde. Outra vez se empolgaram com o cartaz do Hotel Central:

"O mais moderno do norte do Brasil

Cozinha de primeira ordem

Ponto donde se descortina o mais belo panorama da cidade

American Bar
  Dinner Dançante

Prédio de seis andares com dois elevadores

Fala-se
  Italiano
   Francês
    Inglês
     Alemão
      e Espanhol"

Hospedaram-se uma ou duas vezes. De fato, central: Manoel Borba com Gervásio Pires, o bonde para o centro passa por lá. Mas depois desistiram, não porque não gostassem do lugar; era mais porque doutor Zago, que se diz econômico e equilibrado, não tolerou os tais preços exorbitantes da diária do estabelecimento.

– Mas o Central é caro pra chuchu – comentou doutor Zago da última vez em que ficaram ali. – Hospeda Carmen Miranda e, barbaridade, virou hotel de rico!

– Mas temos dinheiro, Luiz...

– Prefiro que gastemos na perambulação e na compra de artigos. Não é bem melhor? A mim, chega! Sem falar que o hotel é prédio alto, abriu as portas para essa tendência imobiliária da verticalização. Um primeiro passo rumo a uma Nova Iorque enfeiada. Anotem o que estou dizendo.

Em algum momento decidiram, de uma vez por todas, que, naqueles sagrados finais de semana de fim de mês, a hospedagem oficial seria o Palace da Maciel Pinheiro. O hotel ficava no encantador largo da Matriz, projetado por Burle Marx, com tantos belos monumentos e a estátua da índia no topo da fonte d'água, do outro lado do rio, longe do bairro da cadeia ou da exploração do Hotel Central. Rotineiramente, à tarde, depois do banho, dos perfumes e do ritual de se vestir a caráter, tomam o bonde na rua da Imperatriz. Dez minutos depois, já estão ali, no coração da moda, da perambulação das madames e dos já tradicionais *flirts* de moças e rapazes: rua Nova. A viagem ao Recife sempre surge na hora em que doutor Luiz e dona Matilde precisam comprar roupa e perfumaria que não há no interior – mais por exigência de dona Matilde, quase uma desculpa para sair de Confeitaria, "fim de mundo!", segundo ela. Aproveita para comer uns quitutes que só há no Mercado de São José: filhoses, tigelinhas douradas e beijos de cabocla. Depois arruam pelas ruas do Recife, naturalmente evitando a rua do Imperador, local dos safados Café Continental – que todos só conhecem por Café Lafayette – e Café do Girão, em que os estudantes de Direito, sentados nas mesas postas na calçada – à moda europeia –, soltam suas gracinhas ou espiam debaixo das saias das moças que sobem nos bondes. Nada melhor, porém, que o arruar através da rua "João Pessoa", rua Nova na boca das gentes. Ela é o centro de tudo, a artéria máxima do passeio da nata, da gente bonita e bem vestida, das lojas que vendem os novos cortes vindos diretamente de Paris. E da lenda da emparedada da rua Nova, contada em famoso livro de Carneiro Vilela, história que gera a suspeição e o medo do fantasma da emparedada quando o povo passa ali pelo número 200 da rua. Após saírem da igreja, iniciam a profana caminhada ao longo daquela via e, ao longe, avistam a Ponte da Boa Vista, a famosa "Ponte de Ferro", em que muitos pedestres, alguns bondes e uns poucos carros, harmonicamente e lentamente, sem se atropelarem, fluem a partir do outro lado – da rua da Imperatriz. É gente que não acaba mais, desfilando seus vestidos, pousando para fotos. "RCA, Rádios Victor", diz o imponente cartaz que se destaca por cima dos arcos de ferro da ponte e, nas colunas da ponte, de cada lado, "Imperador" e "Dom Pedro II", respectivamente. Caminham todos juntos, doutor Luiz Zago de braço dado com dona Matilde, as filhas Mariquinha, Araci e Luíza, e o único menino, Serginho. Todos, enquanto passeiam, revisam cada um dos detalhes da rua Nova – os já conhecidos ou os completamente novos, que se destacam por aquela via prazerosa. A distração de dona Matilde e suas filhas: observar as madames e suas filhas da elite recifense, com seus últimos trajes e chapéus.

– Melhor que isso só aquela vez que viajamos para o Rio, no *Highland Monarch*, lembra? – comenta doutor Zago, a fazer média com dona Matilde.

Passam mais de hora entrando e saindo das lojas lotadas de artigos finos: a Primavera, a Casa Matos, a Sloper e a Sapataria Inglesa. Até na joalheria Anel de Ouro eles entram. Compram perfumaria, cortes, gravatas e chapéus, distribuindo entre si as sacolas de compras, para que não se criem fardos a ninguém. Mariquinha, muito fã dos chapéus de estilo *slouch*, principalmente por causa de Greta Garbo, hoje foi decidida a fazer banho de loja no quesito chapéus. Ela usa um *slouch* de feltro, que lhe cobre os tradicionais cachinhos castanhos de mechas douradas. Já tem um tempo que se queixa, pensa em novas possibilidades: quer comprar a nova moda das ruas de Nova Iorque, *turban felt hats* ou então *felt hats* do tipo fedora feminino, como já costumavam usar sua mãe e suas irmãs. Na verdade, corrija-se, a irmã mais nova, Luíza, usa naquele passeio um desses chapéus estilo Shirley Temple em "A Pequena Órfã", de veludo preto e laço ao redor do queixo. E elas, que amam igualmente sapatos, hoje decidem não pensar muito neles. Tanto Araci quanto Luíza usam sapatos Oxford para arruar. Dona Matilde e Mariquinha, já com pose de senhoras, preferem o salto mais alto, mesmo que isso dificulte as andanças: cada uma com seu par, tons e aspectos diferentes, mas ambos com traços marcantes de *art déco*.

Quando doutor Zago vem com um elogio a alguma loja, a alguma peça de roupa que o anima, que só não compra porque está cara demais, é secundado pelos comentários de dona Matilde sobre roupas, perfumes interessantes e pelas opiniões de sua esposa sobre as dondocas de vestidos curtos, que se embrenham atrevidas pelas lojas. Nas caminhadas, ela reclama dos rapazes ao pé do balcão da sorveteria Biju, a expressar safadezas e fofocas sobre as gentes que acabam de chegar nos bondes lotados. Às vezes, doutor Zago fala alto algum pensamento só ouvido por ele mesmo, como suas reclamações referentes a alguma catinga inusitada ou então às obras de modernização que, ele acredita, aos poucos enfeiam a cidade.

– Logo depois que chegamos em Pernambuco, derrubaram a coisa mais bonita do Recife, por causa das ditas "necessidades do trânsito". O Arco da Conceição, na ponte Maurício de Nassau, é um exemplo. Tchô, lembra, Matilde? Mas que monumento bonito, barbaridade! Agora, derrubado! – exclama doutor Zago, dando ênfase no "rru" vibrante alveolar da palavra "derrubado", com aquele falar de gaúcho que engabela sibilante a língua na letra erre. – Até uns anos atrás, Recife tinha ganas de crescimento ordenado, trânsito, indústria, comércio, o porto. Política habitacional apropriada, todos em suas casas, seja no Sul ou no Norte, no plano ou no morro. Somos a terceira cidade do Brasil, mas ainda é muito melhor morar aqui que no Rio ou São Paulo. Mas, tchê, de uns tempos para cá, inventaram moda de fazer edifícios, lotar as ruas de carros, transformar Recife em Nova Iorque, enquanto ela poderia ser a Paris do Nordeste… as praças da cidade estão abandonadas, repletas de capoeirões. Uma ou outra se salva, graças àquele paisagista novo que o governador Carlos de Lima contratou, o tal Burle Marx. Enquanto isso, esqueceram-se do interior, de nossas cidades do Sertão: o matuto, fugindo da seca, buscando assistência médico-hospitalar, vai invadindo a cidade e, aos poucos, Recife vai inchando… bah, isso não vai acabar bem! Sou contra inchar as capitais, como fazem nossos irmãos argentinos e uruguaios... o interior é o futuro!

Arruam mais um pouco, cumprimentam alguns conhecidos, conversam com algum velho amigo. Depois continuam o arruar, entram em outras lojas. Quando dona Matilde e as meninas se demoram demais em alguma compra, doutor Zago vai à rua fumar um Selma, o "ponta de cortiça", que toca a esmagar com o sapato quando se dá por satisfeito. E então leva Serginho à Livraria do Nogueira para ver as novidades literárias que chegam da Europa, comprar os últimos exemplares do almanaque "O Tico-Tico" para Araci e Luíza, livros para Mariquinha e o exemplar mensal da revista "Ilustração Brasileira" para dona Matilde. Já ele se contenta com a última edição do Jornal do Commercio e deixa Serginho escolher algum item à vontade – que, no final, é o romance *Um Lugar ao Sol*, de Érico Veríssimo.

– Parece-me excelente escolha, Sérgio. Tu sabes que esse escritor é meu conterrâneo. Depois tu me emprestas – comenta um simpático doutor Zago, a folhear o exemplar. – Aqui, para pagar o livro. Com o troco compre um doce – arremata, entregando ao rapaz duas notas de 20 mil réis, aquela da efígie de Deodoro da Fonseca.

Depois da Livraria do Nogueira, passam ao cinema. Oito filmes em cartaz, nota doutor Zago, que chega primeiro com Serginho na frente do Cine Royal. Pai e filho se põem a esperar as mulheres enquanto analisam os títulos dos filmes. Depois do rápido desencontro, ninguém se perde: como de costume, no horário marcado, é no Cine Royal que se encontram.

– Bah, compraram roupa nova? – pergunta doutor Zago.

– Oxe, novinhas, *brand new*, lindas! – responde Araci, feliz da vida.

Assim que todos se reúnem, tocam a comprar o ingresso para a sessão das cinco.

– Que tal esse? Alguém já ouviu falar desse? "Fuzarca a Bordo", estrelado por Bing Crosby, Ethel Merman e Ida Lupino, direção de Lewis Milestone, música de Cole Porter – pergunta doutor Zago, apontando para o grande cartaz que se destaca de todos os outros.

– Cole Porter, amo Cole Porter! Amo Ethel Merman! – exclama Mariquinha, buscando a concordância das irmãs com um olhar atento.

– Serginho ama Ida Lupino – cochicha Araci para Luíza, dando uma risadinha.

– Eu ouvi isso! – resmunga o garoto.

– Bem, como ninguém se interpõe, e como sei que as meninas adoram esses musicais da Broadway, adquirirei as entradas para esse tal "Fuzarca a Bordo". Algo a dizer, Matilde? Não? Feito! Pois bem, tomamos um café na Fênix, depois o cinema e, para fechar o dia, vamos à praça Joaquim Nabuco para um refrescante sorvete no Gemba. Aí pegamos o bonde e voltamos ao hotel. Amanhã vamos até à Aurora assistir às regatas de Náutico versus Barroso e quem sabe passear mais um pouco pelo centro, tomar mais sorvete no Gemba... o que acham? – diz isso de olho no cartaz do filme e, depois de, calado, pensar por um minuto, ajeita o bigode com o polegar e comenta: – "Fuzarca a Bordo", mas que título, tchô! Sobremaneira estranho, não acham? Provavelmente o original, em inglês, deve ser muito diferente, como sempre ocorre – comenta, já a ponto de vencer a pequena fila da bilheteria. – Por obséquio, seis entradas para "Fuzarca a Bordo". Sim, seis. Por favor, tu sabes qual é o título original do filme? Não? Tem algum folheto descritivo? Ah, aqui está! Não te disse, Serginho? *Anything goes*, completamente diferente! Como traduzirias, Luíza? Isso mesmo, "qualquer coisa vale", ou mesmo, posso também contribuir, para tirar as dubiedades, quem sabe seja "vale tudo", "topa-se tudo".

– Papai, ano passado o senhor comprou o disco desse musical de Cole Porter, nós temos lá em casa. Lembra? Acho que o filme é uma versão mais nova do *Anything goes* da Broadway. Lembra? *"In olden days, / A glimpse of stocking / Was looked as something shocking, / But now, God knows, / Anything goes!"* – cantarola Luíza, estalando os dedos para convidar as irmãs a cantarem em afinado coro.

– *The world has gone mad today / And good's bad today, / And black's white today, / And day's night today, / When most guys today / That women prize today / Are just silly gigolos* – completa Mariquinha, remexendo-se livremente na antessala do cinema.

– Mariquinha, quanta indecência! – cochicha brevemente dona Matilde, em tom ríspido. – Mas que barbaridade! Essas meninas, tchê! Parem já de cantar essa sem-vergonhice! Bah! Já estou vendo que esse filme vai ter mulher de perna de fora sapateando feito chinoca endiabrada – comenta, revirando os olhos.

Enquanto a hora do filme não chega, passam à rua da Palma e se embiocam na Confeitaria Fênix para tomar chá, café, comer doces e bolos. Ali, doutor Zago aproveita e compra algumas garrafas de uísque importado. Antes de entrar, ele aponta para o prédio do outro lado da rua, como sempre faz antes de ir à Fênix, e diz:

– Esta rua se chama "João Pessoa" porque foi na Confeitaria Glória, antiga Crystal, naquele prédio abandonado ali, que João Pessoa, Presidente da Paraíba, levou tiro em 1930. Ele era candidato a vice na chapa de Vargas. Foi exatamente isso que mudou o Brasil e trouxe a revolta, a revolução de 30, Vargas no poder. Sabiam?

Adentram o imenso salão, cujas paredes forradas por espelhos tornam o lugar mais amplo do que é. Espelhos com molduras em jacarandá, piso com mosaicos encerados que lembram a superfície de uma porcelana lustrosa, cadeiras de palhinha de mogno escuro dispostas ao redor de mesinhas de tampo redondo de mármore, teto reto dividido por retângulos e coalhado por lustres abaulados e de luzes foscas, claraboia com vitrais simples que garantem ao ambiente iluminação natural. A família se senta em uma das mesinhas. Doutor Zago pergunta aos donos da mesa ao lado se, por obséquio, ele poderia pegar uma cadeira emprestada. Descansam as várias sacolas de compras nas proximidades da mesa e aguardam a vinda do garçom. Serginho ama aquela confeitaria. Café bom, comida boa. O melhor, no entanto, é a presença dos espelhos, que o ajudam a furtivamente espiar as meninas, as pernas das mocinhas com seus vestidos curtos. Ali tem galega e morena, todas tão lindas. Já dona Matilde, depois da maratona de compras, gosta de tomar a famosa coalhada do lugar e mais um cafezinho, com alguns alfenins. É a hora de contar histórias para os filhos. Não se intimida em caprichar no sotaque gaúcho para chamar a atenção de todos. Já tem até frequentador do lugar que a conhece como "aquela gaúcha falastrona que aparece todo mês". Obviamente, antes dessa contação de histórias obrigatória, dá uma passadinha no toalete para se olhar no espelho, retocar a maquiagem e destilar sua raiva pelas rugas, que circundam seus olhos cansados. Até ergue o vestido para ver se está tudo em ordem. Sinais e cicatrizes estão em todos os lugares, a ecoar boas e más lembranças da infância e da vida toda. Depois, volta à mesa, quitutes a postos. Ao fundo, música ambiente: o gramofone da confeitaria toca *Ain't Misbehavin*, de Leo Reisman e sua orquestra, com Lew Conrad no vocal. Doutor Zago lê o Jornal do Commercio do dia e toma um café pequeno, enquanto as meninas se empanturram com as tortas do lugar. Serginho come empada e, ora ou outra, se depara com os escritos do jornal folheado pelo pai e pergunta, curioso, sobre esse ou aquele fato.

– Painho, aí no jornal tem esse anúncio "Cognac de Alcatrão Xavier... combate as gripes e resfriados". Isso é verdade?

– Serginho, não dê bola para esses comerciais. Gripe se combate com muito descanso e boa comida. Tua mãe sabe disso. Conhaque serve só para embebedar e distrair, lembra-te sempre!

– Painho, por que no jornal se diz "a estação balneária está chegando ao fim" e "os sorvetes em breve não serão tão refrescantes"?

Toda vez que Serginho chama doutor Zago de "painho" é logo corrigido pelo elegante pulso firme e sem alarde da mãe:

– Barbaridade! "Painho", nada! Teu pai gosta é de ser chamado por "papai", entendido? E, buen, não precisa repetir, vocês já sabem, devem me chamar por "mamãe"!

– Barbaridade, Matilde, "painho" não é nome tão feio assim. Deixa que chamem como queiram. A mim, painho não está mal. Ah, sim, Serginho, sobre o que perguntaste, significa que o verão está acabando e que tomar sorvete não será tão prazeroso quanto na época mais quente. Convenhamos, esses jornais de hoje em dia são uma chinelagem renga que, barbaridade!, como se o inverno do Recife fosse coberto de gelo e neve. Mas bah, tchê, cadê seu Alcides? Seu Alcides, boa tarde, meu amigo, como estás? Depois do cafezinho, traga-nos, por obséquio, umas copinhas de seu melhor Adriano, o melhor tônico de nossos dias, energia para crianças e adultos.

Seu Alcides concorda em um sorriso e diz, com sotaque português:

– Combinadíssimo! Copinhas do Porto Ramos-Pinto no capricho, está uma pomada!

Entre uma página ou outra, Doutor Luiz, enquanto toma seu café, ama falar da roupa dos outros. No geral, tende a ser simples, não é apegado a extravagâncias. Mas com roupa é exigente. Seu padrão de elegância é impecável. Ele estampa no olhar o orgulho por seu irretocável fato de três peças e *trenchcoat*, de cores claras, feitos sob medida pelo melhor alfaiate do Recife, além da novíssima gravata de seda pintada com *art déco*, além do chapéu homburg cinzento de tons claros e fita preta presenteado, há pouco, por Mariquinha. Barba feita, cabelo bem cortado, lambido irrepreensivelmente com a melhor brilhantina Yardley. Faz questão de se vestir bem, mormente na cidade grande. E não economiza seus comentários irônicos sobre manchas, caspas, sapatos velhos, roupas simplórias. Nesse ponto, é tão vaidoso quanto a esposa Matilde.

Enquanto isso, Mariquinha, entre o chá e a torta, abre um dos pacotes comprados pelo pai na Livraria do Nogueira. É o *Tragédia em Três Atos* de Agatha Christie. Suas irmãs menores também desembrulham seus pacotes, com os almanaques "O Tico-Tico" recém-lançados. As três, imitando o pai, folheiam a literatura com gosto, prestando atenção em determinadas palavras e ilustrações. Luíza, em particular, ama o almanaque e sempre que está com a irmã mais velha faz questão de mostrar-lhe, entre risos, as tirinhas do personagem Chiquinho, numa clara menção ao marido de Mariquinha.

– Não tem graça! –- replica Mariquinha, fazendo uma inocente careta para a irmã.

– Delicioso esse chá Earl Grey. Adoro o sabor de bergamota – comenta dona Matilde aleatoriamente.

– Oxe! Bergamota, mamãe? Para mim é laranja cravo mesmo! Aqui se fala pernambuquês, com muito orgulho! – responde Araci, entre uma página e outra de seu almanaque.

– Bah, Araci! Nunca hei de negar minhas raízes e meu gosto por bergamota, principalmente por laranja poncã. Isso faz-me lembrar dos velhos tempos, de quando eu era guria em Porto Alegre...

– Meninos, atenção para a história – comenta doutor Zago, levantando discretamente o dedo em riste, sem tirar os olhos das páginas do jornal. – Matilde, seja breve que daqui a pouquinho tem cinema. Senão, neca de pitibiribas – arremata, verificando o relógio de algibeira.

– Ah, Luiz, temos tempo, tchê! Eu só vou ler mesmo a minha "Ilustração Brasileira" no hotel... e vocês também deveriam aproveitar o momento para tirar os olhos dos jornais, conversarmos sobre os velhos tempos, tão melhores que os atuais, não é mesmo? Lembro que, quando eu era pequena, às vezes saía de Porto Alegre e subia a serra para visitar os nonos, pais de meu pai, em Bento Gonçalves. Os nonos, vocês sabem bem, aqueles que vieram da Itália. Enchiam-me de poncã e de outras bergamotas que eles colhiam das árvores da pequena chácara. Bah, deliciosas! Ah, aqueles velhos tempos em que não havia chinelagem... e também havia meus avós maternos. Ali era um apego! Moravam em Lages, na Serra Catarinense, em um pequeno sítio. Eram gaúchos da fronteira, de sotaque forte igual ao meu. Em Lages eu me empanturrava de bergamota que, barbaridade!, mas também de maçã e de pêssego do bom! Os nonos de Bento Gonçalves, visitávamos algumas vezes ao ano. Já os avós de Lages, somente uma vez por ano, na época do Natal. Ainda bem que Natal no Brasil é no verão, pois já fui a Lages no inverno e, tchê, ali é frio de renguear cusco. Ah, o Natal em Lages... uma felicidade, ainda mais quando se passa com os avós prediletos. No fim, era viagem longa, mas viagem boa.

Subir e descer coxilhas sem parar, eita viagem trabalhosa! Meu avô de Lages, nem sei se já contei – a essa altura, doutor Zago apenas balbucia que, sim, ela já contara o causo –, foi fazendeiro de gado nos pampas, pelos lados de Bagé. Quando a seca apertou, vendeu tudo e saiu do Rio Grande. Foi para Lages, Santa Catarina, trabalhar com madeira de pinho, pinheiro araucária, e depois ficou mais rico do que já era. Ele dizia que Lages era a terra do pinheiro, mas também do gado. No fim, depois de se estabelecer no ramo da madeira, não aguentou e voltou a criar gado. Pelo que vi e pelo que ele contava, acho que Lages é mais cidade gaúcha que catarinense com pitadas de forte herança paulista, dos velhos bandeirantes que há muito tempo desbravaram o Sul. Minha mãe nasceu ali e conhecia muito bem os caminhos complicados dos tropeiros para chegar à cidade. Subíamos a serra a cavalo, viagem difícil mas bonita, por Bom Jesus da Serra, atravessando o Itambezinho, cânions, cachoeiras, montanhas, lajeados… espero que um dia conheçam. Ao passar por São Joaquim, já estávamos completamente esgualepados. Ali ficávamos um dia na hospedaria de viajantes para descansar e meu pai aproveitava para prosear com os velhos birivas cumpinchas. Bueno, mais meio dia de viagem para chegar a Lages e a comemoração do Natal, do Ano Bom e Festa de Reis. Tudo muito simples, mas não trocaria de jeito nenhum aquele meu Natal pelos natais das chinocas invejosas de Porto Alegre.

– E vocês não brincavam o Pastoril? –- pergunta Serginho, curioso.

– Ah não, Serginho. Pastoril só tem por estas bandas daqui. Lá no Sul eles nem sabem direito o que é isso…

O que era bergamota virou história de viagens. Ela fala, gesticula, toca em Serginho quando ele não presta atenção. Dramatiza as cenas como se fosse criança de novo. Conta sobre os animais da Serra Catarinense, o zorrilho, o gato do mato e a curucaca.

– Tinha a curucaca preta e a branca. Lindas! Bico longo, arqueado. Aqui em Recife tem um bicho parecido, ali por Apipucos, que eles chamam "guará". Muito bonito também, só que o guará é um íbis avermelhado, bico igualmente longo e pontiagudo…

Doutor Zago, ainda entretido no folhear das páginas de jornal, lembra-se de algo e repentinamente se intromete:

– Lembra, Matilde? Guará é o nome daquele xiru do qual te falei uma vez, que hoje é cacique da tribo Xererê-Eho, que fica ali pelo Brejo de Umuará, em Vila Candeia. Já atendi àqueles índios algumas vezes… e por falar em

Apipucos, lembro de fato que no dia em que fomos a Apipucos tu comentaste que o guará parece uma curucaca vermelha. Sim, curucaca e guará são todos pássaros que lembram o íbis. Íbis, a cara do Thoth Trismegistos... – diz isso e ninguém entende nada; emenda outro tema imediatamente, para não ter que explicar os esoterismos aprendidos na loja maçônica: – Guará, o animal, é tão somente um íbis vermelho, o pássaro... mas também há o lobo. Engraçado é que "íbis" é o nome de guerra de um time de futebol que os funcionários dos Lundgren estão montando na fábrica de Paulista. É o que o próprio coronel Frederico João, dono da fábrica, andou me dizendo dia desse. Segundo ele, será um time de vencedores e vai ser melhor que o Tramways ou que o Santinha. Tchê, pago pra ver!

– Melhor que o Náutico eu duvido – arrisca Serginho, jogando conversa fora. – Pior que o Flamengo Pernambucano também não... toda semana perde do Náutico ou do Sport por 11 a 0, 25 a 0.

– Ei, vocês estão mudando de assunto! Começaram a falar de futebol para desviar minha história. Bah, Serginho, mas que safado! – esbofa-se dona Matilde.

A mãe já contara aquela história mil vezes e, mesmo assim, Mariquinha, ao contrário dos irmãos, faz questão de prestar atenção e perguntar, vez em quando, supostas curiosidades das quais já sabe a resposta:

– Não era muito arriscado subir a Serra Catarinense a cavalo? Por exemplo, nunca me imaginei saindo de Gravatá e subindo a Serra das Russas a cavalo para chegar a Recife. Imaginem a dificuldade!

– Ah, sim! Até hoje nem sei como meus pais conseguiam subir aqueles paredões a perder de vista. Meu pai, macanudo como era, sempre arranjava um jeito. Eu e minha mãe, tua avó, passávamos um cagaço que, barbaridade! E olhem que há caminhos ainda mais perigosos, como a Serra do Rio do Rastro ou a Serra do Corvo Branco. Mas, quando eu já era mocinha, meus pais descobriram outro caminho menos perigoso. Nem sei se eles já sabiam dessa opção, mas certamente era um caminho mais caro, pois saíamos de Porto Alegre de navio até a cidade de Desterro, que hoje é Florianópolis, e depois, a cavalo, subíamos a igualmente perigosa Serra Geral pela estrada de tropas que tem por ali. Dava no mesmo... a vantagem é que a velha estrada de tropas é praticamente uma reta de Desterro a Lages.

Falta meia hora para o filme quando surge no salão da Fênix um velho conhecido de doutor Zago. De hospitais, cafezinhos e maçonaria.

– Salve, doutor Zago. A fazer o tradicional *footing* na Rua Nova com a família? Que tal, dona Matilde? Bom revê-los – diz o sujeito, tirando o chapéu a cumprimentar.

– Tudo vai bem, graças a Deus. Ah, sim. Fazendo nosso passeio mensal a Recife. Por agora, estamos fazendo uma horinha, já que daqui a pouco começa a nossa sessão no Royal. E vossa mercê, como tem passado, doutor Azevedo? E dona Ana, como está?

– Estamos bem. Ana está por aí, acho que foi ao toalete.

– Mariquinha, Araci, Luíza, Sérgio. Cumprimentem doutor Azevedo.

– Boa tarde, doutor Azevedo! – diz cada um em seu próprio tempo.

– E então, doutor Zago, tu e dona Matilde estão aproveitando a estadia? Já foram aos bailes da cidade?

– Dizer a verdade, não me interesso muito. Levei Matilde a um ou outro, tempos atrás, no Português e no Náutico. Faz tanto tempo que meu smoking branco já pega mofo. É muita suntuosidade para pouca essência. Imaginem! Não sei se continua assim, vi senhores de fraque e cachecol e madames de casaco de pele neste calor do Recife! Nessas situações, prefiro a humildade mesmo, a espontaneidade e o polimento cultural. Somos pó e voltaremos ao pó, palavras de Salomão. Pois bem, nesses casos, às vezes me pergunto por onda anda o brilho intelectual dos salões de Nabuco. Hoje, a mim me parece muita frivolidade, muita gastança e pouca sustança. Foi-se a época dos timbres apurados por nobre distinção.

– Eita, homem saudosista! Fala em Nabuco como se pernambucano fosse e em salões como se tivesse vivido no século passado, nos gloriosos bailes de Pedro II. Já eu e Ana amamos esses bailes, distraem a cabeça. Ninguém está ali para ter aulas ou dar aulas. E vocês, meninas, não ouçam o que diz o pai de vocês. Não deixem de ir aos bailes do Clube Internacional. Sei que irão gostar. E, mudando de assunto, vejo pelas sacolas que hoje fizeram um banho de loja. O que acharam dos novos estabelecimentos comerciais do centro? Nas últimas semanas foram inaugurados bem uns dois ou três.

– As lojas são até boas, mas tudo muito caro. E eu acho que a elite do Recife exagera um pouco. Vejo muita gente de dinheiro comprando tudo o que vê pela frente, se emperiquitando dos pés à cabeça, mas só falando bobagem… – responde Mariquinha, sem medir muito as palavras, tomando coragem depois das palavras do pai. Já dona Matilde, um tanto constrangida, esprime-se em seu lugar, contendo a vontade de cortar esse assunto tão embaraçoso.

– Até pode ser... – comenta doutor Azevedo educadamente, surpreso com os modos diretos da filha, que puxou ao pai nesse quesito.

– Como está a clínica? – pergunta doutor Zago, tentando desviar o assunto após perceber o aparente desconforto de Matilde.

– Já teve dias melhores. Hoje ninguém quer pagar por consulta e ficam só os clientes cativos. Onde já se viu? Até os clientes mais abastados a procurar o Hospital Escola Dom Pedro II? Minha clientela diminuiu consideravelmente.

– Mas oras, sei que tu conheces muita gente na Faculdade de Medicina do Derby e no Hospital Escola da Faculdade, o Dom Pedro. Já não trabalhaste por lá tempos atrás? Por que não retomas o serviço público?

– Zago, sabes melhor que ninguém: muito serviço e pouco salário. Não vale a pena, digamos assim. Além do mais, hoje em dia, esses alunos da Faculdade do Derby são verdadeiros delinquentes, depredam os bondes que passam pela Jener de Souza e não respeitam os professores. O mundo está virado, minha gente!

– É o que sempre digo! – comenta, intrometida, dona Matilde.

– Sem falar que o Derby, vocês sabem, tem aquele velho canal, braço do Capibaribe, de onde se respira, na maré baixa, o onipresente odor fétido de lama pútrida. Horrível! Não me acostumei.

– Tchô, venha para o interior, então! Precisamos de mais médicos por lá. Temos cidades pequenas mas que são bonitas, ajeitadas. Nos arredores de Confeitaria, por exemplo, só tem eu de médico e mais duas enfermeiras. Nenhum médico formado no Recife se interessou quando saiu o último edital para Confeitaria, Belo Jardim e Arcoverde. A sorte é que Arcoverde já está relativamente bem servida, tem até hospital. Bah, tchê! No interior tem muito benedito precisando de nossa labuta. Cidades como Salgueiro e Afrânio, que não são pequenas, estão completamente carentes de atendimento. Nesses lugares há enfermeiras de plantão, mas nunca médicos. Às vezes me chamam para arrabaldes tão distantes que passo dias viajando, seja para um parto ou para atendimento de urgência, simplesmente porque ali nem parteira tem.

– Obrigado pela sugestão, Zago, mas minha vida já está bem estabelecida por aqui. Sei o quanto tua preocupação é sincera, mas Ana nunca se acostumaria a esses interiores.

Enquanto doutor Azevedo diz isso, dona Matilde pigarreia e olha ferozmente para doutor Zago, como a dizer que o marido seguisse o exemplo de seu nobre colega.

– Por mais que tenha problemas com meus clientes, Recife é nossa cidade, não há como sair daqui em hipótese alguma – continua. – Ademais, estou conversando com o deputado Marco Augusto Fraga Guimarães para me ajudar, a mim e a outros médicos da cidade. O deputado é um grande amigo dos médicos daqui.

– Ah, sim, conheço Marco. E vocês estão a pedir-lhe mais oportunidades e melhores salários para os hospitais públicos?

– Não, não, Zago. Como posso te dizer? Veja só, aqui entre nós, sei que o senhor é homem de bem e grande amigo e não é de espalhar boatos. Veja bem, há um movimento na Guanabara capitaneado pelo deputado Fraga e outros representantes do estado de Pernambuco para frear um pouquinho o crescimento de nossos hospitais públicos. Em contrapartida, os médicos daqui usarão o seu prestígio para alavancar esses deputados, ou quem eles indicarem, durante as próximas eleições.

– Como assim? Mas a população não precisa de atendimento? Deputados e vereadores não deveriam proceder à construção e à reconstrução de hospitais e torná-los completamente públicos?

– Sim, sim. Mas aí ela será atendida em clínicas melhores, em hospitais particulares mais bem equipados. Não será tão dolorido, parte da consulta será paga pelo Estado.

– Mas essa não é a verba que já iria para o hospital público?

– É, meu caro doutor Zago… a realidade de uma cidadezinha como Confeitaria é bem diferente da do Recife. Se a gente não sucateia um pouco o público, fica-se sem oportunidade e sem dinheiro para o privado. Minha clínica tem que funcionar de algum jeito, pois não? Pense comigo, mais unidades para atendimento significa mais médicos empregados. Nós conseguiremos empreender com maior eficácia e os novos médicos terão suas clínicas com maior facilidade. E pode-se evoluir ainda mais se adotarmos o sistema que já cresce nos Estados Unidos: usamos algo como um sistema *Blue Cross* para que as empresas paguem um plano de saúde para seus funcionários. Quando necessário, isso cobriria as despesas médicas das clínicas e hospitais privados. Ampliaria o número de unidades, não seríamos mais reféns do serviço público gratuito das Santas Casas e Hospitais Escolas. As clínicas particulares têm que funcionar de algum jeito, senão o mercado fica muito saturado de médicos e aí já viu… no fim, esse modelo é bom, reflita. É bom porque visa ao desenvolvimento da cidade, do estado.

Doutor Zago ouve tudo meio calado, pois não quer entrar em confrontos argumentativos bem no meio de uma tarde de descontração com a família. E aquele tipo de conversa já ouvira mil vezes de médicos brasileiros do Norte e do Sul. O próprio doutor Azevedo percebe a tensão dialética e tenta mudar de assunto:

— E o que acham da comida da Fênix? O café não é ótimo? Para mim, as especiarias e o uísque são o forte: itens que só encontramos aqui. Pena que ali fora, não sei se viram, a beleza é violada pela presença de uma canalhada horripilante que vende quinquilharia e comida podre em suas barriquinhas fedorentas.

— O café é ótimo. Mas, meu caro... eu bem que queria comer cuscuz, bolo de tapioca, as comidas típicas do Recife. Mas o que vemos aqui? Quitutes americanizados, europeizados, empadinhas, barquetes, quiche francês. Onde está a pernambucanidade? Precisamos de um *retour aux sources*. Pelo menos esses pobres de quem reclamas, que estão ali fora, vendem em suas barracas muita comida boa, cuscuz e tapioca...

— Eita, pareces Gilberto Freyre falando. De certa forma, até concordo. Mas se gostas do cuscuz, melhor pedires à canalhada lá fora... agora devo deixá-los, irei ao encontro de Ana. Sei que estão com horário marcado, não quero segurá-los. A qual filme assistirão no Royal?

Um certo ar de constrangimento paira sob a mesa de doutor Zago. Tanto ele quanto suas filhas tentam permanecer simpáticos diante do comentário afiado de doutor Azevedo. Apenas por educação, doutor Zago resolve responder:

— Bem que eu queria ver um certo "Jardim de Alá", mais por causa da trilha sonora de Max Steiner. Baita saudades das músicas de Steiner... já ouviu a de "King Kong"? Pois bem, no final, para atender a gregos e troianos, foi o tal "Fuzarca a Bordo", com Bing Crosby.

— Ah, sim. Eu e Ana já assistimos. Meio engraçado, meio ensosso. Prefiro o musical original da Broadway. Assisti ano passado, nas minhas férias em Nova Iorque. Por incrível que pareça, o título brasileiro do filme me lembra de que tenho que depositar um dinheiro para a campanha de construção do novo estádio do melhor time de Pernambuco, o Sport Club do Recife.

— Eita! Não ganha campeonato há anos! Só ganha para o Flamengo. Freguês do Tramways e do Santa, do Santinha, não é não, painho? — reage Serginho, torcedor fanático do Clube Náutico Capibaribe.

Dona Matilde faz a típica careta ao ouvir "painho". Doutor Azevedo sorri e responde:

– Tu sabes, Serginho, que falo a verdade. Tu, que és alvirrubro ferrenho, sabes que teu time também é velho freguês do Santa Cruz. Anote o que eu digo. O Sport, se não for campeão neste ano, será no próximo. O Sport é grande em campo e até nos aspectos culturais: não souberam que Sebastião Odilon Lopes de Albuquerque escreveu um frevo-canção para o bravo time leonino? E é por isso que o filme a que irão assistir me fez lembrar do time, pois há um trecho do frevo que diz bem assim: *"Cazá, cazá, cazá, cazá, cazá / A turma é mesmo boa... / É mesmo da fuzarca! / Sport! Sport! Sport!"*

– Serginho hoje não dorme de raiva de Sebastião Lopes, de quem é muito fã. Estou certo de que ficou decepcionado com a ousadia desse tão nobre compositor de escrever frevo para o time arqui-inimigo do timbu – disse doutor Zago sorrindo.

– Estou brincando, Serginho, bem sabes. Mas enfim, já me demoro demais, percebi que Ana está a me acenar ali do outro lado da rua. Doutor Zago, satisfação em revê-lo. Venham você e dona Matilde nos visitar qualquer dia desses em nossa casa nos Aflitos, na Samuel Campelo. Tomar chá, jogar gamão. Enfim, até mais ver, satisfação em revê-la, Mariquinha. Mande nossos sinceros cumprimentos a teu marido Francisco e a teu estimado sogro Sebastião Gaspar, de quem sou sincero fã.

– Até logo, doutor Azevedo – responde Mariquinha secamente, com ar de poucos amigos; embora, como sempre, educadíssima.

É nessa hora que seu Alcides vem com uma bandejinha e cinco cálices:

– Eis aqui Ramos-Pinto no capricho, Adriano. Uma pomada!

16 – As artes de Ossanha

– *Euê ô*, Carolzinha! Nunca aponte para as estrelas como faz teu pai. Dá verruga no dedo – diz vovó Naná, que está na janela fumando seu cachimbo, a observar os curiosos movimentos da neta Carolina.

Carolzinha, sozinha do lado de fora, meio afastada da casa, evita a luz dos lampiões, pois quer ver melhor as estrelas. Experimenta identificar sozinha alguns objetos sobre os quais aprendera recentemente. As Três Marias, a grande estrela branca e o Rosário de Nossa Senhora. Enquanto vovó Naná faz suas insinuações, Carolzinha tenta imitar o pai, apontando para aquela ou aqueloutra estrela, falando consigo mesma para fixar melhor o assunto:

um dia certamente dará aula de estrela para a irmã menor e por isso precisa treinar, apontar, sentir o céu.

– Verruga no dedo? – pergunta a menina, inocentemente.

– Dá verruga, não, pode confiar! Isso é crendice do povo – grita Zezé Tibúrcio, lá de dentro da casinha de taipa, enquanto conserta a cômoda de madeira de gavetas meio tronchas.

– Crendice do povo… – repete a menina meio distraída, tentando decorar a nova palavra, "crendice", ao mesmo tempo que admira a noite estrelada.

– *Atotô*! Que crendice, que nada! Eu já vi dar verruga, sim. Já vi com estes olhos que a terra há de comer – ralha vovó Naná, com ar meio ranzinza.

Na pequena cozinha, a mãe passa um café, faz aquele cuscuz de coco em seu fogão a lenha, que perfuma a casa e os arredores com olores inebriantes.

– Se eu cozinhasse nessa casa, eu fazia uma ceia mais completa, com sopa de chambaril, tapioca e muito abará na folha de bananeira, com caruru e camarão seco – comenta vovó Naná ao léu, sem se importar se a nora ficará ou não sentida com o comentário.

– Eita que quer matar arrente de tanta comida! – diz Zezé, sorrindo, enquanto se aproxima da mãe e vê o que Carolzinha faz lá fora. Acende um pito e dá um beijo na bochecha de vovó Naná. – Oxe, mãe, desse jeito que Eunice faz tá é bom demais: cuscuz de coco e café passado enche o bucho de qualquer um, sem falar que ela cozinha é bem, né não?

Vovó Naná murmura algo incompreensível e continua em sua meditação particular de fumadora de cachimbo, silenciosamente observando o tempo que se arrasta noite adentro, na imensidade daqueles campos agrestes e secos do semiárido em que fuloram, ainda assim, cores e perfumes.

– Como as estrelas foram criadas, vovó? – pergunta Carolina, iluminada pela débil luz do lampião que carrega consigo.

– Ah, fia! Na Bíblia se diz que Deus criou os luzeiros do céu no quarto dia. Mas há história muito mais interessante. Os padres dirão que é crendice. Mas agaranto: muito mais bonita! Os índios do brejo, nossos vizinhos, é que contam. O pajé da tribo diz que as estrelas e as constelações são os espíritos dos ancestrais. No início, Tupã quebrou a escuridão com o Sol e o Sol rachou a pele de Tupã e Tupã despelou igual neguinho que passou o dia na praia. E a pele de Tupã escorregou de seu corpo e formou a Terra e da Terra ele moldou o homem e a mulher. Oxente, é aqui que entram as estrelas: elas vieram depois, quando os espíritos ancestrais foram pro céu. Os espíritos ancestrais são os protetores das plantas e dos animais. E formaram as grandes constelações do céu. Essa que você tava apontando é a constelação do homem véio, o homem de perna cortada. *Atotô*, que é um preto véio desses que todo mundo já viu de cachimbinho e cotó da perna. Aquelas que você chama de três Marias são as estrelas do joelho sadio do véio.

Enquanto conta isso, Carolzinha se achega, Zezé deixa o cachimbo e se concentra totalmente na história da mãe. Até dona Eunice interrompe a preparação da ceia para ouvir um pouquinho:

– E meu pai, seu bisavô, também contava a história de nossas ancestrais e do Deus Supremo Olodumaré, aquele que criou os orixás, os homens e as mulheres, o céu e as estrelas, a existência e o poder. Os primeiros orixás que Olodumaré criou foram Xangô e Oxumaré, para que embelezassem os céus e criassem o movimento dos astros, do Sol e da Lua, das estrelas fixas e das estrelas cadentes. Saravá! – diz vovó Naná, fazendo uma pausa para pitar e baforar. – Já os outros orixás moram no Orun, no além, lugar triste. Nós moramos na terra dos vivos, que é o Aiye, lugar alegre!, onde se comemora a vida. Já Orun, a morada dos orixás, é só tristeza… por isso os orixás querem voltar à terra, para se sentirem mais humanos e mais vivos. Tudo que existe no Orun coexiste no Aiye. Mas, *èwe*, minha *èwe*, tenho de repetir: Orun é lugar triste. Por isso tua vó recebe Ossanha pra mode preparar remédios das ervas sagradas, curar as pessoas doentes. Ossanha vem aqui pra se sentir alegre, a alegria de viver entre os vivos. E por isso dá pr'arrente, em troca, seus conhecimentos sobre cura. Os *alaisan* é que se beneficiam dessa troca e da boa vontade de Ossanha. *Ossain re ara euê ô! Ossain re ô!* Arte das ervas, fia, artes de Ossanha.

– Oxe, voinha. O padre sempre diz que negócio de orixá e de tupã é coisa de catimbó, de mandinga.

– *Atotô*! É que esses padres não conhecem a nossa tradição, fia. Acham que tudo é coisa do capeta. Mas que fiquem lá na missa rezando, que é coisa boa pra nós também – diz isso se benzendo, rezando uma pequena Ave Maria e terminando com um "axé, amém".

– Coisa do capeta – repete Carolzinha, rindo-se da última palavra.

– Fia, não ria do capeta, não, que o bicho ruim é coisa séria. O capeta não tem a ver com orixá, não. O capeta é esse povo que vem por aí, tudo sorrateiro, pra roubar nossa terra e matar índio. Oxente, já não contei mil vezes que meu pai, teu avô, preto velho forte e sábio, morreu na mão de capanga de coronel só porque não quis dar a terrinha dele lá no Recôncavo Baiano?

Vieram tirar à força e mataram o pobre, dizendo que era pra dar lição. Aí sim, fia, coroné assim é que é o capeta em pessoa!

– Capeta – repete a menina, agora com ares de assombro.

17 – Serginho, o rei do correio elegante

Sérgio Luiz Zago é desses adolescentes que têm mais fogo do que o normal. Vive se mexendo pra lá e pra cá à procura de menina que queira beijo na boca, abraço ou, quem sabe, algo mais. Usa truques mil para olhar debaixo da saia das colegas de escola. E até dizem que ele é o rei do correio elegante, essa brincadeira que ronda as salas de aula durante todo o ano letivo, mas especialmente por volta do dia de Santo Antônio: bilhetinhos anônimos de amor, com mensagens de mentirinha ou à vera. Naquele 13 de junho de 1936, o próprio Serginho vem com a urna a recolher os bilhetes para abri-los solenemente na tão esperada hora do intervalo, nove e trinta da matina. Urna abarrotada. Diga-se de passagem que há mais bilhetes do que o número de alunos registrados. Tudo porque Serginho trapaceia e escreve um bilhete para cada amiga bonitinha, cada um mais criativo do que o outro. Chegado o recreio, os alunos esperam a professora sair, abrem a urna, na própria sala de aula, e reúnem-se a eles turmas de outras salas do corredor. O bilhete é padronizado: no cabeçalho, escrevem o nome do destinatário e, logo abaixo, quatro linhas de palavras românticas.

– Primeiro bilhete do dia! Olha só! Dedicado a… Maria Lúcia! "Você só pensa em você e pisa em quem tem bom coração. Sua nojenta!" Nossa, quanto ódio! Amigos, este deveria ser o "correio elegante" e não o "correio desaforado".

Um grupelho mais ao fundo ri das palavras do bilhete. Maria Lúcia faz cara de zangada e se retira. As meninas cochicham mexericos umas com as outras e Serginho pede silêncio:

– Outro bilhete! Para quem é? Ah, Vanessa! "Vanessa: Você desregulou tanto o meu sono que troquei o horário de dormir." Que lindo!

Esse novo bilhete é aplaudido com emoção. Serginho finge que não, mas está todo emotivo pelos aplausos, já que ele é o autor do recadinho recém-lido. Vanessa, Kátia, Liliana… tantas paixões… ele escreveu um bilhetinho para cada uma, simulando caligrafias diferentes para não dar tanta bandeira. Quando sai um bilhete para sua amada Liliana, do qual ele sabe que não é o autor, espuma de raiva por dentro:

– Correio elegante para Liliana! Hum… "Sim, você mesmo, sua linda: case comigo imediatamente!" É… faltou criatividade, gente…

– Faltou, não, Serginho. Ficou lindo! – diz Liliana, toda contente, muito mais encantada com esse recado do que com um anteriormente lido e escrito por Serginho.

Serginho decide acabar com a brincadeira depois que lê um bilhetinho dedicado a ele: "Sérgio: Te odeio! Você é mais idiota que um gogo. Como vai a verruga venérea?"

18 – Coronel contra médico

Desde aquele estranhamento entre a família Tavares e a família Zago por causa do interesse de Lúcio por Mariquinha – correspondido mas impedido –, coronel Ernesto guardava intensa mágoa de tudo o que viesse dos Zago, principalmente de Luiz Zago. Esforçou-se até para passar uma rasteira no médico: usou sua influência política na tentativa de atacar o prestígio de doutor Zago, mas sem sucesso. Fingia, no entanto, que estava tudo bem, que doutor Zago ainda era bem quisto, que não havia tensões entre eles. Porém, quando soube da notícia de que Mariquinha se casaria com o filho do dono das Casas Tião Gaspar, o coronel virou uma cascavel arretada em posição de bote caprichado de veneno concentrado pra matar de morte morrida.

– Aquele doutorzinho gaúcho de sotaque italiano se acha muita coisa. Nariz empinado que só anta arreganhada. Alguém tem que dar lição nesse cabra filha da puta. Vá você e Ricardinho, deem susto em Mariquinha, façam o chão daquela casa tremer de medo – disse na ocasião o coronel, quando soube do casório. – E quero que aquele Tião Gaspar se foda de foda fodida! – completou, levantando uma figa.

– Mas Mariquinha não tem nada a ver com isso – comentou Lúcio, balbuciante.

– Então deem um susto no próprio doutor Luiz, oras!

– O quê, por exemplo?

– Ah, que falta de imaginação da porra, Lúcio! Toquem fogo no consultório do cabra ou, sei lá, façam algum forrobodó do gênero…

Por causa desse tipo de conselho, Lúcio e Ricardo foram mesmo à cidade, nas altas madrugadas, com o intuito de destruir o consultório de doutor Zago. Levaram consigo um galão de gasolina e o feitor Silvino a tiracolo. Só que, no último instante, desistiram, pois ficaram com pena do médico.

No dia seguinte, coronel Ernesto ficou sabendo do episódio e, assim que viu os filhos na hora do almoço, comentou, ríspido:

– Vocês são é muito moles! Eu, que vi Antônio Silvino, o cangaceiro "Rifle de Ouro", colocando ponta de faca no pescoço de meu pai, seu avô, não criei ninguém pra ser frouxo! Puta que pariu! Bando de cabra frouxo, é isso o que vocês são... mas, sabe, ontem eu tava muito arretado por causa desse casório. Hoje pensei melhor. Deixe estar. Doutor Zago pode ser útil. Tem influência política e maçônica. Por enquanto deixem o cabra em paz. Um dia me acerto com aquele filho da puta.

19 – Conversa secreta de cabaré

Silvino e Valdir chegam às onze no cabaré de dona Cândida. O vuco-vuco, ao que parece, já tem horas. O povo ali é hábil em começar o serviço cedinho. Ricardinho, como sempre, está por lá. Adora entrar nessas filas de libertinagem para ver a estreia de sacanagens noturnas desde o começo. Todo emperiquitado, com roupa e perfumaria impecáveis, produto das viagens dos pais a Nova Iorque e Berlim, cabelo lambido da perfumada brilhantina Émeraude da Coty, sem falar do forte olor cítrico e bem-vindo de uma Kölnisch Wasser Glockengasse 4711. A bem da verdade, Ricardinho tomava um primeiro banho de banheira com sais de fruta da Coty para depois praticamente tomar um novo banho com a água de colônia 4711. Depois de três ou quatro tragos de cana branca, ele se soltava e ficava todo assanhado a entreter-se com as meninas.

– Silvino, venha ver: Jéssica no meio do salão toda arreganhada por cima de coronel Ricardinho. Teu patrão, dá pra sentir, gosta mesmo é de puta gorda, né não?

Valdir comenta isso fazendo seus gestos, não segurando seus risos. Para ele, Ricardinho até que é boa pessoa, mesmo quando toma uma cana arretada, bem diferente do coronel Ernesto Tavares – que já é brabo por natureza e que, quando bebe, vira fera do inferno: duas doses de uísque e já pega no pé, falando pelos cotovelos típicas metáforas de bêbado, cobrando serviço que nunca havia pedido. Na verdade, por falar em falar pelos cotovelos, mesmo sóbrio, o coronel é um falador de primeira; não deixa ninguém falar e, por isso mesmo, é conhecido como "gramofone humano". E a coisa piora quando Ricardinho e o pai se juntam: conversam tanto, mas tanto, que ninguém tem colhões de aguentar tanta palavra dita em tão pouco tempo e o bate-boca decorrente da vontade vaidosa de que suas respectivas opiniões prevalecessem. Um verdadeiro tiroteio de palavras.

– Eia, Valdir, hora de tirar o queijo, seu menino! – exclama Silvino, meio tímido. – Hora de pegar uma cachacinha pra se soltar um pouco e depois pegar nem que seja a própria dona Cândida.

Valdir, apesar de feitor de uma fazenda vizinha, a do coronel Mendonça, passava bastante tempo na estância do coronel Tavares, principalmente por considerar Silvino quase um irmão. Eram sócios de farra e de serviços.

– Eia, Silvino! Salve, Valdir! Cheguem! – grita Ricardinho, ao reconhecer os dois amatutados com seus andares meio bocós.

– Salve, coroné Ricardinho. Às suas ordens, meu sinhô! – responde Valdir.

Ricardo se levanta, espana Jéssica pra cima do sofá e chama os dois feitores para um canto da sala principal.

– Quando a gente pode se embrenhar naquele mato, Valdir? Conte a história a Silvino, pode contar. Tu e ele serão os capitães dessa batalha. Só espero que não sejam ineptos para ela.

– "Inepo" o quê?

– Ineptos, seus cabras da peste!

Na verdade, Valdir já tinha contado tudo a Silvino, mas finge que não. Os dois se davam como tomé e bebé, só tomavam cachaça juntos, inseparáveis frequentadores do cabaré de dona Cândida. Orgulhosos, diziam a todo mundo que os dois foram os primeiros a levar coronel Ricardinho, ainda aos treze, para conhecer as moças do puteiro, uma história mal digerida por coronel Ernesto, que iniciara Lúcio, mas não conseguira o mesmo com Ricardinho.

Simulando nunca ter dito nada a Silvino, Valdir declara:

– Conto sim, sinhô Ricardinho. E até já andei conversando com uns conhecidos aqui de perto sobre uma possível missão, sem revelar nadinha. Juro por Padim Pade Ciço. Se Silvino aceitar – disse dando uma piscadela ao amigo –, a gente pode fazer o serviço na terça ou na quarta, o que o sinhô achar melhor. Eu só tô meio desconfortável, o sinhô me permita dizer, é com o coroné Mendonça. Ele é meu patrão, não sabe desse seu plano e eu não converso dessas coisas com ele, não... só não quero me complicar... não sei se o sinhô me entende.

– Ah, Valdir, deixe disso! Coronel Mendonça é nosso compadre, isso tu deixa com a gente. Mas, vá lá, sente numa mesa dessas, tome sua cana com Silvino e deixe que pago a conta. Relaxe, coma uma galega novinha e depois, com tranquilidade, converse com Silvino sobre o assunto. Não se preocupe, não.

– Sim, senhor! – disse Valdir, quase se perfilando como num quartel, Silvino baixando a cabeça com ares menos interrogativos.

– A próxima semana vai ser maravilhosa! – conclama Ricardinho, em voz alta, para que ricos e pobres, justos e injustos, ouvissem em alto e bom som o seu delírio de bêbado feliz.

Ao longe, Mateus, calado, observa tudo. Segura sua piteira com *finesse* e camufla seu rosto por trás de grandes baforadas. Ele é o trintão solitário, franzino e pálido, maquiado como mulher, cuja profissão é satisfazer os desejos de certos coronéis que se entusiasmam mais com rapazes do que com moças.

– Mateus é aquela bicha magra que ninguém quer comer – foi o que contou coronel Ernesto a Ricardinho quando, um dia, perguntou-lhe sobre quem era aquele homem estranho maquiado feito mulher. – Michê insosso da porra!

20 – Profissão michê

Mateus nasceu em Confeitaria. Apesar de não ter qualquer ideia do que ocorria fora de sua própria cidade, aos quinze não aguentou o marasmo do lugar e resolveu tentar melhor sorte no Recife. Deixou de lado a escola em que estudava e o serviço na padaria do pai e, sem mais nem menos, um dia se despediu da mãe, sob berros de incompreensão e choros desalentados. O pai reagiu com palavras de baixo calão e disse que nunca mais queria saber do filho. E então Mateus foi-se embora em ônibus de quinta por não ter dinheiro para o trem.

O ônibus parou em quase todas as cidadezinhas. Mateus amou a sensação de liberdade, o que deixou a viagem com cara de puro prazer. Em São Caetano da Raposa, almoçou a famosa carne de sol com manteiga de garrafa e se encantou com a lindeza da Pedra do Cachorro. Na Serra das Russas, o ônibus fez uma pausa para um café, ótima oportunidade para se apreciar a vista, o mundaréu chamado Agreste. Nas paradas e nos lanchinhos, Mateus finalmente se sentiu livre para observar os rapazes bonitos e, sem cerimônia, trocar olhares lascivos. Na padaria em que trabalhara até o dia anterior, o pai, que não queria menino frouxo em casa, vivia cortando as pequenas relanceadas do rapaz. A troca de olhares entre Mateus e algum menino bonito logo formava um triângulo de olhares: o pai, com cara feia, encarava Mateus, que baixava o rosto para disfarçar o deleite. Quando vinha moça bonita, o pai fazia questão que Mateus a atendesse. Acabou não aguentando essas pressões do dia a dia, que, num dia só, nem fazem cócegas – só que coceira diária na mesma orelha acaba arrancando o couro. Então, finalmente pegou a estrada para se libertar. E, como se diz, o caminho é sempre melhor do que o destino. De fato, a estrada e as diversas paradas o fizeram cultivar ilusões multicoloridas de que a fuga tinha sido a melhor decisão de sua vida. Até que chegou em Recife.

Na cidade grande, Mateus se animou. Agora, sorrateiro, poderia admirar rosto e corpo da provável presa sem sofrer maiores censuras por isso. Nos bondes, poderia se encostar em algum grandalhão de pernas grossas e tentar a sorte. No entanto, logo percebeu que não havia tanta diferença entre o comportamento das pessoas do Recife em comparação à sua própria cidade. Quando trocava olhares e percebia que era correspondido, seu correspondente sorria, mas logo desviava o olhar para o chão de forma sisuda, quase raivosa: raiva de si mesmo. Outros desviavam, mas davam suas risadinhas; e alguns simplesmente comentavam entre si sobre "aquela bichinha ali do canto".

Foi ao Recife com pouco dinheiro, uns trocados que guardara em uma latinha, dinheiro juntado desde a infância. Dormiu algumas vezes em um banco da estação, no bairro de São José. Noutros dias dormiu em alguma praça. Conversou com gente que nem conhecia, aprendeu desde cedo que quem sofre dor de amor rompido ou abandono familiar ou falta de dinheiro sofre do mesmo mal, que é carência crônica de querer contar os detalhes doloridos que lhe fizeram da vida um inferno. Conheceu mendigos e bêbados e, quando o dinheiro acabou, pediu esmola na Praça 17 e em outros lugares públicos. Às vezes, quando dormia na pracinha do Diário, deixava um bêbado trôpego se aproximar para compartilhar do mesmo cobertor rabugento. Debaixo dele, Mateus aprendeu as inúmeras maneiras de satisfazer os machos que o procuravam.

Passou quase quinze anos no Recife. Chegou a trabalhar em padaria, mercearia, mercado público, mas passava pouco tempo nos empregos. No fundo, queria ser mestre confeiteiro. Um sonho distante, nunca alcançado, já que era expulso sem demora de seus empregos de confeitaria – isso quando tinha sorte de ser aceito em alguma. Dos contratantes, uns poucos diziam simplesmente que não enxergavam em Mateus um rapaz trabalhador. A maioria dos patrões, no entanto, logo percebia os gestos afetados e o gosto por clientes masculinos. Entre si, comentavam "é pederasta intrometido demais!" e, dois dias depois, Mateus já estava no olho da rua. Frequentou, por algum tempo, como assistente de vendedor, a feirinha da 10 de Novembro, perto da Igreja do Paraíso. Funcionou por mais tempo que os outros empregos. Mas, no fim, a constante desconfiança o empurrava novamente ao desemprego.

Até que Mateus conseguiu se fixar no Cabaré de Dona Roberta Kowalski, polonesa que, desde os anos 20, trabalhava no Recife como cortesã "francesa" e que, agora, na maturidade, colocava-se como dona de seu próprio cabaré, num daqueles prédios do centro do Recife, ao redor do Chantecler, local entulhado de marinheiros de línguas e os países mais esquisitos e inauditos possíveis. Logo percebeu que era o único homem do estabelecimento inteiro. Ali havia dez meninas novas, duas putas velhas e ele. Dona Roberta lhe ensinou que devia ficar num canto fumando com piteira grande, a observar os clientes. Se houvesse um que por um acaso lhe acenasse ou a ele se dirigisse, o programa custaria cem réis se fosse somente boquete; duzentos réis se fosse foda completa; e trezentos se fosse *ménage à trois* de dois homens e uma mulher, sendo o valor repartido por igual entre ele e a puta participante.

– Três homens não pode, tá certo? – dizia dona Roberta, com seu sotaque característico de polaca fingindo patéticos *merci beaucoups*.

No fim, a comissão de Mateus ficava em cerca de 10% e o resto ficava com dona Roberta. Soube depois que dona Roberta era só reles administradora. O cafetão, que ficava com a maior parte de todo o lucro, era um senador da república que ninguém sabia quem era.

Foi expulso do cabaré quando acendeu maconha no lugar do tabaco. Depois de ficar profundamente chapado, chamou dona Roberta de "ladra filha da puta".

– Eu sei que o dono daqui é um senador corno, um ladrãozinho de merda! Eu pego esse filho da puta e dou-lhe uma porrada nos chifres! – disse, durante o chilique antes de ser demitido.

Ficou tão envergonhado do acontecido que, depois, procurou um psicanalista.

– Ah, meu amigo, todo mundo tem suas angústias – disse o psicanalista. – Oxe, todo mundo foge de angústia como diabo foge da cruz. Substituem a angústia por prazeres fugazes, festas, álcool, ópio ou maconha. Não fuja da angústia, amigo. Aprenda com ela, transforme-se com ela.

Para Mateus, o conselho do psicanalista, pago com boquetes, parecia mais sermão de padre.

– Oxe, que homem chato! – comentou com um amigo enquanto enrolava um pequeno cigarro de maconha.

Agora, trabalha no cabaré de dona Cândida, em Confeitaria. Ali faz basicamente a mesma coisa que aprendera no Recife: espera num canto, fuma seu cigarro em piteira grande, boquete a cem réis, foda a duzentos. *Ménage* não é permitido no estabelecimento. Mas ninguém disse que é proibido ouvir por trás da porta as conspirações mais sobejantes forjadas ali mesmo, entre quatro paredes, no meio de gritaria e gemidos.

21 – Os heroicos sobrenomes pernambucanos

Doutor Zago sempre comenta que, apesar de não ser pernambucano, tem orgulho de morar naquele estado da nação:

– Nene, tchê! Pernambuco e Paraíba têm muito do que se orgulhar. Foram os estados que expulsaram os batavos e criaram uma real significação do heroísmo nordestino. Ainda hoje vemos, nos peitos varonis de nossos mais destacados pernambucanos, a medalha heroica, herança da Reconquista, as famílias mais nobres do Nordeste, quiçá do Brasil: Barros, Barretos, Albuquerques, Cavalcantis, Menezes.

Quando veio a Pernambuco, foi convidado para entrar na Loja Maçônica de Caruaru. Depois, fundou a própria Loja de Confeitaria. Rapidamente virou grau três, mestre maçom. Em dez anos já beirava o vinte e sete. E logo, logo, chegou no trinte e três, grau máximo. E, assim, conseguiu prestígio, alimentou o seu orgulho de ser quase um pernambucano que convivia com a alta nata de famílias saturadas de heroísmo que misturavam seus nomes aos prestigiados anais da maçonaria.

22 – Tapuiretama

Às sete da manhã, o cheiro de tapioca com coco já se espraia no ar. Depois de devorar um delicioso cará com ovos, buchada de bode e café bem forte com leite de cabra, Zezé Tibúrcio sai com a filha Carolzinha.

– Pra mode caçar tatu, asa branca, calango, quem sabe lebre, ou o que tiver – diz, explicando-se à esposa.

– Cuidado com a menina, visse, Zezé? Pelo amor de Santo Expedito! Lá no brejo tem cobra e tu tem aí contigo facão e escopeta. Melhor é a menina não ir.

– Oxe, fique aperreada não, visse? Com cobra não precisa ter preocupação, que Leleca e Xiru vão na frente farejando e mostrando o caminho, desviando de cobra e indo direto à caça. Escopeta e facão? Oxe, tu sabe como eu caço? Só uso na hora certa. E Carolzinha não me acompanha faz tempo? Ela sabe o meu jeito de caçar e me ajuda por demais!

Dona Eunice esbraveja um pouco, pragueja alguma palavra incompreensível, mas no fim sabe que Zezé fará de tudo até que Carolzinha, como sempre, saia com ele para o mato. Eis que saem, o Sol já resplandecente pelos campos do brejo sertanejo. Caminham os quatro: Zezé, Carolzinha, Leleca e Xiru, escarpando o pé da serra do Umuarã pela trilha de sempre, passando pelas bananeiras que demarcam o fim do sítio de Zezé, penetrando o brejo, a mata fechada de cajueiros e angicos bem no meio do deserto sertanejo, oásis que se eleva ao longo da montanha e que contrasta com a paisagem seca lá de baixo.

– Olha aí, Carolzinha. O caju que era verde semana passada agora está amarelinho. Eita! Pegue à vontade que estão é suculentos! Olha ali, tem uns vermelhos carnudos também!

Depois de quase uma hora de caminhada, o brejo se torna cada vez mais denso, praticamente floresta. Juntam-se aos cajueiros grandes cajaranas, ingazeiros e juazeiros. Veem ouriços-cacheiros se escondendo no mato; mas cobra, ainda bem!, não aparece. À frente, Leleca e Xiru afastam o mal e se espigam em poses diversas, patinhas ao ar de um ou de outro jeito, avistam e apontam potenciais candidatos à preciosa caça. À medida que sobem, avistam hora ou outra a paisagem lá de baixo, o Moxotó em seu esplendor. Aqui em cima, pássaros cortam rapidamente o caminho, em voos rasantes. Tucanos, canários-do-mato, araçaris, sabiás-poca e galos-de-campina.

– Carolzinha, olha ali o tico-tico-rei!

De vez em quando, surgem – singularidades solitárias desse início de caminho – misteriosas cabanas de taipa, em sua maioria, mas há também algumas poucas de palha.

– Eia, pai. Começaram a aparecer as tribos dos índios. Hoje eu vou ganhar chocalho?

– Não sei, não, filha. Por aqui é que não vai, acho. Veja que essas aí estão meio vazias. Oxe... provavelmente todo mundo foi caçar ou então pescar no lago lá de cima. Daqui um par de minutos arrente chega na aldeia do cacique

Guará. Ali é que pode ter chocalho pra você. Por sinal, nunca vi essa aldeia aqui vazia desse jeito. Cruz credo, oxe, sempre tem umas índias e uns curumins fazendo alguma coisa. Vamos subir o brejo e falar com o cacique Guará.

Depois de passar por muito mato, abrindo de vez em quando uma picada ou reencontrando a trilha do brejo, Leleca e Xiru latem a valer, correm atrás de preá, mas não pegam nada.

– Eita que hoje tá difícil. Mas vamos lá que o dia tá só começando.

No pé da Pedra do Céu – a enorme rocha sagrada dos índios – chegam à terceira aldeia, a do cacique Guará. Zezé dá uma paradinha, espia, procura, murmura um "oxente" exclamativo. Ninguém. Sobe uma pequena colina para espiar melhor. Igualmente vazia, não há viva alma. Fica ensimesmado. Dessa vez não quer sair de mão vazia e anseia por um chocalho para dar à filha. Mas cadê todo mundo? Essa tribo ele conhece bem. É amigo do cacique. Tribo sem oca, só casa de taipa, como a dele próprio. As portas todas abertas, mas ninguém para contar o que está havendo.

– O que é que é isso, minha gente? Nunca vi taba tão vazia. Tem coisa estranha aí – diz Zezé, tirando o chapéu de palha e coçando o couro cabeludo, cada vez mais espantado com o mau hálito assombrado, escuro, mudo e aterrorizante que emana do lugar.

A aldeia do cacique fica num pequeno descampado no meio da mata. As casinhas se distribuem ao longo de encostas. Fornos comunitários se estendem aqui e acolá para a preparação da tapioca diária e para assar a caça da hora do almoço. Uma fumaça tênue se propaga por um deles, indicando que a brasa ainda é quente, que gente esteve no lugar há pouco tempo. Rastros frescos confirmam a ideia. Carolzinha observa e fica curiosa para ver se tem algo no forno, ver o que eles assaram de manhãzinha, o que tomaram de café da manhã. Nada no forno, a não ser a brasa um tanto apagada, ainda meio fumegante. Nem pergunta ao pai e já avança, sem pestanejar, na direção das casinhas. Algumas de fato estão de porta aberta. Outras, apesar da porta fechada, têm suas janelinhas abertas ou semiabertas. A menina contempla os utensílios domésticos dentro das cabanas: pilões de vários tamanhos, cabaças, cuias e moringas de barro, balaios de palha. Zezé, desconfortável ao ver a filha se afastando, vai atrás e vai dizendo:

– Volte aqui, Carolina! Não se afaste tanto. Nessa casinha aí do alto ninguém vai. É o lugar que eles guardam arco e flecha e os instrumentos musicais. Já fui aí, não tem nada, volte, chegue.

– É que Leleca e Xiru subiram até lá e não voltam. Assobiei, chamei, eles não voltam. Desse jeito eles acabam se perdendo. Vou ter que pegar os bichos pela coleira. Olha ali eles circulando a casa! Xiru, aqui, vem, vem! Leleca, fiu, fiu, fiu, aqui, menina! Olha a comidinha, vem!

Os cães, por mais que Carolzinha e Zezé os chamem, não arredam pé, permanecem no ritual de circular e farejar a casa, um estranhamento raro. A menina se aproxima, Zezé a segue ao longe.

– Oxe, Leleca, que foi? Vem cá, vem. Painho, pronto!, acho que Leleca ficou doida.

A cadela não late, mas se comporta qual estivesse dançando dança frenética, um farejar descontrolado e insano. Fareja sem parar, dá voltas e mais voltas ao redor da casinha. Depois, para na frente da porta e arranha a madeira com suas unhas sujas do barro do caminho.

– Tu tá é doida, menina – continua Carolzinha, dando bronca em Leleca. – Veja teu marido, Xiru. Parou de circular e agora tá ali sentado, paradinho, caladinho, só te observando. O que é que há, Leleca?

Carolzinha se aproxima da casa. A porta está entreaberta mas, mesmo assim, a cachorrinha não consegue abri-la. Carolina decide escancará-la com calma; só que, de fato, algo por dentro impede que a porta se abra. Força mais um pouco e consegue abri-la um pouco mais. Constata, boquiaberta, com um misto de pânico e terror, o quadro aterrorizante que se pincela à sua frente. Ela solta um pequeno grito de susto e não consegue articular palavra alguma: está paralisada.

– Que é que foi, Carolzinha? – grita o pai, aproximando-se da casa. – O que é que tem aí dentro? Oxente, volte já pra cá!

Carolzinha é puro terror: dá de cara com dezenas de índios mortos, ensanguentados, pescoços cortados. Os dois cães entram na casa e ela corre na direção oposta, corre para o seu pai, lágrimas gotejando por mais que ela não as queira. Enquanto foge da cena açougueira, começa a gritar um grito mudo, mas lancinante: "painho, painho!". Abraça-o com toda a força que consegue.

– Carolzinha, diga-me, o que é que tem ali? – diz Zezé com voz alterada, perdendo a calma habitual. – Fique aqui, não saia daqui e não me siga, tá me ouvindo?

Zezé se achega à casa. Leleca e Xiru farejam os corpos e lambem as feridas abertas dos índios mortos.

– Eita, porra! – exclama, confuso. – Carolzinha, fique aí, não venha, não venha! – continua Zezé, voltando-se para a menina.

Carolina agora se arria em um choro agonizante, desesperado, doloroso. Zezé não sabe o que fazer. Tem os índios aparentemente mortos. Sobrou algum vivo? E tem Carolzinha, desamparada, uma criança diante da violência brutal... decide voltar para Carolzinha, envolve-a em um abraço terno e também chora, sem deixar que ela perceba. As imagens dos índios mortos, estendidos, ensanguentados no chão não lhe sai da cabeça. Ele reconheceu alguns de seus amigos, pessoas que alguns dias atrás estavam com ele dentro do brejo explicando o nome de algum pássaro, mostrando como se faz flecha afiada. O que aconteceu?

De dentro da casa, um cão late. Vê-se pelo timbre característico que é Xiru.

– Carolina, precisamos ficar calmos, será que isso é possível? Ave Maria, meu São Benedito. Eu e tu estamos tremendo feito vara bamba. Olhe só: bem pode ser que alguém tenha sobrevivido. Xiru late e vou lá ver o que é que há. Tenho que tirar os cachorros de lá para que eles não machuquem ninguém por engano. Tu vai ficar tranquila? Minha Nossa Senhora do Perpétuo Socorro, minha Santa Águeda. Carolzinha, vou me achegar à casa, sente-se ali naquela pedra, fique calma, já volto. Eu já volto, prometo, é só um pouco.

Carolzinha se senta na pedra indicada e o pai volta à casa e adentra pela porta. Ele, mesmo que aterrorizado, completamente transtornado, triste e confuso, acerca-se dos índios estendidos. Tenta espantar Xiru com algum grito de ordem, "chispa, chispa!", mas não adianta e ele tem que colocar os cachorros para fora à força. Depois fecha a porta. Leleca e Xiru, do lado de fora, latem, grunhem, choram um choro fino. Zezé se abaixa e averigua corpo por corpo, encostando o ouvido no peito esquerdo de cada um. Há dez homens adultos, três curumins e duas mulheres. Todos aparentemente mortos e todos com marcas de espancamento. Reconhece, enfim, o corpo do cacique Guará. Ele está desfigurado, sinal de luta. Ao que parece, levou socos na cara, foi espancado e chutado. Um explícito furo de faca se destaca no lado direito de seu ombro. Dependendo do ângulo de entrada, pode ter sido fatal ou não. Ausculta o peito do amigo. Assim que toca no corpo, o cacique levemente se movimenta, emite rápido gemido, fecha e abre as mãos, abre os olhos: ele está vivo!

23 – Ervas de Ossanha pra curar talho de peixeira

O caminho de volta foi longo, principalmente para o cacique Guará, que anda a duras penas. Rosto ensanguentado, dores por todo corpo. O corte no ombro direito foi do facão que lhe errou o pescoço e foi essa a sua sorte – ou seu azar, já que agora passa pelo inferno. Sua esposa, seus netos e netas, filhos e filhas: ele não sabe o que aconteceu. Imagina que estejam todos estuprados, torturados ou mortos. Não tem tempo para sentir raiva, nem consegue entender direito o que se passa. Apenas anda feito um autômato, escorado em Zezé igual a quem se escora em muleta. O matuto vai devagarinho, levando o índio de volta para o sítio, tentando ver um jeito de não machucar, parando frequentemente para beber água, descansar ou improvisar ataduras que parem o sangramento.

Zezé e uma Carolzinha em estado de choque chegam em casa ao fim da tarde. Cacique Guará é praticamente um morto-vivo.

– Meu Padim Pade Cícero! O que foi que aconteceu? – grita dona Eunice, que sai correndo em direção aos três recém-chegados.

Cacique Guará é velho amigo da família, de quem dona Eunice comprava milho e macaxeira para a comida do dia a dia e para as festas de São João. Ela ampara o índio, desesperada ao ver que o ferimento era danado de feio. Não sabe exatamente o que fazer, sente uma pena infinita.

– Rápido, cadê mamãe? – pergunta Zezé a dona Eunice. – Leve Carolzinha, dê um banho nela. Afague a menina que ela tá é muito macambúzia. Oxe, nem quero falar o que vimos lá em cima ... chame mamãe, deixe as crianças no quarto, ampare Carolzinha. Meu Deus, que tristeza, que tristeza, ai, ai!

Vovó Naná aparece após os apelos desesperados emitidos pela nora, que se embiocou pela casa pedindo que a mãe de Zezé fosse rápido ter com o filho do lado de fora.

– Oxe, que zum-zum-zum é esse aí fora? – pergunta vovó Naná, se aproximando. – Virgem Maria! – grita sem cerimônia assim que percebe a gravidade do problema. Corre com seus passos idosos e atordoados na direção do filho e do cacique ensanguentado, que ela logo reconhece.

– Mãe, o que arrente faz?

– Oxente! Vixi! Esse talho no ombro precisa é de hospital! – disse a senhora, depois de observar o corte por debaixo das faixas improvisadas.

– Mas posso dar um jeito temporário com umas ervas sanativas, emplastro de aroeira e benção de Ossanha, *euê ô*! Oxe, mas chame doutor Zago o mais rápido que puder. Pelo amor de Deus, que *ziguizira* é essa? Cacique, meu sinhô, o que foi que aconteceu?

Vovó Naná se ergue e vai procurar algo dentro da casa. Depois volta com um galhinho seco de aroeira e outras ervas de Ossanha para benzer o cacique.

– Conhece essas aqui, cacique?

– Conheço, sim, dona Naná. É bom pra ferida, sim. Faça o que for preciso.

– Essa é aroeira, elixir sanativo; mas essa é babosa, fechadora de ferida. Vou tirar a baba dela para despejar no talho e cobrir a ferida com emplastro dessas ervas aqui. Tu tá é com febre e provavelmente infecção. Já anoitece e pode ser que a situação piore. Essas ervas aqui são para a ferida e essa outra é pra acalmar. Vou preparar chá, orobó e ervas calmantes, pra mode aliviar tua dor, que deve ser muita, sei disso. Amanhecendo temos que ir a Vila Candeia ou então doutor Luizinho tem que vir de Confeitaria para costurar o ferimento e injetar aquela vacina dele. De toda sorte, de manhã te dou extrato de obi pra te deixar mais esperto – explica vovó Naná enquanto separa as ervas e as entrega a Zezé, continuando a conversa com certa revolta:

– *Atotô*! Meu Deus, quem fez essa desgraceira? Vai pagar caro! Esse merece visita de Exu Caveira! Fio, vá amassando as ervas com esse pilaozinho nessa cumbuca e misture com a baba dessa babosa. Tu sabe como fazer. Já volto, preciso ir lá dentro pra mode fazer o chá.

– Deixa eu te ajudar, painho – diz Carolzinha, que nem quis tomar banho nem nada, pois quer ajudar em qualquer coisa.

– Eita, Carolzinha, faça isso comigo, não. Vá pra dentro de casa e tente descansar, minha fia. Vá com sua avó ajudar ela no que tem que ser feito, vá – diz Zezé, um tanto incisivo.

Mal vovó Naná e Carolzinha entram em casa, um pequeno índio, de seus treze, surge pelo caminho. Manca e treme e adentra o pátio da chácara de Zezé. Sujo de terra e sangue, aparenta cansaço e extenuação – o que é certo, pois cai no chão feito um molambo velho assim que se achega a seu pai, o cacique da tribo. "Kuati-mirim!", gritam Carolzinha e seu pai, praticamente em uníssono.

24 – Cacique e Curumim

Kuati-mirim é filho do cacique Guará com a jovem índia Jaciara, que morrera no massacre do Umuarã. Carolzinha e Zezé viram o corpo mutilado e degolado, mas inicialmente nada disseram ao cacique. Tiveram que contar a vovó Naná para buscar uma maneira de informar o sucedido, pois gradativamente o índio desenvolvia um misto de esperança e vontade de sair pelo Brejo para achar sua amada.

Cacique Guará e seu filho Kuati-mirim, Curumim Guará para muitos, falavam muito bem o português – ao contrário do que pensava a gente da cidade. Nasceram e viveram na principal aldeia do Brejo do Umuarã. O cacique viu pai e avô perderem cada vez mais terras no pé da serra: tiveram inclusive que se mudar de uma vez para um lugar brejo adentro. Ingenuamente, achou que ninguém ia querer se embrenhar tanto por aquela mata, subir a serra pelos campos escarpados.

Com jeito, vovó Naná contou sobre Jaciara ao cacique. O pobre se contorceu todo em agonia, deu um berro de guerra alucinado. Queria morrer. Agora que sabia que perdera a mulher e também todos os seus amigos, além de quase perder Curumim na covarde armadilha, queria se vingar mais do que nunca. As pessoas por ele lideradas eram tais quais filhos, discípulos. O pajé, Indiozão Cauê, era o avô de todos. E, agora, estavam todos simplesmente mortos – como se a vida fosse um nada, uma chama banal que se apaga por causa de qualquer brisa fraca.

– Covardes! Vão pagar na mesma moeda, que aguardem! Verão a ira de Tupã se desmantelando sobre eles! Ah, se verão!

Enquanto o pai pragueja aos quatro ventos, ora em português ora em yatê-fulniô, Curumim é atendido por Carolzinha e Eunice e a elas conta do que se lembra. Diz ele que, antes do ataque, acordaram cedo, caçaram primeiro e pescaram depois no grande lago do Brejo. As mulheres da tribo preparavam tapioca, cotia e peixe assado e cauim de caju. O menino arde em febre, mas faz questão de contar tudo, num balbucio nem sempre compreensível. Diz que, na volta da pesca, foram emboscados por um grupo grande. Não tinham como reagir. O grupo atacou aldeia por aldeia, ninguém conseguiu avisar ninguém. Poucos sobreviveram. Enquanto Curumim conta, Guará chora um choro doído, canta baixinho *"jacy ae, aende jacy"* e relembra sua amada Jaciara.

– E-ho! Ela está viva no mundo dos ancestrais. *Tupã our tym, isape iandé taba. E-ho!* – diz ele, desamparado.

25 – Antibiótico

Doutor Luiz Zago chegou no outro dia, no final da manhã. Os emplastros de vovó Naná evitaram um mal maior e possibilitaram que o médico conseguisse fazer o seu trabalho sem maiores problemas. Zago suturou a ferida da melhor maneira que pôde e aplicou penicilina nos índios feridos. Ainda de manhã, fora avisado sobre a tragédia pelo pároco de Vila Candeia, o qual soube pelo próprio Zezé o que havia acontecido. Assim que soube, deixou o que estava fazendo e veio em ritmo de urgência urgentíssima.

– Não conte a ninguém, padre Bento. Acho que é coisa pesada. Vá direito falar com doutor Luizinho – disse Zezé, esbaforido da viagem madrugadora de uma hora a cavalo entre sua chácara e o vilarejo.

Depois da rápida conversa, constatada a gravidade do caso, Padre Bento saiu o quanto antes, lá pelas sete, tentando o sigilo absoluto. Mais uma hora a cavalo e chegou em Confeitaria. Na vendinha de seu Amaro, foi beber água e ouviu o burburinho de fazendeiros, que tomavam uma cachacinha no local. Parece que já sabiam do sucedido e cochichavam pelos cantos sobre índios e cacique. Sabia que a conversa era sobre isso mesmo – naquelas bandas, para os bons entendedores, "caboclo" é o codinome para "índio" e "chefia cabocla", para "cacique". Sem muito alarde, saiu da mercearia, cruzou a rua principal, o colégio das Carmelitas, e foi ao Alto da Cruz, bairro em que fica a bonita casa de doutor Luiz Zago. Ele estava com a maior pressa do mundo, sabia que provavelmente àquela hora o médico estava saindo para a clínica do centro da cidade ou, quiçá, para alguma cidade ao redor, algum atendimento distante. Se não estivesse em casa, tocaria o cavalo para a clínica ou para onde o médico estivesse. Por sorte, o médico ainda estava em casa, preparando-se para sair: ainda não eram oito.

– Doutor Luiz, o senhor soube de algo que ocorreu para os lados de Vila Candeia, lá do outro lado da Serra?

– Bah, não estou a par. Não é ali que mora aquele matuto Zezé Tibúrcio? O que aconteceu, tchê?

– Deus benza, atacaram uns índios do brejo de Umuarã – disse isso bem baixinho, olhando para os lados.

– Ave Maria! E tem gente ferida?

– Oxe, tem muita gente é morta! Só sobraram o cacique Guará e o filho dele. Guará está bem ferido...

– Como é que é? Estás brincando?

– Isso mesmo que o doutor ouviu. Estão agora na chacrinha de Zezé.

– Não, não, não… mas bah, tchê! A qualquer hora essa bomba ia explodir: nem sei como é que aquele brejo sobreviveu até agora à sevícia desses coronéis. Minha Nossa Senhora de Caravaggio! – exclamou doutor Zago, de boca aberta, com as mãos para o ar como se buscasse explicações. – E o cacique e o curumim? Explique-me melhor: em que estado estão?

– O curumim não está ferido. Ele e Carolina, que viu a matança, estão em estado de choque. Já sobre o cacique, Zezé me explicou que o estado dele não é dos melhores. Dona Naná deu uns chás, usou uns unguentos, o senhor sabe como ela é. O problema é que há um baita talho de faca em um dos ombros.

– No ombro esquerdo?

– Não sei dizer…

– Vamos, vamos, que o caso é urgente! Dona Naná é ótima benzedeira, já vi muita cura que realizou com seus chás e emplastros… mas o caso é urgente, febre e infecção, sabe como é. Não tem erva que cure. Pegarei uns materiais aqui em casa e já saímos…

– Doutor Zago, recomendo não contar esse imbróglio a ninguém, por enquanto. Tu bem sabes por quê…

– Não te preocupes – respondeu, enquanto entrava em casa e já recolhia uma maletinha especialmente preparada para esses afãs mais críticos dos campos e interiores mais distantes. – Matilde, apareceu emergência para o lado de Candeia! Saio agora e só volto amanhã.

– Ave Maria, o que foi? – perguntou dona Matilde com preocupação, assustada ao ver o padre de Vila Candeia por ali, montado a cavalo.

– Na volta conto melhor. Agora tenho de ir.

Doutor Zago, que monta muito bem a cavalo, pegou o seu Bugatti Ventoux, correu ao estábulo da prefeitura e conversou com o oficial para levar um potro mais veloz, um que ele já conhecia – coisa que fazia de vez em quando, das vezes em que necessitava para seus trabalhos em fazendas e sítios distantes. Retirou prontamente o cavalo de sempre e foi-se embora para Vila Candeia com o padre Bento, atravessando campos de juazeiros, coroas-de-frade, quixabás, macambiras, mandacarus e xique-xiques.

No caminho, padre Bento contou maiores detalhes. Disse até que o cacique, escondido, conseguira montar uma pequena resistência, reunindo uns índios dispersos no mato, com o intuito de contra-atacar e recuperar a aldeia. Mas levou cacetada e ficou gravemente ferido. Por um triz não morrera.

– Por incrível que pareça, doutor Zago, esses acontecimentos de séculos passados ainda acontecem no dia de hoje… é uma lástima! Já não bastasse a luta inglória dos últimos séculos, em que tiveram que encarar escravidão, naquela época das bandeiras, a lutar contra suas próprias etnias, destruir outras tribos. E não porque estivessem em guerra contra elas, mas guiados pela mão de bandeirantes interesseiros que, em nome da coroa portuguesa, limparam os sertões e construíram a gigantesca estrutura latifundiária de nosso Brasil.

Doutor Zago nada comentou. Apenas ficou quieto, mascando e cuspindo o seu fumo. Duas horas depois, está no sítio de Zezé a costurar ferida, a medicar cacique Guará que, pelando de febre, já é praticamente um morto-vivo. O médico avia uma receita de unguentos que ele mesmo solicita e traz de Vila Candeia horas mais tarde.

26 – Mateus conta tudo o que viu, ouviu e o que presume ser

O pai, morto. A mãe, desgostosa: nem o filho quer ver mais. Ele, faz sete meses que voltou a Confeitaria. Agora trabalha na casa de dona Cândida, o único puto do cabaré. Semanalmente, Mateus ganha uns poucos trocados de algum coronel que prefere homem a mulher e assim toca a vida. Mora ali mesmo, puteiro imundo, e tem uma relação de intensa amizade com as meninas do lugar – ao menos com quase todas. Dona Cândida é sua nova mãe. Quando lhe falta dinheiro, ajuda-o a comprar coisinhas, maquiagem e roupas. De resto, comida e itens de higiene são compartilhados e o rapaz não passa fome.

Mesmo que Confeitaria não tenha o que Recife tem, Mateus se sente relativamente feliz. Se o coronel pederasta não aparece, ele passa o tempo num canto do salão, fumando seu cigarro barato em cigarreira longa, bebendo, divertindo-se com a deglutição de conversas fúteis jogadas ao léu no salão principal.

– Vai ser quarta de manhãzinha… – cochichou Ricardinho a Valdir e Silvino, alto o suficiente para ser ouvido por Mateus.

***

E, de fato, na quarta seguinte, algo aconteceu. Naquele dia, à noite, a cidade inteira estava sabendo que dezenas de índios tinham morrido misteriosamente. Coincidência? "Claro que não!", pensa Mateus com seus botões. Imediatamente liga os pontos e conversa com a amiga Lurdinha, do cabaré.

– Oxe, estranhas pra caralho as mortes desses índios, né não, Lurdinha? Tem a mão de Valdir aí, ou não? – pergunta Mateus, curioso.

Lurdinha, que tem Valdir como cliente preferido porque, segundo ela, paga bem e é bom de cama, não diz coisa alguma que possa de fato incriminá-lo. Dá somente pistas indiretas, mas muito esclarecedoras:

– Valdir? Sei disso, não. Essa história aí tem mais a cara, dos pés à cabeça, de coronel Ernesto e dos filhos. Ouvi Ricardinho dizendo coisas sobre isso que me fazem corar. Corar, eu, que sou puta da silva! Silvino, sim, esse aí tem culpa no cartório. Mas Valdir? Oxe, diante daquela família, Valdir é um santo!

Mateus passa os dias ouvindo a opinião do povo sobre o acontecido, fingindo desinteresse, fazendo-se de desentendido. Claramente, do que viu e ouviu, tudo leva a coronel Ernesto, a Ricardinho e, quem sabe, Lúcio, Silvino, Valdir e provavelmente coronel Mendonça.

Então, tem a ideia de ir a Recife, encontrar-se com um antigo amante, jornalista do Diário de Pernambuco. "Ele vai adorar a história", pensa consigo. Junta parte de um dinheirinho guardado, pede uns dias de licença a dona Cândida e, na sexta, dois dias depois do acontecido, embarca cedinho para o Recife, dessa vez de trem. À noite, no hotel, telefona para o tal jornalista e conta rapidamente o que descobrira. No sábado de manhã, tomam um *petit déjeneur* na rua da Praia: suspiros de Noruega e vinho Madeira. Relembram os velhos e bons momentos do passado. Mateus conta tudo o que sabe, tudo o que ouviu e tudo o que presume ser.

27 – Sede de vingança

Cacique Guará é quieto, mas de personalidade forte. Nunca abre a boca para nada, mas quando tem uma opinião sobre qualquer assunto todos param para ouvir e admirar sua fala.

– Homem lacônico, tchê – diz doutor Zago, sempre que vem tratar do índio.

– Lacônico, até já decorei a palavra, doutor – diz vovó Naná, sempre que ouve o termo.

– O que é lacônico? – meio no cochicho, perguntou Guará a vovó Naná da primeira vez que ouvira a palavra da boca de doutor Zago.

– Oxe, não sei, não. Mas acho que tem ligação com essa tua mania de falar pouco.

– Falo pouco porque é bom pra alma – respondeu o cacique, naquela ocasião, com orgulho de dizer as coisas só na hora certa. – É bem assim que os sábios têm que ser, dona Naná.

Às vezes, na noite de sítio, Guará conta ao filho, Kuati-mirim, os acontecimentos da infância, cheia de agruras e episódios tristes. Alguns Curumim já sabe, outros são completamente inéditos.

– Vi o Brejo diminuindo dia a dia, Curumim... gado e cada vez mais gado.

Guará conta que, um dia, quando adolescente, cansou-se de ver árvore caindo e resolveu se vingar dos fazendeiros. Juntou uns amigos da aldeia e, na calada da noite, entrou na fazenda do coronel Ângelo Mendonça – pai do, hoje chamado por todos, coronel Mendonça – para roubar umas rezes e começar um pequeno rebanho bem no coração do Brejo, em um lugar naturalmente descampado. O cacique principal da tribo, avô de Curumim, fez cara feia e não concordou com aquilo: mandou o filho devolver as vacas roubadas, nem que fosse durante madrugada chuvosa. Guará conta a Curumim que respondeu ao pai dizendo que as vacas eram para produzir leite para os índios e dar uma lição nos coronéis. E, também, porque o que estavam fazendo com o Brejo não era coisa de que os manaris, os espíritos do bem, gostavam.

– Meu pai, teu avô, então respondeu que não era pra fazer isso porque um dia os coronéis inventavam de derrubar o resto da mata e acabavam culpando os índios pela atitude. Respondi ao nosso cacique, na nossa língua querida e ancestral, que um dia iria arrancar a cabeça de todos eles, principalmente porque desde sempre arrancavam árvores mas também roubavam a água dos lagos do Brejo para o gado das fazendas. Tive que devolver o gado, senão meu pai fazia escândalo e me obrigava à força a devolver as rezes.

Curumim ouve e guarda aquelas palavras. E, à noite, antes de dormir, repete para si mesmo:

– Hei de arrancar a cabeça de todos eles!

28 – As páginas policiais do Diário de Pernambuco

Coronel Ernesto está viajando ao Recife para desdizer o que foi dito. Na segunda-feira, pegou o trem com o objetivo de conversar com prezados amigos usineiros e com políticos ligados aos jornais pernambucanos. Quer explicar o ocorrido. Isso porque, no domingo, leu no jornal notícia totalmente inoportuna sobre sua pessoa. Alguém tem que desdizer aquelas letras mentirosas, e o melhor é que seja ele em pessoa.

– Mentiras, aleivosias, canalhice!

Sim, a publicação do Diário de Pernambuco de domingo caiu como uma bomba na cidade de Confeitaria. E na fazenda de coronel Ernesto foi mais arrasadora do que raio fulminante.

– Que porra é isso? – exclamou o coronel, assim que abriu o jornal, enquanto tomava o café da manhã: banana machucada para começar, normas de dona Letícia.

Espalhou as folhas pela mesa, sem se preocupar com a presença da esposa nem das dezenas de moscas que se misturavam às letras pretas do periódico. Seus olhos jorravam fogo. Notícia de capa e longa matéria de páginas policiais. Mandou dona Letícia se retirar. Queria espumar sozinho, atirar seu fogaréu pela casa sem atingir ninguém. O jornal tinha até foto dos índios mortos e entrevista com o cacique Guará, "sobrevivente do genocídio". Coronel Ernesto acendeu um Chesterfield, puxou um longo trago e disse bem alto, como se quisesse que o editor lá no Recife ouvisse o que tinha a dizer:

– Ah, que cretinice! Genocídio? Essa gente nem sabe o que acontece por aqui e já inventa palavras difíceis para confundir a cabeça do povo! Puta merda! Cadê o porra do Ricardinho?

Ricardinho não estava em casa.

– Silvino, cadê Ricardinho?

– Coroné Ernesto, eu não sei direito, não...

– Vamos lá, Silvino, desembucha logo que sei que vocês dois andam mais juntos que gato e carrapato.

– É... coroné Ernesto, acho que ele ainda não voltou da farra de ontem, em dona Cândida.

– Puta que pariu, esse menino agora só quer saber de quenga, lança-perfume e ópio. Fuma mais maconha que uma chaminé! E a porra do meu dinheiro vai sendo queimado junto! Puta que pariu! Vá lá imediatamente e traga esse cabra que ele merece é levar uma pisa! Eu quero falar com ele imediatamente, tá ouvindo? Só volte aqui se for com ele, entendido? – metralhou o coronel, cuspindo cólera incontida.

Ricardinho chegou na fazenda uma hora depois, cabelo despenteado, barba por fazer, cheirando a cachaça.

– Bença, painho… – diz o rapaz, com voz destrambelhada.

– Bença o quê, seu timbu fedorento! Onde tu tava, caralho? Puta merda! Quando preciso de você, sempre tá naquele chiqueiro imundo!

– Porra, não precisa fazer escândalo – disse Ricardinho, meio embriagado, meio surpreso, fazendo gestos de silêncio, pedindo para o pai falar mais baixo, que era para não envergonhar a mãe.

– Tua mãe precisa é saber mesmo que tu se transformou num imprestável. Tás sabendo o que aconteceu? Me responda, porra! Tás sabendo? – perguntou enquanto mostrava a manchete do Diário de Pernambuco:

"GENOCÍDIO INDÍGENA NAS SERRAS DE CONFEITARIA"

A conurbação de letras, no início, fez pouco sentido para o rapaz. Após um átimo, explodiu:

– Caralho! – foi o que conseguiu emitir, assim que percebeu do que se tratava. Depois calou-se, pensativo e confuso.

Um certo silêncio raivoso permeou o ar, cortado pela pressa do coronel em obter explicações:

– Alguém aqui tá dando sorte ao azar, né não, Ricardinho? Me explica isso aqui, porra! Ah, minha Santa Quitéria das Frexeiras, dá-me paciência! Eu quero saber hoje mesmo quem é que articulou a porra dessa matéria aqui! Tá ouvindo, Ricardinho?

Põe a mão na testa, apaga o cigarro em um cinzeiro de cristal, acalma-se por um segundo. Continua, com voz mais baixa, praticamente sussurrando, apontando para a capa do jornal:

– Ricardinho, eu sei que tu é um cabra muito indolente, mas vai ter que me explicar como foi que isso aqui, ó, como é que isso aqui aconteceu! Tás me ouvindo? Faça um sinal que tá claro o que eu tô querendo. Isso! Pois bem, Silvino, vá lá na fazendo de coronel Mendonça e traga Valdir, com pressa. Tem que ser agora, ouviu? Tu sabe, né? Vocês dois tão muito fodidos se a gente não conseguir resolver essa porra!

Silvino, que não sabia ler, mas viu a foto da capa do jornal, compreendeu a extensão do problema. Engoliu em seco e calado, face funérea, ouviu tudo o que o coronel tinha a dizer:

– Vá lá na fazenda, não faça alarde. Tá vendo a merda aqui, né? Olhe bem para essa foto. Pelo amor de Deus, fique calmo, não faça alarde nem fale com ninguém, certo? Traga Valdir e, no caminho, explique pra ele que a merda toda vazou. Não quero almoçar sem antes ver a cara do porra do Valdir!

Ricardinho, meio cambaleante, ainda sob efeito de álcool e sabe-se lá de que outras drogas, olhava para o chão, com as mãos na cabeça, tentando entender o que se passava. Podia-se ouvir sua boca emitindo baixinho:

– Caralho, caralho!

– Ricardinho, olhe pra mim, porra! Tá vendo aqui essa matéria do Diário? Leia alto pra mode Silvino, que não sei por que ainda tá parado aí, ouvir a merda que está acontecendo – diz coronel Ernesto, ainda sussurrante, cavernoso que só ele, entregando o jornal para o filho.

O rapaz tomou o jornal aberto na tal página policial e leu, meio baixo, mas em tom suficientemente audível:

– "O principal suspeito, segundo apurado junto a nossas fontes, é o coronel Ernesto Henrique de Almeida Tavares, grande latifundiário do município de Confeitaria..."

– Ouviu, Silvino, entendeu do que se trata? Vá embora e traga Valdir imediatamente. Vá, vá indo!

Assim que Silvino saiu, coronel Ernesto pegou Ricardinho pela gola do surrado paletó e, em tom ríspido, murmurou:

– Ricardinho, quem é a porra da fonte? Quem é que anda abrindo o bico pra esse jornalzinho de merda? Quem é a porra da fonte desse jornalista de merda? – completou, aumentando o tom, praticamente gritando. – Cadê o nome do jornalista? Ah, aqui, ó: Joaquim Lindolfo de Matos Alecrim. Já ouviu falar? Quem é ele, porra? Quem é esse sevandija filho de uma puta?

– Não sei, não, caralho! – respondeu o rapaz, tentando demonstrar qualquer fagulha de autocontrole.

– Olha, Ricardinho. Se eu souber que tu conhece esse jornalista. Se eu souber que tu sabe quem é a porra da fonte... olha, se eu souber que tu sabe de alguma coisa, eu não vou querer nem saber se tu é filho meu, entendido? Tá entendido?

– Ei, ei, não é pra tanto. Tá aperreado demais, painho. Oxe, tá com a bexiga! Eu não sei que merda aconteceu. Eu não tenho nada a ver com essa porra. Sou só um fodido, igual cego em tiroteio, mas pode contar com teu filho.

– Cadê teu irmão Lúcio? Quero ele bem aqui, pra perguntar se ele sabe quem tá tentando furar gol pra cima de mim. Cadê ele?

– Lúcio? Oxe, sei não. Deve estar em Caruaru atrás de alguma menina. Oxe, que bicho apaixonado da pleura! Amanhã ou depois ele volta... painho, o senhor vai ver: vou dar um jeito de descobrir o porra do dedo duro dessa merda. Pode contar comigo pra tudo e mais um pouco, até pra calar a boca de jornalista de merda – disse Ricardinho com voz bêbada, mas enfim seguro de si.

No trem para o Recife, relembra essa conversa com o filho e pensa que foi muito condescendente. "Devia ter dado uns tapas naquele moleque dos diabos!", balbucia coronel Ernesto para seus botões.

29 – Roda noturna ao redor da fogueira

A notícia do Diário de Pernambuco não chegou ao sítio de Zezé Tibúrcio, mas vovó Naná tem uma versão muito parecida dos fatos narrados pelo jornal: ela vê claramente, a cada palavra do cacique Guará e do Curumim, que não havia muita dúvida de que aquela presepada fora claramente executada por algum coronel da região. Coronel Ernesto? Coronel Mendonça? Havia de ser algum deles, só podia.

No decorrer dos dias, índias e índios foram aparecendo. Os sobreviventes do massacre foram se juntando. Não muitos. Logo entraram em contato com o padre Bento e souberam que cacique Guará e Kuati-mirim estavam hospedados no sítio de Zezé. Os que chegaram primeiro não estavam feridos, mas estavam famintos e seus corações, despedaçados. Sobreviveram por um triz e viram seus parentes e amigos banhados em sangue. Assassinados. Por medo e por sugestão da própria vovó Naná, nem voltaram para enterrar seus mortos e nem sabem o que aconteceu com os corpos. Estão tristes, mas também possessos. Furiosos! *Inharon*, em sua própria definição.

Vovó Naná também está triste. Às vezes chora. Às vezes conversa amistosamente com seus hóspedes. Ouve suas histórias. Sorri com eles. Chora com eles. Numa dessas, vovó Naná conta sobre os tempos em que dançava forró nas festas de Vila Candeia, logo que chegara em Confeitaria, vinda de

São Lourenço da Mata. Tempos bons. Só se preocupava em festejar e olhar os moços bonitos. No tempo dela, é o que defende, tudo parecia melhor e menos violento. O filho Zezé insiste que é só impressão, que aqueles tempos eram tão violentos quanto os atuais.

– Eita! Que eu saiba, naquele tempo, mãe, Antônio Silvino e os coronéis matavam igual Lampião e os coronéis também matam hoje. A violência é igual. E na tua juventude teve a Grande Guerra. Quer coisa mais violenta que isso?

– Oxe, meu rei, lave bem a boca quando falar de Virgulino, o Lampião dos destemidos!

O cangaceiro é seu ídolo dos ídolos. Assim também é Padim Ciço e Carlitos, a cujos filmes assistia nos gloriosos anos das grandes matinês do Cine Confeito, fato que lembra com nostalgia.

– Ah, Zezé, não envergonhe nossos hóspedes com essa fala covarde! Lampião sai por aí matando só quem é do mal. Ele é o mensageiro vivo de Exu, é o mensageiro dos próprios Orixás!

E então ela diz, toda faceira e orgulhosa, que Lampião, assim como ela, tem o corpo fechado e é protegido por Ogum, Orixá destemido.

– Ara! Lampião é um preto brabo que, se der, arranca fora, fácil, fácil, o couro desses coronezinhos de meia tigela metidos a matar curumins e mulheres – diz, cuspindo.

Depois das ervas e dos emplastros de vovó Naná, e dos pontos e antibióticos de doutor Luiz, cacique Guará, forte como é, recupera-se a olhos vistos. Participa das conversas diárias com entusiasmo e também conta suas próprias histórias.

– Saravá, cacique! Tu é forte, os teus ancestrais te protegem! Os meus Orixás te saúdam. Saravá! Fiz um caldo quente de músculo, com pimenta e coentro, que ergue até defunto morto.

A mãe de Zezé faz o possível para que o ambiente sempre cheire a fulô, seja o mais aprazível e o mais confortável. É anfitriã por excelência: do seu jeito, cuida de tudo, organiza tudo, reúne a todos, anima e conduz as conversas.

– Exu há de pegar esses coroné e fazer picadinho deles – diz vovó Naná ao cacique e aos índios, reunidos do lado de fora sob a luz das estrelas, ao redor de bruxuleante fogueirinha.

– Exu, não, dona Naná. Comade Fulozinha, sim. Tu vai vê! – responde cacique Guará.

– Ou os dois! – completa Curumim. – Viva Comade Fulozinha, que pegue os coronéis!

– Oxe, esse negócio de vingança não é bom para o espírito, não, minh'arrente – interpõe Zezé.

– Eita! Lá vem Zezé com ideia fraca! Exu e Comadre são entidades zombeteiras, mas muitas vezes dão proteção ao justo, muitas vezes nos livram do mal. Ô cacique, conte para Carolzinha, para animar a menina, a história de Comadre Fulozinha.

– Carolzinha, Comade Fulozinha é guerreira da floresta, pequena índia que protege animais e árvores, mas principalmente as tribos, de ataque de fazendeiro e coroné. Tem cabelo grande, liso, bonito, tão grande que cobre todo seu corpo. É pequena, é criança. Rápida que só ela, enrola a língua daqueles que entram na mata com más intenções, principalmente quem entra na mata sem dar presente.

– Oferenda de fumo e mel! E não confunda ela com Caipora, senão já viu! – observa firmemente um dos índios, chamado pelo cacique de tio Poty.

– Oxe, tio, ela também gosta de papa de aveia, visse? E quem entra a cavalo na mata, que se prepare! – continua cacique Guará. – Ela amarra o rabo do animal em uma árvore, nó que só ela sabe desfazê! E ela é esperta, esperta! Assovia alto! E quando seu assovio se torna fraco aí é que ela está próxima. E então ela ataca!

– Cruz credo – comenta baixinho Carolzinha, feliz e amedrontada ao mesmo tempo. Só que no fundo, no fundo, sente-se segura: está rodeada por gente simpática, banhada pelo céu estrelado, brisa nos cabelos, vaga-lumes de brilho mágico. Sente-se abraçada, sente-se mais segura.

Parte III
Babaçuê macumbeiro de mandinga catimbozeira

30 – Saravá *e-ho*!

Quando o cacique Guará se recompôs, a ponto de mexer o braço afetado, andando por aí sem sentir dor e fraqueza, vovó Naná pediu a Zezé que fosse em Vila Candeia chamar Mãe Viviane, uma prima que viera com ela da Bahia há muito tempo. E que trouxesse junto também umas filhas de santo pra mode ajudá-la nos serviços que pretendia realizar.

Mãe Viviane vem num dia de chuvinha rala, toda paramentada, com duas jovens, aprendizes na arte de receber santo. Dona Eunice, ao ver as moças com suas roupas de ialorixá, mete-se na cabana e se benze. Reza um Pai Nosso: não gosta muito de macumbaria.

Vovó Naná e Mãe Viviane proseiam por um tempo nos banquinhos de palhinha que ficam perto da cerca de entrada, ambas contando às filhas de santo e a Zezé, que as rodeiam, sobre as qualidades de uma e de outra:

– Mãe Viviane é filha de Xangô e essas aí, ó, são *elegun* de Xangô. E elas conhecem bem o Cumpade da Encruzilhada, né, não? – diz vovó Naná, mais afirmando do que perguntando. – Já eu, sou de Ossanha, Ossain! Mãe das ervas e da mandinga de amor.

– Naná, nem todas elas são de Xangô. Essa daqui, Mônica, é iaô de Omulu, olha a palha ali. Mas tu tá certa... hoje, que é segunda-feira, é dia de fazer umas oferendas ao Cumpade.

As duas, mais as filhas de santo, esperam o anoitecer e se metem num terreirinho escondido por trás da chácara, lugar que vovó Naná às vezes fazia uns despachos. Levam galo preto e o bode velho. Zezé não concorda muito, não quer se desfazer do bode por causa de sacrifício a Exu, além de que o bode já lhe é quase bicho de estimação. Quando vovó Naná insiste e altera a voz, é melhor não discutir. E foi-se o bode. Prendem o galo numa gaiola, o bode numa cordinha e espalham-se pelo terreno para fazer o despacho. Improvisam fogo e caldeirões, preparam comida com dendê e trazem óleo branco escondido, que Exu detesta – o óleo branco para fazer oferenda em nome dos principais coronéis da região, "deixar Exu com raiva dos coroné".

– Exu faz o erro virar acerto – conclama Mãe Viviane.

Seguem o Xirê, fazendo primeiro Ogum e depois Exu. No meio de tudo, jurema e carraspana. Fazem o despacho até a meia-noite, pedindo a Exu-Tiriri uma vingança bem vingada, à altura da morte dos não sei quantos índios, das crianças e das mulheres. No terral, Mãe Viviane recebe Xangô para transmitir força e axé ao cacique Guará.

– *Atotô*! Venha, cacique Guará! Venha, meu rei! Aqui é candomblé caboclo, catimbó com mistura de candomblé jurema, macumba autêntica!

Guará vai ao centro do terreiro, faz mugangas, movimenta-se para lá e para cá. Zezé assiste ao ritual à distância e se admira com a desenvoltura da mãe. Apesar de seus setenta e poucos anos, ela é forte, mais forte do que aparenta. Daquele jeito – dançando, cantando, rodando –, ainda devia ser forrozeira daquelas! "E finge, marota, que é só uma velhinha frágil!", Zezé pensa, jocosamente.

31 – Procura-se índio vivo ou morto

– É muito quiproquó – balbucia um cavernoso Valdir a Silvino, enquanto aguardam a chegada de coronel Ernesto, que pedira a presença dos dois para que prestassem algumas informações. Os dois nunca tinham torado tanto aço quanto agora.

A conversa que ocorrerá nos próximos minutos será uma cópia daquilo que já foi dito a Lúcio e Ricardinho. Perguntas sobre o que sabiam até o momento e rogativas para que ficassem de bico calado, sob qualquer hipótese. Jornalistas, nem pensar! De resto, dirá que tudo já está combinado com os vários amigos fazendeiros, em especial com coronel Mendonça, patrão de Valdir e sócio de empreitada: a cidade inteira não dará um pio, ninguém viu, ninguém ouviu, ninguém falará. Além da conversa, coronel Ernesto pagará uma boa quantia a Valdir para que acompanhe Silvino nas buscas pelo cacique Guará. E então, nas próximas semanas, revirarão Confeitaria, os matos do Brejo, os sítios próximos, as vilas ao redor, Candeia, Alegria e Santo Aleixo. Em Confeitaria, rapidamente perceberão que o cacique não está escondido ali. Reunirão os seus homens e ficarão no pé do povo de Vila Candeia, lugar sobre o qual pesam todas as desconfianças. Conversas no bar, entre petiscos e cachacinhas, para arrancar nem que mínimas pistas, farejar qualquer indício. E em todas essas vilas se dirá que não sobrara um índio vivo no Brejo de Umuarã:

– Passaram a peixeira em todo mundo e os corpos sumiram do mapa. Virgem Maria, Padre Nosso, Padim Pade Ciço, foi enterro sem rabecão... – responderá um morador de Vila Candeia se benzendo.

– É, mas e aquela história da entrevista do cacique, que apareceu no Diário de Pernambuco?

– Ah, menino, isso é mentira pra vender jornal.

E, quando souber do resultado das buscas, coronel Ernesto dará um pinote, não gostará das notícias e comentará desgostoso:

– Puta que pariu! É muito rame-rame! Esse povo de Vila Candeia sabe onde o filho da puta tá. Eu, que sou cabra de peia, sei que isso é papo furado, é tudo bazófia. Continuem buscando, aporrinhem mais! Se esse índio estiver vivo por aí, meu prestígio perante os fazendeiros do Sertão vai virar pó! E nos sítios, já foram? E nas chácaras? E nos povoados menores? Acho que essa gente tá muito calada. Alguém precisa caguetar! Da próxima vez quero coisa boa, senão eu mesmo vou lá arrancar o couro desses imbecis, dar um chá de porrada nessa turma filha da puta!

32 – Festa de São João

Ficou café fraco. Mas ao menos café, e não chá. Ele detesta chá e está farto daquela modinha que os ingleses do Recife tentaram impor: chá preto com uma cumbuquinha de leite e mais açúcar, um cubo. Coisa pior não há. Que fosse fraco, mas que fosse café! E com um pouquinho de açúcar, faça o favor! Assim pensa doutor Zago, enquanto beberica o seu café no sítio de Zezé Tibúrcio. Está ali para tratar o cacique Guará e também para a festinha de São João fora de época que prepararam para alegrar um pouco aqueles dias tão devastadores. Graças a Deus e a Xangô, como repete a todo momento vovó Naná, o cacique está se recuperando a olhos vistos. E todos tomam o cafezinho de fim de tarde de véspera de São João de faz de conta.

– Eita, comam rápido que esse Guará é um bichinho faminto. Ele e o filho, valha-me minha Oxum, que já comeram todo o omolucum! – gargalha vovó Naná.

– Oxe, que bichinha gaiata – sorri o cacique entre um milho e outro. – Gaiata e *yaguara*! – completa, destacando *"yaguara"*, onça, que é como chama vovó Naná de vez em quando.

Uma brisa fria e refrescante sobeja naquele arraial. Todos bem agasalhados: "nem é inverno, mas já faz frio no Brejo, igual ao frio do Sul", pensa doutor Zago, enquanto mordisca uma comida de milho – mugunzá de milho branco, que, lá de onde viera, comumente chamam "canjica". "Mas canjica aqui no Nordeste é outra coisa", diz vovó Naná: é creme de milho doce com canela, que, quando esfria, endurece que nem um pudim de leite. Canjiquinha de milho também tem na festa. E outras comidas, quase todas de milho verde.

Por fim, Zezé chega para o café. Estava caçando. Trouxe umas lebres para o jantar de São João fora de época.

– Creio em Deus Pai! Viva São João! – grita ao chegar.

– Oxe, menino! Se alegre mais que o pastoril já foi! – diz vovó Naná, gargalhando. – Hoje, que é São João, também é dia de Xangô Menino. *Atotô*, que festança naqueles tempos dos clubes de pretos em Salvador! *Kawó-Kabiesilé*!

Enquanto doutor Zago toma seu café e come seu munguzá, dona Naná lhe conta histórias sobre Lampião, que ela vira quando o cangaceiro, ainda jovem, fazia parte do bando de Sinhô Pereira. Ela conta que Lampião, naquela feita, aproximou-se dela e de sua prima, montado a cavalo, e dirigiu-lhes a palavra como um príncipe, um verdadeiro cavaleiro de contos de fadas. Era lindo de ver: cabelos grandes, cartucheira envernizada, adornos espelhados, moedas e símbolos coloridos.

– Oxe, o hômi fazia cara de mau de propósito, doutor! Mas era só charme. Virgem! E, menino, o bichinho era vingativo: naqueles tempos, ou um pouco depois, Lampião ganhou do governo cavalo, dinheiro e título de capitão. Mas era um título falso, capitão coisa nenhuma! Quando o hômi descobriu, oxe, ficou possesso, furioso que só a gota, e fugiu com cavalo, dinheiro, roupa nova e tudo que tinha direito, pra lutar contra o governo e contra os poderosos. O hômi não é de brincadeira, não! *Atotô*! Tenho é muito orgulho dele! E não nego, não!

Nesse ínterim, Carolzinha, Curumim e Águeda brincam de cobrinha elétrica, maravilha feita de pólvora que deixava aquele rastro luminoso pelo meio do sítio enquanto o céu começava a se iluminar de estrelas de São João. Vovó Naná chega servindo tapioca, aquela da qual se orgulha muito, cuja goma ela mesma faz: mandioca de molho por dias, troca de água, desmanchando-se em farinha a ser secada no sol. Lá adiante, Zezé e cacique Guará, ainda meio mole mas notadamente recuperado, montam uma fogueirinha para a comemoração e também para a assar a lebre. Doutor Zago está a ajudá-los, mas já arrumando palavras adequadas para se despedir, aproveitar as últimas nesgas de sol para voltar à cidade.

– Oxe, não tão cedo, doutor. Fique conosco, comemore conosco.

– Preciso ir senão nem consigo voltar. A cavalo e no escuro, tenho medo de me perder no caminho até Confeitaria.

– Oxe, o doutô é de casa, durma por aqui, não faça cerimônia.

– Avisei a Matilde que hoje à noite estaria por lá. Não posso deixá-la preocupada...

– O sinhô é quem sabe, doutor Luizinho... oxe, diga-me, doutor Luiz, como é que é o São João lá do Sul?

– No Sul se comemora, mas não tão intensamente quanto aqui. O povo do Rio Grande enche o bucho de pinhão, que é a semente do pinheiro do Paraná. As pessoas comem pinhão, pé de moleque e paçoca, no máximo. Soltamos uns fogos, mas não passa disso. Acho que agora realmente tenho que ir. A festa está animada, mas não quero chegar à estrada principal no escuro total...

– Mais uma tigelinha de munguzá, doutor Zago – oferece vovó Naná com graça, rodando a saia como se estivesse bailando um daqueles bailes de há muito tempo.

– Eia, tchê, que beleza essa dama! Dança como dama da corte! Obrigado, dona Naná, agora tenho que ir que meu cavalo não sabe andar no escuro. Adeus a todos. Feliz São João para vossas mercês!

– Viva Xangô! – grita vovó Naná sem cerimônia, sabedora de que doutor Zago não se importa com essas manifestações de misticismo baiano.

– Viva!

Depois do último gole de seu café fraco, doutor Zago se retira, acende uma lanterna e sai a cavalo, num trote lento mas constante, pela picada no meio da caatinga. E vai pensando com seus botões que nunca estivera numa festa de São João tão simples e ao mesmo tempo tão animada: o cacique a bater palmas para dar ritmo ao xote tocado freneticamente por Zezé em sua velha sanfoninha de 48 baixos; as crianças brincando, índias e índios sobreviventes a dançar xote e gritar vivas; bonito de ver! Quando já está chegando na estrada principal, eis que surge Zezé a conduzir uma charrete velha, a carregar uns espetos de madeira com as lebres assadas, dando carona a dona Eunice, Carolzinha e Águeda:

– Vamos pra Vila Candeia! Lá tem xote e cachaça de graça e a gente vai fingir que é quermesse de São João. Venha conosco, doutor Zago!

– Divirtam-se, amigos, aproveitem o entrevero! É que este bagual velho tem que descansar. Sigo pela estradinha rumo a Confeitaria. Amanhã acordo cedo e volto para tratar do cacique. Que bom que ele ficou no sítio. Não é hora de esforços impensados e nem de se expor por aí. Eia, tchê! Mas comemorem e esqueçam os problemas, pelo menos por hoje! Boa noite, até mais ver!

33 – Olhos verdes, olhos vermelhos

– Dou-lhe um doce se descobrir por quem Ernestinho está enamorado.

– Eita, aí é fácil, menina, tirar doce da boca de criança! É Letícia do Sítio Verde: toda casa da luz vermelha já sabe da notícia. Esse Ernestinho! Bicho alesado da porra, mas sortudo que só a bexiga!

Coronel Ernesto tinha uns vinte e dois anos quando se casou. Dona Letícia, praticamente uma pirralha, tinha seus catorze. O pai do então recém-casado Ernestinho era coronel conhecido e temido por todos – não só em Confeitaria, mas em quase todo o Sertão. Família secular de fazendeiros de gado, tradicional no dinheiro, tradicional no poder. Ernestinho já tinha casa pronta na fazenda do pai, recém-construída, dedicada aos noivos. Já a pequena e tímida Letícia não vinha de família rica, mas todos a consideravam a jovem mais bonita da cidade. Era linda. "A galeguinha branquinha e bonitinha dos olhos verdes", era o que se dizia por aí. Filha de um pequeno sitiante, criador de aves, porcos, umas poucas cabeças de gado, o que fosse. Menina simples, recatada e do lar. Mesmo não sendo rica, era educada, feita para casar, dentro daqueles padrões não escritos esperados por coronéis do interior. Quando o casamento aconteceu, não se falou de outra coisa: riquíssimo e opulento, casaram-se na matriz. A festa foi na fazenda de coronel Antônio Bento, pai de Ernestinho. E, como diz a música, o coronel não quis sanfoneiro: escalou pianista, cantor e pequeno *ensemble* musical vindos da capital. Descascaram Joplin e outros *ragtimes*, assim como valsinhas e *chansons* de café-concerto de Charlus e Dranem, além de outros sucessos franceses daqueles tempos de fim de *Belle Époque*. Apareceu não só gente do Recife para prestigiar, como também de Maceió e até de São Paulo.

No início, da parte de Letícia, e como sempre ocorre nessas situações, doeu-lhe perder o cabaço. Depois virou casamento selvagem, apaixonado, mas ingênuo: ela, que ainda brincava de boneca; ele, que ainda tinha sonhos românticos. O que se sabe dos anos vindouros é que esses ares de calmaria infantil logo se dissipariam. A jovem esposa sertaneja percebeu o quão rica era e o quão safado era o marido. Comia ela num dia e, no outro, chegava em casa com cheiro de puta no cangote. A parte da riqueza compensou a parte do chifre – pelo menos é o que tentava dizer para si mesma, depois de muito se machucar. Na verdade, enquanto o marido ainda se agradava do xibiu da menina, ela fingia que aqueles perfumes estranhos eram só coisa de sua imaginação. No entanto, quando chegou o inexorável momento em que o marido não lhe procurou mais, o ânimo dela se avexou, a raiva surgiu, sentimentos antes não sentidos brotaram. Ernestinho desaparecia nas noites de sexta e voltava para casa com cheiros cada vez mais intensos daquele perfume barato e fedorento. Após duas ou três sumidas, ela foi colocando na cabeça que aquele devia definitivamente ser como no início desconfiara, o característico cheiro dos puteiros da cidade. Depois de algumas repetições desse ritual, cada vez mais frequente – vale dizer: sete meses depois de casados –, Letícia resolveu dizer algo. Apontou para as marcas de batom na camisa de algodão do marido que, combinadas ao hálito de cachaça e de perfume barato, serviram-lhe de evidências materiais para a acusação. Eram as impressões digitais que ela precisava. Fez isso quase a contragosto, doeu-lhe que só, quis morrer, chorou desesperada, com medo de perder o marido. Mas jogou na cara do safado que aquelas marcas só podiam ser marca de puta ou de amante: repetiu na briga esfuziante que, palavra por palavra, por mais que fosse novinha, não era otária. Chorou e gritou com o marido. As explicações esfarrapadas não fizeram sentido: batom é batom. Ernesto, bêbado que só gambá, mandou a esposa tomar no cu e foi-se para o porão. Dormiu num colchãozinho de palha, olhando para o teto, fumando um cigarro barato, resmungando pragas inaudíveis. Dia seguinte, decidiu-se, falaria com o pai em segredo, diria que não havia outro recurso a não ser se separar "daquela anta". E se o pai dissesse que não, que as aparências agora eram tudo, a partir daquele momento naquele porão dormiria de vez. Usaria a esposa esporadicamente, como puta casual, esmurraria sua cara caso viesse com quiproquó. "Mulher bonitinha, mas mal-educada, mimada, lesa… uma anta", pensava em sua solidão de porão, a observar o gato da casa que subia sobre a bancada de madeira. A bancada de trabalho em madeira. A carpintaria, sua paixão secreta. No fim, apesar desse planejamento de bêbado enraivecido, no dia seguinte estava tudo esquecido, tanto da parte dele quanto da dela. Letícia, com os olhos vermelhos de tanto chorar ou de não dormir, fazia o café da manhã, convidando-o a sentar-se à mesa e ler o jornal que acabara de chegar. Ela, mesmo que injuriada até o osso, acabou por perdoar: assim aprendeu com a mãe e assim ensinaria às filhas – homem é desse jeito mesmo, um dia vai chegar o fatídico momento do cheiro de perfumes estranhos, do cheiro de porra na calça, o dia da marca de batom. Perdoava, mas não esquecia. Em meio ao silêncio sepulcral, entrecortado pelo som dos talheres, ela pensou repetidas vezes: "nunca mais vou dar pra esse filho da puta." E emitia um sorriso forçado, levava uma colher de cuscuz de coco à boca, mordia um pedacinho de queijo de coalho e desejava, com todas as forças, que o marido fosse pra puta que o pariu.

34 – Coronel da *rentier class*

Ernestinho herdou posses e poderes do pai. Após sua morte, conquistou a patente militar, comprada a peso de ouro, e virou coronel Ernesto Tavares. Diferentemente de outros coronéis, que escassearam ante o derretimento da República Velha, coronel Ernesto se negou a viver aquela transição em que muitos coronéis se tornaram tão somente rentistas de seus múltiplos investimentos, abandonando a fazenda para morar no Recife, deixando o negócio rural a cargo de peões de confiança. Muito pelo contrário: coronel Ernesto ficou ali mesmo, em Confeitaria, a desfrutar do prazer de ser poderoso e indicar quem seria prefeito, vereador, deputado e até senador. No fim, sua profissão era mandar. Fora isso, queria também ser o mais rico dos coronéis, sendo obrigado a fazer o que os outros fizeram – mas sem sair de sua fazenda de gado: investiu em títulos da dívida pública, em quotas de sociedades mercantis e em muitos imóveis da cidade grande. Ninguém sabia, mas ele tinha um império imobiliário no Recife e, intimamente, orgulhava-se de ser coronel de verdade e, ao mesmo tempo, pertencer à autodenominada *rentier class*.

Nos sete primeiros anos de casados, Ernesto e Letícia tiveram sete filhos, três meninas e quatro meninos. Entre o fim da década de 1910 e início da década de 1920, vieram os filhos tardios: a oitava, o nono e o décimo; os caçulinhas Lúcio, Juliana e Ricardinho – descritos, com razão, como figuras do demônio encarnado. Surpreendentemente, os caçulas se acomodaram às asas do pai e nunca saíram do interior, ao contrário dos mais velhos; que, quando crescidos e casados, depois da década de 30, pegaram seu quinhão e foram morar no Recife. Uniram-se ao inexorável destino de rentistas, investidores, donos de lojas ou de hotéis da cidade. Podres de ricos, tinham caros Packards quando ninguém tinha condições de comprá-los. Já o pai, embora pudesse ter quantos Rolls-Royces quisesse, gostava, afinal, do cheiro de cavalo suado. Era um daqueles coronéis tradicionais, que preferia aparências menos sobejantes e parecia menos rico do que realmente era. Mas, bastasse ir a Paris, Veneza ou Nova Iorque, os antes contidos contos de réis tornavam-se francos, liras ou dólares que fluíam para os hotéis mais caros daquelas cidades: lugares em que glamour e rotina praticamente se confundem.

35 – Arrivistas e vagabundos

Ao lado da igreja principal de Confeitaria, há uma casa bonita, considerada a maior da cidade – exagerada, mas bonita. O compadre e a comadre conversam alto, para todo mundo ouvir:

– Aqui em Confeitaria tem essa gente mal-educada que fala errado, diz nome de baixo calão e nunca leu um livro.

– É por isso que o Brasil é atrasado, tem muito analfabeto e também pobre preguiçoso, que é quase a mesma coisa.

– Oxe, compadre, nem me fale. Pobre preguiçoso é o que tem mais aqui em Confeitaria. Uns pobres, uns zés-ninguém que plantam macaxeira e um pouco de milho e depois passam o dia todo sem fazer nada… fumando, tomando cachaça, sentados na pracinha a conversar com seus companheiros de vagabundagem, a contar lorotas sobre outros imprestáveis zés-ninguém.

– Lá em Recife é até pior, comadre. Tem os moradores das palafitas no rio Capibaribe ou na maré do Pina que não querem mudar de vida. Preferem ser uns pobres vagabundos do que trabalhar em serviço digno e ter uma vida melhorzinha.

– Às vezes até dou razão àqueles que dizem que essa vagabundagem tem a ver com a cor… – diz a comadre, meio baixinho.

– Não tenha dúvida! Essa gente escurinha só quer saber de cantar, dançar e vagabundear. Nossos impostos servem para pagar a preguiça dessa canalha.

– Pode ver, compadre! A gente do Sul, esses alemães e italianos da raça de doutor Zago e dona Matilde: ali, sim, são trabalhadores!

– É por isso que prefiro não dar emprego a vagabundo. Tenho uma indústria aqui e no Recife… quer ver quando eu perco tempo e dinheiro? Quando resolvo contratar um escurinho. Melhor investir mesmo no mercado imobiliário do Recife do que dar emprego a vagabundo!

– Índio é a mesma coisa! Cachaceiros! Tomam cachaça e depois dançam feito uns catimbozeiros.

– Fazem catimbó igual a preto macumbeiro.

– Uns vagabundos! Não fazem nada! Lá em Umuarã dizem que vivem bêbados e gordos. Uns gordos que pesam 100 arrobas! O melhor é que a terra deles fique com quem produz! Com quem trabalha!

– É mesmo!

"Arrivistas miseráveis! Cupins de pau-brasil! Tartufos do farinha pouca, meu pirão primeiro!", pensa padre Bento, que a tudo ouve ali da janela da sacristia da matriz, no dia em que veio substituir o padre principal.

36 – Pequenas visitas carnavalescas

Ricardinho ama viajar a Recife, especialmente na época do Carnaval. Na cidade, tanto pode se hospedar na casa de algum dos irmãos mais velhos quanto pagar algum hotel. E, de fato, assim o prefere: no hotel, sozinho, pode levar alguma garota para o quarto mais tranquilamente.

– Carnaval tem dessas coisas, a gente precisa de um certa intimidade pra foder em paz – confidencia a um amigo de farra numa dessas idas.

No Recife, folia de uma semana ou mais, regada a confete, serpentina e beijo de donzela não tão donzela assim. E não pode faltar lança-perfume, ampola dos deuses. O rapaz começa a farra no Clube Internacional. Baile sério no início, vocação para Veneza mascarada que evolui para a gandaia em carne viva – principalmente quando os senhores de idade e suas senhoras se retiram, depois das dez. Após várias doses de uísque e ampolas daquele éter perfumado, sai por aí com os amigos num Ford Bigode vermelho. Querem principalmente verificar *in loco* se a história da loura do Cemitério de Santo Amaro é verdadeira. Um amigo diz que testemunhara com os próprios olhos.

– Aqui, estes aqui que a terra há de comer – diz, apontando o indicador e o médio da mão direita para os dois olhos. – Ela aparece na frente do cemitério, toma umas e outras, beija os foliões, entra no cemitério e some. Ai de quem a acompanha. Nunca mais é visto!

Todos riem em alto e bom som. E Ricardinho diz, com voz completamente embargada:

– Se não tiver essa porra de loura do cemitério, bota o carro pro centro. Chanteclair e putaria!

37 – Hora de partir

Cacique Guará, seu filho e mais um pequeno grupo de índios estão guardados a sete chaves no sítio de Zezé Tibúrcio. Dormem numa casinha velha de pau-a-pique, que fica já quase dentro da mata. Décadas atrás, fora a primeira casa construída por vovó Naná e seu marido, logo que se mudaram para aquele lote.

– Ninguém toca no meu índio! – diz a todo instante vovó Naná, com convicção.

São dezoito sobreviventes hospedados no sítio, seis índias e doze índios. Zezé apurou: foram mortos cento e trinta índias e índios de quatro ajuntamentos espalhados pelo Brejo do Umuarã.

– A gente tava indo na lagoa tomar banho, pescar. Homens do coroné vieram por trás, escondidos, estupram indiazinhas, matam curumins, pajé e mais todo mundo que tava por lá. Quem não morreu achou que cacique Guará tava morto com facada no pescoço e que a flor de jitirana tinha ficado vermelha... – dizem os sobreviventes, desesperados e chorosos, ao longo daqueles dias.

Numa dessas rodas diárias de conversa, em que todas e todos se reúnem à noite ao redor da fogueira para contar suas histórias, o cacique acaba por revelar que se sente melhor e que quer ir embora. Ainda não sabe para onde, diz que precisa recuperar a sagrada terra do Umuarã. Declara que não quer dar trabalho a Zezé e que precisa lutar por justiça, peitar a covardia de quem fez aquilo, em nome de seus irmãos, irmãs e curumins mortos. Em nome de todos os índios feridos, entristecidos por aquelas perdas.

– Não se aperreie, não, cacique. Aqui o senhor pode permanecer até par'o ano ou pra sempre, se quiser. Já é da família – responde Zezé, tentando articular uma alegria que há muito perdera.

Cacique insiste que já é hora. Conta novamente suas tristezas e, em silêncio, Zezé Tibúrcio apenas ouve e se revolta.

38 – Corujas, saravá!

De vez em quando, vovó Naná manda saber sobre coronel Ernesto, coronel Mendonça e outros coronéis que poderiam ter participação na matança dos índios. Todos eles bem desconfiáveis, principalmente coronel Ernesto, que, pelo que ouviu dos zum-zum-zuns, apareceu em matéria de jornal.

– Naná, parece que o coroné tem corpo fechado. O trabalho feito pra Exu não atinge o miseráve. Na verdade, a rebordosa chegou foi é na muié dele, a pobre dona Letícia. Ela pegou doença que deixa a pele, oxe, cheia de bolha, prima! Naná do céu! Umas pereba muito das feia. Foi o que disse a comadre que trabalha por lá naquela fazenda dos inferno, minha prima Menininha – diz Mãe Viviane, num dia desses em que visita a prima Naná.

– Oxe, meu são Benedito... esse coroné é coisa séria! E não dá pra fazer outro trabalho e chamar outro Exu? *Atotô*, parece que Exu-Tiriri não tá fazendo efeito.

– Melhor não, prima. Exu não gosta de ser incomodado, tu sabe. É brabo! Melhor não mexer por qualquer coisa. Por isso que arrente sempre dá oferenda primeiro pra mode ele ficar feliz e deixar os babalaô e as iaô fazerem seus trabalhos em paz.

– *Jêje*, assim não pode... coitada de dona Letícia... mas também, quer o quê? Vai se casar com um carniça daqueles! Dona Letícia não há de morrer! Vamos fazer oferenda a Nanã, dona da vida e da morte, e a Ossanha, dona das curas! E vai dar certo: o povo me chama de Naná, mas o correto deveria ser Nanã, pois eu tenho a força de nossa mãe Nanã Buruquê. *Saluba* Nanã! Vai dar certo! E para o coroné, ele vai se ver, nem que seja pra enterrar caveira de burro debaixo da cama daquele miseráve!

– Oxe, fale assim, não, Naná. Na mesma cama dele dorme dona Letícia.

– Oxe, é verdade, aí fica difícil, né? Mas vai ter solução! Tu vai ver, prima Viviane! Esses coroné de meia tigela vão pagar caro! *Eleyê, ó Iyá-Mi Osorongá*, vem bem forte na noite pra vingar arrente, saravá!

39 – As curas de Chico Feiticeiro

Realmente, a situação de dona Letícia não era das melhores. Doutor Zago foi chamado, disse que parecia varíola, mas não sabia determinar com precisão que doença era aquela.

– Eita! Esse doutor Zago, de uns tempos pra cá, vive fazendo cu doce pra nossa família – diz coronel Ernesto a Lúcio, lembrando-se daquele episódio que não deu certo de tempos atrás, o do romance com Mariquinha.

– Oxe, painho, se não lembro… o velho filho da puta jogou areia no namoro. Ele sabe o que mamãe tem, mas fica com esse rame-rame que é doença desconhecida. Filho de uma égua!

– Ô Silvino! Vá lá em Confeitaria buscar Chico Feiticeiro. Ele vai saber explicar melhor que danado é isso que Letícia tem. Vai dar é uma goleada de conhecimento em cima desse médico chinfrim chamado doutor Zago. Vá logo, vá! – grita coronel Ernesto lá de sua espreguiçadeira para o capanga, que fica na porta da casa a fazer turno de vigia.

Chico é uma espécie de feiticeiro-curandeiro-satanista-conselheiro--espiritual de coronel Ernesto e de outros ricos da cidade. Sua especialidade varia de fechar corpo a rogar maldições e afins, além de ser o maior produtor de lança-perfume da cidade: clientela astronômica!

– Alguém fez trabalho para o Exu-Caveira – diz Chico, convicto, ao ver o estado de dona Letícia. – O coronel vai ter que matar um bode e derramar o sangue na terra pra desfazer isso aí.

– Chico, quem fez essa porra de macumba contra minha mulher? – pergunta coronel Ernesto, colérico, mas baixinho, que é para ninguém ouvir.

– Sei não, coronel, mas é até possível descobrir…

– Caralho! Que porra desses negócios de derramar sangue de animal, hein, Chico? Mas tá certo, façamos: derramar a porra do sangue de bode. Só não queria fazer essa merda aqui na fazenda…

– Oxe, chegue lá em casa, será muito bem-vindo, como sempre. E leve um pote com terra da fazenda que a gente espalha no meu terreiro e derrama o sangue do bode por cima.

À noite, Coronel vai à casa de Chico, localizada em uma chácara no perímetro urbano de Confeitaria – Alto da Ribeira, pertinho do cemitério. Casa grande e bonita, comprada com o dinheiro arrecadado por anos em sua labuta de feiticeiro dos ricos e das socialites do Agreste e do Sertão:

Caruaru, Garanhuns e Arcoverde. Em seu portfólio consta "trabalho para sucesso profissional", "banhos purificadores", mas principalmente – e está em destaque no panfleto – "rituais para fechar o corpo". Um bode preto é sacrificado no terreiro da chácara. Embora não seja iniciado nos assuntos do candomblé jêje, ele sabe todos os rituais, tem sua própria versão deles. Mormente aqueles dedicados a atrair ou afastar Exu-Caveira. Para Chico, Exu e capeta são a mesma coisa, o que, segundo ele, é muito bom, já que sua especialidade é capeta e capetices. Esparge o sangue pela terra e emite palavras mágicas de significado incompreensível. No ambiente, dois assistentes, coronel e mais Silvino. Chico então pede a coronel Ernesto e aos demais que dancem no ritmo do bombo. Depois de prolongado ritual, termina o trabalho e volta-se ao grupo, dizendo, ainda em transe, com voz meio cavernosa:

– Dona Letícia agora está protegida por espíritos fortes, liderados pela entidade Dona Maria Padilha. Sua recuperação será rápida. Para manter a proteção será necessário sacrificar mais duzentos novilhos. Um por dia.

Promete ainda segurança espiritual duradoura à esposa do coronel e, por isso, recebe grande soma em dinheiro, que é apenas a primeira parcela do pagamento acordado. A segunda virá somente sob cura a olhos vistos. E, sem cura, todos conhecem a fúria do coronel: Chico sabe que não pode falhar. Gritam uns saravás e outras senhas – sincretismo de satanismo com símbolos da umbanda e da maçonaria – e enfim se despedem.

***

Parece que o trabalho foi de fato ponta firme. No dia seguinte, dona Letícia já aparenta cores nas faces. Após constatar que a esposa certamente está curada, sem bolhas no corpo e sem febre, coronel chama o capanga:

– Silvino, vá lá falar com Chico e diga que Letícia está curada. Agradeça e pague isso aqui a ele. Agora, coloque o cabra na parede e veja se ele sabe quem foi o filho da puta que fez macumba contra a saúde da coitada. Diga que pago peso de ouro.

Chico, filho de uma índia caeté e de um comerciante caboclo da Paraíba, diz, sobre si mesmo, que é mais branco que Nosferatu de cinema. Além disso, se gaba de ter status entre a gente rica e poderosa:

– O catimbó em Confeitaria é proibido. Vejam que já teve uma dose de macumbeiro preso. Mas aqui, aqui não. Meu corpo é fechado para a morte e para as coisas ruins. Pratico o meu catimbó livremente e sou protegido de Exu, dos coronéis e dos empresários, que é o mesmo que dizer que sou protegido pela polícia.

No mais, quando Silvino o interpela, Chico responde, pausadamente, que sabe desfazer macumba, mas não tem o poder de adivinhar quem fez o catimbó contra a saúde de dona Letícia. E que fique por isso mesmo.

40 – Entre Ogum e a justiça dos homens

Vovó Naná resolveu usar a técnica da caveira de burro a todo custo, mesmo sob protestos de mãe Viviane. Ela diz a Zezé e ao cacique Guará que não está satisfeita: coronel saudável da silva, rindo à toa? Não é pra ser assim! Se não é Exu-Tiriri, há que ser o orixá guerreiro Ogum, pai do ferro e da espada!

– Espada que transpassará o coroné miseráve, iê! E abrirá caminhos!

Pediu para a empregada conhecida da fazenda enterrar a caveira de burro debaixo de uma estátua de bronze do coronel, que está bem na entrada da fazenda. Por que não tinha pensado nisso antes?

Dias depois, coronel Ernesto escorrega em uma casca de banana. Desconfia na hora que foi zika da braba. Que foi macumba, foi, já que, depois que fechara o corpo, nada de mal, nem picada de muriçoca, havia se colocado em seu caminho. Nada! E agora escorrega na casca de banana?

– Eita pinote da porra! Tem mandinga nessa farofa. Silvino, vá agora mesmo chamar Chico Feiticeiro!

Chico confirma que é catimbó. Pelas características é coisa poderosa, acima de Exus, típica de orixás guerreiros.

– Coronel, agradeça a seu corpo fechado. Se não fosse por isso, o senhor caia fulminado ali mesmo, mortinho.

– Puta que pariu! Não quero nhem-nhem-nhem! Quero saber pra ontem quem é o filho da puta que está armando macumba pra cima de mim!

– Coronel, o senhor vai me desculpar, mas saber quem fez a macumba, ainda mais se for macumbeiro experiente, é a coisa mais difícil de se investigar! Vai levar tempo, não agaranto.

Quando sabe da casca de banana e do tombo resultante, vovó Naná comemora e remenda:

– *Atotô*! Esse cabra da peste tem corpo fechado mesmo! Minha Santa Bárbara e meu São Jorge, como será possível? Só tem um homem com tamanho poder na região, capaz de fechar corpo de tiro e de canhão. Esse homem é Chico Feiticeiro, o macumbeiro dos ricos. Conhece, Zezé?

– Conheço, não, mamãe. Oxe, chegue, venha comer, a senhora tá muito é magrinha com essa obsessão por coronel. O cacique vai a Recife e vai resolver isso é na justiça. Vou é com ele! Chega de macumba, mãe!

– Como é que é? Ih, não gostei nada disso, não. Justiça pra pobre não existe nesse país, Zezé. Tu vai ver! – arremata vovó Naná, com ares de sabedoria.

Parte IV
Revolução dos índios

41 – Promotor do Recife

A matéria do Diário de Pernambuco fez bastante barulho no círculo de autoridades de Confeitaria – e mesmo entre algumas autoridades do Estado. O suficiente para que um jovem promotor de justiça tomasse o caso para si. Queria verificar se era tudo aquilo que a manchete dizia, abrir uma investigação policial, ver a possibilidade de ir a tribunal. Ninguém além dele levou muito a sério. Para a polícia do estado, localizada em Recife, esse era um caso sem futuro. Não deram bola. No máximo, entre os chefes de polícia da capital ou entre o corpo de promotores, comentavam-se coisas como: "ah, o interior é violento mesmo, cheio de coronel e cangaceiro, faroeste sertanejo, não tem muito o que fazer…"

O promotor em questão resolveu investigar por conta própria. Competente e idealista, polêmico as mais das vezes, Josué de Castro e Cavalcânti, filho do importante catedrático e jurista Luís Carlos Antenor Ribeiro Cavalcanti – Cavalcanti com "i" –, respeitadíssimo, prestigiado, rico. O pai, comedido e tradicionalista. O filho, ousado desde pequeno, imagina levar tal arroubo solista adiante, custe o que custar. Não medirá esforços. Para o pai, o filho está se metendo em enrascada: "melhor deixar quieto, Josué. Depois não diga que não avisei", diz ao filho, assim que Josué pede um conselho.

Mesmo sob tais protestos, o jovem promotor acaba levando uma pequena equipe para o interior: dois fotógrafos, um perito, seu secretário e um assistente. Inicialmente, tentou contato com o cacique Guará, mas não obteve êxito. Tateou a história até que descobriu a localização da serra do Umuarã e o brejo em que ficavam as aldeias destruídas. Passou dias, fotografou tudo, fez levantamentos topográficos, escreveu relatórios com mínimos detalhes. Nos dias seguintes, foi ao cemitério e tentou localizar os túmulos dos índios mortos. Nada.

No início, evitou conversa com a polícia local. Mas o dono do hotel em que se hospedaram, fofoqueiro profissional, fez saber a cidade inteira que uns doutores do Recife estavam trabalhando, cheios dos equipamentos, em assuntos misteriosos. O delegado Farias entendeu na hora do que se tratava. Quem entrasse às quinze e quarenta e dois na delegacia de Confeitaria veria o delegado andando para lá e para cá, com as mãos nas costas e um olhar desfocado, a tentar montar palavras para quando o promotor aparecesse por ali.

Chega o inevitável dia em que finalmente aparece o promotor Josué Cavalcanti. Delegado Farias recebe o jovem com toda a cerimônia concernente, abaixa o volume de uma radiola – que sonoramente canta "alô, alô, responde, responde com toda sinceridade…" na voz de Carmen Miranda e Mário Reis – e faz afagos acertados àqueles que se prestam aos príncipes. Apesar da bela gravata de tafetá, digna de rico, usa um paletó meio surrado e uma boina de criança. Oferece cafezinho, bolinhos de goma da padaria Santo Antônio, sorrisos, conversa fiada. O promotor se assenta e sorve um golinho de café, que mais parece água com açúcar.

– Está gostando de Confeitaria, doutor? Aqui é onde tem a famosa fábrica Confeito, a da inesquecível musiquinha na rádio, "doce Confeito, doce original, Confeito, Confeito!"

– Ah, sim, a marca de molho de tomate…

– Essa mesmo! Molho de tomate e doce de goiaba… já visitou a fábrica? Posso lhe mostrar, até apresento o dono. Qual a sua graça?

– Sou o doutor Josué de Castro e Cavalcanti, promotor de justiça. E vossa mercê?

– Oxe, quanta honra! Sou o delegado Pedro Cavalcante de Farias, chama-me só por delegado Farias que está de bom tamanho… e que tal? Vamos à fábrica?

– Claro que gostaria de fazer tal visita. Só que, com a devida vênia, tenho tempo escasso, não consigo me ater a tais mimos, por mais que me apeteçam. Mesmo assim, agradeço a gentileza.

– Vamos lá, doutor. É rápido que o doutor nem sente. De mimos essa fábrica está cheia. E, ao final da visita, dona Rosália, uma das donas, vem com seu avental limpinho e seu jeitinho de prendada a oferecer fatias de bolo de rolo com queijo do reino. Fatias generosas, vale ressaltar.

– Um dia, quem sabe. No momento tenho uma legião de afazeres. Vim até aqui porque preciso de vossa presteza para entender um certo problema que venho investigando. Provavelmente vossa senhoria esteja a par do que aconteceu com uns índios na serra do Umuarã, de acordo?

– Índios? Oxe, ali não tem índio, não, doutor. Que eu saiba tem uns caboclos mandriões, catimbozeiros, cachaceiros profissionais. Ouvi dizer que um dia criaram problema com os fazendeiros ali no pé da serra. E o doutor sabe… a lei de ação e reação de Newton fez o resto. E não houve nada que eu pudesse fazer. A polícia não consegue resolver tudo, né?

113

– Essa versão é muito diferente daquela que me chega dos autos colhidos. Vejamos, ao que eu saiba, os índios foram assassinados, ou não? Vossa senhoria certamente investigou minimamente o caso em tela e sabe quem mandou matar e quem morreu. Ou não? E certamente deve saber onde estão enterrados os corpos, ou não?

Após uma série de pigarros e prolongado silêncio, misto de flagrante desconforto com a busca por palavras certas, delegado Farias, agora menos descontraído, responde entre sussurros – como a evitar ser ouvido pelos fantasmas dos índios:

– Olhe, seu doutor... quando a polícia foi lá na serra do Umuarã para levantar o que aconteceu, não tinha mais corpo, não. Alguém chegou antes de nós e levou tudo, tocou fogo naqueles casebres, só restaram cinzas. Pra ser sincero, aqui na delegacia, nós temos sérias dúvidas se esse zum-zum-zum de índio morto não passe de puro boato ou mais uma invenção do Diário de Pernambuco. O doutor já deve ter notado como essa imprensa é mentirosa, a todo instante inventa-se notícia falsa...

Doutor Josué mantém o olhar compenetrado e transpira notável calma profissional. Retira seu chapéu borsalino preto, coloca-o sobre a mesa, levanta-se, toma a sua cadeira de palhinha – leve como uma pluma –, coloca-a ao lado do delegado, do outro lado do birô, senta-se, arruma o impecável fato preto, afrouxa a gravata cinzenta de seda e achega-se a seu interlocutor, falando-lhe praticamente cara a cara:

– Prezado delegado Farias. Sejamos francos um com o outro. Depois de quanto tempo após o ocorrido vocês foram ao local do crime? E uma pergunta ainda mais importante: vocês fizeram, afinal de contas, alguma perícia?

– Oxe, doutor, fomos naquele mesmo domingo em que saiu a notícia no Diário! Faz o quê... duas semanas? Nem vinte dias, seu doutor! – responde o delegado, notadamente desconcertado.

– O senhor sabe que há testemunhas que viram o ocorrido? E que há sobreviventes que sabem detalhes?

– Olha! Não sabia disso, não. Inclusive, se tiver mais detalhes sobre essas testemunhas me diga que também preciso urgentemente colher depoimento. Nós dois até podemos trabalhar juntos nesse sentido... além do mais, o doutor sabe, o pessoal que cometeu isso, nem sei quem é, estamos verificando, esses aí esconderam os corpos de um jeito... escafederam-se, seu doutor! Os corpos provavelmente foram queimados ou sei lá o quê.

– Vejo que vossa senhoria infelizmente não cumpriu vários protocolos policiais no caso em tela. Não há como acreditar que cumpriria com os demais. Provai-me vossa competência e voltarei aqui com prazer para conversarmos com maior maturidade. Até mais ver, passar bem. Ah, muito grato pelo cafezinho.

42 – Toré no centro do Recife, ouricuri na casa do governo

Cacique Guará e mais um grupo de nove índios sobreviventes resolveram ir ao Recife. Zezé Tibúrcio e padre Bento conseguiram fretar um ônibus em Arcoverde, que era para não provocar desconfiança no já desconfiado povo de Confeitaria. Fora ideia de Zezé, chancelada por doutor Zago, financiada pela paróquia de Vila Candeia, na surdina, para que Dom Fabiano, bispo de Confeitaria, nunca soubesse. Isso tudo sob pena de padre Bento ser excomungado, expulso para sempre da igreja – ou então virar picadinho mesmo.

O fato é que o ônibus saiu de Arcoverde e, sob instruções de doutor Zago, foi direto a Vila Candeia, sem passar por Confeitaria, como naturalmente ocorreria. O motorista foi até o endereço indicado, a igreja da vila; e, através de uma portinha meio escondida por trás do templo, saíram o cacique, Zezé, o padre e mais os índios a entrar no ônibus e tocarem viagem. Doutor Zago não quis ir.

– Só vou a Recife a cada dois meses e olhe lá, tchê. Barbaridade, ultimamente fui por muitos meses seguidos e pra mim já deu. É isso. Não quero deixar Confeitaria sem médico. Por favor, caros amigos, não me levem a mal.

A caravana de índios se desloca naquela velocidade meio lenta, característica daqueles ônibus de antigamente. E não é jardineira: doutor Zago conseguiu ônibus mais robusto, motor interno, carroceria fechada. Saem às cinco da matina de uma quarta-feira, dia de Santa Águeda – aquela cuja imagem tem os seios decepados, explica padre Bento a Zezé, sob o olhar atônito do cacique Guará. O motorista do ônibus, Quincas, é da confiança de doutor Zago e prometeu não contar a alma alguma o que visse naquela viagem. Fez o rapaz se ajoelhar perante o padre Bento e jurar por Deus, por Nossa Senhora do Monte, por Santa Águeda, padroeira de Confeitaria e santa do dia, e, naturalmente, por São Cristóvão, padroeiro dos motoristas de ônibus.

– Olhe que São Cristóvão está vendo tudo!

Padre Bento passa a viagem no terço, na Bíblia ou ora recebendo a confissão. O confessionário improvisado está montado no fundo do ônibus. "Perdoe-me, padre, pois eu pequei" foi ouvido duas vezes: de Zezé e do índio Golias Garnizé, o índio do grupo mais apegado à igreja, praticamente um carola. Já cacique Guará, apesar de se autointitular católico, dizia para o Curumim Guará que era só da boca pra fora, para que "ninguém lhe enchesse o saco".

À noite chegam ao Recife. Padre Bento consegue alojar todo mundo na Santa Casa de Misericórdia, no bairro de Santo Amaro, graças à intercessão de doutor Zago – muito bem quisto pela madre superiora, diretora da instituição. O próprio padre Bento é amigo pessoal da madre. Ao anoitecer, depois de se estabelecer em seu quarto e tomar um bom banho, faz questão de rezar uma missa para as irmãs, na capela do hospital. Até cacique Guará e os demais índios participam. O cacique se benze, reza para Cristo e para Tupã e observa tudo, absorto em seus pensamentos.

No dia seguinte, os índios acordam cedo e se pintam vigorosamente para a guerra. Corpo desnudo, tanga de palha, cocares brancos de penas de garça brejeira. O cacique tem um cocar enorme que, igualmente, tem penas brancas, mescladas com algumas verdes de papagaio. Na frente do cocar, um enorme penacho vermelho de arara e outro preto de juru. Ao redor do pescoço, mais de meia dúzia de colares: alguns lisos, outros adornados com dentes de cotia.

– Ouricuri vai baixar na casa do governo!

Ao que parece, a ideia é mesmo chamar atenção. O séquito parte capitaneado pelo cacique, Curumim Guará ao seu lado, seguidos de padre Bento, Zezé e todos os outros índios. Saem da Santa Casa às oito, depois de um reforçado café da manhã, e caminham devagar pela avenida Cruz Cabugá. Padre Bento conta histórias e mais histórias sobre o lugar:

– Quando cheguei em Pernambuco, isso aqui se chamava rua Luiz do Rego, mas foi reestruturada e aumentada. Hoje é a Cruz Cabugá, em homenagem ao primeiro diplomata brasileiro, o recifense Antônio Gonçalves da Cruz Cabugá. Negro como tu e tão inteligente como tu, meu caro Zezé! Imaginem, preto naquela época: estamos a falar dos anos 1800! Ele foi o novo embaixador da Revolução Pernambucana em Washington, já pensaram? Viajou o mundo todo, até participou de missão de resgate de Napoleão em Santa Helena! Para onde ia, levava o jargão da Revolução Francesa: Liberdade, Fraternidade, Igualdade. Quem gosta dele é doutor Zago, por causa da maçonaria... eita, olhem ali! Aquele é o cemitério dos ingleses, onde está enterrado o herói pernambucano Abreu e Lima, o único brasileiro que lutou ao lado de Simón Bolívar! E logo ali, perto daquela vilinha, está o mercado de Santo Amaro – relata o padre, como se todo mundo ali soubesse quem foi Simón Bolívar ou Napoleão Bonaparte.

Às oito e quarenta e cinco, já perambulam pelo Passeio Público 13 de Maio e apreciam o imponente prédio da Academia de Direito da rua Princesa Isabel. Às nove, param na ponte Santa Isabel e passam um tempo maravilhados com o rio Capibaribe e com a paisagem do Recife, entrecortado por tão belas águas. Gritos de guerra e de alegria são entoados. Às nove e quinze, o fuzuê se acentua, os índios apontam e fazem caretas. Para surpresa até de padre Bento, observam o inconfundível dirigível LZ 127 Graf Zeppelin, que passa bem acima de suas cabeças, dotado de uma grande suástica em sua cauda, com gôndola que lembra pequeno navio e faz barulhos estranhos de hélices. "Voa na direção do Campo do Jiquiá", explica padre Bento, para o desembarque de alemães e europeus e também brasileiros ricos voltando de suas férias.

– Lindo de ver, padre! Visse? – grita um sorridente Zezé. – O que significa aquela cruz estranha no rabo do balão?

– Oxe, Zezé, nem queira saber, um dia lhe explico...

Atravessam a ponte Princesa Isabel e chegam à ilha de Antônio Vaz – Santo Antônio para a maioria das gentes, local dos holandeses quando mudaram o nome da cidade para Mauritsstad. No desembocar da ponte, há o Teatro de Santa Isabel e, logo ao lado, a praça da República – que é onde fica o Palácio do Campo das Princesas, o palácio do governo. Em frente ao portão desse palácio, há um fantástico baobá.

Cacique Guará e Curumim desatam a cantar seus gritos de guerra e logo todos os índios passam a encenar o Toré, dança de guerra, *e-ho*! Amarram um laço em volta do pescoço, como símbolo da repressão. Todos os índios se juntam, quem não tem cocar de pena usa pequenos cocares feitos de folha de palmeira. Formam filas sincronizadas e desatam a cantar. Avançam, numa mistura de dança e marcha, a balançar seus chocalhos e maracás. Zezé e padre Bento acompanham os movimentos a alguns metros de distância. Cada um segura um cartaz. Um deles diz:

"JUSTIÇA PARA OS ÍNDIOS XERERÊ"

No outro lê-se:

"FAZENDEIROS DE CONFEITARIA – ASSASSINOS DE ÍNDIO"

Doutor Zago, no dia anterior, tinha ligado para o Diário de Pernambuco para avisar sobre o protesto. Falou com aquele mesmo jornalista da polêmica matéria sobre a chacina dos índios de Confeitaria, o célebre Joaquim Lindolfo de Matos Alecrim. Disse ao jornalista que o séquito de índios estava programado para chegar ao palácio do governo lá pelas nove da manhã.

Joaquim Lindolfo, discreto, com terno e gravata pretos, irretocável, observa os movimentos dos índios desde o início. Anota tudo. Observa os acompanhantes que seguram cartazes. Registra no bloquinho: "padre branco e matuto preto, cartazes mordazes" e depois se dirige a padre Bento:

– Vossas mercês fazem parte da manifestação?

O jornalista, na verdade, pretende entrevistar o cacique; mas, para não atrapalhar a dança guerreira, começa seus trabalhos na conversa informal com o padre.

– Sim, sim… – responde padre Bento, engolindo em seco, com dúvidas se deveria se expor tanto: se o nome dele aparecesse no jornal, pensa, Dom Fabiano tirava-lhe o couro.

Joaquim Lindolfo pergunta o nome de todo mundo. Padre Bento, depois de titubear um pouco, revela o seu próprio nome, decide não fugir de seu destino de luta. Zezé nem deixa o padre terminar de falar e já se adianta, revelando o nome do resto da comitiva. Sabe de cor o nome de todos os índios, seus queridos hóspedes das últimas semanas.

– O nome do cacique é Guará mesmo?

– Ele foi batizado como João Antônio da Silva, mas nunca o chame por esse nome que ele fica é doido. Chame-o por Guará mesmo que o resto é tranquilo. Tudinho ali recebeu nome de branco na certidão de nascimento. Mas, para os índios, esses nomes e sobrenomes não valem nada. Cada um tem seus nomes de guerra, que eles consideram serem os verdadeiros.

Zezé continua contando histórias sobre os índios e suas lembranças do dia fatídico, o dia em que encontrara Guará gravemente ferido, o dia da chacina. Enquanto isso, o jornalista anota alguns pontos e descreve a seu modo as características do cacique. De vez em quando, fala em voz alta algum pensamento: "cacique baixo e magro, tem presença arrebatadora, olhar penetrante…"

– Oxe, ele é magro, mas é magro de ruim. Come que só socó esfomeado. O doutor tem que ver – diz Zezé, com a esperança de que seus comentários façam parte da reportagem.

O fotógrafo do Diário veio junto para registrar tudo: o Toré improvisado, cacique Guará em várias poses, Zezé Tibúrcio e padre Bento segurando os cartazes. As caras e bocas revoltadas de Zezé farão sucesso na redação do jornal: lábios, olhares e articulações espontâneas que mostram claramente a essência de uma indignação há muito não vista nas páginas do Diário.

Grupos cada vez maiores de pessoas de várias idades, cores e níveis sociais se ajuntam na praça ao redor do baobá, árvore que, a partir daquele momento, virou sagrada para os índios do Umuarã.

-- Zezé, próxima vez que vier a Recife, traga sua mãe a esta praça. Mostre-lhe essa árvore. É um baobá, árvore africana – comenta padre Bento. – Zezé, olhe só que ironia: neste mesmo chão, séculos atrás, havia a Nova Holanda de Nassau e o seu Palácio Vrijburg. Agora, há o grito de Guará e os *e-hos* do Curumim e de seus companheiros. Aquele povo louro que um dia dominou Recife e foi expulso agora é sobrepujado por esses guerreiros morenos do Sertão. Que lindo, né não, Zezé? – completa o padre.

Os alunos da Faculdade de Direito cruzam a ponte para ver a cantoria. Alguns professores da Faculdade, que semanas atrás leram a matéria do Diário sobre os índios de Confeitaria, desconfiam que aqueles que ali dançam sejam os mesmos que apareceram na trágica notícia. Identificam a palavra "Confeitaria" no cartaz de Zezé e por isso confirmam que de fato é aquilo que imaginaram há pouco. Juízes e desembargadores do Palácio da Justiça descem as escadarias, curiosos por tais cantares incomuns. Gente que vem da ilha do Recife ou da rua do Imperador param para observar. Os guardas do Palácio do Campo das Princesas já estão num pé e noutro. Alguém da equipe do governador entra em contato com a polícia para ver se punham fim na arruaça inusitada. E quanto mais movimento policial surge, vindo do Palácio do Governo, mais os índios intensificam sua dança e seus gritos. Para surpresa dos espectadores, um índio surge com uma trombeta toré e toca alto de tal sorte que de longe todo mundo ouve e vem ver o que está acontecendo. A trombeta eleva a emoção do público e aplausos espontâneos surgem. A trombeta toca, os índios cantam:

– *Heya! He heya ha! E-ho! E-ho! Toré! Toré!*

Há quem diga que viu Ascenso Ferreira – mentor recifense de Mário de Andrade – bem ali, naquele dia, naquele meio de comoção indígena, "*toré, toré!*", anotando tudo – para depois escrever poema com letras tais quais:

Bambus enfeitados,
compridos e ocos,
produzem sons roucos
de querequexé!

– *Toré!*
– *Toré!*

O Toré Jurumbá é forte. A dança é contagiante. Cantam com força, pisam e repisam o chão. Dão-se as mãos, abraçam-se em conjunto, cantam com força, pisam e repisam com altivez e gritam:
– *Jurumbá, ha! Jurumbá, ho!*
Cantam os índios e o povo com eles logo em seguida. Mesmo as pessoas que de início olharam com desconfiança são arrastadas pelo frenesi de sons e movimentos.
O governador está à janela. Olha discretamente. Carlos de Lima Cavalcanti não sabe o que fazer. Chamou a força policial, que chegará a qualquer momento. Mas tem dúvidas. O povo está praticamente dançando junto com os índios. Aplaudem, apoiam. Que claque de imbecis! Imbecis, sem dúvida, mas deve ter cuidado. Por um lado, qualquer passo em falso lhe custaria o apoio popular. Por outro lado, não quer que o presidente Getúlio Vargas tome conhecimento de rebeliões não antecipadas em estado tão importante da nação. O Leão do Norte. Ele sabe que o presidente Vargas observa Pernambuco e o gabinete governamental com lupa dourada– afinal, foi ali que gente do secretariado se envolvera com o maldito levante comunista de 35, a intentona, o intento louco! Ele, que odeia o comunismo, é visto por muitos como comunista, simplesmente por ter defendido sindicatos e operários no início do governo Vargas, idos de 1930, ou por recentemente ter instituído merenda escolar, ou por ter construído escolas para camponeses ao longo de seu governo. Além do que, valha, há as opiniões de seus grandes opositores, calúnias!, a bem dizer, como as emitidas por aquele mandrião e salafrário chamado Agamenon Sérgio de Godoy Magalhães, que acusou o governo pernambucano de ter um pé na esquerdista Aliança Nacional Libertadora. Ah, que notícias falsas! Ah, que canalha! Isso o forçou – ele, o governador de Pernambuco! – a demitir todos aqueles de quem desconfiava. Fê-los assinar o famigerado Atestado de Ideologia, exigido pelo governo federal, para provar a Vargas que no governo pernambucano não há comunistas, gover-

no limpo! Ah, esse Agamenon! Ministro do Trabalho, que começou a desconfiar de Carlos a partir do caso das confusões com o Partido Popular e com o 21º Batalhão do Rio Grande do Norte: antes da intentona comunista, Carlos mandara cartas sugerindo a substituição do comando do Batalhão e, logo depois, veio a insurreição comunista a partir daquele Batalhão da cidade de Natal. Prato cheio para Agamenon acusar e descascar. Sim, Agamenon é uma pedra no sapato de Carlos… só que, agora, além das dores de cabeça cotidianas, há também esses índios… mas não, não há o que temer, logo ele!, que liderara a revolução de 30 nas ruas do Recife; logo ele!, que enfrentara o levante armado do Batalhão de Caçadores; logo ele!, que colocara o bando de Lampião para correr de Pernambuco – o que será negado por muitos, que dirão que isso coube ao antigo governador, Estácio Coimbra. Mas, no pensamento de Carlos de Lima Cavalcanti, Lampião não pisa mais em Pernambuco por causa da força de seu mandato leonino, que usa a força racionalmente e com inteligência. Pois bem, que seja registrado: se é páreo para Lampião, também o será para aquele bando insignificante de índios. Sim, sim, não nega, parece que são índios de expressões aguerridas e espontâneas. Há tempos não via indígenas assim no Recife. Admirável! Vira uma vez uns índios nas ruas de Garanhuns vendendo bugigangas. Mas, agora, há índios em Recife, indignados com a discórdia propalada por coronéis do interior, clamando por justiça, dançando e entoando hinos com o apoio da povo. No fundo, sente pena: a inocência desses índios, a ousadia de se colocarem à frente do palácio, dando exemplos não requisitados para que o povo pense em manifestações e protestos... isso tudo é, no fundo, balbúrdia que não é bem-vinda. Sim, não tem o que fazer, seu dever é colocá-los na cadeia. Mas há o povo. Mas, pensando bem, são gatos pingados, poucos, em comparação com o número necessário para tumultuar a opinião pública… mas, além do povo, ele vê e conhece bem, há os jornalistas e fotógrafos do Diário de Pernambuco a registrar tudo. Esses, sim, são perigosos! Que pesadelo! O Diário é concorrente do jornal do qual é dono. E é mantido por Assis Chateaubriand e, por isso, poderoso perante a opinião pública. Ele, Carlos, é dono do Jornal da Tarde, lido por muita gente. No entanto, o Diário é lido por ainda mais gente: o Diário é força moldante da opinião pública. O que fazer, pois? Talvez seja a hora de ligar para os jornalistas do Jornal da Tarde, seus empregados, para que noticiem algum caso amoroso não revelado de socialite pernambucana ou algum escândalo de cantor da Rádio Club, P.R.A.8 para os íntimos. Algo tão impactante que lançará a manchete de Joaquim Lindolfo na sarjeta do esquecimento… ou então, a se pensar, quem sabe, numa manchete sobre o assunto, mas concorrente, explanando a verdade sobre os índios e suas mugangas idiotas. A verdade de que ali, naquela dança indígena indecente, há balbúrdia, esculhambação, vandalismo. Vândalos! Sim, ótima palavra. E seus jornalistas escreveriam a manchete: "Balbúrdia! Fantasiados de índio, vândalos promovem anarquia no Campo das Princesas!". Ótima ideia, ótimas palavras. Sim, aquela anarquia tem que ser contida. Subversivos na cadeia: as elites aplaudirão! Seja lá o que Joaquim Lindolfo esteja escrevendo será suplantado pela manchete da "Balbúrdia! Vândalos! Anarquia!". Além disso, é claro, o governador tem que ser pintado como herói. E, também, se o texto do Diário, daquele mequetrefe, escroto e filho da puta do Joaquim Lindolfo, viesse com arroubos epopeicos e saísse dos limites; ele, governador, usaria todo o prestígio necessário, falaria com o próprio Assis Chateaubriand, antigo colega de escola, dono do Diário de Pernambuco, resolveria o caso em nome da ordem! Sim, em nome da ordem!

Depois de matutar trilhões de estratégias, toma um pequenino binóculo, desses que ele usa nas óperas do Santa Isabel, e divisa ao longe a aproximação da polícia.

– *Jurumbá, ha!* – continua, do lado de fora do Palácio, o cacique Guará e sua pequena nação Xererê-Eho. Enquanto canta, bate no peito, aponta com o dedo, chamando a atenção dos transeuntes e dos fotógrafos para a cicatriz que vai do ombro ao dorso, arregala os olhos e grita: – *Jurumbá!*

Chega a força policial. Destacamento pequeno, mas ameaçador. Capacetes branco e cinza, cassetetes em punho, revólver no coldre. Uns vinte soldados, o sargento a comandar. Os transeuntes que antes rodeavam os índios se afastam o máximo que podem; mas, mesmo assim, ficam ao longe, observando, muitos torcendo para que o circo pegue fogo. Espalham-se pela praça, uns observam mais de perto; outros, mais distantes, acomodam-se nas escadarias do Palácio da Justiça. Os índios não se intimidam. Ao contrário, portam-se com mais energia, parecem cada vez mais atiçados, mais arretados. Mas não se pode dizer o mesmo de Padre Bento. Ele é puro medo: ansioso, tem ganas de correr. "Correr e ser covarde?", pensa com seus botões. Já Zezé se mantém firme: com medo, mas firme. Não arredará em hipótese alguma.

– Polícia de homem branco para proteger coronel branco! *Jurumbá!* – grita o cacique.

Os outros índios também entoam *jurumbá*, misturam vozes e instrumentos musicais. Explosões de sons. Os policiais se aproximam, batem seus cassetetes nos pequenos escudos. Tudo indica que uma batalha tribal inusitada começará a qualquer momento.

Três policiais rapidamente se põem por trás de Zezé Tibúrcio, arrancam-lhe o cartaz, algemam-lhe as mãos, imobilizam-no. Zezé ensaia uma reação improvisada, mas os três policiais o jogam no chão, reforçam os amplexos imobilizantes sobre braços, cabeça e costas, deixando-o de joelhos, prostrado. Cabeça a tocar o gramado úmido. Apenas um policial avança sobre padre Bento, cardando-lhe o cartaz e dizendo ao pé do ouvido do clérigo um ríspido "chispa daqui, padreco!". O padre corre, acuado, somando-se a um grupo de curiosos do outro lado da praça, na escadaria do Palácio da Justiça.

Joaquim Lindolfo anota tudo, apresentando suas versões. Ninguém o incomoda, pois conhecem muito bem o jornalista e sabem que gente grande o protege. Outro jornalista, este do Jornal da Tarde, que chegara há alguns minutos, está lá dentro do Palácio do Campo das Princesas. Observa de uma das janelas e também tece considerações em sua cadernetinha: "Um preto que acompanhava os raivosos índios insistiu em atentar contra a ordem pública. Segurava um cartaz subversivo e chegou a ameaçar a vida de três policiais. Tudo indica que o perigoso bandido estava armado e é um dos mentores intelectuais da canalhada baderneira".

Alguns índios, indignados com o tratamento dispensado a Zezé, recolhem algumas pedras do chão, separam-se do grupo principal e avançam sobre os três policiais. São rapidamente contidos, imobilizados e algemados por outros membros do pelotão de choque. A gritaria é intensa. Cacique Guará exclama em alto e bom som: "Agora é guerra!". Curumim Guará recolhe pedras para lançar sobre os policiais, mas é impedido pelo pai, que apenas resmunga um "curumim, ainda não, ainda não".

Do outro lado, o governador aparece na entrada do palácio governamental. Acompanham-lhe uma escolta e seu secretário. Carlos de Lima arruma o cabelo brilhantinado e ajeita o paletó, sai pelo portão principal e vai falar com os índios. Pede calma, faz gestos e acenos aos índios e aos policiais. O cacique pede silêncio e é obedecido instantaneamente. O assessor toma então um megafone acústico prateado e diz com altivez:

– Prezado cacique Guará e demais índios de tão estimada tribo! – começa o secretário, já devidamente instruído sobre quem é o cacique e quem são aqueles índios. – Por obséquio, não criemos tumulto. Vossa colaboração terá em contrapartida a nossa benevolência. O excelentíssimo senhor governador do estado de Pernambuco vem aqui pessoalmente recebê-los, estender sua mão, espraiar sua boa vontade, ouvir o que têm a dizer. Por favor, sejamos racionais. Peço, por obséquio, que larguem vossas armas e que venham, amistosamente e pacificamente até este portão, ouvir o que Sua Excelência, Carlos de Lima Cavalcanti, tem a vos dizer. Vossas queixas e pedidos serão ouvidos e respondidos. Acheguem-se, por obséquio.

As palavras do secretário ecoam por todo o bairro. Ao longe, padre Bento se pergunta a que tipo de armas o sujeito está a se referir, pois ali só há índios sem armas, só cornetas, tubos sonoros e instrumentos musicais. Armas? Nem tacape nem flecha, meus senhores!

Cacique Guará, após o convite do governador – ofegante, mas menos ardoroso –, permanece em silêncio por um tempo. Observa os índios algemados e olha para o secretário, faz-lhe um gesto como a perguntar-lhe se seus companheiros ficarão detidos daquele jeito. O secretário, que tem o chefe de polícia ao seu lado, cochicha alguma coisa em seu ouvido e, rapidamente, os índios são desalgemados e empurrados pelos policiais na direção do cacique. Cacique então conversa com seus companheiros. No início, a charla é tumultuada. A maioria não está satisfeita, não querem conversa com governador de meia tigela. Curumim Kuati-mirim Guará tem a mesma opinião. Querem é guerra! Mas assim que o cacique entra com suas opiniões, os índios se calam, ouvem, aquiescem.

– Pensem bem – diz Guará –, não foi por isso que viemos a Recife? Pra dizer ao governador o que fizeram com a gente no Umuarã? Precisamos conversar com ele. *Jurumbá* é nossa palavra, mas vamos ouvir o que ele quer falar. Temos que ouvir e transmitir o nosso pedido pra recuperar o que roubaram dos índios.

Os índios assentem com a cabeça a este e outros argumentos de seu cacique. Curumim Guará está contrariado, mas também aquiesce. Ora ou outra balbucia expressões de discordância. Cacique Guará, no entanto, é cacique: líder na guerra e líder na paz. Depois que todos concordam unanimemente, cacique Guará se volta para o porta-voz, larga a sua trombeta toré e, acompanhado pelos outros índios, caminha com calma até o portão principal para se apresentar:

– Eu sou cacique Guará. Viemos em paz.

Os policiais desfazem sua formação de choque e, sob a ordem do sargento, afastam-se dos índios, abrindo caminho para que se aproximem do portão do Palácio.

– Cacique, tu e outro amigo teu estão autorizados a vir até aqui, sentar-se e conversar com o governador. Podemos fazer assim? – pergunta o secretário do governador, agora sem apelar para o megafone.

Logo após, o sargento que comanda o pelotão de choque interpela o cacique nos seguintes termos:

– Fique livre para se aproximar do portão. Eu e mais dois policiais o escoltaremos até o governador. Fique tranquilo, não te atacaremos. Diga que me entendeu, para que não haja problemas entre nós.

– Sim, entendi, seu guarda.

Guará pede a Curumim Guará e a índio João Kayke que o acompanhem. Os três caminham até o portão que se abre diante deles. Índios e policiais entram, governador e cacique se cumprimentam e entram no grandioso prédio em estilo francês eclético. No salão de entrada, cacique Guará se depara e admira o lindo vitral com um leão e o número 1817. Diante da reação do cacique, o governador Carlos de Lima explica:

– Eis o leão: símbolo da bravura do povo pernambucano. Abaixo de sua pata está a coroa de Portugal. Eia, meu bravo guerreiro, acompanha-me, estás entre amigos. Verás que teu governador não te abandonará nunca!

Conversa vai e conversa vem, o governador faz seu acordo, apresenta os jardins do Palácio que, unidos ao Capibaribe, transbordam magnificente esplendor. Aparece a banda oficial para tocar o hino de Pernambuco. Então, cacique vê, pela primeira vez, desfraldar-se sobre o rio a bandeira do estado – a da cruz vermelha da Terra Sagrada, a do Sol amarelo a iluminar o futuro, a do arco-íris verde-amarelo-vermelho, que é sinal da nova era; e, no alto, a da estrela, que representa Pernambuco acima de tudo. Um pequeno séquito se perfila e canta com pujança:

> *Salve, ó terra dos altos coqueiros,*
> *de belezas soberbo estendal,*
> *nova Roma de bravos guerreiros,*
> *Pernambuco imortal! Imortal!*

Meia-hora depois, o cacique retorna a seus companheiros, sorridente, esfuziante. Por companheiros, leia-se: o séquito de índios e padre Bento. Zezé simplesmente sumira do mapa. Ninguém sabia dizer o que havia lhe acontecido.

Cacique Guará conta todas as minúcias sobre a reunião, sobre os lindos salões do Palácio, sobre a simpatia do governador Carlos de Lima. O saldo, ao que parece, é que aos índios foram garantidas as terras do Brejo de Umuarã, além de segurança e proteção do estado de Pernambuco. Um destacamento permanente foi indicado pelo governador para ficar em Confeitaria, em Vila Candeia, a fim de evitar maiores perseguições aos índios. O povo, antes apartado e agora de volta às imediações dos portões do Palácio, ao saber da notícia, aplaude e grita: "cacique, cacique, cacique!". O Diário de Pernambuco noticiará o grande feito, explicando as minúcias da conquista. Já o Jornal da Tarde, ante os elogios feitos ao governador pelo Diário, simplesmente resolverá não publicar coisa alguma sobre a situação. Manterá, porém, a história sobre Zezé, a anotada pelo jornalista, em que Zezé é pintado como líder da baderna – perigoso bandido, armado até os dentes.

No dia seguinte, os índios voltam a Confeitaria sem Zezé Tibúrcio. Nem a intromissão de padre Bento, pedindo a soltura de Zezé e a presença do Serviço de Proteção ao Índio na negociação, nem os pedidos do cacique ao sargento foram suficientes para demoverem a polícia e o governador de fazer tudo a seu modo. No fim, para aquela gente, Zezé cometera crime contra a ordem pública. Seu destino será a cadeia.

– Teu amigo subverteu a ordem e será julgado por isso – disse o sargento, na ocasião, a um Guará estupefato por não compreender o porquê da estranha prisão.

– Se não soltar, eu volto lá para o portão do Palácio, para gritar *jurumbá*!

– Não faça isso, melhor ficares tranquilo. Volte para tua terra, teu amigo logo será solto, te garanto – respondeu o sargento, dando um tapinha no ombro do cacique.

Na Praça da República, boa parte do povaréu já tinha ido embora. Agora há apenas o canto de passarinhos e, ao longe, no Teatro de Santa Isabel, o burburinho do ensaio da Orquestra Sinfônica de Concertos Populares – que, sob a batuta de Vicente Fittipaldi, entoa as graves notas da Bachiana nº 2, de Heitor Villa-Lobos: trenzinho caipira a rasgar o centro do Recife, tímpano, ganzá, chocalhos, matraca, reco-reco, tantã, bombo.

43 – Jogador de xadrez

Coronel Ernesto é desses metidos a cabra macho e se comporta como tal. De sangue nos olhos e família unida: o que é ruim para um é ruim para todos. Dia desses, o irmão do coronel, Marco Aurélio, fazendeiro lá das bandas de Ibimirim, mandou quantidade exagerada de dinheiro não declarado para o exterior. Marco

Aurélio é um desses *bon vivants* que ganha dinheiro das formas mais inusitadas, utilizando-se dos métodos mais impecavelmente invisíveis para atingir as metas financeiras almejadas. Decidiu ser sócio minoritário de uma empresa europeia do triângulo Zurich-Zug-Liechtenstein, viajou de navio levando milhões de dólares não declarados e ficou por isso mesmo. Ninguém viu, ninguém ouviu. O que aconteceu, no entanto, é que o cunhado de coronel Ernesto, Miguelino Geraldo, marido de dona Josefa Tavares, irmã do coronel, é um desses certinhos de corpo e alma que não toleram um cisco fora da lei. Ficou sabendo da evasão fiscal e ameaçou delatar o crime para a Delegacia Regional do Imposto de Renda.

– Oxe, Ernesto, essa história de mandar dinheiro pra Suíça de navio é crime, visse? Melhor tu conversar com Marco Aurélio...

Coronel Ernesto, que também entrara com uma cota financeira no negócio, ficou fulo da vida. Se era para ser assim, mandaria um recado bem dado para o cunhadinho fura-olho. "Bora ver quem fura mais o olho de quem", pensava o coronel com seus botões. Contratou uma puta novinha, galeguinha, para seduzir o cunhado e levá-lo para a cama de um cabaré de Caruaru, coisa secreta que teoricamente ninguém saberia. Só que Silvino acompanhou tudo e até tirou umas fotos de Miguelino Geraldo em pleno ato. Assim que reveladas, as fotos foram parar num envelope de remetente anônimo, direto para a casa de dona Josefa. Braba que só, dona Josefa terminou tudo. Miguelino, praticamente um michê, que dependia das finanças da boa senhora, ficou à deriva e pobre na sarjeta. Vingança rápida e afiada. E foi com recado claro, em um bilhetinho dentro do bolso interno do paletó: "E da próxima vez que tu falar em Delegacia Regional do Imposto de Renda, tu amanhece com a boca cheia de formiga".

– Oxe, contei essa história em inglês para mister Owney Madden, o dono do Cotton Club de Nova Iorque, enquanto uma certa Billie Holliday fazia seu show e cantava "Summertime", de Gershwin. O bicho riu que só a porra! – diz o coronel, relembrando aquela cena como se fosse hoje, jogando o cavalo preto em f6.

Fuma um largo trago de seu charuto cubano e observa dom Fabiano movendo a torre branca até e1, aquela mesma que, na jogada anterior, fizera um roque menor, lançando o rei branco em g1. O sacerdote, bispo da diocese de Confeitaria – paramentado a rigor, como manda o figurino para as ocasiões de máxima importância, com batina preta, solidéu púrpura, filetes e faixa violáceos e crucifixo de ouro –, olha para o tabuleiro com profunda atenção. De vez em quando, sorve o licor de jenipapo que só dona Letícia sabe fazer.

127

O coronel não tira os olhos do oponente de tabuleiro. Mesmo quando joga, rapidamente volta os olhos para o bispo e continua a chafurdar pensamentos, a emitir sorrisinhos maliciosos. As jogadas se entrecruzam, o bispo de Confeitaria joga peão em b5 e o coronel, entre risos, comenta:

– Chegue mais, dom Fabiano! Agora quero ver! Meu bispo vai, sim, comer o teu peão em b5. Ou não come? – diz o coronel, a segurar a ponta da dita peça, preparando-se para a jogada verbalmente anunciada.

– A mim não é jogada sábia. Deixe meu peão quieto, melhor não fazer alarde – arremata calmamente dom Fabiano.

– Oxe, não se aperreie, não. Há melhor opção? Pra ser sincero, não vejo outra saída. Meu bispo preto dá cabo desse peãozinho idiota e, então, todos ficam felizes. Por quê? Porque o bispo preto faz parte de um time vencedor, com muito terreno pra jogar e pra vencer. Meu bispo preto comendo teu peão em b5 limpa o terreno para que minhas outras peças andem soltas, tranquilas... com isso meu bispo preto vira um predileto do rei, com direito a cavalos e riqueza, a uma rainha particular se quiser... galega, novinha.

– Ah... mas aí eu perco um peão estratégico...

– Um peão errático! Olhe melhor. Não há futuro nesse tabuleiro pra ele. Em compensação, o bispo preto vai ser promovido, o que é uma ótima ideia, ou não? Domingo é dia de Zé Pilintra expulsar o vendilhão do templo.

– Só não me venha com essas conversas pagãs de macumbeiro.

Coronel Ernesto finalmente dá um beijo na peça de madeira e move o seu bispo preto para b5, derrubando o peão de maneira teatral e exagerada. Minutos depois, rainha preta em c5 e cheque mate. O coronel, visivelmente feliz e, ao mesmo tempo, emocionado, dá um forte peteleco no rei branco, junta as mãos em prece e diz:

– Amém, porra!

Na manhã seguinte, padre Bento receberá uma carta da diocese, informando-lhe que a cúria romana está a transferi-lo para a paróquia de Benguela, na África Ocidental Portuguesa. Não haverá despedidas da comunidade local, apenas uma malinha a ser feita, um trem para o Recife, um navio para Lisboa e, de lá, Luanda e depois Benguela. Na boca do povo, o diz-que-diz-que apontará que a transferência ocorreu porque a igreja finalmente descobriu que padre Bento é senão um "coiteiro filho da puta" que protegera no passado cangaceiros hediondos e demais bandidos da laia. E que roubara dinheiro da diocese para financiar índio vagabundo. Em tempo, três anos depois, Dom Fabiano será solenemente ordenado arcebispo em alguma arquidiocese do sul do país. Não obstante algumas dificuldades iniciais, fará carreira meteórica rumo ao cardinalato.

44 – Advogado judeu

Quando não tem cliente para atender em casa, Mario Shlomo Rosenberg acorda cedo, toma seu banho de Capibaribe, come alguma miudeza acompanhada por um café forte e vai de bonde até o centro do Recife. Lá, ele faz do Gabinete Português de Leitura, na rua do Imperador, um verdadeiro escritório. Revisa as leis, às vezes lê clássicos da literatura no original francês ou no original alemão, idiomas nos quais é fluentíssimo. Aquele local é estratégico: saindo de lá, almoça ou toma um chá das cinco no Lafayette, logo ali do lado, estabelecimento em que é freguês tradicional. Conversa em ídiche com um e em alemão com outro. O garçom praticamente não vê diferença entre os idiomas, mas um cliente comenta que o ídiche é "como que um alemão estranho". Rosenberg conversa de tudo, diz que é advogado mas que tem interesse por muitos temas – entre eles, precipuamente, etnografia. Conversa sobre o Líbano ser a Suíça do oriente com um, sobre o branqueamento como política proposital de estado com outro, sobre a consolidação das leis trabalhistas como a única boa coisa do governo Vargas com aqueloutro. Até sobre cinema ele gosta de conversar, desde Firmo Neto e a história do cinema pernambucano às mais bobas produções hollywoodianas e à *screwball comedy*, só passadas nas matinês dedicadas aos adolescentes apaixonados. Lê o jornal, repassa as revistas estrangeiras que circulam pelo Lafayette, faz uma careta, balança a cabeça negativamente, comenta com o garçom que as grandes propagandas, aquelas que vendem mais, comumente se baseiam nas mentiras mais óbvias. Depois de um bom tempo no Lafayette, sai do estabelecimento à noite e às vezes atravessa a ponte para o Recife Antigo, faz a ceia no Chanteclair e depois vai gastar dinheiro com as meninas; ou então, quando o dinheiro aperta, volta para casa, para o braços dos queridos pais, conta à mãe como foi seu dia, entra no seu escritório, coloca um disco de Mozart, Requiem; e, se ninguém está observando, ele se finge de regente a mexer os braços marcando o compasso do "Dies Irae", cantando junto com o coro, com furor desconcertante:

Quantus tremor est futurus
Quando judex est venturus
Cuncta stricte discussurus

Certa feita, chega em casa na hora costumeira, sua mãe a preparar uma canja de pé de galinha, com moela, coração, fígado e pescoço. A mãe sempre comenta com uma vizinha ou com alguma amiga que "Marioleh adora chupar o pescocinho da canja, suculento, pouca carne, mas suculento". Neste dia, um frade capuchinho bem apessoado e simpático está a esperá-lo. Paramentado e a caráter. Veio dizer que, no dia seguinte, um certo médico, doutor Luiz Zago, viria ao Poço da Panela fazer visita a doutor Rosenberg. Um desses casos preferidos do advogado, a defesa dos mais fracos, em especial pretos e pobres presos sem provas. Conversa rápida com um velho conhecido, amigo do peito. Depois o capuchinho se levanta, despede-se e, bem humorado, recomenda que o amigo Mario tenha juízo na vida. Rosenberg pergunta se o capuchinho não quer ficar para a ceia, mas é capuchinho mui atarefado, já tem compromissos religiosos, prática da caridade com os sem-teto e com os desamparados. Naquela noite, logo após a saída do capuchinho, Rosenberg come sua canja de pé de galinha com apetite, depois toma um banho, lê um capítulo de livro, deita-se e deixa ser levado por Morfeu. Enquanto mistura as realidades daqui e de lá, ele vai percebendo que a vida às vezes é um sonho. E que os sonhos às vezes também têm certos aspectos realistas.

– Ai, vida… que às vezes tens um caráter tão onírico e, por isso, tão linda… – balbucia, enquanto seus olhos se entregam.

Parte V
Carnaval e boemia

45 – Poço da Panela

– A La Ursa quer dinheiro, quem não dá é pirangueiro!

Doutor Zago não gosta de folia. Mesmo assim, caminha tranquilamente por entre os blocos, com seu fato branco, chapéu panamá de mesma cor, gravata preta. Crianças vestidas a caráter, máscaras carnavalescas, a típica A La Ursa a pedir dinheiro aos transeuntes. Mais adiante, lá vem o corso, o desfile de carros engordurados, confetes multicoloridos aderidos a suas superfícies, com as capotas arriadas, repletos de gente a dançar, a jogar serpentina por todos os lados. O carnaval do Recife se desenvolve com suas fanfarras e frevos, crianças e adultos, inocências e permissividades, e mais o cheiro de lança-perfume a espirrar das ampolas Pierrot ou das ampolas da Rhodia, as inquebráveis. Na outra rua, a folia a cantar:

> *Ela saiu de casa*
> *E nunca mais voltou*
> *Quem foi que a roubou*
> *Quem foi, quem foi*
> *Você vai responder*
> *O que o mundo anda a dizer*
> *Foi, foi, foi, foi*
> *Foi o peixe-boi.*

De bloco em bloco, de corso em corso, ele relembra os últimos dias, quando se organizou para vir ao Recife a fim de tirar Zezé de uma vez da prisão. Primeiramente, padre Bento tentou mexer uns pauzinhos com alguns amigos eclesiásticos das paróquias recifenses. Uns padres chegaram mesmo a visitar Zezé na cadeia para entender melhor a situação. Mas, de repente, padre Bento foi-se embora, transferido para a África. Aí nenhum padre do Recife se empenhou de verdade no problema. Então doutor Zago tomou para si o dever de encontrar respostas para a cada vez mais prolongada prisão do pobre amigo: já tem mais de duas semanas que Zezé está detido na cadeia e ninguém até agora disse exatamente o porquê. Para piorar, em Confeitaria, os únicos realmente preocupados com o destino de Zezé, além de doutor Zago, são o cacique Guará e a própria família do roceiro: Carolzinha, Águeda, dona Eunice e, naturalmente, vovó Naná. Apesar da presença de espírito, vovó Naná chora feito criança desamparada há duas semanas, chora um choro escondido: orgulhosa que só, não quer dar o braço a torcer; finge, diante da nora e das netas, que é dama de ferro, e olhe que já sofreu muito na vida, tem casca grossa. Mas, mesmo assim, nunca sofrera tanto quanto agora. Essa é a impressão que doutor Zago tem a partir das últimas visitas que fizera aos parentes do amigo Zezé. Assim que soube da prisão, comentou vivazmente com dona Matilde algo nestas linhas:

– Quanta hipocrisia dessas autoridades! Parece mais um circo! Lampião e seu bando por aí a matar gente, mas soltos! Zezé, que nunca matou uma formiga, está atrás das grades. Já pensou, Matilde? Que absurdo, tchê! Há que se resolver isso!

De início, padre Bento tomou a dianteira, mas logo, logo foi sumariamente mandado embora da cidade. Paralelamente, doutor Zago tentava por todos os meios escritos, telegramas e cartas, convencer alguns conhecidos – mormente autoridades do mundo do Direito e gentes das lojas maçônica da capital – de que a prisão de Zezé Tibúrcio se configurava como um completo mal entendido, um erro grave, uma injustiça. Onde já se viu homem levar cartaz de protesto e ser preso por isso? Essa era a pergunta recorrente nos escritos enviados aos tais conhecidos. As respostas não foram muito animadoras. Chegavam cartas com conteúdos como: "Luiz, esse assunto passa pelas políticas dos novos tempos; manter a ordem e a harmonia acima de tudo. Ao que pude constatar, o seu amigo estava impedindo a ordem e, além disso, ameaçou mesmo a vida de um policial. Não ficou sabendo?", dizia a carta do compadre Aníbal Henrique de Alcântara Sampaio, influente desembargador, já aposentado, autoridade recifense do Direito Penal. Nessa última carta ainda constavam apelos como: "Falo como amigo, sincera e honestamente: aqui entre nós, não conspurques tua reputação por causa de um matutinho preto sem importância. Esse é daqueles casos em que Carlos de Lima Cavalcanti acena para o presidente Vargas a dizer que, em Pernambuco, não há arroubos barafundos. O governador assim o faz por puro dever. E, portanto, caríssimo Zago, o que há de fato é um aceno simbólico a afirmar que está tudo em paz no reino do Leão do Norte." O médico respondia a essas cartas, insistindo no seu ponto de vista, insistindo que a história das ameaças ao policial ou aos policiais era invenção do Jornal da Tarde. "Há testemunhas, não poucas, que dizem o contrário!", insistia, veemente. Outro amigo, senador influente e jurista de renome, chegou mesmo a lhe telefonar, dizendo que tomou conhecimento do caso, foi às instâncias de interesse para verificar os trâmites, leu os autos, disse que não tinha por que se preocupar. O julgamento, ao que pesquisara, estava próximo. Como não havia antecedentes criminais, que ficasse tranquilo. "Tranquilo?", pensa consigo mesmo. Quinze dias ininterruptos de pedidos, cartas, telegramas, telefonemas. Aos poucos, parou de receber respostas. A bem da verdade, a última resposta, vinda do venerável mestre da loja maçônica Segredo e Amor da Ordem 142, apenas dizia: "Muita calma nessa hora, irmão. Confia na justiça que tudo se resolve." Das diversas consultas telefônicas ou por telegrama à Força Policial, doutor Zago foi percebendo que ninguém mexera um dedo por Zezé e que, de fato, a troca de cartas com seus confrades e amigos do Recife foi tão somente palavras jogadas ao vento, sem liame e sem eco.

Cacique Guará e os índios Xererê – pensa doutor Zago com seus botões, enquanto atravessa a frevança que toma o bairro de Santo Antônio – foram poupados com razão; aí sim houve justiça. O governador até posou de herói. Bem por isso: o governador sabia que os índios estavam fazendo sucesso e, aliás, índio, na cabeça do povo da cidade grande, tem um pouco daquela aura de bom selvagem rousseauniano. No fim, ao apoiar os índios, o governador apareceu bem na foto. Amainou uma possível semente de rebelião e posou de benfeitor dos pobres índios. Mas e o pobre Zezé? O que foi que ele fez mesmo? Que crime cometeu?

No fim, resolveu ir ao Recife, consultar *in loco*. Chegou no dia anterior. Agora caminha com determinação até alguma rua onde não haja carnaval e haja bonde que o leve a Casa Forte. O desespero é tamanho que doutor Zago, logo ele, de reputação ilibada, fez contato com político militante do Partido Comunista, recém-libertado da prisão, acusado de participação na intentona, homem profundo conhecedor da lei e do direito penal, advogado de pobres e oprimidos, mas também de bandidos perigosos, daqueles que jogam bomba em delegacia de polícia, que matam gente em nome da revolução. Quem intermediou foi um frade capuchinho de grande simpatia. "Frei Gianotti, um querido!", pensa o médico consigo mesmo. Pois bem, lá vai ele, doutor Zago, ovelhinha ingênua, rumo ao covil de lobos vermelhos, as subversivas serpentes corruptoras dos costumes. Foi secretamente, nem dona Matilde ficou sabendo que a ida ao Recife era para isso.

133

Agora ele sai da área dos alegres foliões, atravessa a ponte de ferro, toma bonde na rua da Imperatriz, rumo à casa do tal doutor Rosenberg, o tal militante mencionado, advogado judeu, filiado à seção recifense do Partido Comunista. Conheceu pela primeira vez a reputação do advogado de ler um artigo do Jornal do Commercio, cujo título era: "Advogado Comunista diz que Escravidão não acabou". Na matéria, basicamente uma entrevista, o advogado defendia a ideia de que a nova senzala era a superlotada cadeia pública do bairro de São José e que ali não havia sequer um branco preso. Ao contrário, todos pretos e pobres. Na época em que lera aquilo, doutor Zago dera uma gostosa gargalhada, apontando o escrito para dona Matilde e dizendo:

– Mas barbaridade, tchê! O comunistinha aqui acha que não tem branco na Casa de Detenção. Que ridículo!

Depois de praticamente cruzar a cidade através da rede de bondes da Tramways Pernambuco, desce na Estação Entroncamento, toma novo bonde e dirige-se à Estação da Jaqueira e dali, mais um tanto, até o bairro de Casa Forte. Salta na 17 de Agosto, fica de queixo caído ante a exuberância dos jardins projetados por Burle Marx para a praça principal do bairro, de vitórias régias e ninfeias; e caminha, com determinação, na direção do bairro do Poço da Panela. Entra por dentro daquelas vielas misteriosas e procura o endereço de doutor Rosenberg entre as frestas dos muitos arbustos de buganvílias coloridas. Toma um papelzinho do bolso do paletó, com o endereço informado pelo intermediador do encontro, o capuchinho italiano Pio Gianotti, do Convento da Penha: "Doutor Mario Shlomo Rosenberg, esquina da rua Visconde de Araguaya com a Antônio Vitrúvio". "Bah, vai saber por que a maioria desses judeus do Recife ou se chama Mario, quando homem, ou Raquel, quando mulher", pensa, rindo-se, enquanto caminha pelos velhos ladrilhos das estreitas ruas do bairro, repleto de grandes casas de belos jardins floridos. "Salvo engano, mais para lá, em Apipucos, é onde mora o escritor Gilberto Freyre e, mais alhures, na direção de Dois Irmãos, é onde tem o sítio da judia fantasma...", reflete aleatoriamente, enquanto tenta se encontrar naquele labirinto. Vai cantarolando baixinho a eterna "Night and Day", de Cole Porter: *"Day and night, night and day, why is it so / That this longing for you follows wherever I go"*. Finalmente se vê na Estrada Real do Poço e, pelo caminho, depara-se com a igrejinha barroca de Nossa Senhora da Saúde, de uma só torre – "uma só torre, faltou dinheiro para a segunda; ou então, o que é mais provável, o dono da paróquia quis dar a impressão de igreja não terminada para não ter que pagar o tal imposto do quinto, aquele da expressão 'quinto dos infernos'; ah, gente malandrinha, tchê, que foge do quinto dos infernos; mas pudera!", murmura o médico, enquanto traspassa os portões externos do templo. Entra, genuflexão, igreja vazia. Senta-se para descansar um bocadinho, o suor a escorrer insofreável pela testa. Tira o lenço, seca o rosto, reza um par de padre-nossos e ave-marias, olha para as enormes estátuas de Nossa Senhora e Nosso Senhor, espanta-se com as bizarras cabeleiras naturais das imagens. "Mas que barbaridade, que feiura, tchê! Acho que era assim que os artistas barrocos tentavam dar realismo... mas, convenhamos, feias, feias...", reflete doutor Zago, num misto de riso e contenção. Olha para o relógio, mas quanta distração, está atrasadíssimo! Sem se importar com a dor nos pés, ergue-se, sai da igreja, retoma o passo, adentra a viela ao lado. Na murada, há a placa metálica pintada de verde com os dizeres em letras garrafais brancas: "Rua Visconde de Araguaya". Sim, parece que está chegando a seu destino. Observa que a rua termina em outra, que só pode ser a tal Antônio Vitrúvio.

No final da rua, há duas casas de esquina. Uma delas tem muro recoberto por heras, a outra tem murada lisa, tal qual a descrição repassada por Frei Gianotti. Doutor Zago dobra a esquina à esquerda, rua Antônio Vitrúvio, e se põe à frente do suposto lar e escritório do advogado Rosenberg. Casa mediana, notadamente antiga, térrea, de telhado escondido por platibanda, fachada de ar rústico com alguns alto relevos retilíneos, janelas arqueadas, pintura cinza quase branca, meio a descascar, muro baixo da mesma cor, portãozinho de ferro pintado de branco. Simetricamente, metade dela está na rua Visconde de Araguaya; a outra, na Antônio Vitrúvio. No jardim, flores diversas, de ares descuidados, preferencialmente helicônias, uma árvore ao fundo, provavelmente jambeiro, alguns bancos e, ao centro, pequeno poste com duas arandelas coloniais, não se sabe se lampião a gás ou a energia elétrica. Ele olha ao redor e percebe que há som de água. Entre as árvores que demarcam o fim da rua Antônio Vitrúvio, ali bem perto, observa-se o rio Capibaribe, que se esconde sorrateiro e, largo, transporta em suas correntezas o testemunho histórico dos muitos séculos que solapam a cidade maurícia.

Sem perda de tempo, doutor Zago bate palmas, ainda tem esperança de encontrar alguém, pois se atrasara por demais no percurso por dentro de Casa Forte, bairro que lhe é praticamente desconhecido. O horário combinado para a visita está sobremaneira ultrapassado. Nada pode fazer a não ser torcer para que o encontro não seja desfeito. Mesmo assim tentará convencer o advogado da urgência dos fatos. Então, aparece um jovem com seus trinta e poucos anos. Um galalau de barba feita, bigode volumoso, cabelos castanhos, curtos, inteiros, meio molhados, olhos de gente cansada, íris meio cor de mel, que se mistura aos tons nervosos da esclera avermelhada.

– Bom dia, vossa mercê é o doutor Mario Rosenberg?

– Sim, e o senhor deve ser o doutor Luiz… Luiz Zabo?

– Luiz Zago.

– Ah, sim, perdão, não sou bom com nomes. Confundi teu sobrenome com um daqueles sobrenomes húngaros do tipo Szabó. O teu é italiano, não? Chegue, chegue, estava à tua espera. Entre e tomemos um café. Desculpe-me o cabelo ainda por pentear. Acabei de chegar de um banho no Capibaribe e me arrumei às pressas.

– Não, sem problema, afinal o atrasado aqui sou eu. Peço escusas. Há problema em nos reunirmos agora? O combinado foi às nove, já são nove e meia…

– Não, não, sem problema, sei que é fácil se perder no Poço. Passemos à sala de estar. Venha, por obséquio.

Doutor Zago abre o portãozinho, penetra o jardim e depois adentra a casa. Especialista em símbolos judaicos – pois na maçonaria acabara se tornando um aficionado a tudo o que se referia a templo de Salomão –, repara que, na entrada, no umbral da porta, há mezuzá; na sala de estar, há uma linda menorá – o candelabro de sete braços; e, num canto da sala, sobre uma mesa, um *yad* – o apontador de leitura judaico – e uma caixinha *tefilin* com tiras de couro – usada pelos homens para a oração. Sentam-se em cadeiras de madeira e palhinha ao redor de uma pequena mesa redonda com tampo de mármore. Trocam umas palavras introdutórias, daquelas em que se fala do tempo quente e da chuva que tarda mas chega. Riem-se de acontecimentos cotidianos lidos nos jornais, até que vem o café. Uma empregada, mulata nova e bela, aproxima-se com uma bandeja de cerâmica, forrada com pano rendado. Sobre ela, xícaras e bule de porcelana chinesa, açúcar, talheres de prata e uma farta porção de alfenins e tarecos. Ela serve o cafezinho e os biscoitos e, docemente, pergunta se a quantidade de açúcar é do gosto dos dois. Recebe o agradecimento sorridente de doutor Zago e se retira para as bandas da cozinha. Doutor Zago tem vontade de perguntar se aquela comida é *kosher*; mas, dada a pouca intimidade, deixará esse assunto para o futuro. Resolve ser mais diplomático.

– Bonito teu bairro… – diz, olhando com certa insistência para a saliente cicatriz na testa de doutor Rosenberg.

– Ah, minha cicatriz... marcas do levante do ano passado, bem sabes o que quero dizer, pois não me procurarias sem saber tais pormenores... levei paulada na cabeça lá no largo da Paz, em Afogados, precisamente nas escadarias da Igreja de Nossa Senhora da Paz, e depois fui encarcerado. Longa história... naquela época, eles estavam instalando os novos jardins que Roberto Burle Marx projetara para a praça, ao redor daquele gigantesco cruzeiro que tem ali. Tentei escapar, mas tropecei bem no meio das obras do novo jardim: fui xingado de tudo pelos trabalhadores que, atônitos, viram a polícia chegar logo em seguida e me algemar. Enfim, não entremos nesses detalhes; pelo menos não estou no rol daquela centena de mortos, entre eles amigos mui queridos... vicissitudes da vida... mas o que estou a dizer? Enfim, esqueçamos isso, perdoa-me tais interlúdios – responde o advogado, meio sem jeito, contornando a situação com um certo silêncio entrecortado por goles de café e, depois, sem mais delongas, retoma o assunto levantado pelo médico: – Quanto ao meu bairro, amo! Os banhos no Capibaribe, as árvores, as casas. Ingleses, franceses e alemães e outros estrangeiros, todos moram há tempos por aqui. Não só no Poço, mas em todo o bairro de Casa Forte. E há os judeus, muitos! Para nós, Recife não é só a cidade da primeira sinagoga, mas também a cidade desses bairrinhos, como o Poço, que, para os mais velhos, lembram os distantes *shtetl* da Europa Oriental. De qualquer forma, o Poço atraiu e atrai estrangeiros. Não sei se sabes, o inglês Henry Foster já dizia, no início do século passado, que aqui se dança e se faz música, joga-se prendas, janta-se com algum comerciante conterrâneo... há registros também de citações ao bairro no diário do viajante francês Louis François de Tollenare. Esta eu sei de cor: "Raro encontrar margens mais risonhas do que as do Capibaribe quando se sobe em canoas até o povoado do Poço da Panela". Meu caro, então é isso: aqui ainda há contato com a natureza e com os hábitos rurais, toma-se banho de rio, conversa-se com as pessoas na rua. Não troco.

Após bebericarem um pouco do cafezinho, doutor Rosenberg muda de assunto:

– Diga-me, doutor Zago. Tens um sobrenome italiano e sotaque gaúcho ou é impressão minha?

– Sim, sou gaúcho, descendente de italianos por parte de mãe e pai. Mas, em particular, minha mãe tem também um pezinho na família maragata de Gumercindo Saraiva.

– Opa! Eita que aí corre sangue quente, fumegante! Também tenho uma conexão com a Europa. Meus pais são judeus vindos da distante Bessarábia, antigo império russo, onde hoje está um país chamado Moldávia, reino da Romênia. Somos de família asquenaze, aqui em casa falamos ídiche e alemão de vez em quando. Hoje ainda lhe apresento minha querida mãe, *meyn eydish-mame*, Raquel.

– Raquel? Se me perguntasses, eu chutaria exatamente esse nome, "Raquel"! Vim pensando no caminho sobre essas coincidências dos judeus do Recife serem ou Mario ou Raquel...

– *Meyn lib* Raquel, a dona da casa... enfim, no fundo temos um pezinho na Alemanha, só não vou para lá por causa de um certo Adolf fascista antissemita e sua trupe de imbecis! Opa, perdoa-me a franqueza, falei alto demais. O que quero dizer é que, como podes ver, meu sobrenome tem raízes alemãs, significa "colina das rosas"... eita, a chuvinha fina lá fora. Chuva passageira.

– Chuva do caju?

– Opa! Não, a chuva do caju já passou... foi em janeiro.

Doutor Rosenberg diz "opa!" a todo instante. Interjeição tão recorrente que um juiz conhecido seu dizia que o advogado estava mais para grego do que para judeu. Doutor Zago ouve com atenção os muitos assuntos que borbotam da boca daquele ser ultra falante, com voz cavernosa e fala rápida – tão rápida que algumas palavras escapam ao entendimento. Ele é praticamente um gramofone humano de rotações por minuto aceleradas. Fala de suas qualidades, faz pequena autopropaganda, quer vender apropriadamente o produto – mas com limites, pois sabe que elogio de boca própria é vitupério.

Depois que doutor Rosenberg verbaliza ao léu tantos temas e ideias, doutor Zago permanece ainda um tanto nessas amenidades iniciais – criadas sabe-se lá por quem e que servem para quebrar gelo e conquistar simpatia. Pergunta se eles de fato estão próximos da casa do escritor e sociólogo Gilberto Freyre e se, mais alhures, fica Dois Irmãos e a casa da judia fantasma. O advogado acende um cachimbo, cobre a cabeça com uma boina marrom, que usa como se fosse um quipá levemente desnorteado, e responde:

– Não, não. A casa... melhor dizendo, a chácara de Gilberto fica meio longe daqui, em Apipucos. Dá meia hora de caminhada. E Dois Irmãos é ainda mais longe. Sim, é lá onde fica o complexo hídrico de Apipucos e Dois Irmãos, lagos, riachos e açudes, em particular o Açude do Prata, que alimenta o Recife com suas águas desviadas, tempos atrás, para a Estrada do Encanamento, que atravessa o meu bairro, a alguns quarteirões daqui. O Açude do Prata! Foi bem naquele local que ocorreu a história da judia fantasma, Branca Dias. A lenda diz que, séculos atrás, essa judia, dona de engenho e riquezas, ao se sentir perseguida pela Inquisição Portuguesa, teria jogado toda a sua prataria no dito açude, que, na época, era um riacho, que passou a se chamar "Riacho da Prata". Ela fazia parte do grupo denominado "cristãos-novos": judeus convertidos terminantemente proibidos de praticar ritos judaicos. No entanto, dizem, Branca Dias, após sua conversão ao cristianismo, de fato e em segredo, continuou a praticar os rituais. Os donos dos engenhos vizinhos sabiam que ela mantinha uma sinagoga. Conta-se que ela cuidava sozinha de seu engenho, embora tivesse residência oficial em Olinda e fosse casada e tivesse inúmeros filhos. Há ainda quem diga que ela foi a primeira professora do Brasil: tinha uma escola para meninas e, ao que parece, era de fato muito culta. Dia desses até me deparei com uma referência sobre ela no Gabinete Português de Leitura. Conheces o lugar? Magnífico, não? Até anotei algo aqui na minha cadernetinha. Onde ela está? Ah, aqui no meu paletó... só um minuto... olhe bem que informação interessante: "os processos oficiais do Santo Ofício revelam que Branca Dias foi presa em Olinda em 1595 e mandada a Lisboa, aos cuidados da inquisição lisboeta, onde foi encarcerada". Essa é a parte mais verossímil da história. A parte assombrada é quando a lenda conta que, depois de morta, seu fantasma voltou de Portugal para guardar o Riacho da Prata. Sua alma penada ora ou outra é vista à noite por aqueles que caminham nas proximidades dos açudes de Dois Irmãos.

— Barbaridade! – diz doutor Zago, dando uma pequena risada nervosa.

— Opa! Pois é... mas sabes como é, né? Eu, que sou judeu, descobri que há muito de lenda em tudo isso e, ao que parece, houve mais de uma Branca Dias. A Branca Dias de Olinda nunca teria morrido nas mãos da Inquisição e, sim, de causas naturais. Há outras Brancas, uma na Paraíba, por exemplo. De nossa Branca, a portuguesa olindense, a história de que tinha uma escola para meninas é, ao que parece, verdadeira... e dizem por aí que o *dybbuk*, o fantasma dela, ora assombra as paragens de Dois Irmãos, mas também os becos da Ladeira da Misericórdia em Olinda.

— Para vermos, tchê, que esses contos do passado se misturam com imaginação e superstição. Barbaridade! Igual, tem as histórias que circulam lá no Rio Grande, minha terra. Já ouviste o conto do negrinho do pastoreio? Quando eu era pequeno na cidade de Mata, não sei se já ouviste algo sobre ela, a cidade das pedras encantadas, região de Alegrete e dos gaúchos da fronteira. Pois bem, quando era pequeno, me deparei com muitos desses contos e lendas. Meus pais, nas noites escuras do lampião a gás, reuniam a família em torno da mesa e contavam a lenda da chama crioula de São Sepé, a chama que nunca apaga. Ela é a chama que protege todas as fronteiras do Rio Grande, sob os auspícios das almas charruas, as almas de índios mortos há muito tempo, índios que não são tupis nem guaranis, irredutíveis, inconquistáveis, os melhores cavaleiros que jamais existiram, origem da própria alma gaúcha. Bah, querência, tchê, querência!

– E o negrinho do pastoreio?

– Ah, sim, o negrinho! Ao lado da lenda das almas charruas, há também a história do negrinho, que as crianças gaúchas aprendem desde pequenas. Naquela região onde nasci é obrigatório. Diz-se que o negrinho do pastoreio recebeu do patrão estancieiro a incumbência de procurar um cavalo perdido, mas voltou de mãos abanando. Como castigo, o patrão mandou dar-lhe umas chibatadas. Depois enterrou o menino em um formigueiro. No dia seguinte, o menino não estava mais no formigueiro, nem sinal dele. Diz-se que foi visto a andar com o cavalo perdido e com Nossa Senhora a seu lado. E assim acaba. Para tu veres, tchê, a gurizada gaúcha acha que o negrinho escapou do formigueiro, mas, bah, que nada! Depois que cresci, percebi que se tratava simplesmente do fantasma do guri, e que essa é na verdade uma história de uma violência bárbara. Quando contaste a história da judia fantasma, que eu já conhecia por alto, lembrei-me logo do negrinho.

Doutor Rosenberg faz algumas caras e bocas, fuma à vontade, chega a aspirar rapé e espirrar de maneira descontrolada. Depois, sem comentar nada a respeito dessas lendas gauchescas, simplesmente muda de assunto e vai direto ao ponto:

– Diga-me, doutor Zago. Li com atenção a carta de frei Pio Gianotti, esse santo homem, que me contou sobre ti e os índios de Confeitaria, e explicou-me o insólito episódio da prisão de teu amigo. Enfim, antes de qualquer coisa, para que eu possa me inteirar melhor e analisar o caso, peço para comentares o teu ponto de vista, que já é um bom início. Qual a tua versão dos acontecimentos?

Após leve pigarro, o médico conta o que padre Bento lhe contou, versão certamente fidedigna:

– Ah, ali foi operação completamente destrambelhada. Não querendo sair de mãos vazias, os policiais mostraram serviço prendendo o pobre Zezé

Tibúrcio. Assim, tchô, sem mais nem menos, por acaso prenderam, digo de conhecimento próprio, o mais inocente dos homens.

– Na carta de frei Pio, ele diz que o rapaz encarcerado, Zezé... esse é o nome, não é mesmo?... diz que Zezé é preto e matuto agricultor das bandas do alto Agreste. Na tua opinião, o fato de ele ser preto e pobre não te explica muita coisa?

– Sabia que me perguntarias isso... sei de tuas teses, de ler nos jornais. Bah, sendo sincero, acho que quem está na cadeia pública tem culpa no cartório, alguma coisa fez. Mas esse não é o caso do pobre Zezé... tchô, conheço o rapaz desde que ele era pequeno...

– Então achas que quem está na cadeia é necessariamente bandido, exceção ao nobre Zezé Tibúrcio?

– Falemos sem meias palavras. Sim, em geral, sim! Bandidos. Canalha que mata e rouba, assusta a sociedade...

– Então reconheces que o preto Zezé é uma exceção?

– Claro que é! Um cordeiro encarcerado entre lobos. Essa gente da polícia, nesse caso específico, fez trabalho sujo. Uma exceção à regra, pois acredito no trabalho de nossas autoridades e na eficácia de nossa justiça.

– Vejo que o doutor não concorda muito com minha tese... – diz o advogado cordialmente, com um simpático sorriso a mostrar os dentes.

– Olhe, meu caro doutor Rosenberg... bueno, arrisco dizer, sou pessoa de grande sinceridade, uma das poucas que conhecerás. Perdoa-me a franqueza, é isso mesmo... mas, afinal, veja, veja, veja... não estou aqui para discutir tuas teses. Vim para conhecer-te e contratar teus serviços. O tempo urge, não quero que esse descalabro vingue. Zezé tem que sair da cadeia. É isso!

– Compreendo a angústia, doutor Zago. Não te preocupes com minhas perguntas. Perguntei por perguntar... já viste que sou um palrador de primeira, cheio de curiosidades – diz doutor Rosenberg, enquanto dava tapinhas nas costas de doutor Zago. – Da carta de frei Pio e das notícias de jornal que li, já sei exatamente o que aconteceu. Portanto, meu caro, conta comigo, hei de defender Zezé e tirá-lo dessa encrenca. Em nome do Quilombo do Catucá, que ficava em algum lugar desses arredores, e em memória dos bons abolicionistas que habitaram o meu bairro, José Mariano Carneiro da Cunha e sua esposa dona Olegarinha, hei de libertar Zezé, alforriá-lo dos grilhões da injustiça.

– José Mariano? Vi um busto ali do lado da igreja...

– Sim, o busto de José Mariano... morou há décadas bem por ali onde fica a igreja.

141

– Como se chamava a esposa dele?

– Olegária, a dona Olegarinha. Esses nomes difíceis, coisa de pernambucano, já notou? Pernambucano é metido a intelectual. Coloca nome difícil em filho. Ariosto, por exemplo...

Depois de um pequeno entreato de puro silêncio, em que doutor Rosenberg parecia cavalgar por certo tempo em seus pensamentos, sorvendo um restinho de café e terminando seu cigarro, baforando aqui e acolá, doutor Zago finalmente expõe sua pretensão:

– Mas e então, fechamos contrato?

– Ah... claro que sim! Onde eu assino?

– Doutor Rosenberg, mais grato não posso estar! Infelizmente, agora tenho que me retirar – diz doutor Zago se levantando, baixando a cabeça, cumprimentando com um toque no chapéu, sendo acompanhado por seu anfitrião, que lhe estende a mão. – Conversa mui aprazível, aprendi novos contos e histórias. Sem falar que o senhor é um *gentleman*, um pernambucano autêntico. Muito obrigado pela atenção e hospitalidade. Agora despeço-me, tenho que chegar na Central do Recife antes do meio-dia, que é para não perder o comboio.

– Ah, não se avexe, não, meu caro. Tenho negócios a tratar no Clube Alemão, no Parnamirim. Bem que eu deveria morar ali no bairro de alemães e judeus, mas preferi o Poço, que também tem judeu, mas não igual tem no Parnamirim; e daqui não saio. Dou-te carona até a Estação da Ponte d'Uchoa. Conhecerás minha fubica, o meu velho Ford Bigode 1925...

– Ah, sim, o carnaval do Deutscher. Não exageres nos lança-perfumes...

– Antes fosse carnaval. Reunião com cliente. Mas à noite dou uma passadinha no Internacional para o baile.

– Neste caso, não esqueças as serpentinas e o smoking branco!

O advogado se levanta, diz que vai pegar sua maleta e já volta, solta um grito: "*mame*, estou indo, vou ao Deutscher Klub!" e aumenta o rádio que está num canto da sala, já sintonizado na P.R.A.8:

> *P'a vadiá*
> *Eu sou caboco bom na briga*
> *Mas só gosto da intriga*
> *Quando encontro especiá.*
> *Dedo do Cão*
> *Moleque bom no gatilho*

Se coçou, eu vi o brilho
Atirou p'a me pegá.

Manezinho Araújo é quem canta, música tão tocada nos últimos tempos que doutor Zago já conhece quase de cor. Rosenberg reaparece com a valise. Em seguida, sua mãe surge da cozinha para se despedir do filho e é apresentada a doutor Zago. Mãe e filho conversam em alemão. Doutor Zago, que sabe um pouquinho, só entende a parte em que ela diz: "cuidado com esses lourinhos do Clube; estão doidos para abocanharem um judeu". Ela desliga o rádio, coloca Gustav Mahler no gramofone, *"Das Lied von der Erde"*, gravação de 1936 de Bruno Walter, conduzindo a Filarmônica de Viena: Charles Kullman, tenor, Kerstin Thorborg, mezzo-soprano, selo Columbia. Aponta o dedo para o disco, com olhar de satisfação, e cantarola: *"Dunkel ist das Leben, ist der Tod"*. Depois, despede-se com um *shalom*.

A bem da verdade, doutor Zago não queria ser visto com doutor Rosenberg, "o advogado comunista". Tenta se camuflar no assento do carro, mas sabe que será visto caso se depare com algum conhecido no meio do caminho. Prefere nem tocar em qualquer longínqua menção a assuntos que remetam a ideologias políticas, melhor não estimular ranços: ele conhece perfeitamente as convicções de doutor Rosenberg. O "Manifesto Comunista" de Marx: se fosse gente viva a aparecer naquele mesmo instante, ouviria expressões as mais díspares possíveis, impropérios vindos de doutor Zago, que o tem por ateu e subversivo; e, do outro lado, cantares de louvor de doutor Rosenberg, que vê o filósofo e economista alemão como a própria Vênus de Botticelli a emergir do mar.

No estertor da agonia do médico, acaba que o veículo chega mais rápido do que o imaginado ao destino: avenida Rui Barbosa – antiga Estrada dos Manguinhos –, em frente ao Colégio das Damas da Instrução Cristã – antiga mansão do Barão de Casa Forte –, na Estação Ponte d'Uchoa. Doutor Zago se despede com um "passar bem" e salta bem abaixo do telhadinho de visual oitocentista, gótico rural, de acabamentos brancos e pontiagudos ao estilo *american carpenter gothic*. Enquanto espera, pensa na saudosa época da maxambomba que por ali passava, tempos áureos! Agora, só tem bonde elétrico mesmo, bondes enormes de alumínio. Doutor Zago toma um para o Entroncamento e, na baldeação, outro para a Boa Vista. Não irá à Estação Central, como antes dissera ao advogado. Desde o início, decidira-se por permanecer uns dias no Recife. Ninguém sabe disso, mas quando vai assim, sozinho, à cidade, não fica no Palace da Maciel Pinheiro. Prefere se hospedar na casa de dona Lindalva – que, há mais de cinco anos, é sua amante e mãe de seu amado filho Luciano, desconhecido de todos, segredo guardado a sete chaves. Dona Lindalva mora na Boa Vista, na rua do Príncipe. Doutor Luiz Zago desce naquela parada da esquina com a Gervásio Pires e vai caminhando até seu ninho secreto. Ao chegar, Luizinho, como é chamado pela amante, depara-se com o pequeno Luciano fantasiado para o carnaval. De mãos mendicantes, o menino entoa:

– A La Ursa quer dinheiro, quem não dá é pirangueiro!

46 – Advogado judeu e, além do mais, comunista

Um intelectual. Assim tenta se autodefinir. Os conhecidos assinam embaixo: uma pretensão não dita; mas, a olhos vistos, concreta. Afinal, suas conversas são de intelectual, com passagens decoradas do Corão, da Bíblia e de "Das Kapital" – e, nesse último caso, muitas falas inspiradas, quase discursos, todas com citações originais do alemão.

– Oxe, doutor Rosenberg, o senhor nunca quis ser juiz? – pergunta o estudante de Direito, assíduo frequentador do Café.

– Nunca pensei no assunto. Quem sabe depois dos cinquenta... por enquanto, não tenho ambição.

Ele não é doutor, mas gosta de assim ser chamado, tanto diante da gente comum quanto das cortes penais. Sim, ele é doutor: por ser bacharel em Direito, e por se encostar numa lei antiga, que garante a bacharéis em Direito o título de doutor.

– *Perseus brauchte eine Nebelkappe zur Verfolgung von Ungeheuern* – lá está Rosenberg, a citar novamente o "Das Kapital" no original em alemão para um amigo que também fala alemão; e a outro, que apenas entende, mas não fala; apenas comenta que, ao menos, a menosprezada Intentona Comunista foi um dos poucos movimentos a encarar de frente o monstro varguista, cada vez mais ditatorial.

Tais conversas geralmente se desenrolam no Café Lafayette, o lugar, diziam por aí, que tem a melhor coalhada do Brasil e as conversas mais profundas sobre política e filosofia. Mas, sobretudo, um lugar boêmio. Rosenberg, ou melhor, "doutor" Rosenberg gosta de ir lá quando não há muita gente, ele sabe bem os horários. Toma seu drinque ouvindo blues ou swing jazz, geralmente Duke Ellington, Bessie Smith ou Fletcher "Smack" Henderson no gramofone antigo do estabelecimento; conversa com os conhecidos de sempre; conta ao garçom suas desventuras em série: nunca conseguira escrever um livro e se remoía por dentro só de pensar. E a conversa gira em torno disso. Conta que fora ao psicanalista não sei quantas vezes. E que sua mãe, com aquele quê de psicóloga, fazia uma análise alternativa só dela, tentando fazer caber os descalabros do filho dentro de algum dos complexos listados no panteão freudiano.

– E aí mamãe vem às vezes com umas perguntas sobre o que eu conversei com meu psicanalista. Pergunta se eu tenho complexo de Édipo ou complexo de Madonna-prostituta e eu respondo: "mãe, eu tenho complexo de mim mesmo, olho-me no espelho, anseio por ser gênio, mas sou somente um retardado". E então mamãe dia desses me deu uma máquina de escrever Underwood, dizendo que era naquele modelo que William Faulkner escreveu seus magníficos "Luz em Agosto" e o mais novo "Absalom, Absalom!". Não sei se isso é verdade... ela me deu a máquina e disse: "Coloque tudo pra fora, seja um gênio." Mas qual o quê, não sai uma linha. Passo horas sentado na frente da máquina, fumo um cigarro, imagino situações. E quando é uma situação interessante, começo a escrever e de repente paro. Não é a frase perfeita que eu queria. Tiro o papel, amasso, jogo no cesto, fumo uma carteira inteira... e nada. Coloco jazz, música clássica, foxtrote, nada me inspira. E fica nisso. A mim, escrever é um ato de sofrimento profundo. Diferente do que dizia Kafka, do escrever como ato de reconciliação consigo mesmo, pois é uma espécie de reza, de prece. A mim, é praticamente uma espécie de cirurgia psicológica, o abrir a cabeça com o bisturi das ideias, retirar dos miolos as palavras faltantes, deixar fluir o esgoto que ora mancha o texto ou o rio límpido que ora lava o drama. E então, sem anestesia, abre-se o ser e colocam-se no papel letras das próprias entranhas. Um ato de coragem que dói, mas cura, mesmo que momentaneamente os anseios mais íntimos, sem nunca cicatrizar as feridas da alma.

– Muitos escritores que vêm até aqui reclamam do mesmo. Já ouvi alguns que preferem colocar as palavras a tinta no papel para ter um texto inicial e depois o melhoram ao escrever em outro papel com a máquina de escrever. Há os que chegam e descrevem outros tipos de rituais para que seus rabiscos entrem no papel – comenta o velho garçom, chamado por todos de "Harry", em alusão àqueles garçons dos filmes de Hollywood.

– Pois é, meu caro Harry. Provavelmente deves conhecer gente de renome, Gilberto Freyre ou quiçá José Lins do Rego, andadores desses cafés recifenses.

– Oxe, conheço, sim. Já conversei que só com eles, assim como estou conversando com você – diz o garçom, enquanto guarda os copos de uísque num dos armários do estabelecimento.

– Embora eu não consiga colocar um pingo de ideias no papel e esteja longe de chegar aos pés desses escritores famosos do nosso prolífico estado, também estou desenvolvendo ultimamente meus rituais pessoais antes de me postar diante da máquina. O meu ritual preferido é o de banhar-me logo cedo no Capibaribe. Às sete, o calor da cidade já nos arranca suores, empapando os pijamas. E olha que moro no Poço da Panela, bairro conhecido por ter um certo frescor. Enquanto me banho no rio, as ideias fluem. Minha casa fica ali a dois passos da escadaria de banhos do Poço. Depois, enxugo-me e visto-me, sento-me à escrivaninha, toco nas teclas de minha Underwood. Algumas palavras de um primeiro parágrafo saem e fico nisso. Se não fosse o banho no Capibaribe, nem palavras nem ideias. E assim é como vai minha vida de escritor frustrado. Não adianta. Já tentei varar a noite, como o fazem muitos intelectuais, mas não adianta.

– Oxe, doutor Rosenberg, tome um uisquinho antes de escrever. Vai te relaxar e ajudar a fluir as palavras. Já tentou?

– Já, mas não adianta, não. Não gosto de beber tão cedo. Mas já tentei uma vez e não deu certo, só atrapalha. Acaba que fico com sono mesmo e depois tenho que vir aqui à cidade para trabalhar com meus clientes. Bebida só assim; antes do almoço para abrir o apetite.

Rosenberg diz isso com a voz já meio embargada do uísque que está bebericando há mais de hora. Paga a conta e oferece uma boa gorjeta a Harry, dá-lhe um tapinha no ombro e vai caminhando pela rua do Imperador e demais ruas desse bairro biscoito fino, Santo Antônio, para almoçar no restaurante Leite, ali nas proximidades da Ponte de Ferro. Dá aquela horinha prolongada, toma um cafezinho, faz uma pequena caminhada, para a digestão; e depois vai ali, dois quarteirões adiante, até a Cadeia de São José – a Casa de Detenção do Recife – para conversar com clientes, saber como estão. Em seguida, mais uma caminhada, cruza pontes e volta tudo até a rua do Imperador para, quem sabe, fazer turno no belíssimo Gabinete Português de Leitura, na perene busca de algum livro que o inspire. No fim da tarde volta à Lafayette, toma um uísque, conversa mais um pouco com Harry.

– E o livro já tem título, doutor Rosenberg?

– Opa! Ainda não tem. Mas já tenho ao menos três parágrafos escritos. Será uma sátira ao *Reichsführer* Heinrich Himmler e sua idiota seita de arianos chamada Ahnenerbe.

– Eita, que é chumbo grosso! Complicado, doutor – replica Harry, sorridente, sem compreender um milímetro da fala do advogado.

– Aposto que vai ter crítica ao capitalismo – comenta um amigo que sempre está naqueles mesmos horários de doutor Rosenberg.

– *Chutzpah*! Mas é claro, doutor Sampaio! Como dizia Fernando Pessoa, "o universo é um sonho de um sonhador infinito". O livro terá infinitas possibilidades. Principalmente a clara ligação entre os interesses capitalistas e seu consórcio com a súcia nazifascista.

– Eita que tu forçaste a situação. Falar nisso, acho que o principal teórico do nazismo na Alemanha se chama Alfred Rosenberg. Teu parente e nem sabes – responde doutor Sampaio, dando uma gaitada, ajeitando o colarinho de pontas arredondadas, estilo *club collar*, desses que, no fim do século XX, tornou-se raro e praticamente apetrecho apenas dos palhaços de circo.

– Eita, vou mudar de nome se isso for verdade! De qualquer modo, já percebeste que as grandes empresas alemãs, aquelas mais amadas por todos, Bayer, Krupp, Volkswagen, referendaram amigavelmente a chegada de Hitler em 33?

– Mas capitalista é assim mesmo, do limão ele faz a limonada. Sem falar que temos que dançar conforme a música.

– Eita, doutor Sampaio. Tu te revelas o verdadeiro capitalista liberal com esse individualismo tão próprio dos que pensam assim. Quando o colapso vem, como no *crash* de 29, os liberais dão as mãos aos fascistas ou nazistas, salvam a economia, mas criam o próprio apocalipse social. Digo "sem notar" porque ou apoiam facínoras como Hitler por pura "ignorância" ou por puro mau-caratismo. Anote, em breve veremos guerra e morte. Hitler e Mussolini só são o que são porque foram e estão sob o sustentáculo das elites liberais e do capital financeiro de seus respectivos países. No século XIX, as elites apoiaram os mais desprovidos monarcas, como foi o caso de Napoleão, do próprio Luís Napoleão e de tantos outros que subiram à condição de soberanos sob a benção das elites liberais. Meu caro doutor Sampaio, Hegel, o pai da dialética, uma vez disse que: "todos os grandes fatos e personagens históricos mundiais aparecem, por assim dizer, duas vezes". E Marx completou que isso ocorre, essa repetição diabólica, "a primeira vez como tragédia e a segunda como farsa".

– Eita, bicho exagerado!

– Exagerado, nada! Leia sobre a composição da "Lista Nacional" italiana liderada por Mussolini em 1924. Lá você verá o Partido Liberal Italiano de Giovanni Giolitti e o Partido Democrático Liberal de Vittorio Emanuele Orlando. Nunca te esqueças: liberais sempre ajudam os fascistas no dia D e na hora H. Lembra-te disso. E sob o fascismo, o rei não é maior que o rei. O rei da Itália é Mussolini e o da Alemanha é Hitler.

47 – Cai no frevo, Rosenberg!

Naqueles dias de carnaval, Rosenberg se apronta feito um lorde e se prepara para festejar a semana inteira. Naquela manhã de segunda-feira, recebe doutor Zago, estão sentados a conversar sobre judia fantasma e negrinho do pastoreio. De vez em quando seu pensamento viaja, pensa que à noite vai ao Clube Internacional, irá todo emperiquitado com seu smoking branco, já sabendo que na madrugada estará sem gravata e sem fato, ele que é daqueles que não têm vergonha de cair no frevo e no fervo do carnaval recifense. Esses pensamentos viajam até o último sábado de Zé Pereira, há dois dias atrás, quando vestiu sua fantasia de pirata, calçou uns borzeguins antigos, saiu às seis da manhã, sol pleno, arrodeou todo o Poço, atravessou o oitão da igreja de Casa Forte e embrenhou-se pela Estrada do Encanamento, aquela avenida com a tubulação que leva água do açude do Prata até as casas da cidade. Doutor Zago conta aquelas histórias do Sul, doutor Rosenberg relembra tudo daquele dia de Zé Pereira, quando chegou na avenida Rui Barbosa e ficou a esperar os primeiros bondes do dia, rumo à praça da Independência, onde o povo já se concentrava para os blocos. Sem falar do corso carnavalesco, ainda fraco nessa hora em que os ricos até então não despertaram e nem abriram as primeiras ampolas de lança-perfume. Ele cantou um pouco as primeiras marchinhas que se erguiam da multidão, ainda pequena e desanimada, e depois deu uma passadinha, como de costume, no Lafayette – lotado por sinal. Foi ali tomar umas e outras e cair no passo, como dirá José Mário Chaves numa futura canção de carnaval, famosa até hoje. Rosenberg, metódico como era, executava a mesma rotina todo ano, fosse no carnaval, fosse em qualquer festa do calendário católico: saía cedo de casa para primeiro conversar no Lafayette sobre o sentido da festa e depois viver a festa em si. No carnaval, ele, todo santo ano, discutia a origem romana da celebração e como isso fora absorvido pelo cristianismo. Na Páscoa, gostava de discutir com seus colegas de Café se Jesus havia ou não ressuscitado. Dizia que Jesus não morrera na cruz e que tudo não passou de encenação:

– Vocês não veem que a história da cruz foi criada para causar impacto proselitista? Controle das massas, companheiros!

Vinha com essa fala e, por isso, era tido como herege; mas depois lembravam-se da tão repetida, em verso e prosa, "ascendência asquenaze" e acabavam por repetir baixinho entre si:

– Oxe, isso aí é porque ele é um filho de Abraão. Daí essas ideias heréticas alopradas. É tão judeu que, como dizia padre Vieira, pelo costume se não sente. Herege mas não sabe.

– Sem falar que é comunista! – cochichava outro.

Mas naquele dia de Zé Pereira de 37, Rosenberg encheu a cara mais do que o normal, pulou até o pôr do sol, entrou em diversos blocos líricos e acompanhou o desfile de diversos corsos. Ficou horas se divertindo no Bloco das Flores e depois no Andaluzas em Folia. Nas fantasias, a recorrência é desses personagens da *commedia dell'arte*: o espertalhão Arlequim, com sua roupa de losangos; o rico Pantaleão, de roupa vermelha e roupão preto; o pobre Pierrô de cara branca; e seu amor, a refinada e mascarada Colombina. As pessoas todas fantasiadas cantavam e dançavam a marchinha de Noel e Heitor, o triângulo amoroso entre os personagens prediletos do carnaval de rua:

> *Um grande amor tem sempre um triste fim*
> *Com o Pierrô aconteceu assim*
> *Levando esse grande chute*
> *Foi tomar vermute com amendoim*

No meio da folia, Rosenberg acabou por reconhecer caras e corpos do Chanteclair, fantasiadas de colombinas e pastorinhas. Dentre elas, tomou uma polaca de há muito conhecida, Natacha, praticamente namorada. Dançaram por um tempo, de mãos dadas primeiro e depois grudadinhos, entraram num beco apertado e se acabaram no agarra-agarra, no esfrega-esfrega, nas mãos bobas permitidas, no bole-bole de ambos os lados. Para evitar maiores problemas com a polícia, que certamente prenderia o casal por desacato à ordem pública, disse algo no ouvido da garota e depois saíram, como quem não quer nada, atravessando a ponte Maurício de Nassau até o centro velho.

– Vem, meu doce de coco, que aqui no Chanteclair minha patroa arranja quarto fácil, fácil para um cliente antigo como tu – propôs Natacha, com seu sotaque carregado.

Nesse caso, Rosenberg se derretia todo e sempre repetia para a amada que ele era um homem muito racional, mas que Natacha o havia subvertido.

– Você deu um coração à minha lógica – dizia doutor Rosenberg.

Chegam ao grande cabaré da cidade, o Chanteclair, bem do lado de uma das mais belas igrejas do Recife, a Madre de Deus. Chanteclair de fachada extasiante, com arquitetura eclética de inspiração barroca. Chanteclair de velhos ricos e figuras azêmolas, de jovens alegres e bêbados inveterados, alguns de smoking, outros de fantasia carnavalesca. As damas, todas nos mais lindos vestidos, maquiadas como deusas. Algumas dançam ao som do blues de Ma Rainey, outras sentam-se no colo de clientes. Outras, menos tímidas, explicitamente batem punheta para algum velhote. Há os educados e, também, naquela época de carnaval, alguns malditos com taras escancaradas. O ambiente é limpo, aconchegante, um cabaré à moda antiga, daqueles de Paris do século XIX, como os cantados em "La Traviata": é praticamente possível ouvir um som surdo de coro a dizer *"ben diceste – le cure segrete / fuga sempre l'amico licor"*. Rosenberg e Natacha passaram ao largo do Bar Gambrinus, no térreo da edificação, aquele cujo slogan é: "a casa que mais chopp vende em Pernambuco". Subiram as escadarias, entraram no salão principal do cabaré. Ela então sumiu por uns instantes para falar com a proprietária. Depois reapareceu, puxou o advogado pela gola da camisa, subiram umas escadinhas até onde ficavam os quartos do estabelecimento. Daí em diante, vários minutos de sexo selvagem. Depois descansaram suados, corpos nus, um em cima do outro a olhar para o teto de pinturas rococós. Natacha acendeu um Marlboro, *"the ladies' favorite"*, de uma das muitas carteiras importadas – presenteadas por marinheiros dos Estados Unidos – que guardava na mesinha de cabeceira. Vai compartilhando o fumo com o amante, os dois se deleitando nessas conversas que só ocorrem no pós-coito. Natacha, que Rosenberg não via já há um bom tempo, lembrou-lhe que ali estava uma que realmente era boa de cama, mas também de papo. Conversaram tantas coisas. Ele, os causos da juventude. A velha época em que esnobava nos cafés, colocando Beethoven no gramofone alheio para mostrar que entendia de música sinfônica. Ela, a infância em Varsóvia. Contou-lhe que também tinha um pezinho no sangue judaico; mas, ao que sabia, seu bisavô era um asquenaze que se convertera ao cristianismo.

– Opa! Teu avô se parece então com Mahler, que largou o judaísmo sem cerimônia alguma...

Já que ela lhe falou da infância, Rosenberg igualmente não tinha vergonha de gastar saliva contando tudo sobre si mesmo, incluindo os traumas do passado. Depois abandonava a infância e passava a assuntos completamente diferentes, as histórias que lhe passavam pela cabeça naquele instante:

– Tem alguns anos, fui ao médico fazer exames de rotina. Ele me apalpou, deu uns soquinhos ao redor de meu ventre. Passou minutos ouvindo os soquinhos dados no lado direito. Achou estranho porque, segundo ele, havia um som mais "oco" do que o normal. Perguntou-me se eu costumava tomar banho de rio, ao que respondi que "sim, claro, no Capibaribe, sou do Poço, meu senhor, não vivo sem os banhos terapêuticos". E então ele veio com uma história de que muito possivelmente eu estava com esquistossomose...

– O quê?

– Esquistossomose. Uma doença que se pega de verme. Verme do caramujo.

– Verme do caramujo? Essa eu não sabia – comentou Natacha, pitando as últimas cinzas do Marlboro num pequeno cinzeiro de vidro que estava na mesinha de cabeceira.

– O médico pediu-me radiografia e outros exames caríssimos. Gastei um senhor dinheiro... e, qual o quê, não era nada. Nunca mais voltei no idiota. Valha! O sujeito encasquetando que banho no Capibaribe dá verme. Insulto ao nosso rio maior, sacrilégio dos sacrilégios!

Natacha riu-se a valer, já remexendo a pitoca do advogado em busca de nova rodada de prazer. E Rosenberg acabou dormindo por lá mesmo, assim como muitos marmanjos que passaram o Zé Pereira na gandaia. Voltou para casa no domingo cedo, mas não tão cedo, a tempo de passar ao lado do Santa Isabel e ouvir a Sinfônica tocar um trecho de alguma das Bachianas de Villa-Lobos.

E agora, naquela segunda de carnaval, enquanto atende doutor Zago, pensava em Natacha. O instante em que estava de corpo presente e espírito ausente. Sua vontade era de voltar ao Chanteclair e propor casamento à namorada – que era ao mesmo tempo a puta de todos os ricos da cidade. "Ah, minha polaca, galega fogosa!", pensou entre uma e outra conversa. Ele, apaixonado por ela. Ela por ele. Mas é caso complicado. Nunca se casarão: ela é apaixonada, mas só quer saber de viver no cabaré. E ele nunca saberá que há uns dois anos ela engravidara dele, mas abortara logo que soube. Depois disso, esconde-se do amante simplesmente porque tem medo de que ele descubra. Na cabeça dela, ele não sabe, nunca saberá, mas desconfia. Só que ele sabe. E agora pensa nisso, junta peças. Por um tempo chegou a odiá-la mais do que tudo no mundo! Depois que descobrira por uma amiga dela de cabaré que realmente houve um Rosenberg Júnior, um que não veio. Nunca odiara tanto alguém. Mas dizem por aí que odiar, no final, é amar que só, é amar pra valer. E agora ele bem que queria se casar com ela. E ela com ele. Mas nenhum dos dois sabia desse propósito. E tudo ficava desse jeito mesmo: foda circunstancial de cabaré. Ao menos ela não se importava quando ele levava aquele disco do "Apollon Musagète" de Stravinsky e colocava na radiola do quarto de manhãzinha. Ele comentava sobre aquela música de forma tão apaixonada... e ela apenas ouvia, com cara de sono, por pura obrigação.

Doutor Rosenberg ficou cavalgando por certo tempo nesses pensamentos de carnavais e em Natacha terminando o cigarro, baforando aqui e acolá, sonhando acordado, até que doutor Zago finalmente expôs sua pretensão:

– Mas e então, fechamos contrato?

– Ah... claro que sim! Onde eu assino?

E foi então que ele firmou acordo para advogar em nome de José Tibúrcio Gomes da Silva, aquele conhecido por todos como Zezé.

48 – Seu Manel, doutor Sampaio e doutor Rosenberg: Lafayette I

– Pasteis de nata servidos em porcelana Vista Alegre – diz seu Manel Pedro, o português do casario da rua da Aurora, a comer seus pasteis no Café Lafayette. – Parece até que estou em uma tasquinha de Lisboa... quem foi o gajo ou a gaja que fez estes pasteis? Estão divinos! E, pois, pois, antes que me esqueça, que fique registrado aos gajos aqui presentes, ontem o cavalo mais querido de toda Recife, Palomito, ganhador de torneios mil no Jockey, morreu de morte morrida. Estive até hoje, até quase o momento presente, a chorar tal perda. Triste: foi sacrificado em sua fazenda natal depois de ter um osso da perna partido de queda mal caída.

– Eita, que pena! Agora a Inês é morta, não tenho mais em quem apostar... – diz um dos comensais, o sempre presente doutor Sampaio.

Doutor Rosenberg está na mesma mesa, a comer empadinhas e outras miudezas, quieto, concentrado em debulhar sua refeição matutina.

– Em Portugal, sabes que essas comidinhas são típicas da ementa de nossas famosas tascas e tasquinhas? Bolinho de bacalhau, porção de sardinha, punheta de bacalhau, patanisca e tantas outras coisinhas tão gostosas.

– Na Espanha são as tapas – comenta doutor Sampaio.

– Pois, pois...

– Na Espanha estive entre tapas e beijos e espanholas – diz sorrindo, repentinamente doutor Rosenberg. Ele, que até o momento, estivera calado. – E diga-me, seu Manel, por que será que "Inês"?

– Como assim? Inês? Que Inês? – sorri doutor Sampaio, sem entender.

– Essa Inês de a "Inês é morta".

– Mas, pois: demolhe-se o tremoço em várias águas que é história longa! Não conheces a história de Pedro e Inês de Castro? É daí que vem – interpõe seu Manel.

– Ah, sim, sei qual. Banho de sangue – relembra doutor Rosenberg.

E lá vai seu Manel a contar os detalhes, naquele seu jeito palrador, dizendo que os dramas mais suicidas de Shakespeare não são páreos para o episódio de tragédia romântica que foi a história de Inês de Castro. Conta ele que o príncipe Pedro, recém-casado, enamorou-se da dama de companhia da esposa. A dama, uma aia galega formosíssima, a tal Inês de Castro, correspondeu às investidas do príncipe e os dois escandalosamente se tornaram amantes a céu aberto. Assim que a esposa de dom Pedro morreu, príncipe e aia fugiram para um castelo em Coimbra.

– Naquela época dos anos 1300, príncipe não se podia casar com outra que não nobre de mesmo escalão. Inês de Castro tinha até parentesco com a dinastia vigente; insuficiente, no entanto, para um casamento de tal quilate. O infante dom Pedro era um desses que estava pouco se lixando para tais convenções da nobreza lusitana. Os amantes tiveram filhos, pareciam felizes, mas logo o pai de Pedro, o rei dom Afonso, mandou capangas para que degolassem Inês, morta friamente quando o amante Pedro se ausentou do castelo. Morta, pois, e banho de sangue. A quinta das lágrimas, em Coimbra, é aquela fonte de água, diz-se, de onde fluem as lágrimas de Inês. E, com a Inês morta, desvaneceram-se os sonhos de dom Pedro, príncipe de Portugal – diz seu Manel a enxugar uma lagriminha. – É daí que vem, pois, o "agora a Inês é morta".

153

Doutor Rosenberg, que não queria se fazer de pouco douto, logo foi dizendo, de cor e salteado:

– Pois bem, depois de morta, Inês foi rainha, rainha póstuma que posou nos versos de Camões:

> As filhas do Mondego a morte escura
> Longo tempo chorando memoraram,
> E, por memória eterna, em fonte pura
> As lágrimas choradas transformaram.
> O nome lhe puseram, que inda dura,
> Dos amores de Inês, que ali passaram.
> Vede que fresca fonte rega as flores,
> Que lágrimas são a água e o nome Amores.

– Tens lata a granel, meu caro. E ninguém se enfada contigo. Estou a rir-me desses teus pulos e liames que fazes, seja o assunto que for. E do quanto consegues memorar de cabeça tanta poesia, senhor doutorzinho. Pois digo a quem quiser saber! Recitaste "Os Lusíadas", do patrício Luís de Camões. E também vos digo que Mondego é o principal rio da douta cidade de Coimbra, o rio mais cantado nos versos de Portugal. Causas-me sempre admiração, meu caro senhor; pago-te, pois, a próxima chávena de café e as tasquinhas que quiseres – diz seu Manel, entre risos.

E, durante aquela manhã, muitos assuntos se desenvolvem, incluindo o acirramento de ânimos entre Rosenberg e Sampaio:

– Recife é diferente, Sampaio! Aqui nós temos locais que são cartões postais que outras cidades não têm!

– Tu e tua apologia do Recife, valha-me! O Recife de antigamente: bem melhor! Lembras-te daquele poema de Manuel Bandeira sobre a cidade? A mim é bem como ele descreve: Recife não é mais a cidade da minha infância, a cidade do meu avô. Agora é tudo sujo e feio.

– Eita cabra saudosista! Sobre o poema, lindo!, a bem dizer.

– Aposto que também sabes de cor.

– Sim, Sampaio, sei sim. O nome do poema é *Evocação do Recife*. Assim diz Bandeira, o saudosista:

Recife
Não a Veneza americana
Não a Mauritsstad dos armadores das Índias Ocidentais
Não o Recife dos Mascates
Nem mesmo o Recife que aprendi a amar depois
– Recife das revoluções libertárias
Mas o Recife sem história nem literatura
Recife sem mais nada
Recife da minha infância
A rua da União onde eu brincava de chicote-queimado
e partia as vidraças da casa de dona Aninha Viegas
Totônio Rodrigues era muito velho e botava o pincenê
na ponta do nariz
Depois do jantar as famílias tomavam a calçada com cadeiras
mexericos namoros risadas
A gente brincava no meio da rua
Os meninos gritavam:
Coelho sai!
Não sai!

– Eita coisa linda! Coelho sai, não sai. Brinquei tanto disso! – comenta doutor Sampaio, olhos meio emocionados.

– Lá pelas tantas, Manuel Bandeira termina o poema do jeitinho que mencionaste, o Recife do teu avô, o Recife de há muito tempo:

Recife...
Rua da União...
A casa de meu avô...
Nunca pensei que ela acabasse!
Tudo lá parecia impregnado de eternidade
Recife...
Meu avô morto.
Recife morto, Recife bom, Recife brasileiro
como a casa de meu avô.

Seu Manel dá de ombros, lambe os dedos depois de terminar o seu pastel de nata e comenta:

– Deixai-me comentar algo sobre vossas discussões sem rumo: Recife é uma cidade interessante, a mim não há dúvida. Mas é só uma cópia de Lisboa, meio malfeita, diga-se de passagem. Os casarios, as alamedas, os bondes, os trajetos: todos muito bonitos, não se há de negar. E as comidinhas que há na cidade são singulares e, pois, pois, bem peculiares. Mesmo as que tentam imitar as portuguesas. Por exemplo, esses pasteis de nata do Lafayette são muito bons. Tentam imitar os de Belém de Lisboa, sem muito sucesso, mas são peculiares, com cara de Recife. Os de Lisboa são melhores, não há o que discutir, eis meu veredicto final, anote-se. E, caros gajos, camaradas de prosa e arengas, há que se emendar o óbvio, não me negues, por obséquio, o adágio: quem não viu Lisboa, não viu coisa boa.

– E o que eu digo é que quem não gosta da Segunda Sinfonia de Brahms já morreu por dentro – comenta Rosenberg, aleatoriamente, sobre aquele assunto totalmente sem lógica, dito de propósito só para contrastar com o que seu Manel acabara de dizer.

– Eita bicho exagerado! Todo mundo sabe que a Quarta de Brahms é melhor e que a Segunda é só uma obra menor.

– É o que eu digo, doutor Sampaio: morreste por dentro – diz Rosenberg, rindo-se sem parar.

49 – Seu Manel, doutor Sampaio e doutor Rosenberg: Lafayette II

– Eita, doutor Sampaio, tu és a distorção em pessoa quando o assunto é índio! Até parece que vives na época do Brasil colonial de muito tempo atrás, quando criou-se o mito do "bom selvagem": o índio "subserviente", "colaborador" e "passivo" aos interesses do branco colonizador, tupi; e o "mau selvagem", o guerreiro rebelde, tapuia.

– Tu és quem distorces o que eu digo, meu caro doutor Rosenberg. Não sou contrário aos índios. Eles são até o símbolo da nossa nação. O que quis dizer é que acho que os índios mais rebeldes, aqueles do interior, tinham que morar num campo de trabalho, aprender sobre a labuta diária – comenta doutor Sampaio, depois de mostrar a capa do Diário sobre uns índios do interior a fazerem revolta no centro do Recife.

– Campos de trabalho? Dizes isto e nem piscas? Pintaste sobre ti uma *façade* que não esconde nunca este fascismo não contido.

Em seguida, doutor Rosenberg elucubra sobre as pinturas que o holandês Eckhout fez em Recife, lá pelos idos de 1640, mostrando os tupis como índios "bondosos" e os tapuias como selvagens "desalmados". E que Eckhout fora o primeiro pintor europeu a ter contato direto com as tribos indígenas; e que ele, assim tal qual toda a classe mais ou menos douta até os dias de hoje, rendera-se às concepções e aos preconceitos mais vis preconizados pelos seus pares de então.

– Essa palavra, "tapuia", por exemplo, é um termo pejorativo criado pelas tribos tupis do litoral para descrever os índios das tribos inimigas mais "odiosas" do interior – continua doutor Rosenberg. – "Tapuia" quer dizer "os fugidos da aldeia", interpretados pelos europeus da época do descobrimento como as tribos "bárbaras". No entanto, havia e há tantas tribos no interior! Diversidade incrível, impossível escalá-las todas neste único ramo pejorativo de "tapuia": há o ramo macro-jê, há os cariris e tantos outros. Impossível classificá-las tão simploriamente como queriam os portugueses colonizadores. Bom ou mau selvagem é só um mito de antigamente, que resgatas como se não fosse tema absolutamente hodierno. Uma construção colonial ignorante e preconceituosa. "Maus selvagens" foram simplesmente aqueles que não aceitaram a cultura exterior alienígena. E por isso foram exterminados. Até hoje são exterminados!

– Eckhout? Eita, tu puxas o assunto ao Brasil holandês! Trezentos anos atrás, haja anacronismo!

– Agora queres empurrar o anacronismo para o meu colo? Esse exemplo das pinturas de Eckhout é tão somente a origem da visão deturpada que segue até hoje. Se for para citar autores mais recentes, vide o quanto a literatura de escritores exagerados, tais quais Gonçalves Dias, idealizaram o índio da maneira errada. Veem os índios como seres do passado, idealizados em guerreiros quixotescos que nunca sequer tiveram contato com o europeu. Arralá! Nem uma coisa nem outra. Os índios, não sabemos quem eles são, meu caro Sampaio! Mormente nós, seres urbanos que nunca saíram de suas ilhas citadinas.

Entraram no Café, lá pelas tantas, umas jovens muito bonitas e bem-vestidas. Doutor Sampaio já as conhecia de vista e, quando as via no Lafayette, sempre comentava:

– Essas francesinhas! E aquela mulata, que doce de coco, meu pai!

Doutor Rosenberg respondia sorrindo:

– Oxe, não a chame de mulata que é termo pejorativo, que vem de mula, sabia? E, por favor, nunca usem o termo "judiar" que esse tem a ver comigo, se é que me entendem!

– Rosenberg, tu és mesmo um desses dândis intelectuais deslumbrados, metidos a besta – ri-se doutor Sampaio, enquanto seu Manel, quieto, meio sério, permanece meio amorfo às arengas de seus dois companheiros.

– Eita, e aquelas ali não são francesas, não, Sampaio. Só fingem ser. Para dar charme. Leques e sotaques. Na verdade, são judias polonesas que trabalham nesses prédios *chics* da rua Nova ou do Recife Velho. Ou tu não conheces Natacha, minha namorada?

– Só tu mesmo, doutor Rosenberg, a ter namoradinha puta. Mas pois! – comenta jocosamente seu Manel.

– Respeitem a história dessas polacas sofridas, que vieram de além--mar traficadas por cafetões de luxo, importadores de "mão de obra" estrangeira em busca de lucro fácil. Inventaram essa história de "francesinhas" para que os ricos do Recife paguem caro pelo encontro carnal com uma "cortesã" do tipo dama das camélias de Dumas. A experiência de se "viver" dentro da ópera La Traviata. Já conheci um par delas que morreram de tuberculose e, por serem judias, cortesãs e pobres, foi-lhes negado o direito de enterro em campo santo. Já travei pequenas batalhas judiciais, vencidas a certo custo, para conseguir-lhes jazigo no Cemitério dos Ingleses. Até cruz de Israel coloquei em seus túmulos: enterro simples, mas com a presença das amigas de cabaré e eu a rezar o *kaddish*. Nessas horas, o cafetão-mor nunca aparece. Serve mesmo só para explorá-las até a última gota. E assim é a vida, meus camaradas: a luta de classes existe até dentro do puteiro.

Parte VI
O pão que o diabo amassou

50 – Casa de Detenção do Recife

Zezé está a pique de perder qualquer esperança. Medo, raiva, melancolia e solidão são termos pouco precisos para descrever os sentimentos que regiam sua vida de cinco meses embiocado dentro daquele cárcere. A imponente, clássica, imperial, pensilvaniana Casa de Detenção do Recife, a do bairro de São José, é pequena demais para o tanto de gente que abriga. Na pequena cela de Zezé há cinco detentos, todos a esperar julgamento. A demora lhes dá uma impressão de total abandono, a sensação de que foram para sempre esquecidos. No início, um parto. Agora, na falta de outra opção, Zezé tolera a presença, as conversas, os incômodos, a catinga. "Tem gente boa e gente que quer dar uma de chefe", pensa sobre os vizinhos de cela e sobre os pouquíssimos conhecidos e muitos desconhecidos.

– Os que querem ser chefe usam métodos vergonhosos, visse? Os guardas fazem vista grossa, dizem que nada podem fazer e não sei o que mais lá… – explica Zezé a doutor Rosenberg quando recebe a visita do advogado.

Ali dentro, o rapaz do interior presenciara desde a surra em quem ousasse ser maior do que os chefes autoescolhidos por força bruta e seleção natural até a tortura psicológica imposta pelos bandos – cães de guarda dos chefes – que criam o terror e, por isso mesmo, a obediência. Guardas, há os que são esforçados e justos. Mas, na visão de Zezé, a grande maioria não tem escrúpulos: qualquer sorrisinho de preso é motivo de suspeita a ser punida com coronhadas, tabefes, pauladas, chutes, pisoteios.

Sentado, dia e noite: eis a rotina. Seus companheiros mais caros são os pensamentos nas filhas, na esposa e na mãe. Solidão e tristeza às vezes são quebradas por aquela fugaz trégua do banho de sol, momento de ouvir histórias dos outros presos – daquelas em que todo mundo se acha inocente e todo mundo duvida da inocência do companheiro.

– Ah, qual é, amiguinho! Vai dizer que mesmo depois de agredir policial ainda é inocente? – riam-se alguns, quando ele inventava de contar por que está ali, a absurda acusação de que ameaçou a vida de policiais.

Não raro pergunta-se: "Cadê padre Bento? Cadê doutor Zago?". Pois nunca apareceram. Da família, a esposa vem sozinha visitá-lo todo mês. A viagem é longa, não dá para vir toda semana. Por ele e por ela seria assim, toda semana. Mas é impossível. As crianças nunca vieram e ele só sabe delas pela boca de dona Eunice. E sua mãe, dona Naná, planeja vir, do que soube, mas parece que estava com um problema nas pernas, por causa de uma dessas quedas terríveis temidas por toda gente de idade.

Zezé vive encangado com um gordo mal encarado a quem eles chamam "Zé Galo". Não estão na mesma cela, mas se encontram todo dia no banho de sol. Zé Galo não é chefe de nada, não serve a ninguém, e ninguém mexe com ele, porque de certa forma é temido. Há os boatos mais insólitos de gente que jura de pé junto que Zé Galo é o chefe dos chefes e que comanda toda a cadeia, inclusos guardas e o diretor. Outros ainda dizem que foi, há mais de década, um dos primeiros cabras de Lampião. Ninguém sabe direito o que é verdade, ninguém sabe direito o que é mentira.

Um dia Zé Galo chega com conversa diferente. Estão caminhando ao longo do traçado radial panóptico da construção, no segundo pavimento de três, para descer ao térreo, rumo ao lado de fora, rumo ao banho de sol. Caminham seguindo as paredes da construção, de cantos arredondados, tentam um local mais isolado. Zé Galo vem com a história maluca de que Zezé é mosca morta, de que algum dia desses ele levaria uma surra bem dada de uns detentos – uns ex-capangas dum certo coronel de São Caetano da Raposa –, de que ouvira falar da história do protesto indígena e de que soubera que Zezé, partícipe, estava ali na Casa de Detenção.

– Tô aqui te avisando porque fui com tua cara, Zezé. É pra tomar muito cuidado com esses cabra, visse? O líder é aquele caboco ali, ó, Crispino. Um grande fia da puta, cego de um olho, Lampião cuspido e escarrado, mas sem dignidade. Veja só, esses aí são de São Caetano mas têm ligação com a jagunçada e com os coronéis do alto Sertão. Um bando de cagueta filha da puta. Dizem, um passarinho me contou, que tem um certo coronel lá de Confeitaria que pediu pra lhe dar uma lição. E eu vim conversar contigo pra mode oferecer proteção, se quiser.

– Me proteger? Pronto! Tacabixiga! Mas cabra… e isso tem preço? – pergunta Zezé, de olhos arregalados.

– O que é que tu sabe fazer, hómi?

– Oxe, eu?

– Sim, cabra. Fale logo que senão a criança nasce antes do tempo.

– Minha mãe é benzedeira… eu também sei benzê um pouco.

– Então tu vai ser o benzedeiro oficial do nosso grupo. Já tenho até macumba que quero lhe encomendá. Dizem por aí, dos ditados que se aprende na caatinga, que é preciso fazer do marmelo marmelada, da mandioca a tapioca, do caju a cajuína. Tu vai fazer de tua macumba o meu corpo fechado. E tem mais, meu amigo. Tu sabe fazer aqueles bonecos de pano pra jogar praga em alguém?

– Eita, isso aí eu não faço, não. Mas sei fechar corpo.

– Diga uma coisa que quer muito. Dou um jeito de te arranjar. Cigarro, muié, cachaça...

– Hum... cinema! Quero cinema, visse? Nunca fui. Dizem que é bonito.

– Eita, porra! Cinema? Aí tu me complica. Assim na doida num dá. Oxente, diga outra coisa.

A partir dessa conversa e dessa história contada por Zé Galo – a de que tinham encomendado a morte de Zezé, que até hoje ninguém sabe dizer se é verdade ou mentira – é que ele virará protegido oficial e, enquanto Zé Galo ficar por ali, ninguém nunca tocará num único fio de cabelo de Zezé.

51 – Vovó Naná se junta com os índios no catimbó de umbanda

Dez da noite e Comadre Florzinha ainda está dormindo. O catimbó caboclo é brabo lá pelas bandas do bairro dos Coelhos. Na casa de umbanda, vovó Naná está a dançar sua dança de Iansã. Ao seu lado, um índio sobrevivente do Brejo de Umuarã está a apitar o apito. É o filho mais velho do pajé Indiozão, que agora também se diz pajé e autointitula-se igualmente Indiozão. Tinha ido morar em Recife e agora hospedava-se na casa de vovó Naná. Depois de muito aperreio, ela, Eunice e Carolzinha finalmente saíram de Confeitaria. Águeda, enfim, morrera uma morte triste da qual ninguém quer se lembrar.

– Venha participar da dança ritual com o povo da mesa branca – diz vovó Naná ao Indiozão, pois sabe que a participação de um índio pode abrir caminhos, aumentar o poder dos Santos, excomungar as injustiças dos homens.

Para um branco católico – ou ao menos para o brasileiro da elite que se acha branco sem ser –, para um evangélico, ou mesmo para um espírita seguidor de Allan Kardec, aquilo é só puro catimbó, macumba, satanismo, feitiçaria. "Arralá, que macumba!", dirão. Mas para os de mente aberta, estamos diante de uma celebração digna, das cores e dos credos – embora algum desavisado possa achar que seja salada confusa: alguns dançando os ritos de candomblé enquanto outros absortos em seus hinos mestiços; e há ainda aqueles em marcha de guerra indígena. Todos no ritmo do atabaque em línguas diferentes, tupi ou nagô, a conversar a mesma coisa: a brasilidade. Brasilidade cafuza, cabocla, legitimamente não-branca: brasilidade.

Um político que gostava dessa história de cerimonial umbandista, e que participava da reunião com vovó Naná, defendia, na Câmara de Vereadores, para quem quisesse ouvir, que umbanda era tão religião quanto todas as outras. E que "mandinga" era uma palavra mal empregada, já que tratava-se de denominação dada pelos portugueses a toda a costa ocidental da África. Os navegadores lusitanos de outrora consideravam feiticeiros os africanos habitantes da localidade, pois parecia mágico que os nativos indicassem com tanta facilidade onde estava o ouro na região. "Mandinga" virou sinônimo de bruxaria pelos motivos mais exagerados.

52 – Conversas de cadeia

A Casa de Detenção do Recife tem um pórtico triangular, estilo romano, que dá para o cais ao lado da Ponte Velha. A entrada do estabelecimento tem um portão principal centralizado entre duas colunas de pedra, que permite o acesso à estreita porta arqueada da ala administrativa. Esta termina num grande pavilhão de teto abobadado que se trifurca nas grandes alas retangulares de três pavimentos – em que ficam as celas dos detentos. O pavilhão central segue essa organização cujo princípio básico é o de centralizar a vigilância das celas. Cada cela, que deveria abrigar cinco ou seis presos, empanturra-se com quinze a vinte, aglomerados, dormindo um por cima do outro.

Num dia de sol escaldante, lá vai Zezé e o amigo Zé Galo a conversarem de tudo um pouco.

– Oxe, o problema desse país é a corrupção.

– Acho não, Zé Galo. Acho que o problema é que tanto os ricos quanto essa gente de nome importante querem ser mais que todo mundo. O problema é a trapaça, me'irmão. Um bando de trapaceiro. Oxe, tá na cara que é.

Zé Galo é de Barreiros e vive contando histórias sobre o lugar.

– Minha filha, Jaqueline, veio de Barreiros dia desse mode trabalhar em Recife para dona Lindalva. Oxe, vê se entra na cabeça: essa dona Lindalva é mulher do prefeito de Barreiros e mora no Recife numa mansão! E mora sozinha, vê se pode uma coisa dessa. Ela só vai pra Barreiros muito de vez em quando. O marido é corno e nem sabe. E Jaqueline veio trabalhar pra essa dona e só se fodeu. Agora tá presa!

– O que aconteceu?

– Minha filha foi presa, olha só que absurdo da porra, foi presa porque foi levar o cachorro da patroa pra passear e deixou meu neto, Carlinhos, na casa da dita cuja. Fica lá naquela avenida da praia do Recife.

– Boa Viagem?

– Isso, na praia da Boa Viagem. A patroa, uma filha da puta de primeira, foi fazer as unhas e deixou Carlinhos, que só tinha quatro anos, sozinho no calçadão da praia. O menino atravessou a rua e foi atropelado. Morreu na hora! – conta Zé Galo enquanto chora feito criança. – Oxe, a patroa se safou bonitinho e minha filha hoje tá na cadeia agrícola de Itamaracá, na ala feminina. Acusaram Jaqueline de ser leviana e omissa. Onde já se viu, seu menino! Hoje ela tá lá servindo comida e sendo comida pelos guardas. Que raiva da porra dessa dona Lindalva! – completa o amigo de Zezé, enxugando as lágrimas, espumando e contendo a voz alta para não chamar a atenção da vigilância.

– É o que eu disse: trapaça.

Um dia Zezé contou a doutor Rosenberg a situação de Zé Galo e a história triste do netinho falecido. Doutor Rosenberg disse que tudo isso era por causa do compadrismo. Que os ricos e gente de nome costumavam se apadrinhar uns com os outros, sempre se safando de crimes e demais fuleragens. E que uma situação similar levaria preto e pobre para a cadeia. Zezé escutava essas preleções de doutor Rosenberg calado, tentando decorar umas palavras bonitas para depois repeti-las para Zé Galo.

53 – Seu Manel, doutor Sampaio e doutor Rosenberg: Lafayette III

– Gajo, digo-te com todas as palavras: índio não sabe falar nossa língua pátria – diz seu Manel, palitando os dentes, tomando uma cervejinha. – Isso há muito que já nos dizia Pero Magalhães de Gândavo. Mas, pois, com as próprias palavras daquele patrício historiador, tenho-as aqui comigo nesse papelzinho, anotação que fiz ontem mesmo no Gabinete de Leitura Português: "A língua de que usam pela costa carece de três letras, convém a saber, não se acha nela F, nem L, nem R, coisa digna de espanto, porque assim não tem Fé, nem Lei, nem Rei: e desta maneira vivem desordenadamente".

– Eita que seu Manel é muito preconceituoso! Pegou uma fala de quinhentos anos atrás para justificar seu ódio por índio. Anacronismo, seu Manel. Fé, Lei e Rei nem têm aplicação mais nos dias de hoje. A Fé matou, as Leis mudaram e hoje a maioria das nações nem tem Rei – responde Rosenberg.

Passam um tempo conversando sobre o tema e depois mudam muitas vezes de assunto. Seu Manel passando pelas comidas de Natal típicas de Portugal: rabanadas, o Bolo Rei, pasteis, entre outros, principalmente os itens que experimentara na Confeitaria Tavi, da cidade do Porto – algumas vezes também chamada de "Confeitaria da Foz", por estar localizada na foz do rio Douro.

– Tu sabes que o Bolo Rei, essa delícia do Porto, foi criado como que numa homenagem aos Reis Magos. Quitute da época natalícia, doce que é bandeira do Natal, mas também da passagem de ano. Tem forma redonda, um buraco no meio, decoradíssimo: frutas de sabores e cores variadas. É bem por isso que homenageia os Reis Magos, por lembrar uma c'roa incrustada de pedras preciosas. Sei a receita, posso vos passar, se quiserdes.

– O que que há? Pois nos diga, já, seu Manel! – exorta doutor Sampaio.

– Pois bem, se é o que queirais, estou eu cá! Eis a receitinha básica: 1 quilo de farinha, 100 gramas de açúcar, 250 gramas de manteiga, 8 ovos, pitadela de sal, 600 gramas de frutas cristalizadas sortidas, figos secos especialmente, 400 gramas de uvas passas, 180 gramas de nozes, 170 gramas de amêndoas e se quiser ainda alguma outra fruta seca de seu gosto. No entanto, o ingrediente principal nem são estes, mas tempo! Há que se ter tempo, pois é receita demorada, mas preciosa. Primeiramente: as frutas precisam ser maceradas por, no mínimo, três dias em vinho do Porto. Precisarás fazer uma massa lêveda rica, uma massa mãe, fermentada já no dia seguinte. Agora, em um recipiente, juntes, pois, a farinha, os ovos, podes colocar líquidos diversos como vinho do Porto e cerveja preta. Vás misturando e criando a massa, amasses e comedidamente coloques mais líquidos se assim for necessário. Um bocadinho de leite ou quiçá alguma bebida. Juntes a massa mãe, continues amassando e depois botes a descansar por uma hora. Juntes os outros ingredientes e mais as ditas cujas frutas maceradas. Amasses novamente. E quando vossa massa estiver aparentemente lisa, aí está, temos o Bolo Rei. Botes a forma de coroa com o buraco no centro e podes colocar ao redor frutas cristalizadas grandes tais quais figos, tangerinas, abóboras… deixes levedar por mais 40 minutos e depois forno. No forno há de crescer e, portanto, podes decorar com quantos frutos quiseres. E, pois, é isto. Ah, sim: salpiques ao final com fios de ovos e também com açúcar refinado por cima. Aspecto de coroa ao final, fios de ovos à vontade, aspecto que tem pinta.

– Traga-nos um destes um dia, seu Manel! – exclama doutor Rosenberg.

– Mas, pois, há tempos não faço. E é este não fazer que é marca indelével de minha procrastinação. Quem sabe um dia, em vossa homenagem.

Depois mudam novamente de assunto, falam de cinema, dos *Tempos Modernos* de Chaplin, do *King Kong* de Merian Cooper e do recém-lançado *Jezebel*, com Bette Davis.

– Essas atrizes de Hollywood cortam o cabelo e deixam uma franjinha que muitos acham sensual. Eu acho só feio mesmo – diz doutor Sampaio, entre um ou outro trago.

– Oxe, menino, acorda pra cuspir! – diz o garçom Harry, enquanto enxuga uns copos. – Essa franjinha deixa a mulher um estouro de sedução!

– Opa! Também gosto de franjinhas, dão-me um frenético tremor. Mas cada um com seus gostos e cada lugar com seus nomes. Já perceberam que o que no Sul eles chamam "tiara", aqui em Pernambuco, chamamos "diadema"? – opina Rosenberg.

– Por que será?

– Não me perguntem. Não sei dizer.

54 – Seu Manel, doutor Sampaio e doutor Rosenberg: Lafayette IV

– Em Recife há Rosenbergs, Silverbergs, Schönbergs, Grünbergs – diz doutor Rosenberg, com o peito estufado.

– Eita que o bicho se orgulha desses "bergs"! Vez em quando está citando e recitando – diz doutor Sampaio, fumando seu cigarro de tabaco tipo exportação enrolado no papel por ele mesmo.

O encontro de seu Manel Pedro, doutor Sampaio e doutor Rosenberg é praticamente diário, já que os três chegam quase na mesma hora para tomar a merenda das dez no Café Lafayette, de cafés, salgados e coalhada.

– Faz três dias que não apareces, doutor Rosenberg. Andarás a ocupar-te amiúde de novos assuntos? Vi que hoje vieste com teu calhambeque.

Sempre que precisares, sabes que podes contar comigo. Sou bombeiro, não só fumador. Apago incêndios sempre que necessitares.

– Sim, seu Manel. Ah, meu Ford T, o senhor o conhece? Provavelmente sim, pois agora lembro que já conversamos sobre ele... nestes últimos dias, ocupei-me de assunto meio intranquilo. Ontem até estive por aqui por perto, no Recife Velho. Acabei comendo bolinho de amendoim com leite maltado lá nas Galerias do cubano, mas almocei em casa com *mami* e *tati*, trabalhar em casa depois. Ontem pela manhã, no Recife Velho, estava a conversar com colegas sobre um caso específico e complicado. O do preto Zezé.

– Que caso é esse? – pergunta seu Manel.

– Um rapaz que foi preso injustamente...

– Eita, conta-me outra, Rosenberg – diz doutor Sampaio a sorrir e a degustar sua coalhada.

Rosenberg conta rapidamente a história de Zezé, a versão que criara para si mesmo sobre o que se sucedera desde a manifestação dos índios: Zezé, bode expiatório, o preto que é preso na senzala moderna chamada cadeia pública. Por causa disto, alguém puxa assunto sobre abolicionismo e os três partem a trocar impressões sobre o tema.

– O abolicionismo foi movimento importante, mas muitas vezes não passou de hipocrisia ou moda burguesa dos oitocentos. Como não lembrar aquele romance, propaganda estranha pelo fim da escravidão, aparentemente abolicionista, de Joaquim Manuel de Macedo? – comenta doutor Rosenberg.

– Ah, te referes ao livro *As Vítimas-Algozes*? – interpõe doutor Sampaio.

– Exatamente. E o título já diz tudo: os escravos, nas três novelas que constituem a obra, são pintados como demônios que azucrinam seus senhores. Livro aparentemente abolicionista mas, no fundo, racista. Mostra os pretos como naturalmente corruptos e sem qualquer senso de iniciativa. Os brancos, no livro, funcionam qual "farol" a orientar os pretos. Por exemplo, a jovem preta Lucinda é pintada como uma corrupta por natureza que se torna "civilizada" quando vira mucama da "angelical" Cândida, que é branca, pura, ingênua. No entanto, por mais que se esforce, a jovem branca se corrompe graças ao convívio com a escrava preta. Lucinda, a "promíscua", "lasciva", "corrupta". É isso que o livro no fundo apresenta. Que a escravidão corrompe e se estende sobre os brancos "coitados". Dessa forma, o livro, praticamente um folhetim, prega que a corrupção dos senhores não é culpa deles, mas dos pretos escravizados que foram corrompidos e corrompem seus senhores. E, dessa forma, senhor e escravo não têm culpa. Quem tem culpa é a escravidão. Que solução cômoda! Aquele livro que livra a cara dos brancos oitocentistas. Incrível! Um alerta de que a escravidão deveria acabar pelo bem do branco e não do preto. É de matar!

– Nunca pensei por esse ponto de vista… – comenta furtivamente doutor Sampaio.

– Eu sei que vocês amam esse homem chamado Gilberto Freyre. Sou leitor assíduo dos singulares livros e da magnífica coluna. No entanto, do ponto de vista conceitual, esse sujeito criou o mito da "democracia racial": o Brasil como o mais perfeito exemplo de "democracia racial" em todo mundo. Isso é defendido a partir da concepção de que os portugueses teriam diluído as raças quando se misturaram aos negros e aos índios, diferentemente do que ocorreu em outras colonizações, tais quais a inglesa nos Estados Unidos ou a holandesa na África do Sul ou na Indonésia. No caso brasileiro, a hipótese de Freyre não faz sentido, mesmo que aparentemente haja lógica nessa tal "democracia racial" ou nessa "diluição de raças".

– Eita que doutor Rosenberg é uma brabeza só quando o assunto é Gilberto Freyre! Mas não é só Freyre quem diz isso, não: Menotti Del Picchia bem antes dele!

– Esse problema da miscigenação, da mistura de raças, vangloriada por Menotti del Picchia é uma qualidade ou um problema? É a busca por um mestiço perfeito ou é tão somente um embranquecimento da raça? Ou seria mesmo um apagamento da cultura negra? Essa é a questão!

– Apagamento?

– Sim, da identidade negra.

– Não entendo…

– A miscigenação gera brancos que não o são, mas que se acham.

– Como assim?

– Ah, vá à rua Nova e veja os brancos do Recife, que não são tão brancos, mas se acham brancos: eles estão dentro da Confeitaria Fênix enquanto os pretos estão nas calçadas, bem ali do lado de fora, a vender quinquilharias ou a pedir esmolas. Lógico que não sou contra a miscigenação; mas, sim, contra o discurso de Freyre, que prega que a miscigenação gera "democracia racial". O que gera democracia racial não é a mistura de raças. Sou a favor dessa mistura, saudável para os povos, mas a democracia racial vem a partir da quebra da cultura do racismo. Portanto, a miscigenação não gera democracia racial... mas sou até a favor dela. Ela é o contrário do que prega o eugenismo. A miscigenação é demonizada pelos eugenistas, que acham que deve haver uma seleção: uma raça perfeita, branca, a bem dizer. Isso recai no nazismo, que se transformou numa arapuca pseudocientífica: classificam as raças por pureza e força, como se isso existisse.

– Mas pois, Rosenberg, aqui no Brasil isso não pega – comenta seu Manel.

– Não pega? E o que me diz, seu Manel, do que está escritinho ali na Constituição de 34? Em seu artigo 138b, ela diz que cabe à União, aos Estados e aos Municípios estimular a educação eugênica! Está lá escrito! Se queres, te mostro! Ou seja, meus caros, a eugenia está institucionalizada no nosso país, a valorização de uma pseudociência como política de governo. A classificação de raças conforme critérios esporádicos. Provavelmente conheceis como os nazistas classificam as raças: brancos no topo, por serem "fortes"; judeus e pretos no fundo do poço, por serem "indolentes" e "preguiçosos". E daí é que vem o branco do Recife, que é fruto da miscigenação, mas acha que é puro, acha que está no topo, é praticamente eugenista por convicção e está longe de quebrar os muros da segregação e da discriminação ao preto pobre. Pergunte ao branco recifense, que é branco de mentira e que se acha branco, onde ele mora. Vos dirá "Graças" ou "Aflitos" ou "Casa Forte", bairros de rico. Pergunte à preta da cocada e ela vos dirá "Morro de Casa Amarela". Que branco mora no morro? Que preto mora nos casarios das Graças? Cadê a "democracia racial" de Freyre? A história mostra que ela não existe, é só uma utopia literária! Entenderam?

– Eita que agora só falta doutor Rosenberg dar uma de Ascenso Ferreira, subir ao morro e escrever versos sobre os pretos.

– Olha aí: Ascenso Ferreira é um dos poucos "brancos" que nos trouxe uma visão diferente, a visão do que acontece no morro, das tradições que o povo branco faz de conta que não existem. Ascenso foi lá e nos contou a cultura negra em versos lindos:

> *Foi a jurema da sua beleza que embriagou os meus sentidos!*
> *Eu vivo tão triste como os ventos perdidos que passam gritando na noite enorme...*
> *Pelas três-marias... pelos três reis magos ... pelo sete-estrelo...*
> *Eu firmo esta intenção, bem no fundo do coração*

– Sabia! Mais cedo ou mais tarde acabarias por citar Ascenso!

– Cito Ascenso e cito todo poeta que um dia já tenha exaltado a raça negra. Ascenso não era preto, mas há o poeta paulista Lino Guedes, negro e militante do movimento negro, que nos cantou como ninguém a virtude da raça em versos que dizem assim:

> *Negro preto cor da noite,*
> *Nunca te esqueças do açoite*
> *Que cruciou tua raça.*
> *Em nome dela somente*
> *Faze com que nossa gente*
> *Um dia gente se faça!*

> *Negro preto, negro preto,*
> *Sê tu um homem direito*
> *Como um cordel posto a prumo!*
> *É só do teu proceder*
> *Que, por certo, há de nascer*
> *A estrela do novo rumo!*

– Hoje esse gajo advogado está bem inspirado, mas pois, pois! – comenta seu Manel, que, até o momento, comia o seu bolinho de bacalhau sem nada a comentar.

Seguindo o fluxo do seu raciocínio, doutor Rosenberg deixa os versos de lado e volta à linha principal do assunto em questão:

– A concepção de Freyre sobre "democracia racial" é um conto de fadas bonito no papel, escrito para que brancos se sintam menos desconfortáveis. *Casa Grande e Senzala* e também *Sobrados e Mocambos*, obras extraordinárias do ponto de vista literário. Provavelmente essas obras atingiram os píncaros da discussão social e racial brasileira. No entanto, as limitações são patentes, principalmente com o culturalismo de Franz Boas de ponto de partida. Muito embora, faça-se justiça, Freyre ultrapassou o seu tutor estadunidense de Columbia e adotou um outro olhar sobre a matriz racial brasileira, mostrou os pontos positivos da cultura brasileira, que até aquele momento era espezinhada como algo menor; além de romper claramente com muitos aspectos da ideologia racista presente na literatura teuto-americana e com o determinismo climático presente nos principais livros sobre antropologia. Mas, no fundo, as obras de Freyre constituem tão somente um novo romance de Macedo adaptado às nuances do século XX, escrito para a plateia branca do Brasil, especialmente a de Pernambuco.

– Pode até ser... mas tenha cuidado, meu caro Rosenberg, para que não estejas a atacar gratuitamente a pessoa. Provavelmente terás alguma rusga pessoal com Freyre por ele ser secretário de Carlos de Lima, pois não? – comenta seu Manel, interpondo-se às colocações do advogado. – Atacar pessoas, e não ideias, não é o que se diz popularmente como o refúgio dos indivíduos que não têm argumentos? Pois, pois, gajo!

– Não tem relação alguma. Carlos de Lima é responsável direto pela prisão de meu cliente Zezé, disso tenho certeza, mas não tenho rusgas pessoais em relação a Gilberto Freyre. Apenas critico sua obra. É o que um bom marxista deve fazer!

– Marxismo, livrai-nos, Deus! – diz doutor Sampaio, sorrindo.

O garçom Harry passa naquele momento e seu Manel faz um pedido:

– Por obséquio, Harry. Dá-me um copinho de teu melhor Adriano. Deixa-me ver, por enquanto, a ementa que trazes consigo. Quem sabe não queiram os vossos bravos companheiros um copinho de Porto Adriano. A pedir?

– Não, muito obrigado – responde doutor Rosenberg.

– Adriano Ramos Pinto, o tônico que dá força? Sim, por favor, Harry, um cálice – aceita doutor Sampaio.

Doutor Rosenberg, que não sossega o facho enquanto não disser tudo o que tem a dizer sobre todos os seus pontos de vista em relação ao legado africano para a cultura brasileira, recomeça:

– A cultura africana é única e, valha-me!, aqui no Brasil, ela fortaleceu-se, ganhou corpo, ressignificou-se de forma espetacular! Vide os maracatus, o samba, a rica culinária e tantas outras riquezas culturais. Sem falar da própria língua portuguesa e dos cultos afro que se estabeleceram em nosso país. Riquíssimos. As expressões rituais do tambor de mina no Maranhão e o culto congo-angolano do Rio e o candomblé de caboclo da Bahia. Aqui em Pernambuco há essa variante belíssima de cultos afro e indígenas, como é o caso do candomblé jurema.

– Benza Deus! – diz seu Manel, a fazer o sinal da cruz.

– E não esqueçamos os folguedos de reis negros, as festas do rosário das irmandades religiosas dos antigos escravos. Testemunha disto é que, bem ali no quarteirão da frente, há a igreja do Rosário dos Pretos, que não me deixa mentir. Em homenagem, vou-me agora até lá para rezar uma Ave Maria.

Rosenberg se levanta e se despede, deixa os talheres jogados de qualquer jeito, toma o seu chapéu derby, arranca uma etiqueta que foi parar ali no tecido não se sabe como. Ele é daqueles que ama chapéus de estilo derby, odeia o exagero da etiqueta nos costumes. Abre a porta do Lafayette e sai pela rua a cantarolar. Lá fora finalmente o sol aparece, clareando e esquentando o tempo úmido que, até aquele momento, estava nublado e relativamente chuvoso.

55 – Enterro de anjo, enterro de Águeda

De vez em quando, o fim de tarde de Confeitaria ou de Vila Candeia era entrecortado por sinos badalados da igreja que indicavam procissão funeral.

– Eita, quem morreu hoje? – perguntou a moça que apareceu na janela da casinha.

– É enterro de anjo, venha ver – disse a vizinha, sabedora de tudo.

As pessoas se amontoavam na janela ou na rua para ver a pequena procissão familiar de ladainhas tristes, agudizadas por vozes femininas às vezes dissonantes, às vezes desafinadas. Ladainha de Nossa Senhora em um latim altamente duvidoso, mas com seus encantos idiossincráticos.

No meio da carrocinha, via-se o pequeno caixão. Apesar de estar bem acomodado, vez ou outra acabava por se mexer para lá e para cá, graças a algum buraco na rua, alguma irregularidade do terreno. Pequenino, de cor azul claro, com uma cruz prateada no meio. O caixão, realmente pequeno, indicava que o anjo que morreu era provavelmente um recém-nascido.

– Eita, o anjinho – comentou algum transeunte ao esbarrar com o funeral.

Enquanto isso, aquela que certamente era a mãe chorava desesperada e afundava-se em sua própria tristeza:

– Acuda, minha Nossa Senhora! – exclamava, voz de horror, para então rezar uma Ave Maria meio sufocada por outras orações embaralhadas naquele miolo do cortejo. E, no final, com uma sincronia atrapalhada, todos cantavam:

– Amém.

O cemitério estava cada vez mais próximo. Na contramão do enterro de anjo, vinha gente saindo do cemitério, vindos de outro enterro. Um dos parentes da criança morta se aproximou das pessoas chorosas que mal acabavam de sair do cemitério:

– O que houve, comadre?

– Voltando do enterro de minha filhinha!

Quem chorava era dona Eunice, mãe de Carolzinha e da recém-morta Águeda. Zezé não estava lá e sim na mísera cadeia do distante Recife. Vovó Naná, que nunca chora, enxugou suas lágrimas meio que discretamente.

– Morreu de crupe – respondeu vovó Naná a alguma pergunta sobre a *causa mortis*.

Esses fatos são relembrados por dona Eunice no Recife, poucos meses após a mudança para o bairro dos Coelhos. Ela está a conversar com uma conhecida de Vila Candeia, que está de visita.

– Uma semana depois daquilo, não aguentamos, nos mudamos para cá de mala e cuia. Meu marido preso aqui na cadeia e arrente sem poder visitá-lo. É o que tinha pra fazer. Agora já tem mais de ano que está preso, comadre – completa dona Eunice, entristecida.

O rádio está ligado, dona Naná ouve atentamente. Algumas notícias locais, alguém lendo poemas de Fernando Pessoa, "tudo vale a pena se a alma não é pequena". Depois entra o programa *A Voz do Brasil* e o discurso do presidente Vargas: "Quero instituir um governo de autoridade, liberto de todas as peias da chamada democracia liberal. Nos períodos de crise como esse que atravessamos agora, a democracia apenas subverte a hierarquia, ameaça a unidade pátria e põe em perigo a existência da nação." Depois ela se levanta, lava a vela do filtro, comenta baixinho que o presidente é um homem da peia e fala bonito. Depois ela pega umas ervas no quintalzinho, ervas de benzer, leva até a sala, na frente de Eunice e da visita, fuma um charuto, esparge água abençoada que espirra em pingos grossos a partir das ervas que estão em sua mão. Ela benze um quadro de Zezé que está na sala – quadro com foto colorida à mão, ele usando um fato completo, colete e gravata-borboleta marrom.

– Quem passar além do bojador tem que passar além da dor.

– Oxe, dona Naná, de onde veio isso?

– *Atotô*, Eunice. Foi uma frase bonita que ouvi agora na rádio. Bonita que só. Decorei – ela diz isso se lembrando da finada Águeda, das brincadeiras da netinha que nunca mais verá:

Roseira dá-me uma rosa
Craveiro dá-me um botão.

56 – Getúlio Vargas em desfile de Sete de Setembro

São dez da manhã e a primeira salva de fogos estoura nos céus do Rio de Janeiro. Sua face não aparece. Só os mais próximos a veem. Apresenta-se na parada de Sete de Setembro meio assim, como um messias misterioso em Domingo de Ramos.

– Vá lamber sabão! Procure o Zé Américo, que ele sabe onde está o dinheiro! – grita um maluco na plateia enquanto o desfile ao largo do Palácio do Catete se desenvolve com pompa e organização. – Só não chame urubu de meu louro!

No balcão do palácio. Lá está ele, acompanhado de sua comitiva. O odor do lugar é dominado por uma mistura confusa de cheiro de brilhantina Dopper Dam do cabelo de uns com a Fop do cabelo de outros. Ele está vestido à altura: terno, colete e gravata-borboleta. No fim do dia, feriado nacional, volta ao Palácio Guanabara – onde gosta de passar as noites –, senta-se num dos amplos salões, pede para colocarem no projetor um filme recém-lançado – desses importados que chegavam do exterior e só eram lançados após passarem pelo crivo da censura do regime. *A Grande Ilusão*, de Jean Renoir. Ele assiste à cena dos carunchos no feijão enquanto pensa com seriedade: "Há que se minar a Constituição de 34, há que se fazer algo novo, um Estado Novo!" Depois que o filme encerra, ele comenta com um de seus criados:

– Esses canalhas da imprensa não entendem o fardo de um presidente. Pensam que nós somos... como é a palavra? Imaculados! Ou que deveríamos ser imaculados. Mas quem auditou a dívida que há séculos contraímos junto ao Reino Unido? E quem barrou as empresas do estrangeiro ávidas pelo petróleo brasileiro? Qual o primeiro e único presidente a pensar seriamente num petróleo autenticamente brasileiro? Quem enfrentou Farquhar frente a frente e encampou as reservas de ferro das Minas Gerais?

Em seguida, toma um gole de seu melhor uísque, faz as últimas higienes do dia e vai dormir com pensamentos a borbotarem. De madrugada, de rompante, acorda sobressaltado. Lá fora ainda é puro breu. E, não sabe por que, lembra-se de um tal Abelardo Fonseca, que, no ano passado, fora torturado até a morte numa prisão do Recife.

57 – A morte do cacique Guará e como seu espírito saiu do corpo

– Vixe, seu menino! É a desgraça que vem a cavalo. Cacique Guará e agora esse fuzuê no meio do Brasil – foi o que vovó Naná disse a Rosenberg, assim que se encontrou com ele no centro da cidade.

Ao acordar, ele ainda não havia percebido o que se passara nas últimas horas, que batalhões passaram, prisões foram feitas. Tudo porque o Poço é só calmaria, mesmo nesses dias turbulentos de quase guerra. Só às catorze horas, quando chega ao centro da cidade, é que percebe os movimentos alucinados de alguns. Pergunta a um e a outro. Do que relatam os mais dispostos a se abrir, ele imiscui que Vargas agora virou tirano com poderes absolutos, absolutíssimos. Autogolpe. Tudo está no seu lugar, dizem outros, os mais tranquilos, os que veem aquilo com a maior naturalidade, o destino que se fez, Vargas ditador, graças a Deus.

Entram no Mercado de São José, tomam um café e comem uma tapioca com coco. E então doutor Rosenberg pergunta a vovó Naná que história é aquela de cacique Guará, se algo sucedera com ele. Ela se ajeita em sua cadeirinha, sorve um tiquinho do café e, de olhos semimarejados, começa a contar o que dias atrás acontecera com o índio: fora achado morto, cravado de balas, dentro do Brejo. Vovó Naná narra uma história com aquelas pontas soltas próprias dos eventos mais trágicos e misteriosos. As peças faltantes, doutor Rosenberg, dias depois, tomará de relatos do próprio Zezé ou de pormenores descobertos a partir da boca de outras pessoas. Assim ficará a história montada pelo advogado:

Depois que Zezé fora preso, cacique Guará pediu ao governador que intercedesse pela soltura do amigo. Isso tudo via carta, escrita por padre Bento – enquanto ainda estava em Confeitaria – ou então pelas mãos de doutor Zago. Não houve respostas, não houve resultados. Um dia, o emissário do governador apareceu em Vila Candeia, procurando cacique Guará. Veio entregar-lhe os documentos de posse que garantiam aos índios as terras do Brejo da Serra do Umuarã.

– E meu amigo preso? O governador não leu minha carta?

– Foge da minha alçada, não sei e não tenho como opinar – respondeu o emissário.

Quando o cacique retornou a Confeitaria, ele e o filho ficaram um tempo hospedados na casa de padre Bento, em Vila Candeia. No dia seguinte, já estavam no sítio para conversar com vovó Naná e contar-lhe o sucedido, ajudá-la a superar o momento difícil. Quase todo dia visitou a amiga, afagou sua tristeza, ouviu-lhe desembuchar a raiva e palavras repletas de maldições e promessas de vingança.

Depois que padre Bento foi embora de Vila Candeia, cacique Guará e Curumim acabaram se mudando para uma pequena choupana construída por um grupo de índios bem no alto da serra. Moraram ali por mais de ano.

Um dia, assim que o galo cantou, ao amanhecer do Dia de Finados de 1937, dia de neblina espessa na Serra do Umuarã, Guará foi fumar o seu cigarrinho na entrada da cabana. Ouviu um ruído surdo saindo da mata. Logo levantou-se desconfiado e chamou Golias Garnizé, seu amigo inseparável. Curumim Guará tinha saído há horas para caçar e pescar no grande lago do Brejo. Golias saiu da cabana devagarinho, fez um gesto conhecido apenas por eles mesmos e saíram agachados. Esconderam-se por trás de um tronco para ouvir, sentir, observar.

– Pega esse porra! – disse uma voz repentina que saiu de dentro da mata.

O grito, seguido por uma saraivada de tiros, levou Guará e Golias àquele desespero instintivo que todos têm quando fogem da morte: correram por uma trilha meio escondida por dentro do Brejo e foram perseguidos feito caça. O barulho intenso de folhagem e galhos quebrados era testemunha de que havia ali muita gente na perseguição. Não há que se estender muito: de fato, Golias e Guará não conseguiram escapar. Foram emboscados por Silvino e Valdir, que mataram os índios com uma boa dose de tiros de espingarda Winchester calibre 44 e de um fuzil Mauser. Coronel Ernesto, junto com seu filho Ricardinho, estavam ali em pessoa. Cada um deu o seu tiro de misericórdia no cacique: o coronel deu tiro de Luger Parabellum, P08, sua arma do coração; e Ricardinho, tiro de pistola Colt .45, automática. Coronel Ernesto, em especial, matou o cacique cantarolando sua nova música predileta do disquinho que ganhara de Natal de seu amigo doutor Sepúlveda, selo Columbia, Carroll Gibbons and The Savoy Hotel Orpheans, cantada por Anne Lenner:

> *For suddenly, I saw you there*
> *And through foggy London town,*
> *The sun was shining everywhere.*

Silvino, em suas contações de causos do futuro, não terá pejo em revelar todo o ocorrido. Dirá aos donos de bordeis e de bares que, vez ou outra, ainda se lembra como se fosse hoje do cacique sussurrando suas últimas palavras:

– Morro bem. Sei morrer. Volto aos ancestrais.

Contam as crônicas do inferno – mas essa parte é mediúnica, não se sabe se é invenção de doutor Rosenberg ou se ele ficou sabendo pela convergência de relatos ou por médiuns da Federação Espírita ou a partir do que foi dito no Centro de Umbanda Preto Velho Feliz – que a alma de Guará saiu de seu corpo e viu espíritos imundos a rodearem a malta representada pelo coronel e seus jagunços. E, depois disso, Guará voou livre, acauã. E foi ao encontro de seus amigos desencarnados: os velhos pajés, a sua família e os seus antepassados.

Os agentes anticomunistas que prenderão doutor Rosenberg muito em breve retirarão todas essas informações de um diário encontrado na gavetinha do gabinete do Poço da Panela. Ficarão em dúvida sobre a veracidade de muitos pontos. Em especial, aquela página na qual doutor Rosenberg deixara registrado a seguinte história: "Dona Naná explicou-me com bastante temor que o cacique Guará, na noite anterior ao ocorrido, acordara cedo e vira Jesus deitado nu ao lado de sua rede. Um Jesus no chão de braços cruzados no peito como se fosse um defunto." Bem por isso, os agentes anticomunistas mais supersticiosos não dormirão aquela noite, com medo de possíveis assombrações tramadas por fantasmas de índios assassinados – ou com medo que Jesus apareça nu do lado suas camas, pressagiando morte.

Parte VII
A mão invisível do oligarca

58 – Eleições

Tempo de eleições. Coronel Ernesto, no fim, acha melhor não se candidatar a função alguma. De seu canto já controla tudo e assim já está mais que bom. Achou um certo capitão desescolarizado, da época da velha Força Patriótica que lutou contra a Coluna Prestes. O capitão, na verdade, nem havia lutado: era meio que secretário de serviços esquecíveis mas, mesmo assim, estufava o peito para dizer que lutara no *front*, que vira o comunista satânico Luís Carlos frente a frente. Seu brio de parlapatão empavonado incluía também a falácia de que havia atuado de forma decisiva para afastar os tenentistas das plagas sertanejas. Sim, agora o loroteiro era o candidato de coronel Ernesto ao cargo de prefeito. Nem precisa ser dito que facilmente ganhou as eleições: bastou distribuir santinhos atribuindo satanismo e pedofilia ao rival e deixar a máquina do voto de cabresto funcionar a todo vapor.

59 – Trufa belga celestial

Um dia caíram uns meteoritos bem por ali na região de Confeitaria. Cientistas ficaram sabendo, vieram do Rio de Janeiro para recolher as pedras escuras. Apareceu até gente dos Estados Unidos. Diziam eles que aqueles eram do tipo condrito: os primeiros a se formar no sistema solar! Alguns caíram na fazenda de coronel Ernesto, que os guardou com carinho:

– Esses aqui valem uma nota, doutor Sepúlveda! – aponta o coronel ao amigo, que está hospedado, ele e dona Laura, na fazenda por alguns dias.

Dona Laura observa com curiosidade a rocha de aspecto achocolatado. Tamanho de um punho, muito escura, superfície translúcida, que praticamente lembra um metal enferrujado.

– Parece uma trufa gigantesca, de chocolate belga – comenta sorrindo.
– Se fosse uma trufa belga, eu comia tudinho.

Doutor Sepúlveda, vestido com seu fato branco e gravata-borboleta avermelhada, agora tem um bigodinho à la Clarke Gable; usa-o exatamente porque, um dia, uma de suas amantes lhe disse que era a cara do ator. O juiz, já envolvido com os eflúvios do *brandy*, levanta-se do sofá, toma a mão da esposa e os dois flutuam a dançar um tango que toca fogoso na radiola da casa grande.

60 – Ricardinho, o aloprado

Um parêntese importante a ser feito quanto à presença de Ricardinho na cena da morte do cacique Guará: o plano de dar fim de vez ao cacique, não haja surpresa, veio exatamente do filho de coronel Ernesto. Ele tanto fez que conquistou o pai pela ideia: lotear de vez o Brejo a quem de direito dava emprego e produzia. Veio a invasão, a morte de alguns índios e, sobretudo, a morte de Guará, que era o alvo principal. O problema é que Ricardinho é supersticioso por demais, todo mundo sabe disso. Sobrou índio vivo, dava pra ver – porque, ao que consta, mais de vinte índios estavam no Brejo no dia da morte do cacique. No entanto, ele, o pai e os jagunços só recuperam doze corpos. E, se tinha índio vivo – na cabeça do rapaz –, quem sobrou estava agora, naquele mesmo instante, fazendo catimbó brabo contra a família Tavares. Desde o primeiro ataque ao Brejo, Ricardinho via o catimbó explícito. Precisava eliminar todos para enfim eliminar o catimbó. E, se sobrou índio, nessa segunda e última incursão, haveria de ter mau agouro, mau olhado, maldição… catimbó caboclo.

– Eu sei que tem catimbó, painho! Veja como minha mão treme. Isso não é normal, nunca aconteceu!

Coronel Ernesto sabia que era tudo frescura. Mesmo assim, mandou Silvino chamar Chico Feiticeiro novamente para confirmar se ali tinha macumba braba ou não.

– Senhor Ricardo, oxe, desculpe a sinceridade… tem catimbó nenhum aí, não – diz Chico Feiticeiro, depois de fazer umas "auscultações mediúnicas" no menino. O matulão, caboclo forte e bem criado, lembra mesmo quase um desses índios convertidos de faroeste americano: mãos grandes, meio careca, bigodinho ralo. Além de tudo, anda de sobretudo preto aberto e usa um chapéu porkpie preto de fita prateada, com uma pequena pena branca na altura do laço. – Oxe, senhor Ricardinho, tu ainda é bem protegido pelas entidades de corpo fechado. Corpo muito bem fechado; aí o santo é forte, meu rei! Nem espírito do purgatório, nem alma penada e nem bicho nenhum do mundo da imaginação, nem Comadre Florzinha, nem Curupira. Oxe, fique tranquilo!

– Porra! Mas eu sei que fizeram catimbó! Tenho certeza absoluta! Tô até sentindo um arrepio ruim, que passa do braço esquerdo para a perna esquerda. Isso é sinal de catimbó, né, não? E agora, vivo tendo pesadelo com índio. É índio morto, índio ensanguentado. Se não for catimbó de índio, é catimbó daquela família catimbozeira amiga dos índios. Aqueles pretos fedorentos, a velha coroca, Naná, e o filho dela, Zezé. Oxe, todo mundo sabe disso. Lembra quando mainha ficou cheia de bolha? Oxe, Chico Feiticeiro, aquilo foi catimbó dos brabos, tu mesmo foi quem disse e quem desfez.

– Esses aí nem moram mais por aqui. Sumiram do mapa, estão em Recife... e o matuto Zezé Tibúrcio na cadeia, não ficou sabendo?

– Oxe, tem catimbó, sim! Nem que o cabra tenha feito de dentro da cadeia! Dá pra fazer catimbó de qualquer lugar, né, não?

– Eita, porra! Ricardinho, se recomponha, caralho! – diz coronel Ernesto, fulminante, enquanto masca um fumo e cospe a gosma preta ali mesmo no chão da casa.

– Foram os índios sobreviventes, mesmo! Eu sinto isso, porra! Oxe, Chico Feiticeiro, não esconda o que tu tá sentindo. Tem coisa aí, tá escondida e você ainda não identificou... ou, se identificou, tá escondendo de mim. Painho, peça pra Chico Feiticeiro desembuchar de uma vez, oxe! Vocês sabem bem da história: índio é matreiro que só a porra! Invocam as forças da floresta e nenhum feiticeiro consegue identificar, tenho certeza!

Chico Feiticeiro promete que fará um pente fino, jura que vai checar se há feitiço escondido ou coisa que o valha.

– Fique peixe, senhor Ricardo. Amanhã ou depois eu volto com uma resposta. Tenho que fazer cerimônia no meu terreiro com ajuda de uns assistentes pra poder verificar melhor.

Vai embora e, depois de uns dias, toma uns tragos com o coronel no boteco de seu Elias:

– Oxe, coronel. Tem feitiço aí, não. Acho que Ricardinho tá é impressionado...

– Pronto! Esse porra só me dá trabalho! Fica aqui em Confeitaria no meu pé, enchendo meu saco e gastando meu dinheiro. Por que o porra não seguiu o exemplo dos irmãos? Por que não se mandou pro Recife pra viver de renda? Tenho filhos investindo até na merda do café, que não vale mais nada, e Ricardinho fica aqui chorando por tudo, cagando regra e fodendo minha vida. Puta que pariu! Par'oano não quero ver mais esse mal-assombrado zanzando feito múmia na minha frente!

– Mande o menino pro cabaré de dona Cândida… quem sabe as profissionais do vuco-vuco tenham o remédio que ele precisa? Não custa nada tentar. Quem sabe num teja precisando de uma carrada de buceta.

– Eita, Chico, o menino já vive embiocado no cabaré. Se isso curasse alguma coisa, Ricardinho tinha de ser o homem mais saudável de todo planeta Terra!

Participam igualmente da conversa o prefeito e o delegado. O pároco de Confeitaria, padre Mansuetto, na mesa do lado, toma sua cachacinha e comenta:

– Pois é, desculpe me intrometer, coronel. Essa gente, esses índios, Deus nos livre, têm pacto com o coisa ruim. Só posso dizer que, mesmo que não aparente feitiço, acho que há claros sinais de incidência do bafo daquele cujo nome não pode ser dito – diz, enquanto se benze. – Esses caboclos são catimbozeiros da pior espécie. E mais! São bêbados crônicos! Só sabem beber cachaça!

Doutor Zago está no balcão a beber um cafezinho. Ouve tudo meio consternado e, timidamente, experimenta tecer uns comentários:

– Deixe-me discordar do senhor, seu padre – fala bem alto para todos ouvirem, enquanto paga a conta e prepara-se para sair. – Há séculos o homem branco dá cachaça para os índios e diz que é para acalmá-los, contê-los e, vide os bandeirantes, escravizá-los. Essa é a grande verdade. O resto é um papo enviesado e estranho, tchê – e vai-se embora.

– Esse gaúcho aí é todo metido a sabichão, mas é só mais um bêbado também. Se nada der certo, vou procurar o Zago para ver se cura Ricardinho, mas quero mais é que se foda – diz o coronel, acendendo um cigarro.

No final das contas, não teve cabaré que desse jeito – nem Chico Feiticeiro. O rapaz aloprou de vez, mesmo depois de ter passado na mão de doutor Zago e até na mão de psiquiatra que veio do Recife a Confeitaria especialmente para dar uns choques elétricos em Ricardinho. Por toda a fazenda, ouviam-se os gritos de dor do rapaz naquelas sessões dolorosas de choque e banho frio. Tudo isso durou bem mais de um mês. Sem demora, o próprio coronel não aguentou e mandou que o menino fosse internado na Tamarineira, em Recife. Dizem que, depois, fugiu e sumiu. Ninguém nunca mais ouviu falar de Ricardinho. Somente nos idos de 1968 é que foi visto dirigindo um Simca Chambord branco e marrom nas ruas do Rio de Janeiro. Outros ainda dizem que essa história de Rio é falsa e que, de fato, ele é o único que tem um Simca Chambord no bairro em que mora, no Recife de 1968; e que trabalhava como datilógrafo do DOPS na coleta de depoimentos de presos políticos, durante os tempos do regime militar. Dizem que tem os olhos saindo de órbita, sempre circunspecto, que parece um eterno alucinado e que vomita ante o pau-de-arara. Às vezes gargalha com os choques elétricos nos mamilos das mulheres subversivas, lembrando de si mesmo e dos antigos feitiços que os índios catimbozeiros haviam-lhe jogado há décadas: nunca fora curado e nunca havia de curar.

61 – *Pax Cuppediana*

Quando o cacique Guará morreu, Mateus enviou um telegrama ao Diário de Pernambuco, endereçado ao ex-namorado, o jornalista Joaquim Lindolfo de Matos Alecrim. Doutor Zago, longe de saber o engajamento de Mateus, também despachou telegramas para jornais da capital e do interior. Assim que soube e assim que pôde, Joaquim Lindolfo tomou o trem para Confeitaria com o objetivo de cobrir a morte.

O jornalista chega em Confeitaria e – todos já sabem – obtém a informação de que o corpo do índio está na delegacia. Do lado de fora do estabelecimento, vê um rapazote com traços indígenas sentado num batente. Ele tem olhos vermelhos, quiçá choro inveterado, quiçá noites mal dormidas. Belo índio adolescente, talvez parente, talvez filho do cacique. Relembra, sem ter certeza, que possivelmente vira seu rosto naquele frenesi indígena do ano passado em frente ao palácio do governo. Joaquim já tinha pegado autorização junto às autoridades para trabalhar no caso. Sem mais delongas, entra na delegacia, mostra os papeis ao delegado, é levado a uma sala improvisada e vê o cadáver do cacique estendido numa maca enferrujada. Há largas costuras no corpo, sinais evidentes de necrópsia fresca. Dois policiais e doutor Zago fazem o exame de corpo de delito. Isso porque, quando doutor Zago soube do ocorrido, foi logo cobrar do delegado o direito de fazer a autópsia. No início, a resposta foi "não"; porém, depois que o prefeito entrou na jogada – só para dar uma satisfação ao prestigiado médico –, o delegado não teve outra opção a não ser a de abrir as portas da delegacia.

– Não queria que o destino do corpo fosse o mesmo que o dos índios outrora massacrados. No ano passado, dezenas foram mortos lá no Umuarã e os corpos simplesmente sumiram, paradeiro incerto. Um ou outro foi resgatado e devidamente enterrado – diz doutor Zago, mais tarde, cochichando no ouvido do jornalista quando saem para tomar ar e fumar um cigarro do lado de fora da delegacia. – Estas terras daqui, tchê, funcionam na base de uma lei não escrita mas muito bem determinada. O prefeito é meu amigo. Fosse somente a pura pressão desses coronéis que matam sem pena, o prefeito nem me deixava encostar no corpo do cacique. Mas, para manter as aparências, solicitou ao delegado que me deixasse entrar. Peço-te, por favor, que não escreva essa parte em tua cadernetinha e que nem cites meu nome, por obséquio. É que a cada dia em que me envolvo, sinto-me mais e mais sufocado por uma mão invisível que busca meu silêncio. Às vezes me preparo para sair de casa e não voltar mais... – completa o médico, deixando cair o cigarro quase inteiro no chão, apagando-o com seu sapato de verniz impoluto e, em seguida, entrando na delegacia sem mencionar nomes, sequer o seu próprio. Apesar disso, doutor Zago sabia que o jornalista facilmente conseguiria os nomes que quisesse; e exatamente por isso pediu-lhe para não ser mencionado, nem ninguém de sua família.

– E o responsável por essa morte? – pergunta Joaquim Lindolfo antes que doutor Zago lhe escape.

– Ah, guri. Quanto a isso, bem sabes que vasilha ruim não cai de jirau. É a vida daqui... é desse jeito... fazer o quê? Tchê, como diz a gente destas paragens, não vou dar uma de cavalo do cão nessa situação neblinosa e tenebrosa. Passar bem.

Joaquim Lindolfo registra a reportagem com fotos da cidade e das marcas de sangue no Brejo. Escreve matéria a ser publicada no Diário do domingo com retrospecto sobre o ocorrido, praticamente um documentário sobre os Xererê de Confeitaria – com destaque, naturalmente, ao assassinato do cacique Guará. Bem que tentou tirar fotos do cadáver, mas isso não conseguiu. Restou-lhe a descrição do que viu com seus próprios olhos sobre o estado do corpo, furado de bala que só um queijo de coalho. A ideia inicial é publicar a notícia na capa e, assim, dar o maior destaque possível ao caso. Como ele é um dos jornalistas principais do Diário, pensou que a manchete já estava no papo. No entanto, no sábado à tarde, o editor-chefe veio com uma história esquisita e mal contada: diz que as notícias do domingo já estavam fechadas há muito tempo e que a matéria sobre o cacique só teria espaço no jornal de segunda-feira. Tampouco há espaço para a capa. Joaquim Lindolfo protesta, insiste, faz escarcéu na sala do chefe. Não tem jeito, a notícia está mais do que condenada ao limbo de um trecho perdido no meio da edição de segunda. Ele não enxerga os bastidores, mas sabe que, no

182

fundo, há caroço nesse angu: desde o dia da inauguração do Estado Novo, as publicações mais aguerridas se tornaram raras. Agora, os jornais estavam dedicados a mostrar um clima de paz ilusória em que coronéis são pintados como autênticos anjos do Sertão. Era o acordo de cavalheiros, a partir do qual coronéis e cangaceiros, de um dia pro outro, viraram uma espécie de faroeste antigo; ou um conto de fadas que alguém já contou em alguma ocasião e que agora simplesmente se escafedeu da vitrine da história.

62 – Reuniões da maçonaria

Doutor Zago, sempre que vai à maçonaria, gosta de usar aquele paletó risca de giz, o seu mais caro, original daquela impecável alfaiataria do Recife. Naquele dia, ele conduziria a reunião da Loja, pois precisa desfazer os mal-estares que surgiram dos boatos de um irmão juiz que se atracara com um pastor evangélico dentro da principal Loja de Caruaru. "Atracar", aqui, não no sentido de briga; mas no sentido de relação de homem que ama homem. Foram pegos após o serviço fazendo outros serviços. E isso gerou um mal-estar danado.

– O que ocorreu em Caruaru é boato e página virada. Que comecem os trabalhos – diz doutor Zago, grão-mestre da Loja, na reunião daquela noite em Confeitaria. "Para todo efeito", pensam consigo mesmos os participantes da noite, "maçons não são pederastas". Fingiam, então, que nunca se ouviu falar disso e que, portanto, nunca cometeriam tais crimes. "Tudo boato", concluem.

Afora isso, de vez em quando, doutor Zago aproveita o seu prestígio para tentar chegar em algum grandão que pudesse dar jeito na situação de Zezé. Não era fácil. Na maçonaria, irmãos se ajudam. Mas Zezé não é irmão. Que título honorífico Zezé possuía dentro da instituição? Tinha alguma das condecorações que ornavam o peito varonil dos Barros, dos Barretos, dos Albuquerques, dos Cavalcantis ou dos Menezes? "Medalhas puramente ridículas", gostava de repetir doutor Rosenberg quando doutor Zago vinha com esse rame-rame saudosista de sobrenomes pernambucanos importantes. Às vezes alguém diz que vai ajudar Zezé. E, no final, igual todas as outras vezes, era pura balela. Depois das reuniões semanais, nos jantares regados a vinho do porto, vinho madeira e conhaque, bolo de rolo e demais comilanças, entre as risadas e conversas fraternas, doutor Zago consegue captar a atenção de algum juiz para o caso de Zezé – mas isso nunca se desenvolverá além da boa temperança que se tem quando o álcool vínico circula pelas veias de alguém que antes não prestaria atenção no assunto. Em contrapartida, doutor Zago já vira resolvidas nesses jantares, mui rapidamente, transações de justiça dificílimas e, algumas delas, até mesmo discutíveis em se tratando de legalidade: promotores e juízes conversando como irmãos de confraria sobre um determinado processo e combinando descaradamente o resultado da sentença, políticos atendendo aos apelos de empresários e empresários trocando favores com políticos.

– Zago, essa maçonaria é uma canoa furada, valha-me – dizia doutor Rosenberg, sempre que ouvia essas histórias dos bastidores que, na realidade, deveriam ser secretas, mas que doutor Zago não conseguia esconder. – Reunião apenas com homens a discutir as necessidades da elite branca. Por que as mulheres não podem participar mesmo, doutor Zago?

– Ora, a explicação é simples e hás de concordar. Porque as mulheres são fofoqueiras, como bem sabes.

– Que explicação tola, conta-me outra!

As reuniões do Recife são sempre mais concorridas. Quando viajava para a capital, pedia licença a dona Matilde, que se irritava sempre: há tempos farejava no ar a presença de amante. Sabia que sim, mas fingia que estava tudo certo. Brigava com o marido, mas no final concordava, pois sabia que de qualquer modo o marido era caxias, não podia faltar às reuniões da irmandade. E lá está ele, indo mais uma vez para o Recife. Gosta de ir à maçonaria do Recife com uma gravata-borboleta curta, um dos muitos rituais pessoais do médico. Vai ao Recife e aproveita para visitar doutor Rosenberg, Zezé, dona Naná e sua família. E, logicamente, sua outra mulher e seu outro filho.

Se as reuniões de Confeitaria já eram estranhas, as reuniões da maçonaria do Recife sempre têm notas de pimenta mais ardida: os acordos e as conversas mais inescrupulosas, decisões que importavam para o Palácio do Campo das Princesas ou para a prefeitura da cidade. Conseguir ajudar Zezé que é bom, nunca. E assim vivia doutor Zago, de Confeitaria para o Recife, do Recife para Confeitaria. E, quando em Confeitaria, no seu consultório, depois um café forte em algum estabelecimento da cidade e dali para a maçonaria, jantares soberbos e depois para casa. Homem bom, dizem todos os irmãos: homem exemplar!

Frequenta uma dessas lojas do Recife que têm o nome "Oriente" no meio. Na reunião daquela quinta-feira, doutor Zago vê o promotor doutor Matias discutindo com o juiz doutor Sepúlveda sobre os rumos do caso do coronel Ernesto: ouviu as palavras "Confeitaria", "índio", "cacique" e "coronel Ernesto" na mesma conversa. Também na mesma conversa, fica sabendo que coronel Ernesto está livrando o próprio couro de qualquer ligação com morte de índio e que o mesmo coronel está escrevendo o nome do seu candidato nas cédulas que os pobres de Confeitaria lhe trazem. Escrevia o voto na cédula, entregava para o peão ou para o rapazote pobre e mandava que a colocasse na urna e que não dissesse nada para ninguém – que o voto é secreto e que ali não tinha cabresto, não.

De sua observação sobre tudo, doutor Zago constatará que o promotor Matias nunca aparecerá em Confeitaria. O processo contra o coronel Ernesto será simplesmente arquivado. No lugar, serão abertos processos contra Silvino e Valdir. Esses, sim, segundo testemunhas, agiram com violência e por ambição. No fim de tudo, mataram impiedosamente cacique e índios. Tínhamos os criminosos!

– Isso não é estranho? – perguntará doutor Zago bem sinceramente ao coronel Ernesto.

– Isso é coisa da justiça, Zago. Agora estou ocupado, desculpe-me dispensá-lo assim.

– Não me venhas com explicações sem sentido. Vi doutor Sepúlveda em conversas realmente estranhas...

– Hoje estou sem paciência para picuinhas. Volte daqui a uma semana que lhe darei melhores explicações. Agora, deverei ser grosso: porta da casa, serventia da rua. Não converse sobre isso com ninguém, entendido, doutor Zago? Digo isso porque lhe admiro, mas sempre repito a Letícia que às vezes dá-me a impressão de que, na minha frente, és só elogios, mas pelas costas és só punhalada. Volte na próxima semana e, nesse ínterim, sem punhaladas. Estamos combinados?

Depois da saída do médico, o coronel lerá um jornal e aparecerá dona Letícia para perguntar:

– Quem era, Ernesto?

– Era o médico, doutor Luiz Zago. Esse aí, virgem Maria!, é que só gato que não pode ver muro e já quer subir. Só que no caso dele é pior: o cabra que não pode ver uma vergonha que já quer passar. Qualquer coisa, já tem faniquito. Que bichinho mais deselegante.

63 – Sesmarias

Cacique Guará foi esquecido. Por mais que houvesse um papel indicando que o Brejo do Umuarã pertença aos Xererê-Eho, na prática, todos fugiram e o brejo foi desmatado: novas sesmarias foram formadas, encheram-nas de sementes de animais de raça forte, zebu.

– Sesmarias existem desde a época das capitanias – diz o professor da escola de Serginho. – Sesmaria de "sesmar", que vem de "compartilhar", "dividir".

Milhares de hectares daquela serra foram divididos entre os únicos três coronéis que sobraram na região após o fim da República Velha: Luís Carlos Vanderley Mendonça e, principalmente, Ernesto Henrique de Almeida Tavares. O terceiro, não menos importante, que ajudou aquilo tudo com seus capangas e participação no plano, o coronel Roberto Genivaldo Barbalho Lobo – um compadre do coronel Ernesto, lá das bandas de Arapiraca em Alagoas. Importante para o desfecho dos planos. No entanto, era mais um laranja do que uma peça-chave propriamente dita.

E essas divisões afetaram todo mundo que tinha sítio ali pelas bandas do Umuarã. Vovó Naná, dona Eunice e Carolzinha tiveram que se mudar: além da morte de Águeda, da ausência de Zezé – que agora estava na cadeia do Recife –, havia o tiro de misericórdia: o lote de terra que constituía o sítio de Zezé havia sido forçosamente vendido ao coronel Ernesto. Tiveram que se mudar de vez para o Recife, e aí ficariam mais perto de Zezé e continuariam lutando de alguma forma pela liberdade do querido filho, esposo e pai.

Tais acontecimentos deixaram doutor Zago arrasado, entristecido por sua incapacidade de mudar a situação. Simplesmente não entendia como o rolo compressor da injustiça podia ser tão eficiente e tão cruel. Deixou o caso nas mãos do doutor Rosenberg, continuou na labuta de único médico de Confeitaria e cercanias. Ao ir ao Recife, deixou de conversar com Zezé ou com vovó Naná. Sentia-se, pois, um completo inútil – e por isso havia deixado de lutar. Para ele, a causa estava totalmente perdida.

64 – Bairro dos Coelhos

Desde antes de se mudar para Recife, vovó Naná gostava de ir ao Poço da Panela para prosear com doutor Rosenberg. Marcava de ir para lá no mesmo dia da visita a Zezé, a fim de saber de algum pormenor que pudesse ajudar o filho. Agora, moradora da capital, ela semanalmente visita o advogado e só não vê o filho diariamente na casa de detenção porque isso não é permitido. Quando visita doutor Rosenberg, vovó Naná, quase sempre chorosa – mas ainda extremamente forte –, busca um consolo, alguma palavra jurídica e difícil que, mesmo sem entender, desse-lhe alguma esperança.

– Diga, dona Naná. Como vai a vida?

– Infeliz como sempre, nem precisa perguntar.

Durante a conversa, ela sempre gosta de ressaltar que, em relação ao aprisionamento de Zezé, tem caroço, sim, naquele angu. E às vezes surge com frases mais filosóficas, pergunta-se se o destino de todo mundo não é viver tomando vários tipos de venenos e sofrer sem nunca morrer. Rosenberg sempre recebe vovó Naná de braços abertos, por mais que às vezes se irrite com a ideia; ele sabe que sua profissão – mas principalmente seus ideais –, requerem empatia crônica, diplomacia exemplar, a capacidade de falar as palavras mais corretas; mas, sobretudo, os ouvidos mais atentos, mormente em se tratando de tamanho opróbrio.

– E onde estão morando agora?

– Estamos nos Coelhos, perto do Hospital Dom Pedro. Foi doutor Zago que indicou um médico do hospital para nos ajudar com a busca por moradia. Só tinha casa por ali mesmo. A nossa é pertinho do rio, como a tua. Tanto que hoje eu vim até aqui de barco, pelo Capibaribe. Muito diferente da vida de sítio. Para mim, que me acostumei ao ar livre, a andar no meio do mato, não há muita diferença entre a nova casa e um túmulo. Sem falar que o lugar é horrível, quente, malcheiroso. O rio fede a enjoo, né mesmo? Um cheiro! A única sorte nisso tudo é que moramos meio perto da Igreja de São Gonçalo e, lá, podemos rezar por meu filho, pedir a Nossa Senhora dos Impossíveis e a Nosso Senhor Bom Jesus das Dores um milagre que solte Zezé. Quase não vou mais a candomblé... eu, que sou mãe de santo... vou ali numa reunião de umbanda, que não é a mesma coisa... eu gosto é de um bom terreirinho com orixá brabo. Mas aqui no Recife eles tacam pedra, pessoal sem coração. Xangô tá vendo, doutor! O orixá justiceiro, que castiga os mentirosos, os ladrões. Nada fica impune aos seus olhos. Quem taca pedra está amarrado com Xangô. Tenho saudades de Zezé. Muitas saudades, muitas, doutor! – e, depois de enxugar uma discreta lágrima que lhe cai quase despercebida: – Doutor, quando ele fica livre?

– Não se aperreie, não, dona Naná. Já te disse algumas vezes que estamos trabalhando para libertar Zezé. E será o quanto antes. Muito em breve, muito em breve, aguarde – responde doutor Rosenberg, notando que a conversa é tão somente uma repetição da que tiveram na semana anterior e que muito provavelmente se repetirá nas semanas seguintes, com variações nos pequenos termos, de frases prontas de "como vai a vida" e "como vai a casa" a "Zezé ficará livre em breve".

Trocam mais algumas impressões. Assim que chega a hora de ir à Casa de Detenção, Vovó Naná, ágil que só, dá um pinote e sai dali mais uma vez sozinha, chorando por entre as vielas do Poço – que era para que o advogado não visse suas lágrimas. Decide não pegar a barca e vai caminhando, tristonha, até a Rui Barbosa. Quase uma hora a pé. Remói mágoas, pensamentos erráticos. Na caminhada, as visões de casas e bairros são as distrações gratuitas que lhe lavam a alma. Entra na igrejinha barroca do lugarzinho que já foi o Sítio das Jaqueiras, capela de Nossa Senhora da Conceição – que também é Iemanjá – e reza pelo filho. Observa a história, em ricos azulejos portugueses, de Jesus Menino e chora de ver aquilo, emocionada com o que lembra do episódio de Herodes a perseguir as crianças inocentes. Depois faz genuflexão, vai às margens do Capibaribe, devagarinho, até que chega à estação Ponte d'Uchoa e pega o bonde rumo à sua visita semanal à cadeia do Recife.

65 – Pensamentos secretos de doutor Sepúlveda

Toda vez que viajava para sua terra natal, Londrina, passava um tempo na casa dos velhos pais. Há tempos não os vê, cerca de dois ou três anos. Agora que está em Londrina, hospedado no aconchego do lar da velha infância, sente-se estranho, como se todos ali fossem completos desconhecidos. E, então, ele se carcome em uma espécie de estranha depressão: apenas quer fugir dali, viver sua vida do jeito que é, longe das lembranças de outrora que só lhe trazem fraqueza.

Nos primeiros dias de Londrina, era sempre isso. Ele nem dizia para Laura e nem ela notava. Na frente de todos ou até mesmo quando inquirido, fingia serenidade e simpatia. Mas, quando sozinho, ensimesmava-se. Até mesmo os irmãos e irmãs mais achegados, naquela situação, viravam meio que completos desconhecidos. E, no fundo, envergonhava-se de sua própria família de gente simplória que falava errado e se alegrava por qualquer besteira. Nunca gostou de conviver de verdade com seus irmãos. O pior é que parecia um sentimento esnobe, misto de nojo familiar e fuga. Quando estava com seus pais e seus irmãos, ele queria mandar o mundo às favas, queria fugir dali rumo ao seu mundinho: seu corpo se inundava de torpores sociopáticos, daqueles que ferem de morte o quarto mandamento do honrar pai e mãe. Quando estava ali, irritava-se por qualquer coisa que familiar dissesse, mas fingia simpatia. Um calor diabólico subia-lhe pelo corpo e, quando se sentia culpado por ter esses faniquitos, pensava em se esconder num canto escuro, um que fosse difícil de fato de se achar. Odiava, em particular, o convívio com o irmão mais novo. Não porque não gostasse dele, mas porque não conseguia compreender direito o que o rapaz dizia e não tinha paciência de tentar se fazer entender: o rapaz era surdo. Era irmão adotado. Ele tinha quinze e o irmão, cinco quando fora adotado. Sua mãe, dona Shirley, uma santa, fizera isso ao se compadecer do garotinho surdo e maltratado. Seu pai, um católico fervoroso, acompanhou o desejo de adotar o menino. Sim: seu irmão caçula ficara surdo de tanto apanhar do pai original, hoje preso. Batia, do que ficou sabendo, preferencialmente nas orelhas. Hoje o caçulinha da família cresceu em seu lar adotado, mas era muito novo para aprender direito as palavras. Chamava a mãe adotada Shirley de "Chulé" por não entender direito que o nome era aquele quando lia os lábios das pessoas. Pois bem, doutor Sepúlveda odiava aquele irmão adotado, não suportava estar naquela casa. Apesar de todos esses pensamentos – que lhe denotavam a total falta de empatia –, ele percebia a frivolidade de tantos sentimentos absurdos, e às vezes pensava até em tirar a própria vida. Mais um absurdo. Depois, entrava no banheiro e tomava um banho para simplesmente chorar. Um ou dois dias após, no entanto, voltava ao normal. E lá estava ele, a conversar alegremente com o irmão e rir do anedotário espontâneo do velho pai. Coisas da vida.

Parte VIII
Coisas da vida

66 – Adolescência de Serginho

Serginho mora com os pais, doutor Zago e dona Matilde, mas vive planejando sair de Confeitaria porque quer morar em Recife. Sempre quis Recife: o contato com a cultura, com o cinema, com as artes e a boemia. Ele não tem namorada, mas tem revistas que mostram as pernas de atrizes ou então calendários com ilustrações das garotas de George Petty. A empregada passa a ceroula do rapaz, que daí fica dura como uma tábua na região das partes íntimas. Ela cochichava para as conhecidas que era porque Serginho não tinha namorada.

O rapaz sempre se metia em algum episódio. Certa feita, após o enterro de um amigo – pobre amigo que morrera de pneumonia –, quando estavam saindo do cemitério de Confeitaria, apareceu uma velha dizendo que o primeiro que saísse do cemitério seria o próximo a morrer. Ninguém saiu. Tiveram que pedir almoço na vendinha com medo de que a maldição pegasse. O povo ficou dizendo:

– Eita mundiça, eita mundiçagem!

Serginho foi o primeiro a sair e, sem pejo algum, mandou a tal velha maluca tomar no meio do cu. Estirou a língua e foi-se embora rindo.

67 – Direita e esquerda

Rosenberg, de esquerda, quando soube que os integralistas, da extrema-direita, tinham sido executados no próprio jardim do palácio Guanabara, veio a público para dizer que o Estado Novo lembrava um pouco o tempo do Império Romano. Manifestação qualquer era tratada como Jesus declarando-se Messias e sendo crucificado no dia seguinte. Logicamente, pregava Rosenberg, os integralistas buscaram sarna pra se coçar, quiseram dar um golpe, não estavam gostando muito do jeito de Vargas e seu Estado Novo. Agora ditador, portanto, Vargas negou candidatura à presidência ao líder integralista, Plínio Salgado. Integralistas queriam o fascismo tupiniquim legítimo no poder, não um ditador de direita, meio protofascista, como Vargas, que muitas vezes, por puro populismo, atendia a pautas da esquerda a seu bel-prazer.

– Mas claro que Vargas está certo, Rosenberg. Neste caso não tem nenhuma comparação com Império Romano. Quanto exagero... sempre exageras! Aqui, foi intentona integralista, tentativa de tomada de poder à força – argumenta doutor Sampaio.

– Eita, doutor Sampaio, que viraste um perfeito áulico desse governo autoritário, valha-me – responde doutor Rosenberg.

– E tu, agora vens com colocações cada vez mais esquálidas. É o que acho – arremata doutor Sampaio, jogando seu cigarro num canto e despedindo-se do amigo. Os dois estavam de saída na entrada do Lafayette, tentando se proteger daquela chuva precoce de meados de maio.

68 – Mariquinha, a jovem do *Bund Deutscher Mädel*

Ela fala francês, toca piano como ninguém, acredita na família e no poder misericordioso e justo de Jesus, Maria e José. Agora ela está em seu quarto a pentear os cabelos, a maquiar-se com esmero. Há três anos, casara-se com Francisquinho. Os dois vivem em eterna lua de mel. Viajam para a Europa duas vezes por ano, estão sempre juntos, e vivem um casamento que parece perfeito. Ela está à frente de sua penteadeira de madeira de mogno, de tampo de mármore, espelho liso e cristalino com moldura igualmente de mogno.

O quarto, amplo e organizado, limpo de dar inveja, cheira a rosas e diariamente recebe Mariquinha às nove horas da manhã. Depois do banho, ela vem à penteadeira para escovar os cabelos, arrumar-se, maquiar-se para o dia que está começando. Todos os dias, ela está impecável. Arruma-se, sai à rua para caminhar, compra itens na mercearia, conversa com alguma amiga. Volta à casa para entregar verduras, carne e grãos a dona Onorina – que fará aquele rosbife acebolado para o almoço. Depois do almoço, Mariquinha há de fazer a sesta e depois voltará a se arrumar e retocar a maquiagem para, no fim da tarde, sair com um de seus muitos chapéus a passear de braços dados com o marido Francisquinho – que, a essa altura, terá voltado do trabalho e retocado sua gravata para o longo passeio vespertino com a esposa.

– Mariquinha é muito dengosa. Um alfenim que não se pode tocar de qualquer jeito – é o que as amigas comentam sempre que a veem de passeio com Francisco.

Mas, às nove da matina, é hora de Mariquinha se arrumar e se maquiar. Naquele dia, ela coloca em seu gramofone uma de suas cantoras francesas favoritas, Fréhel, a cantar "Si tu n'étais pas là". Mariquinha sabe cada nota, cada palavra. Acompanha com a sua linda voz. Às vezes, levanta-se e, mesmo com sua escova na mão, dança abraçada a si mesma e canta:

> *Si tu n'étais pas là*
> *Comment pourrais-je vivre?*
> *Je ne connaîtrais pas*
> *Ce bonheur qui m'enivre*
> *Quand je suis dans tes bras*
> *Mon cœur joyeux se livre*
> *Comment pourrais-je vivre*
> *Si tu n'étais pas là?*

Depois canta a "Chanson Tendre", interpretada pela mesma Fréhel. Impressionante como Mariquinha consegue imitar com precisão os erres encaracolados da cantora francesa. Lá fora, um chuvisco grosso incomum. No interior da casa, a música se espraia por todos os cantos. Enquanto ela dança, passam por seus olhos os quadros na parede: de um lado, algumas cópias de quadros impressionistas e um coração de Jesus em alto relevo, talhado em madeira. Na parede oposta, um quadro gêmeo ao do coração de Jesus, Maria, mãe de Deus. Nossa Senhora de quê? Ela não sabe e nem pensa muito nisso. Ainda, no amplo quarto, entre rosários, flores, cruzes e um altarzinho para Santa Águeda, há um piano exclusivo e seu gramofone particular. É um piano relativamente simples e compacto, de armário, que ela usa para acompanhar as músicas do gramofone ou então passar a tarde treinando alguma canção nova. Na sala, também há um piano: um maior, de cauda, Steinway & Sons, presente do pai, importado da loja da marca em Nova Iorque. Este ela usa nos jantares semanais que oferece aos amigos ou à família. Às vezes ela sai do quarto a dançar, dona Onorina observando, lá da cozinha, o rodopio da garota por entre a mobília impecável. Mariquinha, que acha que está só, para em frente a uma coleção de bonecos japoneses e faz mugangas, como se estivesse num tatame de judô. Dona Onorina imediatamente sai da cozinha a advertir:

– Oxe! Faça isso não, Mariquinha. Senão teu filho vai é nascer com olho puxado. Visse?

A menina toma pequeno susto, dá uma risada, faz um aceno com a mão para a cozinheira como a dizer "deixe disso" e volta para o quarto. Senta-se em frente à penteadeira. Lentamente, usa a pinça para retirar qualquer fio que ameace a sua ausência de sobrancelha. Então, redesenha uma sobrancelha com lápis, traço fino e marcante. Cuidadosamente, verifica os cílios recurvados e aplica-lhes a máscara mais escura que possui, para deixá-los o mais visivelmente destacados. Aplica vaselina sobre as pálpebras para contrastar com o brilho dos cílios e toma seu estojo metálico e reluzente de sombras. Aplica o pó acastanhado sobre as pálpebras – discretamente, no entanto, já que aquela hora do dia pede tons menos pronunciados. Depois lentamente esparge pó rosa chá ao longo das bochechas, marfim com leve toque rosado. Toma seu batom da Max Factor, rosa claro, e desenha na boca um *smear crawford* adaptado ao seu gosto.

Mariquinha não é a mais bela, porém exala carisma por todos os poros: charme, trejeitos, elegância. Ela é conhecida por sua vaidade inocente e por se maquiar sem excessos. Essa característica, junto com os cabelos permanentes, com tintura discretamente aloirada, davam-lhe um verdadeiro ar de Norman Shearer, como as pessoas da cidade costumavam comentar. Além disso, Mariquinha é conversadeira, puxou um pouco à mãe. Mas possui conversa notadamente agradável, destoante daquilo que a maioria das outras garotas gosta de conversar: ela fala de Europa, de quadros da Renascença, de *chansons françaises*, de vestidos e de chapéus, tudo sobre a última moda. Nesse último quesito, até que se assemelha um pouco a suas vizinhas ricas de Confeitaria. E, como qualquer mulher da cidade, sabe costurar, bordar, tricotar e a arte do crochê: é prendada. Só não gosta muito da cozinha. Isso ela deixa para a formidável dona Onorina. Mas, no geral, realmente destoa da maioria das garotas de sua idade: ela conhece óperas e música clássica, filósofos e um tanto de *avant-garde*. Às vezes, sonha em se dedicar ao surrealismo, tirar fotos como aquelas que vira na coleção do irmão safado, Serginho, fac-símiles da obra de Man Ray, com modelos seminuas mas excelentemente retratadas, a musa de Jean Cocteau e Salvador Dalí, Adrienne Fidelin. No entanto, esse sonho é por demais distante de sua realidade de senhora jovem, casada e prendada do interior. De qualquer forma, Mariquinha sonha. Ama o audiovisual, e sente que facilmente se tornaria uma diretora de cinema – se tivesse a oportunidade. Dessa forma, fala um pouco de alemão, ama profundamente a diretora de cinema Leni Riefenstahl e adquirira na Europa uma cópia da película que já tinha assistido umas duas vezes, a do filme *Triumph des Willens*. Tem um projetor portátil para esse fim. E, ao ver esses filmes alemães, ela treina alemão e aproveita para admirar, como costuma dizer, "a força de vontade do povo teutônico".

– Os discursos do Führer são mesmo inspiradores! – comenta Mariquinha para Francisquinho. Ela, de propósito, tem um sotaque de atriz de Hollywood. Estão à mesa, na hora da ceia, naquele dia de Fréhel e outras músicas francesas compostas por Gaston Claret.

– Disciplina e vontade. É o que falta no povo brasileiro... – responde Francisquinho, enquanto toma sua canja de galinha.

69 – Uma pequena história de vovó Naná

Vovó Naná adora contar suas histórias para o povo da vizinhança:

– Oxente, *atotô*, meu rei! Conhecido meu que foi sozinho de Recife para Olinda por aquela prainha que tem por trás do rio Beberibe. Sabe qual é? Ainda era no tempo que tinha uma ligação entre Recife e Olinda pela praia. Depois veio aquela onda que acabou com a passagem e transformou o Recife Velho em uma ilha. Coisa que é bem mal-assombrada. Ali naquele caminho é onde tem um mato que tem a fortaleza do buraco. Nunca vá por ali, porque tem a Cruz do Patrão, que é lugar cheio das assombrações dos espíritos de escravo africano morto em navio negreiro. Ossanha e a virgem me protejam, ave! Meu primo foi caminhando saindo do Recife Velho pra pegar encomenda em Olinda na Ladeira da Misericórdia. Coitado! Tu sabe que é caminhada longa. Pois bem, saiu cedinho, ao nascer do sol. Nunca tinha ido por ali. Algum malandro disse que era um atalho bom. Mas... que nada! Saiu pela ruazinha do Bom Jesus e caminhava faceiro, achando que seria fácil. No fim, foi horrível. Forte do Brum, estradinha e, à esquerda, estava a tal Cruz, alta, de pedra. Pense numa assombração com chocalho e gemido de gente morta. Não tinha ninguém, ele sozinho. Susto de morrer. Era a voz dos escravos mortos no navio, chorando de saudade da África, almas sem proteção dos Orixás.

Ela continua suas histórias meio que emendando uma na outra, sem se preocupar muito se a plateia está ou não enfadada:

– Por falar em escravo, minha avó, que era escrava lá pros lados de Salvador, tentou comprar alforria lavando roupa na Lagoa do Abaeté. Ela era uma das pretas de Itapuã. Quando pequena, eu morava na Bahia, no Recôncavo. Nasci numa cidadezinha chamada São Francisco da Barra de Sergipe do Conde. Oxe, tá danado, que o nome é grande assim mesmo, meu rei! No mês de fevereiro, como é de se esperar de todo baiano beato e de toda baiana devota, eu fazia minha romaria até Salvador, eu mais a mãe e mais as irmãs, pra saudar Oxalá, o Nosso Senhor do Bonfim. Amava aquela procissão que saía de Nossa Senhora da Conceição da Praia seguindo os contornos da costa até a colina sagrada, Igreja do Bonfim. Ali, todo mundo lavando a escadaria e se comprazendo com o serviço dedicado ao santo. *Atotô*! Minha mãe tinha é orgulho de ser ialorixá de Oxalá. Mãe de santo de Oxalá; não era pra qualquer uma, não, pense!

E, a partir do que ela conta, todos percebem claramente que, na cabeça da pequena Naná, a Naná criança, benza Deus, não havia felicidade maior do que o dia de Nosso Senhor do Bonfim. No mais, ela conta sobre os pais e sobre os avós. Nunca conhecera o pai de sua mãe. Ao que consta, ele passara a vida numa fazenda de Ilhéus como escravo. E sua mãe, por causa do ventre livre, nascera alforriada, assim como Naná, nascida nos estertores da escravidão oficializada. A lei Áurea veio quando ela tinha quase quinze anos de idade. Ao contrário de Naná, que nascera forra em uma casinha nos subúrbios de São Francisco, a mãe, dona Xica, nascera forra na fazenda em Ilhéus; e, nessa situação, no fim das contas, acabou mesmo trabalhando desde criança no cacau como "empregada" do coronel de lá. Dona Xica só viu mesmo a cara da liberdade quando já tinha uns quinze anos, quando fora levada embora por um escravo forro que se engraçara dela e que, a muito custo – e depois de pagar uma taxa que de legal não tinha nada –, viera com ela para sua cidade natal, São Francisco. Quando saiu a lei Áurea, toda a família de dona Xica saiu de Ilhéus e veio para o Recôncavo. Seu pai, no entanto, morrera na senzala, diz-se que de infecção misteriosa. E, portanto, Naná só soube do avô por histórias contadas pela mãe. Vovó Naná conta sobre o avô materno com muito orgulho, pois, segundo ela, ele havia sido um dos que participaram do levante chamado "Revolta dos Malês". Em seguida, conta sobre seus primeiros serviços: primeiro na lavoura de cacau e, depois, aos doze, quando foi morar em Salvador a trabalhar de arrumadeira na casa de um engenheiro paulista que trabalhava na Light para os ingleses e que morava no Corredor da Vitória, numa daquelas mansões coloniais de recuos laterais e sanitários próprios. A mãe, que lhe conseguira o emprego, tinha acabado de começar a trabalhar na mansão logo ao lado. As duas moravam nos respectivos locais de trabalho, no quartinho dos fundos, sem ventilação, sem janela: senzala dos novos tempos. O pai ficou em São Francisco, cachaceiro e ausente, frequentador assíduo de botequins e puteiros. A única saudade era da mãe de seu pai, a vovó Rita, que lhe contara tantas lendas sobre os malês, seus ancestrais e sobre a força da mãe África. Tais pensamentos eram o remédio bendito na hora do trabalho. Porque eita casa danada de trabalhosa! A gigante mansão lhe deu bastante dor de cabeça no início. Sozinha, tinha que arrumar os oito quartos, a sala de estar, a sala de jantar, o salão de bailes, a biblioteca e outros cômodos. As demais serviçais trabalhavam ou como cozinheiras ou como babás dos filhos da sinhá.

– Quero lhe contar um segredo, posso? Só que tem que ser no pé do seu ouvido – disse, um dia, o patrão, mais manhoso não havia.

Foi naquele dia que Naná descobriu a safadeza masculina. Naquele mês, ela experimentou todo o arsenal de sem-vergonhice de um homem, desenvolveu uma relação de amor e ódio por aquele que estava lhe iniciando nos mistérios do prazer carnal. No início, sentiu dor, ficou com raiva de si mesma. Depois, gostou da sem-vergonhice, sentiu prazer, sentiu-se amada, queria mais. Depois, até os filhos mais velhos do patrão, jovens de dezesseis ou dezessete anos, se aproveitaram. Às vezes, Naná ficava em dúvida se estava trabalhando como arrumadeira ou como outra coisa. No mês seguinte veio o desprezo, o abandono, a tristeza, a expulsão, o ódio e a solidão. Queria matar o crápula que lhe roubou a virgindade e a inocência infantil. Queria matar a sinhá que havia lhe chamado de "puta" e rasgado-lhe as roupas quando descobriu o concubinato. Na verdade, sentiu vontade mesmo de matar a si mesma. Não disse uma palavra à mãe, não queria incomodar. Todas as empregadas do bairro já sabiam e Naná agora estava na berlinda, era a nova putinha do engenheiro, diziam as bocas fofocantes. Precisava de alguém com quem pudesse conversar: não sabia o que fazer, doía-lhe a alma, nunca imaginou que pudesse haver sofrimento igual. Ela finalmente descobriu que a vida não é feita nem de bonecas de pano nem de carinho de avó. Ninguém a consolou: nem padre, nem pai de santo, tampouco a mãe, que fingia que estava tudo bem. Buscou novo emprego e assim o conseguiu em casa mais modesta, mas mesmo assim grande, dessa vez no Rio Vermelho. Ela morava numa casinha perto da praia, ajudando nos serviços do terreiro à noite, praticamente uma aprendiz, pretendente a iaô. Durante o dia, subia a ladeira para ir até o ponto mais alto do bairro. Era uma caminhada e tanto. Era casa grande, mas não chegava a ser mansão. Dessa vez, não tinha cozinheira e ela também tinha que fazer a comida. Logo nos primeiros dias, percebeu que ali também o patrão se metia a tirar casquinhas e depois se aproveitava, colocava-lhe a mão na bunda como se fosse algo natural e depois arrastava-lhe para o quartinho de empregada para fazer o que queria. Ela era praticamente arrastada como uma boneca, um autômato inanimado. Quem a visse fazendo tanto sexo acharia que ela tinha fogo no rabo. Ao contrário: odiava cada minuto. Fazia obrigada. Fazia porque ingenuamente achava que a autoridade do patrão pairava sobre seu serviço e sobre seu corpo. Ao que parece, o destino lhe reservou os gritos da patroa e os gemidos do patrão. Será que sua mãe, que trabalhava nas casas de Salvador há mais tempo, também passava por tais constrangimentos? A partir desses pensamentos, tinha a impressão de que a mãe sabia de tudo... mas nunca perguntava nada. Era como regra incógnita que fazia parte do jogo e não havia como escapar. Queria fugir, mas entrou naquela roda viva que exige o trabalho mais torpe para a recompensa mais simples: o pão de cada dia e um dinheirinho no final do mês.

A mãe de santo do Rio Vermelho, especialista em Iemanjá, deu-lhe uns bons conselhos, contou a Naná que aquela putaria dos patrões não tinha nada de natural. Naná então começou a aprender mandingas para murchar o membro dos assediadores. Tornou-se mais altiva e, da noite para o dia, resolveu ir embora de Salvador. Agora tinha treze para catorze. Aproveitou que uma prima de São Francisco, Viviane, que já era iaô de Xangô e tinha seus vinte e cinco anos, estava se mudando. Foram embora para São Lourenço, Zona da Mata de Pernambuco. Quem sabe, os novos ares deixavam para trás a angústia que acumulou naqueles primeiros anos de uma puberdade traumática.

No início, em São Lourenço, seu novo lar, a jovem Naná não quis sair com homem de laia alguma. Depois de algum tempo, quando tinha os seus quinze para dezesseis, foi se acostumando à ideia. Começou a dançar forró com alguns rapazes e a cultivar namoros ou casos que duravam uns poucos dias. Até que conheceu seu Odilon, caboclo de seus trinta anos, bem apessoado, morador de Vila Candeia, lá para depois do Agreste, dono do pequeno sítio à beira do Brejo do Umuarã. Ele estava ali a serviço, cortar cana para arrecadar um dinheirinho, trabalhar nos vários processos de um grande engenho de açúcar, pertencente a uma companhia britânica, nos subúrbios da cidade, Engenho Tiúma. À noite, seu Odilon ia para o centro de São Lourenço tomar uma cachacinha e dançar um forró. Foi assim que conheceu Naná. Quando chegou a época da entressafra, seu Odilon disse a Naná que estava voltando para o seu sítio, no Sertão. Pediu a mão ali mesmo, dentro do botequim de seu Amaro. Ela aceitou na hora e foi embora para Vila Candeia. Viviane, que criara um dengo descomunal pela prima, não quis ficar só em São Lourenço, disse que se mudaria para Vila Candeia mais Naná. Não a deixaria só nessas horas. As duas ficaram morando numa casinha alugada no centro da vila e, quando chegou a hora, seu Odilon veio buscar a noiva para torná-la dona de sua chacrinha no pé da Serra. Casaram-se quando ela completou dezesseis, papel passado, na capelinha da vila, com a presença em peso dos moradores do lugar. Seu Odilon, muito católico, de início não gostou nada dessa história de Naná ser catimbozeira. Mas depois se acertaram. E então Naná se iniciou: Viviane, ainda iaô, apresentou a prima para outras mães de santo de Confeitaria, que lhe ministraram o ritual de iniciação, batismo de sangue, a feitura de santo de vinte e um dias. Naná será, a partir dali, iaô, noviça: filha de Ossanha.

Ela teve cinco filhos, seis exatamente. Um deles morreu cedo, de difteria, o que o povo da vila chamava "crupe". Todos lembram do sofrimento da jovem mãe: a menininha, Clara, pegou o que parecia uma gripe normal que depois evoluiu para algo pior, tosse crônica e depois asfixia e morte. Clara só tinha dois anos. O último filho, Pedrito, nasceu com síndrome de Down, o que o povo ali chamava "mongolismo". Cresceu como um grande companheiro dos pais e foi muito amado pela família e pelos amigos. Quando tinha seus vinte anos, Pedrito viajou com seu Odilon para o Recife para resolver pendências cartoriais. Odilon queria aproveitar a viagem para mostrar o mar ao filho, que nunca saíra de Confeitaria e, portanto, nunca vira o mar. Dona Naná passou dois dias insistindo que seu Odilon não viajasse. Dias antes, ela jogara *merindelogun* e os búzios mostraram coisa feia. A viagem de ida foi tranquila, Pedrito conheceu o mar, ficou feliz. Na volta, houve um problema com o trem na altura de Vitória de Santo Antão e tiveram que continuar dali em um ônibus velho. Na serra das Russas, o veículo tombou sem deixar sobreviventes e, aos quarenta, dona Naná ficou viúva. Foi nessa época que as filhas mais velhas,

Marilice e Soraia, depois de casadas, foram morar na Bahia, conhecer os familiares baianos e procurar emprego em Salvador. Zezé foi o quarto filho. Tinha um ano quando Clara morreu. Tinha vinte e três quando Pedrito se foi.

Após a morte de seu Odilon, restaram Zezé e Marieta – a quinta filha, que se casou cedo, foi embora para Caruaru e nunca aparecia em Vila Candeia, virou evangélica e odiava macumba. Então foi a vez de Zezé se casar. Aos vinte e quatro, conheceu Eunice, ela com dezenove, moradora de Confeitaria. Depois do casamento, acabaram ficando com dona Naná, cuidando do sítio, tocando a rocinha de macaxeira e jerimum, junto com o pequeno rebanho de cabras e as poucas galinhas. Zezé fortaleceu a amizade que seu Odilon já tinha com os índios Xererê do Brejo, algo bonito de ver. Tanto que o Kuati-mirim, filho do cacique da tribo, praticamente vivia embiocado no sítio de Zezé a brincar com Carolzinha e Águeda, netas e xodós de vovó Naná. Naná, até aquele momento, apesar das agruras da vida, dizia-se alguém muito feliz. E, de fato, assim aparentava. E aí Zezé foi preso no Recife; e aí a vida ficou azeda que só umbu que não amadureceu.

70 – Bolo de rolo com chá de cidreira

– Dona Naná vem do Recife só para falar comigo – diz doutor Zago, enquanto desenvolve as atividades manducativas matinais, ricas em ovo à la coque com sal e manteiga mais pãozinho francês, cujo fim é o de ser molhado na cremosa gema alaranjada de capoeira.

– Como tu sabes?

– Está escrito aqui nesta carta, provavelmente redigida por Carolzinha: "Doutor Luiz, estarei em Confeitaria no dia dois, que é pra mode tratar de assunto sério, tanto de Zezé quanto do advogado de nome estranho" – diz o médico, destacando a parte do "redigida por Carolzinha", a fim de ressaltar que vovó Naná de fato é analfabeta até o talo.

– E qual é o problema? Desde que não chegue mui temprano...

– Matilde, não sei o que dizer...

– Ah, barbaridade! Quanta acídia, Luiz! Inventa qualquer mentirinha que já dá conta do recado, tchê. Esses pretinhos acreditam em qualquer coisa... podes dizer algo como "Zezé está em boas mãos, não te preocupes". Ou "o advogado de nome estranho vai tirar Zezé da cadeia".

– Doutor Mario Rosenberg é o nome do advogado de "nome estranho". Ah, não sei se é boa ideia... essa história de dar muita esperança... – e depois de pequena pausa: – Ademais, Matilde, estás resfriada? Vê-se claramente que sim. Vamos lá, prepara para nós uma rica gemada com ovo de pata e vinho do porto que se resolve isso ligeiro!

No referido dia, vovó Naná aparece na frente da casa de doutor Zago, acompanhada de Carolzinha. O relógio registra onze e catorze da manhã. Ela bate palmas, dona Matilde é quem atende:

– Minha gente, vamos chegar! Que satisfação, dona Naná. Carolzinha, está uma moça! Quase não reconheci. Por favor, entrem, fiquem à vontade. Luiz já virá lhes atender – diz a dona da casa, iniciando uma prosa, reparando com desprezo e olhares pouco discretos o vestido de chita florida de vovó Naná, colocando o Almanaque Fontoura de volta na mesinha de centro, para caso Carolzinha queira folheá-lo, caso calhe de ficar enfadada com as conversas da gente mais velha.

– Obrigada, fia. Que viagem longa, virgem!

– Fiquem à vontade, sem cerimônias, a casa é de vocês. Gostariam de bolo de rolo com chá de cidreira? – diz dona Matilde, perguntando por perguntar, pois já vai servindo as visitas sem pensar duas vezes. – Sentem-se, fiquem à vontade.

– Obrigada.

– E como vai a vida, dona Naná? Onde estás hospedada?

Vovó Naná conta que está hospedada na casa da prima Viviane, em Vila Candeia, e que aproveita a vinda não só para conversar com doutor Zago sobre Zezé, mas também para visitar a família e trazer Carolzinha para rever os parentes. Em seguida, narra toda a história que já havia contado mil vezes a doutor Rosenberg e a tantas outras pessoas sobre a casinha que doutor Zago meio que arranjou no bairro dos Coelhos e sobre o fedor do rio. Antes que pudesse detalhar esse aspecto, é interrompida pelo aparecimento de doutor Zago, que chega elegantemente vestido, como sempre, mas com fato mais simples. Usa uma boina marrom. Dona Matilde se retira, satisfeita de se desvencilhar daquela conversa "cansativa" e "pouco bem-vinda", como ela mesma dirá depois ao marido. Doutor Zago cumprimenta as duas, está nitidamente feliz em revê-las, tem-nas em alta conta. Vovó Naná, falante que só, pergunta tudo, informa-se de tudo. Já Carolzinha passa o encontro praticamente calada, revirando com curiosidade o Almanaque Fontoura. O médico acende seu cachimbo, toma uns goles do chá de cidreira e ouve atentamente as queixas de vovó Naná. Ao final da conversa, solta sua conclusão:

– Dona Naná, não te preocupes. Zezé está em boas mãos… logo, logo estará solto.

Essa fala tem peso fenomenal, tranquiliza sobremaneira à mãe desesperada. E vovó Naná sairá de Confeitaria mais aliviada: "que homem bom é esse doutor Zago!", pensa ela efusivamente. Ela está hospedada em Vila Candeia, na casa da prima, mãe Viviane, e passará uns dois dias por ali para colocar as novidades em dia. Quando tiver a oportunidade, não deixará de comentar, com emoção, materializando seus pensamentos:

– Que santo homem é doutor Luiz Zago!

– Oxe, sei não… Acho que é homem normal. Se iluda não, prima.

– Ah, *atotô*! Vá catar coquinho! Oxe, prima, tu é que não gosta dele e da mulé dele. Onde já se viu? Sempre foi assim, desde que chegaram em Confeitaria. Lembra? "Virgem, aquela ali fala toda diferente e olha pr'arrente com cara feia". Era esse tipo de comentário invejoso que tu fazia.

– Prima Naná, deixa eu te explicar uma coisa. Essa gente de Confeitaria se convenceu de coisas que só tão na cabeça deles. Duas ideias erradas pra ser sincera. Uma: que doutor Zago é santo só porque atende todo mundo e tem cara de bonzinho. Outra: que doutor Zago e a mulé são melhores porque têm olho azul, são do Sul e têm sotaque do Sul. Oxe, esse povo daqui é muito abilolado e besta! Partindo dos mais ricos: se abaixam tanto pra gringo que deixam o fiofó de fora. Depois vem a rebordosa e aí ficam tudo chorando. Ouça o que eu digo.

Coincidentemente, não muito longe dali, coronel Ernesto, na mesa de jantar, atividades manducativas noturnas, comentará, logo após jogar o guardanapo de pano do lado direito do prato:

– Esse doutor Zago? Ah, minha gente. Lembram do dito que diz "com bananas e bolos se enganam os tolos"?

71 – Lampião morto da silva

Em Pernambuco, especialmente em Confeitaria, ninguém mais falava em coronel Ernesto. Nem em cacique Guará. Parece que, finalmente, a paz havia chegado naqueles recônditos. O Estado Novo, muita gente dizia, esmagou de vez de coronéis a cangaceiros. E, ainda, outros completavam, levou junto de índios a comunistas. Tudo isso bem refletido numa notícia daqueles dias que deu o que falar: a de que Lampião e seu bando caíram numa emboscada lá para os lados de Angico, Sergipe. O tenente Bezerra – o "cão coxo" –, velho conhecido de todo o interior pernambucano, fez o tal serviço: seus volantes deram cabo do bando com metralhadoras portáteis, depois cortaram as cabeças dos cangaceiros, levaram-nas em exposição até Maceió e enfim para as cidades do Sudeste. O próprio Getúlio recebeu o tenente Bezerra no palácio do Catete – sucesso extraordinário. Nas manchetes, havia todo tipo de palavras:

Morto Lampeão!

Confirmado o extermínio de Lampeão

Decapitados Lampeão, sua mulher e nove comparsas

O DEGOLAMENTO DE LAMPEÃO

Cabeça de Lampeão disputada pela sciencia!

e por aí vai. Essa última manchete fazia menção aos médicos lombrosianos de todo o país que queriam medir, pesar, examinar as cabeças para provar que os crânios dos cangaceiros eram, de fato, crânios de assassinos. Ao que parece, um deles, o doutor Carlos Menezes, do Instituto Médico Legal de Aracaju, classificou-os como crânios "comuns" e "normais", deixando Lombroso a ver navios.

– Muito bárbaro isso – comenta coronel Ernesto, lá no puteiro de dona Cândida, trazendo um jornal debaixo do braço. – Até que havia glamour nessa história de cangaço. Logicamente, eu odiava o cabra. Mas Sertão sem Lampião vai ficar menos romântico. Não será o mesmo Sertão. Até eu vou ter que mudar. Próximo ano me candidato a senador de uma vez por todas; tu me ajudarás a conseguir os vinte mil nulos e brancos. E aí eu viro senador. A gente compra a porra do Sertão inteiro e, daqui, dou banana para o porra do Getúlio e, ao mesmo tempo, para esses merdas comunistas! Que se fodam! Aqui não vai ter comunista porra nenhuma! Na minha terra, não, logo eu!, que sou parente daqueles coronéis baianos, Horácio de Matos e seus amigos, que perseguiram a coluna Prestes e deram-lhe um chute na bunda. Aqui, ó, tem ordem, tudo está no seu lugar. Menos Lampião, mosca morta. Puta merda, nunca imaginei que o boçal do tenente Bezerra fosse pegar aquele bando. Tá com a bubônica: eita bicho metido a besta esse Bezerra! Conheço o cabra de perto, quem diria! No fundo, o filho da puta do Lampião vai fazer falta. Depois dele nunca mais vai ter cangaceiro e faroeste caboclo.

– Romântico? – ri-se dona Cândida. – Oxe, tu não sabe, mas Lampião já dormiu com minha sobrinha Erminda. Foi não, Erminda? – grita a cafetina pelo salão, na tentativa de fazer Erminda, provavelmente embiocada em algum quarto, escutar a conversa. – Eita menina escondida da gota serena. Mas, quando ela sair da foda, eu vou perguntar e tu vai ver que não estou mentindo. Lampião comeu Erminda, sim, visse? Quando ela tinha quinze anos!

– Eita porra! Erminda nunca me contou essa história. Pare de mentir, mulher! Inventando galha em Maria Bonita, que bonito isso!

– Vá lamber sabão, arralá! Tu vai ver que é verdade! Oxe, enquanto isso, quero ver se adivinha. Dou-lhe um doce se me disser de onde vem esse licor – diz dona Cândida, servindo um copinho do dito cujo, ajeitando seu cabelo curto, aloirado, encaracolado, de laquês e tons claramente inspirados em Marlene Dietrich.

Após um gole e um monte de caras e bocas, mexe a língua de lá para cá e aventura-se em palpites:

– Esse é o nó górdio da questão... pela cor e sabor é jenipapo, provavelmente do convento das carmelitas de Olinda. Mas já tomei aquele lá e esse é bem diferente. Menina, tu sabe que sou especialista em licor, mas esse aqui tá complicado. Porra, parabéns! De onde é?

– Daqui, do Cabaré de Dona Cândida.

– Pronto! Puta que pariu, depois de inventar carochinhas de Lampião, agora vem com licores. Oxe, Cândida, nunca vi pessoa mais mentirosa que tu!

Dona Cândida cai na gargalhada e senta-se no colo de seu cliente de prestígio e diz-lhe ao pé do ouvido:

– O rei do cangaço está morto. O rei do Sertão vive. Longa vida ao rei!

Parte IX

Os anéis e os dedos

72 – A volta do promotor

Dizem por aí que aquele promotor que investigava a morte dos índios agora junta a morte do cacique Guará e o genocídio mais recente às peças antes coletadas sobre o primeiro massacre do Brejo. Josué de Castro e Cavalcanti – o promotor em questão, e filho do ilustríssimo jurista e catedrático Luís Carlos Antenor Ribeiro Cavalcanti – avança em suas investigações com ímpeto nunca antes visto.

– É bronca! Que presepada da porra!

Coronel Ernesto está agoniado. A mão de doutor Sepúlveda não tem influência alguma sobre aquele jovem buscador da justiça e da verdade. Toma, de uma vez, mais um copo de sua bendita cachacinha Tremosa e tenta entender o que está acontecendo. Lembra-se do cacique, que viu mortinho da silva em sua frente. Tenta ser um arúspice retroativo, ver o que o cadáver assombrado perfurado pelas balas de sua pistola glock estava tramando sobre os destinos do império de gado do Brejo do Umuarã. Do auscultado, tudo indica que esse é o futuro pleiteado pelo cadáver, carimbado pelo promotor: o embargo efetivo das terras do Brejo enquanto a morte do cacique não for completamente desvendada. E não dá outra: de repente, do nada, num santo dia qualquer, as sesmarias loteadas foram suspensas por ordem do próprio Secretário de Agricultura.

– Ele tem que segurar o negócio pra gente, porra! – comenta o coronel sobre a atitude do Secretário, que era seu amigo de longa data, por sinal. – Mas segurar de verdade! Senão, vai ser na marra. Esse embargo tem que ser só de bonito, converse com os cabras! E eles que façam o certo, senão já viu! Do nada a Secretaria decidiu embargar as sesmarias: que porra de lei eles estão seguindo? É só pra mostrar serviço e eficiência, já tô vendo que é isso. Esses cabra têm pinta de eficientes, mas, sabe como é, às vezes são uns zé carniça buscando um pretexto qualquer pra foder comigo. De amigos não têm nada: só um tapinha escroto nas costas, escrotos que só a porra!

– Coroné, se o sinhô puder ouvir um conselho… talvez seja melhor não peitar essa gente agora, não… esse povinho se arreta e depois coloca uma peixeira na minha cara, vem exército e aí o preço fica mais salgado – diz

Silvino ao coronel sobre os prepostos do governo e os soldados do exército, que andam por aí a atrapalhar os loteamentos. – A gente conversou com eles ontem, não vi muita cara de bons amigos ali, não, coroné... esse Getúlio Vargas e o governador dele querem mesmo é acabar com tudo que é coroné do interior. O bichinho tá avexado que só!

– Eu não tô acreditando no que estou ouvindo, Silvino! Vai transformar esse toquinho de amarrar jegue em besta fera? Pare de falar merda que teu cu tá com inveja da tua boca, porra!

– Coroné, acho que é mais sério do que pensei... oxe, o sinhô tem que dar uma olhada no troço. O governo, pelo que conversei ontem com esses cabras, andou revendo tudo... o nosso loteamento é ilegal, coroné. Eles dizem que tem aquele acordo de dois anos atrás entre o cacique e o ex-governador Carlos de Lima, aquele de assegurar terras aos índios...

– Mas o cacique filho da puta já não está morto, porra? Esses cabras do governo vieram uma vez por aqui e depois esqueceram o assunto. Por que voltaram?

– Acho que a morte do cacique mais complicou do que ajudou, coroné. Os prepostos que estavam lá ontem me disseram que tem um promotor na cola do sinhô...

– Ah, sim, aquele promotorzinho de merda! Puta que pariu, já tinha esquecido o infeliz. Agora, o que eu acho impressionante é que tu ainda não deu um susto nesse cabra da peste! Esse cabra vem rondando a cidade livremente desde a morte do cacique e ninguém fez nada? Eu quero que deem um susto nesse filho da puta! Pra ontem, Silvino, pra ontem!

– É que ele mora no Recife, coroné... não é tão barato ir a Recife a todo instante...

– Puta que pariu, Silvino! Que gaiatice é essa? Tu é mesmo uma figura azêmola do caralho! Pare com o chororô e tome uma atitude de homem! Se faltar dinheiro, dou-lhe um desses casacos de pele de Letícia, de raposa prateada, que custa uma fortuna. Tu vende e viaja um milhão de vezes para a porra do Recife! Mas como não quero vender a porra do casaco, mande uma merda de uma mensagem ao filho da puta, telegrama mesmo, porra! Em nome dos índios. Qualquer merda que diga que o filho do cacique tá em dificuldades e quer conversar. Aí o cabra vem a Confeitaria achando que vai conversar com o curumim e aí tu arma a arapuca. Entendeu, porra? Falar nisso, por onde anda aquele curumim? Ainda não entendo como o filho da puta tá vivo. Complete o serviço, Silvino!

– Coroné, vou lá no delegado ver como é que eu entro em contato com o promotor... e então passo telégrafo, nem se arrete. Oxe, agora sobre aquele filho do cacique... sumiu, coroné! Ninguém sabe se o infeliz ainda tá vivo ou não. Simplesmente se escafedeu!

Nos dias que se sucedem, Silvino segue mais ou menos o roteiro traçado pelo coronel. O promotor, doutor Josué de Castro, desconfia um pouco se o filho do cacique é capaz ou não de mandar um telégrafo para a promotoria do estado. Como conseguira o contato? Por via das dúvidas, respira fundo e vai a Confeitaria, levando consigo um segurança a tiracolo. Na delegacia, pergunta pelo curumim e pelos outros índios. Ninguém tem notícia. No entanto, há o burburinho de que possivelmente o menino esteja no Recife, morando com a família de Zezé Tibúrcio. Que diacho! Tudo muito estranho. Depois de sondar algumas pessoas, chega à conclusão de que provavelmente fora enganado. Mas, para que aquela ida não passasse em branco, conversará com o capitão do exército responsável pelos homens que estão ocupando as terras do Brejo, verificará se está tudo dentro dos conformes e voltará ao Recife no primeiro trem da manhã.

Ao fim da tarde, o sol não havia se posto, recolhe-se naquele mesmo hotel em que ficara da vez passada. Silvino e outro jagunço já estavam de tocaia. Entraram pelo quintal do hotelzinho e passaram o tempo todo só observando, entre as frestas de um arbusto, quem chegava e quem saía do estabelecimento. O promotor aparece acompanhado de seu segurança. Sobem até o quarto, cada um no seu. Silvino coloca o dedo indicador na boca, pede silêncio e faz sinais claros sobre a estratégia que tomarão. Sobem de mansinho o lance de escadas, batem na porta do quarto. Silvino está no quarto do promotor; o jagunço, no quarto do segurança. O doutor, solícito, atende. Três tiros sem cerimônia, à queima roupa. O segurança abre a porta, já de arma na mão, mas não tem tempo. O jagunço, rápido no gatilho, descarrega as seis balas dos pés à cabeça do infeliz. Silvino acompanha toda a queda do corpo ensanguentado, como se isso fosse um passatempo de primeira linha. Ele ama ver a pupila de gente que está morrendo, de preferência dos cabras da peste que morrem por tiro bem dado por ele. O promotor geme que só um porco mal morrido, com sangue a borbotar da boca. Então, Silvino se empertiga todo e diz:

– Aqui pra você, seu filho da puta! – diz, fazendo gesto obsceno e segurando o membro viril, com um gozo duplo de ter atirado em alguém que ele acha que só atrapalha e, logicamente, por ter feito de coronel Ernesto um homem feliz.

Depois, lança ao alto uma moeda para decidir se o cabra morre ou se tentaria levá-lo para a fazenda ainda vivo, para coronel Ernesto sentir o gosto de matar a figura com as próprias mãos. Cara é morte, coroa é vida. Sai cara. E, então, aponta seu revólver bem na cara do promotorzinho. Mas o barulho de gente chegando evita o tiro de misericórdia.

– Arribar! – grita Silvino, que sai correndo dali com o jagunço. Caem fora pelo quintal porque, segundo eles, sair por uma porta diferente da que se entrou dá azar. Correm até a sombra de um cumaru, acendem um cigarro de palha e riem do serviço.

O dono do hotel, ao ouvir os tiros, dá um pinote bem dado, sobe a escadaria e encontra a porta aberta. Vê o braço do promotor estendido no corredor, a entrada do quarto empapada de sangue. O promotor, ainda vivo, com os olhos esbugalhados e seu rosto salpicado de vermelho, tenta se arrastar para fora do quarto, agonizante. Sente-se a dor daqui. Arrasta-se, golfando sangue, diz palavras irreconhecíveis. O segurança, no quarto ao lado, está morto.

Doutor Josué de Castro é levado rapidamente à casa de doutor Zago, não muito longe dali. O médico deixa tudo o que está fazendo para atender o ferido. Dos três tiros, duas balas acertaram o infeliz. Doutor Zago retira uma bala do ombro e opera o promotor às pressas, pois a outra bala lhe atravessara o abdômen. Dali o sangue jorrava feito chafariz. O rapaz só não morre porque doutor Zago é "bom mesmo", como não se cansa de dizer a boca do povo da cidade.

Uns dias depois, coronel Ernesto está berrando ao pé do ouvido de Silvino e de outros jagunços:

– Puta que pariu! Viram a enrascada em que me meteram? Agora eu vou ter que matar vocês ou arrancar o couro de um! Será que eu mesmo vou ter que fazer a porra do serviço que vocês não fazem?

73 – Índias, índios e curumins

Os índios do Umuarã que sobreviveram foram mandados a contragosto à bacia das almas. Esconderam-se numa pequenina aldeia de um canto longínquo do Brejo – e nem doutor Zago nem coronel Ernesto sabiam direito do lugar. Curumim Guará agora é o líder do grupo, o novo cacique Guará, herdeiro natural e por direito da liderança do que restou. Esse cantinho do

Brejo é o único lote oficial que ainda era populado por índios, em comparação aos tantos hectares que constavam nos relatórios do gabinete do antigo governador Carlos de Lima. Agora, trocou-se tudo: Brasil virado ao avesso, Agamenon Magalhães no Campo das Princesas.

Na nova família de Kuati-mirim há dez índios, vindos de quatro aldeias diferentes do Brejo. Ninguém sabe se há outros espalhados por aí. Essa grande maioria ou morreu ou se espalhou. E, nessa diáspora, ouviu-se falar de índio que foi viver em Vila Candeia, algum outro em Confeitaria. Há também os que abandonaram a cidade por Caruaru ou por Recife. Esses últimos tentavam prestar serviços que nunca fizeram, de marceneiro, de pintor. Algumas índias faziam artesanato para vender na feira de Caruaru ou ficavam na porta do Mercado de São José, em Recife, a pedir esmola ou a vender pulseirinhas coloridas. A grande maioria dos índios sobreviventes, no entanto, ficou morando em casebres ou debaixo da ponte, sobrevivendo de esmolas ou de pequenos furtos. Do arrecadado, pão na padaria para as crianças e cachaça para os adultos.

– Oxe, painho! Olha só esse índio, que vergonha! O que aconteceu com ele? – comenta uma menina, lourinha, com seus dez anos de idade, ao se deparar, após subir no Rolls-Royce Phantom III, na saída da mansão da família, avenida Rosa e Silva, com índio maltrapilho, um sobrinho de Guará, a dormir sobre o próprio vômito.

– Bem que a falecida tia Dorinha, de Águas Belas, disse que índio não passa de um bando de cachaceiro. Bem dizer, um bando de vagabundos! – completa o pai, buscando demonstrar que aquela ralé nunca terá futuro na vida. Então, ele chama o caseiro e diz-lhe para se livrar de alguma forma daquela canalha indígena. Depois, volta-se para a garotinha e acrescenta: – Filha, guarde bem: destino de vagabundo e preguiçoso é ser pobre e maldito, é ir para o inferno. Isso nos diz Cristo na Bíblia... humildemente, eu completaria as palavras do Senhor acrescentando que essa raça pagã está colhendo o que merece. Vamos torcer para um dia sermos governados por pulsos fortes, gente como o Führer alemão, que nos livrará finalmente dessas raças imundas e mandranas.

O carro parte dali direto para o Santa Isabel. Noite de ópera. No palco, "Il Guarany", de Carlos Gomes. A menina loura comenta baixinho com o pai:

– Sobre o que é a ópera?

– Sobre índios... silêncio, que agora é a abertura...

– Sim... olha isso, que lindo, painho! É a música que toca no rádio...
"na Guanabara, 19 horas..." – diz, tentando imitar a voz grave do locutor.

– É a "Hora do Brasil" – diz o pai, empertigado em sua cadeira de seu
amplo camarote, enquanto o garçom lhe serve um Chateau Haut Brion
Premier Grand Cru Classé 1929. – Gostas de ópera. Puxaste a teu pai, que
linda: assim como teu pai, serás numinosa, tremenda, a fascinante que sus-
citará tremor e temor.

74 – Seu Manel, doutor Sampaio e doutor Rosenberg: Lafayette V

– "Primeiro estranha-se, depois entranha-se", já dizia Fernando Pessoa, teu conterrâneo. O que é estranho a mim, comunista de carteirinha,
é que não vejo as pessoas da esquerda do Brasil se unindo pra valer. Eita,
sonho! Mas esse estranhar me leva a tentar entender melhor e, portanto,
pegar impulso e mergulhar na militância do jeito que dá, do jeito mais dedicado, mas nunca satisfatório, dado esses nossos tempos autoritários. E, então, entranho-me também no que acontece com a esquerda internacional e,
igualmente, vejo o quão estranha é a desunião por causa dos jogos de poder.
Na guerra civil espanhola, de dois anos atrás, Stalin, covardemente, retirou
o apoio aos revolucionários catalães. Só porque esses, em sua maioria, conseguiram formar, com sucesso, comunas anarquistas com os ideais que não
coincidiam com os valores stalinistas ou que não aceitavam a mão da União
Soviética no controle do leme. Glória às comunas catalãs! Bem diferentes
dessa intentona comunista pequeno burguesa e tenentista de 35 da qual
fiz parte – diz doutor Rosenberg, erguendo um copo e brindando para o
nada. – Abaixo o premente radicalismo pequeno burguês do qual faço parte
e que não leva a nada! E abaixo o tenentismo que, em nome da glória de
uma pequena classe militar, escolheu o comunismo em nome de uma ilusão
não preparada. E vamos combinar: Luís Carlos Prestes não estava preparado para liderar a revolução nem na categoria de militar, nem como político,
nem na vestimenta do revolucionário que devia ser.

– Muito giro e porreiro este teu discurso... na prática, no entanto, meu
caro Mario, bem sabes que tua utopia está muito além do horizonte, nos
recônditos mais impossíveis de alcançar. Sobre Fernando Pessoa, quando
citas o poeta dos poetas, dá-me saudades de Lisboa e, o que é incrível, de

uma boa sardinha e de um bom bacalhau. Saudades deste vinho aqui, que vem diretamente dos lagares do Alentejo! – diz seu Manel, meio inebriado pelos vários copos já virados daquele tinto português, autenticamente alentejano, que ele mesmo providencia para o Lafayette por meio de seus contatos com os melhores importadores da cidade. E nem sequer tece maiores comentários sobre anarquistas, Stalin ou Catalunha. Apenas balbucia: – Se os comunistas tomassem o poder, seria pura balda, gajo.

Doutor Sampaio, a tomar Coca-Cola e a dispensar os deliciosos vinhos de seu Manel, apenas comenta:

– De comunismo quero distância. De Fernando Pessoa tenho saudades. Que poeta e que pessoa! Lembram quando, por causa dele, a Coca-Cola foi banida de Portugal? Essa frase que citaste, meu caro doutor Rosenberg, "primeiro estranha-se, depois entranha-se", é de uma campanha que Pessoa escreveu para a Coca-Cola anos atrás, tudo para introduzir a bebida em Portugal. Um médico higienista, consultor do presidente Salazar, após ler o slogan, recomendou a proibição da bebida, referindo-se a ela como "poderosa droga", um xarope estimulante e subversivo. E dá-me a impressão que é estimulante mesmo.

– Mas pois! Eu, que sou português, conheço bem a frase do estranha-se e entranha-se, mas nem sabia que tinha ligações com a bebida Coca-Cola! Ah, meu doutor Sampaio! Coca-Cola em Portugal não faz sucesso, não. Muito doce e muito previsível. Por lá, nós gostamos do vinho e da imprevisibilidade de um prato bem feito com temperos diferenciados.

– Eita que eu conhecia a frase mas não sabia que foi escrita com esse propósito – comenta Rosenberg. – De qualquer modo, não bebo Coca-Cola por achá-la tão somente um símbolo do imperialismo ianque. Estou mais para o uísque escocês mesmo. Mas, sobretudo, cachaça!, que é autenticamente brasileira. Viva a cachaça! Abaixo a Coca-Cola! – completa ele, sorrindo.

– Oxe, Rosenberg! Acorda pra cuspir!

A conversa é interrompida. Eis que entra no Café Lafayette uma figura sorridente, falando pelos cotovelos, de sotaque sobejamente estranho. É Benjamin Abrahão Botto, o famoso fotógrafo libanês que fizera pequenos filmes estrelando Lampião e seu bando em carne e osso. Doutor Sampaio, em atitude de vedete, comenta com os companheiros e levanta-se para pedir autógrafo. Depois disso, senta-se e trocam de assunto. Falam um pouco de Lampião e do caso Zezé. Rosenberg, fulo, diz que um tal doutor Sepúlveda, juiz muito bem quisto e cretino, agora estava influenciando para que coronel Ernesto não fosse processado.

– Um juiz cretino, que está mais para Pacheco de Eça – comenta, palitando os dentes.

Mas, no fim das contas, o assunto sempre acaba recaindo em Vargas. E, quando conversam sobre Vargas, farpas e fagulhas são atiradas à vontade. Quando o assunto é Vargas é que começam uma arenga real: para seu Manel, Vargas é um visionário; para doutor Sampaio, o pai dos pobres; para Rosenberg, Vargas é o ditador tupiniquim amigo de Hitler.

– Aos vencedores, as batatas!, disse algum escrito de Machado de Assis. E eu creio nisso – diz doutor Sampaio, que defende com unhas e dentes o governo Vargas e, sob qualquer hipótese, o Estado Novo, mesmo a polêmica aliança com Hitler e Mussolini.

– Fica tu com as batatas, doutor Sampaio, ou outro petardo que queira. A mim, prefiro mesmo uma pequena do Chanteclair, que convidarei para assistir ao filme "Grande Hotel", que acaba de entrar em cartaz, para depois brincar de pega-pega nos quartinhos do bordel – diz Rosenberg a gargalhar discretamente. – Tenho até medo de pensar em ti como um político de relevância nacional. Já pensou? Serias como aquele ex-presidente da Argentina, José Félix Uriburu, até pior que Vargas em seus amores por Hitler. José Uriburu… sabia que o apelido do tal era "von Pepe", por causa dessa adoração fanática por Hitler e pela Alemanha? Von Pepe… nunca paro de rir dessa história – continua doutor Rosenberg, quase caindo da cadeira.

– Von Pepe… não foi um que morreu enquanto governava? Por que tanto amor por Hitler? – pergunta seu Manel, a comer seus pasteis de bacalhau.

– É que o general José "von Pepe" Uriburu, em seu curto governo, que durou de 30 a 32 na base do golpe militar, inventou uma estranha política de atrair alemães do partido nazista para a Argentina. Sei disso porque sou sócio do Clube Alemão e, de vez em quando, surgem histórias relacionadas. Um alemão do Clube, não nazista, disse-me que a Argentina se transformou, a partir de von Pepe e do sucessor, Agustín Justo, numa espécie de plano B para os nazistas.

– Ora pois, não vejo lógica alguma nisso, doutor – resmunga seu Manel.

– A lógica da história é que o partido nazista, segundo esse meu amigo do Clube, usa o *Banco Germánico de América del Sur* e o *Banco Alemán Transatlántico*, ambos localizados em Buenos Aires, para vários tipos de transações financeiras desconfiáveis, visando ao fortalecimento dos partidos nazistas fora da Alemanha. Diz a boca pequena que é pau a pau: ninguém sabe se há mais nazistas em Munique ou em Buenos Aires. *Chutzpah*! Até aqui em Recife tem uns alemães se organizando para fundar um grêmio nazista na cidade! Dia desses estavam bem aqui perto, no bar Munichen, discutindo o tema...

– Aquele bar na praça da Independência?

– Exato! Aquele da pracinha do Diário. Logicamente, vocês sabem, o principal alvo desses nazistas são judeus e comunistas, não? Que o diga a camarada Olga Benário, judia e comunista, esposa de Luís Carlos Prestes. Não ficaram sabendo? É isso mesmo, senhores. O Estado Novo a esconder suas infâmias: Olga foi covardemente entregue, no ano passado, à Gestapo de Hitler, por ordem do próprio Getúlio Vargas! Hoje, pelo que fiquei sabendo, ela apodrece num campo de concentração nazista em algum lugar que só Deus sabe.

– Eita, Rosenberg! Então nunca te mudes para Buenos Aires, faça-me o favor! – diz doutor Sampaio, dando uma gaitada, sem prestar atenção na informação sobre Olga, de quem nunca ouviu falar.

– Fazes essa piada, mas pare pra pensar direitinho: essa amizade entre Vargas, Hitler e Mussolini é chocante, meu caro! Nunca percebeste?

– Oxe, e tu nunca percebestes as tantas virtudes de Vargas! Dê o braço a torcer, rapaz. Vargas está nos livrando da condição de terra de ninguém. A República Velha morreu graças a ele! Foi ele quem nos livrou dos coronéis, dos cangaceiros, deu-nos a consolidação das leis trabalhistas...

– Ah, não sei bem se os coronéis morreram de verdade, não... acho que agora usam nova roupagem. Coronéis que viraram os fazendeiros poderosos de sempre mas que, agora, moram em Recife e nutrem-se de ganhos do mercado financeiro. Sim, sim... na verdade, Vargas é um líder complexo e de muitas facetas. Mas não deixa de ser um duas-caras. Ajuda o trabalhador com uma mão e, com a outra, cumprimenta o latifundiário opressor. E, agora, essas alianças com o que há de pior em política internacional: Hitler e Mussolini.

– Doutor Rosenberg, anota: em breve essa aliança com Hitler e Mussolini findará, basicamente porque, não sei se sabem, o presidente dos Estados Unidos, Franklin Roosevelt, odeia Hitler e um dia vai se voltar contra a Alemanha e arrastar o Brasil junto, como aliado. Pode anotar, é a tendência natural: Brasil, para o bem ou para o mal, sempre estará de braços dados aos Estados Unidos. E, no fundo, Vargas está mais perto de tuas ideologias que todos os outros presidentes anteriores. Ou não?

– Tendência natural? Não vês que os Estados Unidos desde há tempos são repletos de eugenistas que aplaudem Hitler e sua política nefasta de "aperfeiçoamento" da raça? Até admiro os esforços de Franklin Delano Roosevelt: a política do bem-estar social, a economia keynesiana para retomar o crescimento dos Estados Unidos depois que tantos faliram devido ao *crash* da Bolsa de Nova Iorque em 29. E sei que ele nunca se aliará a Hitler. Mas, preste atenção: ele nunca atacará Hitler frontalmente. Muito embora, repito, muito embora seja muito provável que ele entre numa guerra caso haja necessidade. Já Getúlio e seu Estado Novo são uma soma de anacolutos. Vargas tem essa tentativa de veia trabalhista. Mas desconfio quando a esmola é muita. Ele também tem essa veia fascista que, igualmente, é trabalhista na origem; capitalista selvagem no meio do caminho; e completamente excludente e autoritária no final.

– Vargas é trabalhista mas também um nacionalista e um valorizador da educação, gajo! – afirma contundentemente seu Manel, que apoia o presidente com unhas e dentes.

– Eita, doutor Rosenberg. Esqueces o valor que Vargas deu à educação nos últimos anos? – intercede doutor Sampaio. – Ele nomeou uma comissão importantíssima presidida pelo doutor Anísio Teixeira para reformar a educação. Veja lá na Constituição de 34: a escola orgânica e inclusiva!

– Ah, meu caro Sampaio! Como dizia o poeta, as glórias que vêm tarde já vêm frias. Digo isso porque o Estado Novo é outra coisa. Estás a evocar o Vargas de cinco anos atrás. Hoje há um novo Vargas, o Vargas protofascista... e a nova Constituição é a maior aberração que vi em toda minha vida. E mesmo as constituições da República Velha eram muito mais brandas, menos autoritárias. Não que eu seja saudosista da República Velha, mas o que vemos agora é simplesmente autoritarismo e, além disso, a mais pura lógica capitalista de sempre: boas escolas para poucos, bons empregos para poucos, a exploração cruel para os demais – completa Rosenberg.

O silêncio impera. No gramofone do Café, ouve-se um preguiçoso "Smoke Rings" cantado por Glen Gray e Casa Loma Orchestra. Disco da Decca Trade Mark Registered. Rosenberg toma seu chapéu, levanta-se e sai um tanto afobado. Foi a última vez que apareceu no Lafayette.

75 – As Casas Tião Gaspar

Sebastião Gaspar e Souza tinha quatro filhas e dois filhos. Nos anos 1950, ele fechou os olhos. O império das Casas Tião Gaspar foi dividido entre os herdeiros. O filho mais velho, Tião Filho, ficou na presidência do grupo, enquanto Francisquinho assumiu a direção financeira. Ambos tiveram que se mudar para Recife, onde ficava a sede, a matriz de tudo. A olhos vistos, era certo que Francisquinho odiava se deter nas truculências contábeis da empresa e, com o passar do tempo, foi abandonando o trabalho – até que solicitou a demissão ao irmão. Pretendia abrir sua própria loja de materiais de construção, a fim de aproveitar o boom imobiliário. Recife crescia verticalmente. Para tanto prédio, carecia-se de cimento, impermeabilizantes e toda sorte de vigas. Mariquinha e ele tiveram cinco meninos. Continuaram ricos, mas não mais na sociedade Tião Gaspar. Em pouco tempo, a sociedade se esfacelou, por muitos motivos. As Casas Tião Gaspar S.A., de sociedade anônima, eram daquelas empresas que nunca iam para a frente de verdade, pois totalmente controladas por filhos, filhas e genros. Bastou Tião Gaspar fechar os olhos que tudo estremeceu. A bem da verdade, Tião Filho, apesar do pulso forte, parecia meio desconjuntado da cabeça. Diziam que era "esquizofrênico", mas não era possível precisar o diagnóstico. Era daqueles que ia aos aniversários da família, sentava-se no sofá e fixava-se num quadro ou num retrato por quinze minutos contados no relógio. Muitas vezes foi visto por Isabel, sua esposa, acordando de madrugada para dar banho de água fria no bebê de oito meses incompletos. Abria a pia do banheiro, tapava o ralo e o bebê se punha a chorar desenfreadamente. Isabel acordava e vinha correndo para acudir. Nunca se separou do marido – pelos mesmos motivos que levavam as mulheres da época a nunca se separarem: dependência financeira, principalmente, e o discurso católico para justificar: "não separe o que Deus juntou". Nos anos 1980, Tião Filho morreu e, finalmente, as Casas Tião Gaspar se esfacelaram de vez. O que restou das lojas do Recife, de Caruaru, Confeitaria, Maceió e até do Rio de Janeiro foi vendido pelos filhos do Tião velho e do Tião novo. Uma queda pantagruélica. Daqui, dos anos 1930, não é possível precisar com certeza; mas dizem que, nos anos 1980, já não existirá o império das Casas Tião Gaspar. Ou, então, como acenam alguns indícios, possivelmente, no fim dos 1980, só haverá uma única loja em Recife: aquela derradeira, que servirá tão somente para justificar que a empresa não está morta. O paciente em coma, em estado vegetativo, a respirar por aparelhos. Mas um paciente vivo. Os herdeiros da empresa, todos – sem exceção – foram investir no setor financeiro. E continuaram ricos para todo o sempre.

76 – Fogo no cabaré

A tia o levava todos os domingos à igreja evangélica. Mas ele odiava a cantoria, os aleluias, as danças, tudo aquilo que ele denominava "uma breguice da gota serena". No final, preferia a companhia da mãe dentro de uma igreja católica, mesmo que houvesse aquelas ladainhas desafinadas. Para ele, as missas eram mais bonitas e o ambiente incensado deixava-o confortável, perfume inebriante, um anódino. O latim, mesmo inacessível, *dominus vobiscum* para cá e para lá, era lindo de se ouvir.

– *Et cum spiritu tuo* – repetia ele com a mãe, sem saber exatamente o que significava.

Agora, quinze anos depois, ele se lembra disso como uma cena distante, mas nostálgica. Hoje em dia, não frequenta sequer a igreja católica, quem dirá a protestante.

– Cansei de regras – responde Mateus quando alguma menina do novo cabaré em que agora trabalha, o Casa de Alcina, pergunta-lhe por que deixou as igrejas. – Mas tempos atrás sonhei com minha tia Tetê, aquela que me levava para a igreja protestante; sonho da época em que eu praticamente morava naquele cabaré medíocre de dona Cândida – continua o rapaz, mudando de assunto.

– Eita que tu tá sempre arretado com dona Cândida, oxente!

– Nunca expliquei o porquê... e tem a ver com esse sonho com tia Tetê. Foi bem naquele dia que tive um pega pra capá com dona Cândida. Oxe, menina, eu quero que dona Cândida morra, que vá pro inferno de cabeça pra baixo. Quero isso! E também aquele Ricardinho e o pai dele, coronel Ernesto.

– Eita! Então isso aconteceu semana passada? Porque tu começou aqui semana passada. Oxe, tu saiu e já veio pra cá, né? Conte mais, bicha! Que barraco arretado foi esse com dona Cândida?

– Oxe, menina... naquele dia eu dormia feito uma pedra, em pleno meio-dia, no sofá de dona Cândida. Mas foi um sono medonho, sabe? Acordei umas duas vezes. Uma por causa do sonho, que nem sei se posso dizer que foi pesadelo, e outra por causa de uma muriçoca chata arretada.

– Conte o sonho, Mateus.

– Ah, sim. E apoi. Eu estava de roupão e visitando tia Tetê daquele jeito. Oxe, que vergonha! A casa dela estava linda. Foi uma visita rápida que só. No sonho, eu esquecia o meu batom em cima da mesa de jantar. Depois, saí da casa dela e o sonho vagou por lugares estranhos... nem me lembro mais.

E então percebi que estava sem batom e que tinha esquecido em algum lugar. O detalhe, menina, é que titia mora dentro duma brenha erma, um sítio no meio do mato, nem é tão longe da cidade, mas, no sonho, já era tarde da noite, um breu! Oxe, tu sabe onde fica, ali no morro da coruja.

– Oxe, sei sim, bem pertinho daqui.

– Pronto! De dia é fácil que só de chegar lá. Mas à noite... e depois das dez tu já sabe, metade da cidade fica no escuro, a outra metade paga por um gerador e quem mora no sítio fica na luz de vela mesmo. Eu caminhando, procurando o sítio, no meio do nada, sozinho. Depois da agonia de andar no meio do mato, encontrei a casa de titia. Estava toda apagada, com exceção da cozinha, umas velinhas acesas. Olhei pela janela e lá estava tia Tetê na cozinha a lavar pratos. Então comecei a chamá-la em voz alta: "tia Tetê, tia Tetê, é Mateus!", mas ela não me ouvia.

– Gritasse mais alto, menino! Visse?

– E apoi! Era o que eu fazia no sonho, mulé! Mas titia não me ouvia. De todo modo, como o sítio fica no alto do morro, dali dá pra ver toda a cidade de Confeitaria. Oxe, não é que quando eu me virei e olhei para a cidade ela estava pegando fogo igual fogueira de São João?

– Eita, porra!

– Uma labareda arretada! E as pessoas da cidade gritavam. E dali mesmo, do sítio de titia, dava pra ouvir. De repente, levei um susto da porra, tia Tetê apareceu bem do meu lado e apontou para a cidade com lágrimas nos olhos. E então ela voltou os olhos para mim e disse "morra!" de forma tão aterrorizante que eu me acordei.

– Vixe, que pesadelo da gota serena!

Mateus faz um intervalo, come uns alfenins e mastiga-os desleixadamente, deixando o pozinho de trigo escapar e se espalhar como flocos de areia que se explodem no ar e se amontam na superfície de sua camiseta preta. Depois, continua:

– Sabe quando a gente já tá acordado e mistura o sonho com o ambiente ao redor e a imaginação?

– Ah, sim, quando a pessoa ainda está lesa...

– Isso, eu mais leso que jumento torto... mas acabei ouvindo uma conversa. Agora é que vem essa parte da história com dona Cândida. Olhe! E que conversa estranha da porra! E lhe confesso que não sei se todas as partes são reais, porque, como lhe disse, eu estava leso que só.

– Que conversa? Ah, sim, aquela que você ia contar de coronel Ricardinho?

– Coronel nada. Aquilo ali é um bicho mimado que não tem onde cair morto. Só porque é filho do coronel, o pessoal chama o moleque de coronel, como se fosse título hereditário passado antes do cabra fechar os olhos. Quando eu ainda tava leso ouvi Ricardinho dizendo que sabia quem tinha caguetado coronel Ernesto para o Diário de Pernambuco. E que ia fazer picadinho do responsável. Quando caí em mim que aquela conversa podia ser séria, me sentei e fiquei de butuca pra tentar ouvir melhor, ainda sem certeza do que podia ser sonho ou realidade. E no mais, o negócio, Alcina, é que Ricardinho endoideceu de vez! O bicho doido dizia alto que ia botar fogo no cabaré! Pense!

– Fogo no cabaré?

– O bicho tinha mais é que ser internado na Tamarineira imediatamente! Pense na gritaria da porra. Dei um pinote da moléstia com o barulho daquela baixaria, parecia aquele barulho de briga de gato: Ricardinho e dona Cândida discutindo feito dois gatos aloprados. Ricardinho dizendo que ia destruir tudo, que ia tocar fogo no cabaré. E depois falou em meu nome. Disse que eu era um cabra safado, que fui eu que colocou a família Tavares na berlinda. Daí em diante, ficou claro que o que eu tinha ouvido antes não foi sonho porra nenhuma. O desgramado ficou lá repetindo feito disco arranhado que, graças a mim, o pai e a família eram agora caso de polícia. Que ele sabia que fui eu quem dedurou o pai para o Diário de Pernambuco. O miserável falou até em catimbó de índio, maldição de caveira de jumento e sei lá mais o quê. Naquela hora eu deixei o alesamento pra lá, fui no meio do rebuceteio e comecei a bater boca com Ricardinho. Oxe, e a safada de Dona Cândida? Veja só: ela, que no início estava com raiva do filho da puta, de repente começou a me xingar e a discutir comigo. Disse que eu era um cagueta sem vergonha. Que essa história de mexer com coronel importante da cidade podia trazer a ruína do cabaré, coisa e tal. Meu mundo desabou quando ela disse: "você é uma bichinha doente sem noção da realidade; acorde pra cuspir, seu covarde de merda, pois coronel Ernesto é nosso principal cliente e benfeitor!". E depois foi reafirmando que eu era o culpado de tudo e que Ricardinho só estava daquele jeito por minha causa. Que velha mal agradecida do caralho! Já pensasse? Eu, que por cinco anos da minha vida trabalhei ali, lavei chão, esfreguei móveis, comi o pão que o diabo amassou por causa daquela ingrata! Aí o pau comeu. Ela e ele gritando contra mim e eu jogando espelho no chão, xingando os filhos da puta de "filhos de uma rapariga", chutando as mesinhas e derrubando os abajures. "Comigo, não! Aqui o buraco é mais embaixo!", eu disse rodando a baiana para dona Cândida, pegando as minhas coisinhas e dando uma banana para os dois. Naquele mesmo dia vim pra cá conversar contigo pra arranjar emprego...

– Oxe, e tu é muito bem-vindo, Mateus. Tu é o primeiro puto da casa. Pra mim, só deu alegria – disse Alcina, fumando seu cigarrinho, que já era praticamente uma ponta. – Sempre achei dona Cândida uma traíra de primeira. Que rapariga baixa do caralho, oxe!

***

Depois daquela conversa, Mateus na verdade acaba meio que macambúzio. Em primeiro lugar, porque lembrou-se da tia Tetê e também dos velhos tempos em que era pequeno, o que remetia à lembrança da mãe: isso o deixava não tão somente saudoso, mas flagrantemente melancólico. Em segundo lugar, porque percebeu que nem mesmo se despedira das amigas do cabaré de dona Cândida. Em terceiro lugar, pela raiva que tem de dona Cândida: antes ela era uma segunda mãe; o que sente agora é apenas ódio, um mar de lembranças que o levam a crer que toda a sua vida dentro da casa de dona Cândida não passara de reles esbulho.

É início de noite, hora de poucos clientes e de pensamentos relaxados de pôr do sol. Mateus está do lado de fora da casa que é seu novo emprego, de moldes muito mais simples do que os cabarés em que antes trabalhara. Está sentado num batente mal acabado da porta de entrada, motivo pelo qual muita gente já tropeçou – mas um bom lugar para sentar e ver a paisagem lá fora. Ele fuma numa cigarreira e usa um vestidinho ousado. Relembra com selvageria a briga com a antiga patroa. De repente, o telefone toca. Ele se levanta, entra na casa e atende. Do outro lado, alguém diz: "avisem a todos que o cabaré de dona Cândida está pegando fogo".

– O quê? Oxente! Sério? Tá com a preula! Como assim? Aviso ao povo daqui, sim. Quem fala? – pergunta, mas do outro lado ninguém responde e o telefone é desligado sem maiores explicações.

Ele sai da casa, olha na direção em que fica o puteiro de dona Cândida e vê, de fato, muita fumaça borbotando ao longe. Entra de novo na casa e grita:

– Eita, porra! Incêndio no puteiro de dona Cândida. Quem vem comigo? Lilian, Alcina, cadê vocês?

218

Ninguém responde. Parece que até Alcina, que pouco tempo atrás conversava com ele, não está mais em casa. "Oxe, eu vou sozinho mesmo", pensa com seus botões. Fecha a porta de entrada e sai rapidamente pela rua de paralelepípedo. Cruza a pontezinha, entra pelo meio das ruas de chão batido, circunda as ravinas que antecedem o fim da cidade e, em menos de dez minutos, está cara a cara com a entrada do sitiozinho em que fica a casa grande – hoje adaptada a cabaré. Pegando fogo. Até parece aquele sonho em que vira Confeitaria toda flamejante como fogueira de São João. "Sonho profético", pensa. Só que, em vez de Confeitaria, Mateus presencia parte de sua vida se transformando em cinzas. Sem querer, põe-se a chorar. Além disso, ele pensa no desconfortável sentimento de raiva por dona Cândida. E, por entre lágrimas, ele acaba por soltar aquele berro que é misto de incongruência e libertação:

– Queima, quengara!

A essa altura, já é noite. Ele percebe a aproximação de pessoas que saem do sítio em direção ao portão. Provavelmente, são as putas fugindo do fogo.

– Dona Cândida? Caroline? Quem é? – pergunta, forçando seus olhos míopes, tentando divisar o vulto, reconhecer quem vem lá.

Só então ele percebe a figura de Ricardinho e mais dois capangas, com tochas nas mãos, a caminharem velozmente até ele. Corre em desespero, buscando um valhacouto que lhe pudesse esconder. Aterrorizado, percebe os passos que se aproximam, ouve um tiro e cai numa cambalhota mal dada. Então, sente o fisgão na perna, que se transforma em dor insuportável. Um dos algozes se aproxima a dar-lhe um soco bem dado no rosto e uma coronhada na cabeça. Mateus desmaia.

Só acorda muito tempo depois, com um saco de pano na cabeça. Apenas enxerga por entre os poros do tecido, luzes aqui ou acolá. Sua perna é pura dor e ainda sente sua cabeça zonza. Sabe que está dentro de um carro, ouve os motores desenfreados percorrendo uma estrada escura, balança para lá e para cá por causa dos solavancos de curvas e das passagens ríspidas por buracos inevitáveis de uma estrada pedregosa. Depois de um tempo, braços fortes o arrastam para fora. Tiram-lhe o saco da cabeça. Reconhece Ricardinho. Os faróis ligados do carro iluminam a noite e a face de seu algoz.

– E agora, Mateus? Preparado pra morrer? Bicho estilão da porra! Estilão e vacilão! Quer dizer suas últimas palavras?

Mateus, que está jogado num terreno cheio de mato, apesar da dor, dá uma cusparada na direção do rosto do filho do coronel Ernesto e diz o que, de fato, provavelmente serão suas últimas palavras:

– Ricardinho, doido e mimado! Tu vai morrer doido, internado lá na Tamarineira, anote! Ricardinho, que, além de doido, tem pitoca minúscula, mas se acha o *crème de la crème*. Pitoquinha!

– Oxe, que bichinha arretada do caralho! Eu só ia lhe meter um tiro na cara, seu imbecil. Mas agora, depois dessa, vou comer teu cu sem lubrificante e só depois te matar. Valdir, tira a roupa desse filho da puta. Eu meto primeiro e depois fiquem à vontade.

A essa altura, Mateus é só um molambo humano: perdera tanto sangue que agora está praticamente desmaiado. Está fora de si, não sente mais nada. Sua única dor é a de pensar na vida. Pensa obsessivamente que todo mundo o desrespeitou – até mesmo o seu velho pai. No fim, seus verdadeiros consolos, aquilo que lhe dera prazer de verdade, o verdadeiro ouro da vida, foram as amigas putas dos cabarés em que trabalhara ao longo de sua triste jornada.

Depois de bem uns quinze minutos em que espera o gozo de cada capanga, Ricardinho saca a pistola, dá três tiros no rapaz, despeja o corpo naquele matagal ermo no meio do nada e volta para casa feliz, feliz por ter feito alguma coisa que preste. É o que pensa consigo mesmo e o que diz para o pai e para os jagunços mais achegados. Naquela mesma noite, ele olha para o espelho e vê o seu rosto transformado, um ser disforme, feio que só a gota. Quase tem um treco de ver a si mesmo daquele jeito e surta feito criança que inventa birra de última hora. No dia seguinte, seu pai o leva a Recife. Atravessam uma extensão de jardim muito bonito, com hortas e flores, avançam além de um pórtico oitocentista convidativo. Ricardinho, então, é amarrado a uma maca por dois galalaus e finalmente internado no grandioso hospital psiquiátrico da Tamarineira.

77 – Convescote da morte

– Vai continuar com esse rame-rame? É *picnic* ou convescote?

– É tudo a mesma coisa. Línguas diferentes, mas o mesmo.

– A morte não chegou para aquele corpo fechado. Que empata foda da porra! O que tenho a dizer, portanto, é que esse promotor é um muquirana, um gato de sete vidas que não gasta nenhuma.

– Como posso lhe ajudar, meu caro Ernesto?

– Desculpe-me o palavreado, caro doutor Sepúlveda, mas a merda veio de uma vez para o meu lado. Conheces o promotor recifense doutor Josué de Castro e Cavalcanti?

De fato, Confeitaria toda já sabe sobre o promotor. Que ele escapara por muito pouco. E que vira o matador de aluguel que o tentara matar. O retrato falado, no entanto, era tão impreciso que ninguém conseguia decidir se o candidato a assassino se parecia com Jesus ou com a virgem Maria. A bala mais perigosa lhe perfurou o estômago, saindo do outro lado sem afetar órgão; não ficou alojada. O pronto atendimento de doutor Zago o tirou do perigo eminente. Dia seguinte ao ocorrido, foi-se a um hospital de Caruaru para repouso e tratamento e, em seguida, para o Recife. Muita gente em Confeitaria, a essa altura, desconfia fortemente de coronel Ernesto. Alguma testemunha anônima dissera algo como ter visto Silvino a fumar um cigarro nas imediações do hotel logo após o ocorrido, tendo este uma mancha de sangue flagrantemente estampada na camisa. A polícia, sabendo disso, não disse nada, nada investigou. Doutor Zago teve que contratar guarda particular para vigiar sua casa enquanto o promotor ficou ali por um tempo, antes da viagem a Caruaru, que igualmente foi acompanhada por seguranças particulares.

No hospital de Caruaru, doutor Sepúlveda vai pessoalmente visitar o enfermo, constatar que está sendo bem atendido *et cetera*. No entanto, apesar da presença diária, não consegue ter conversa com o jovem promotor, que está sob sedação por vários dias. Quando não está dormindo, está grogue que só barata tonta.

Na entrada do hospital, gente curiosa aparece e desaparece, para à porta, pergunta como está o quadro geral. Sob o zunzunzum entre os que dizem que ouviram dizer e os que acreditam em qualquer coisa, uns cochicham entre si interjeições de surpresa, outros fingem serenidade, leem o jornal do dia por um tempo em busca de novidades que os não-leitores nunca saberão. No fim, todos perguntam novamente sobre o estado do enfermo e, dado que tudo está imutável, vão-se embora com material mínimo para as fofocas da ceia ou das conversas noturnas das calçadas e das praças da cidade. Jornalistas do Recife chegam diariamente, anotam o que conseguem e passam um tempo de plantão. Um deles se destaca mais do que os outros: cabelo volumoso, claramente fixado por laquê, paletó impecável, referência do jornalismo estadual. É Joaquim Lindolfo de Matos Alecrim, do Diário de

Pernambuco, aquele mesmo que acompanhara todo o caso referente à morte dos índios, à manifestação do grupo em frente ao Campo das Princesas em Recife, à morte do cacique Guará.

Doutor Zago passa todo esse tempo, quase uma semana, em Caruaru a acompanhar o caso. Fica hospedado no casarão de doutor Sepúlveda. Os dois homens conversam à noite por horas a fio sobre o problema e sobre que escumalha teria atentado contra a vida do nobre doutor Josué.

– Corre risco?

– Algum ainda. Creio, não obstante, que o real perigo já passou.

– E quem fez isso? Delegado Farias já está investigando?

Doutor Zago não sabe o que dizer. Experimenta um "não sei" evasivo. Realmente não sabe. Deixara Confeitaria há praticamente uma semana. Nenhuma notícia, ninguém lhe trouxera nenhuma novidade. Seu foco reside agora na exclusiva dedicação à saúde do promotor.

Doutor Castro e Cavalcanti só volta às atividades três meses depois, decidido a colocar coronel Ernesto na cadeia. Não havia dúvida de que ele era o mandante, não só de sua morte, mas também de todo o imbróglio envolvendo os índios.

– O que fazer, doutor Sepúlveda? – pergunta coronel Ernesto.

– Pensaremos em algo. Mas alguém, digamos assim, tem que pagar, entendido? Dessa vez, Ernesto, tu tens que encontrar alguém que vá de fato para a cadeia, que pague por um crime que, valha-me, não era para ter acontecido. Matar uns índios é uma coisa. Tentar matar um promotor de família importante é outra. O buraco é mais embaixo, como se diz aqui em Caruaru.

Na realidade, essa visita é uma extensão de outra que começara no dia seguinte ao ocorrido com o promotor, na semana anterior, seis dias atrás. Doutor Josué, ferido de morte, ainda nem tinha sido transferido a Caruaru. Coronel Ernesto mais dona Letícia tomaram um trem para essa cidade, com o objetivo de fazer uma visitinha aos amigos que há tempos eles não viam: o juiz doutor Sepúlveda e dona Laura, amiga de há tempos em Confeitaria, filha dos donos da fábrica Confeito.

Na ocasião, Coronel e sua esposa chegaram de charrete à casa do juiz. Vieram do Palace de Caruaru. Dessa feita, decidiram ficar no hotel, por chegarem meio de supetão à cidade. Se tudo fosse bem planejado, ficavam geralmente na casa de doutor Sepúlveda, hóspedes cativos. Se chegavam assim, de repente, trocavam um telefonema, diziam que não queriam dar trabalho, faziam uma visitinha de fim de tarde.

– Entre, dona Letícia, chegue, me dê um cheiro. Sempre bom recebê-la – disse dona Laura, abrindo a porta para a amiga. – Há tempos que não nos vemos, há tempos que não piso em Confeitaria.

– Sempre bom recebê-los – repetiu doutor Sepúlveda, trocando aperto de mão com o coronel e beijando, cavalheiro, dona Letícia na mão direita. – Entrem, fiquem à vontade. Dentro de instantes, teremos aquela ceia que só Carminha sabe fazer. Hoje teremos especialidade paranaense: barreado de Morretes, não sei se já comeram.

– Acompanha também um banquete com costelinha de novilho, tenra, tenra. Sobremesa com bolo de laranja, chás e outros acepipes – completou dona Laura, com sorriso sincero de quem amava receber hóspedes e entretê-los com todo o arsenal de comodidades da rica casa.

Sentaram-se na sala de estar, um silêncio inicial e passageiro quebrado pelas velhas anedotas dos matutos paraibanos que coronel Ernesto não cansava de contar – mesmo àqueles que já as haviam ouvido milhares de vezes. Depois de um tempo, apareceu a mucama, dona Carminha, a dizer em alto e bom som:

– Tá na mesa!

Antes de passarem à sala de jantar, dona Letícia e coronel Ernesto entraram no toilette para o asseio e trocaram rápida impressão sobre a beleza do lugar e dos itens:

– Sabonetes da L'Occitane, coisa fina, melhores que aqueles da Granado. Não vou fazer das tripas coração, Ernesto, mas temos que renovar nosso conjunto de perfumaria.

– Sim, há tempos não vamos a Paris. Mas depois viajaremos à própria Provença e compramos aqueles sabonetes de alfazema que só há por ali.

Depois do jantar, tomaram vinho do porto, um Adriano. Dona Laura, orgulhosa, mostrava a coleção de dedais que acumulara depois de compradas algumas caixas de seu vinho predileto. Os quatro conversaram animados. O tema da conversa: sabonetes. Em seguida, o coronel e o juiz se retiraram para o alpendre. Fumar charutos, tomar uísque.

– E então, meu caro Ernesto, tem ido a Recife? Ao Cabanga ou ao Jóquei... sempre gostoso tomar um uisquinho por ali.

– Ah, não... fui ao Cabanga uma ou duas vezes na vida. Não gosto das iatagens vagabundas do Cabanga e nem suporto muito as pelouses do Jóquei. Prefiro a porra do cheiro de cabaré esfumaçado. Trocar prosa com amigos ao lado de um uisquinho, ouvindo a risadaria das rameiras ao som de um foxtrote qualquer.

– Esse é o coronel Ernesto que eu conheço. Um brinde às rameiras do Chanteclair!

Riram-se à vontade e, depois de umas baforadas, o coronel mudou de assunto:

– Conhece o promotor do Recife, o chamado Castro e Cavalcanti?

– Claro que sim. Mas não é promotor aposentado? Amicíssimo meu, da época em que assistimos em São Paulo, há mais de década...

– Não, não... me refiro ao filho, Josué.

– Ah, sim! Conheço... meio idealista o piá...

O coronel sorriu, tragou um gole do uísque e ficou quieto por um tempo. Olhava maliciosamente o morro central da cidade, apelidado carinhosamente de "cuscuz".

Uma semana depois, eles estão ali naquele mesmo alpendre a conversar sobre o mesmo tema, porém com ares mais bêbados do que o habitual:

– Vai continuar com esse rame-rame? É *picnic* ou convescote?

– É tudo a mesma coisa. Línguas diferentes, mas o mesmo.

Parte X
Nova senzala

78 – Zé Galo

Já tem dois anos que Zezé está preso. A cela pequena, entulhada, anti-higiênica, o fez sentir certos cheiros e ver certas sujeiras como se fossem coisa normal. Ratos, baratas e lacraus se tornaram companheiros inseparáveis. Sem falar que, para ele, guardas e presos formavam um amálgama indistinguível de parceria nas desolações, corrupções, imprecações e estapeamentos: desejo de vingança ou de morte. A única diferença, diria o observador minimamente atento, é que os presos usam um uniforme encardido, de catingas nauseabundas, enquanto os guardas se vestem com algo mais cheiroso e limpinho.

– Caralho, tu acha que essa é a única diferença? – Zé Galo reclama do guarda que às vezes lhe faz esse tipo de confidência. – Esse menino, tu tá de brincadeira, né? Porra, vou citar um milhão de outras diferenças. Primeiramente, tu vai pra casa e eu não vou. Dois: tu vai dormir numa cama que ao menos tem colchão. E eu vou dormir numa porra de pano de chão que tem cheiro de porra curtida. Tu pode andar na merda da Conde da Boa Vista ou na beira da praia. E eu vou ficar aqui, coçando o saco o dia inteiro, pensando em alguma forma de matar alguém pra sair daqui. E não vou sair daqui nem amanhã, nem par'o ano. Não, esse menino, ao contrário de tu, eu vou ficar aqui até sei lá quando, no meio de uma caralhada de macho, sem ver xibiu, com o olho cheio de remela e a pitoca já virando um cotoco murcho.

Zezé ri feito criança dessas presepadas do amigo Zé Galo. Este virara o alívio cômico daquele funeral interminável. Só para se ter uma ideia, Zé Galo é desses que conta alto, para todo mundo ouvir, que está preso por motivo justo e qual é o tal motivo de estar preso, com muito orgulho.

– Dei um tiro de bacamarte na pitoca do coronel estuprador. Sangrou até morrer, o filho da puta!

Além das palhaçadas de Zé Galo, o lugar tem aqueles picos fugidios de alegria espontânea quando gente nova chega. Aquela alegria que muitos dos presos mais antigos têm de ver e compartilhar zunzunzuns sobre a carne nova e triste da gente que vinha de cabeça baixa, pronta para ser mangada até o talo: a infelicidade profundamente macambúzia de preso que acabou de ser preso. E gente nova é o que não faltou depois que o presidente Getúlio inventou aquele tal "Estado Novo". Meteu um bocado de professor e político na cadeia. Eita, contraste: agora os branquelos com jeito de baitola chegando para conviver com gente curtida pela dor da vida e já acostumada ao chicote invisível, o chicote que retumba no lombo daquele que nasce no lugar errado e com a cor errada. O pior é que os novatos chegam com umas ideias novas de arrepiar. Gente que não se furta em fazer discurso para preso e soldado ruminar, mesmo que depois venha o sargento da guarda para calar os insolentes com cassetete. Mas, só de ouvir, Zezé se mete a ter alguma esperança no mundo. "Todas as pessoas têm direitos iguais, ninguém é maior que ninguém" ou "esse mundo é injusto, mas temos que lutar para transformá-lo; justiça social para o mundo!" são algumas das frases que se ouvem nesses novos dias na hora do banho de sol.

– Oxe, Zezé! Não preste atenção no que esses brancos almofadinhas dizem, não. Tudo um bando de comunista do caralho. Prefiro pensar na morte da bezerra do que ouvir esse bando de arrombado – diz Zé Galo sobre os novos rostos, a partir do que aprendera sobre a perversidade dos "comedores de criancinhas" com as velhas palavras dos coronéis sertanejos para quem trabalhara tempos atrás. – Oxe, me'irmão. Esses cabra aí querem tomar as terras dos donos e distribuir para os pobres.

– Eita, e isso não é bom, não? – pergunta Zezé, só para ver a cara de raiva de Zé Galo.

– Pronto! Oxe, seu menino, tá mangando de mim? Vai se foder, porra! Prefiro ter terra e dinheiro e ser um pirangueiro da porra do que doar minha grana pra vagabundo filho da puta.

– Eita, maluco! Tu fala como se fosse cheio do dinheiro – responde Zezé, morrendo de rir.

Os dias nublados chegam. Os meses de junho e julho trazem chuva e umidade e um tempo mais fresco e ventilado. Nublado por dias, chuvas incessantes.

– O sol abre quando?

Num desses dias de toró e ventania, Zé Galo apresenta a Zezé Tibúrcio um recém-chegado, um certo doutor Valter – ou Valtão, como já era comumente chamado nos corredores por presos e vigilantes. Zé Galo diz que o tal é advogado e não é comunista. Também veio com um papo de que, se a justiça lá de fora estava tardando, Valtão não falharia e daria um jeito de tirar Zezé da cadeia.

226

– Por que um devogado deveria de estar preso?

– Oxe, Zezé. Pergunte a Valtão. Um dia ele me contou a história. Parece que matou a mulher… – revela Zé Galo, enquanto comem no refeitório o charque acebolado com farofa, a boia do dia. – Hoje é charque acebolado… gostei mais do de ontem. Bacalhau com batata. Bacalhau é foda porque lembra o cheiro da minha nega debaixo do lençol – diz isso gargalhando, espalhando farofa cuspida aos quatro cantos. Depois acalma-se e recobra o raciocínio: – Pois é, Zezé… esse devogado aí, doutor Valtão, matou a mulher. Meteu a peixeira na infeliz. Me contou dia desses enquanto a gente tragava uma erva da boa.

– Caralho! Esse então é mais criminoso e covarde que qualquer um de nós, né não? Matar a própria mulher? Acredito nisso não, Zé Galo.

– Quem sabe um dia desses ele mesmo te conta.

79 – Intentona Comunista

– Que se pronuncie agora ou se cale para sempre.

Rosenberg foi assim inquirido por nunca ter defendido o Partido de todo coração, o que se espera de um devoto comunista autêntico e convicto. O inquiridor era Abelardo Fonseca, um dos comunistas torturados até a morte nas masmorras da rua da Aurora dois anos depois. José Maria e Luís Bispo foram outros dois que tiveram o mesmo destino de Abelardo.

– Meu ósculo amoroso e carinhoso, querido doutor Fonseca. No entanto, minha defesa à mais virtuosa das ideologias cessa no instante em que se coloca a União Soviética à frente dos próprios valores comunistas. Não desmereço os esforços do camarada Stalin em criar uma Internacional de Partidos Comunistas fortes, mas não quero que nosso Partido se torne reles marionete da União Soviética.

Enquanto caminha pelas ruas do centro, Rosenberg se lembra do velho amigo Abelardo Fonseca. Acaba de saber pela boca de antigos militantes do partido que Abelardo está morto. E, também, as circunstâncias de sua morte sob tortura e tudo o que acabava de suceder nos porões odiosos daquele tratamento que tem cara e sabor de ditadura. Caminha por vários minutos, passa por locais cheirosos, como lojas de flores; e outros nem tanto, odores de peixe no Mercado de São José ou então da gente suada exalando catinga de galinha morta.

Nessa caminhada pensativa de *flâneur* de centro do Recife, ele se lembra da conferência nacional do PCB, em julho de 1934, na qual esteve como delegado da seção pernambucana do partido. Ali, adotou sua posição oficial – minoritária, mas nem tanto – de considerar Luís Carlos Prestes o pequeno-burguês tenentista que se alinhou demais às vontades da União Soviética e do *Comintern*. "Odeio militares!", pensa consigo mesmo enquanto passa na frente do Hospital Militar, rua do Hospício, ao largo da Faculdade de Direito. Furtiva e repentinamente, estira a língua para o soldado que está de guarda na entrada do Hospital e, ante uma ameaça de reação, sai correndo e esconde-se entre os passeios do Parque Treze de Maio. Então, ele comenta consigo mesmo que o coração das pessoas se tornou um palimpsesto que esqueceu torturadores e aqueles que realmente machucaram de morte a história do Brasil: militares e militarização.

Depois, continua caminhando mais tranquilo, pensando por que a chamada "Intentona Comunista" teria falhado. Ele desconfia firmemente de algum espião infiltrado... não existe outra explicação. Decerto seria aquele alemão traidor, amigo de Prestes, chamado por muitos de Paul Gruber, provavelmente espião da Gestapo hitlerista. Rosenberg saberá, no fim de sua vida, que aquele Paul, na verdade, se chamava Johnny, Johann Heinrich Amadeus de Graaf e que, de fato, tinha ligações com a Gestapo. Espião infiltrado... ele continua ensimesmado sobre o assunto, enquanto segue caminhando e pensando: não só Luís Bispo, José Maria e Abelardo Fonseca – o velho amigo de todas as horas, de partido e de coração –, torturados duramente na prisão e, agora, mortos, mártires comunistas; ele pensa também nos sobreviventes que passaram pela angústia da perseguição e pelo trauma da tortura contínua: Caetano Machado, Manoel Batista Cavalcanti, Epifânio Bezerra, Mota Cabral e tantos outros.

Começou com o levante do vigésimo primeiro batalhão de Natal, orquestrado pelo PCB do Rio Grande do Norte, pensa Rosenberg, enquanto olha para os lados e para trás, por entre os caminhos do Parque Treze de Maio. Ele rumina também a Aliança Nacional Libertadora, a famosa ANL. "Tem gente que acha que a Aliança era coisa de comunista. Tolinhos." PCB e ANL nunca foram a mesma coisa. Logicamente, o senso comum jogou tudo no mesmo tabuleiro, o mesmo senso comum que coloca gregos e troianos no mesmo saco – simplesmente porque aparecem no mesmo Homero.

"A ANL", pensa Rosenberg com seus botões, "foi tão somente uma frente única criada por pessoas influentes do mundo político e da burguesia ilustrada." Para Rosenberg, essa era só a parte mais beletrística do movimento. Sim, com apoio do PCB, mas não sob sua batuta. E, pela primeira vez, levantou-se no Brasil bandeiras nunca antes levantadas: nacionalização de empresas estrangeiras, anulação da dívida externa, liberdade de expressão, reforma agrária – reforma agrária totalmente faltante no governo tão sobejamente cantado em prosa e verso pelos varguistas –, governo popular e proteção ao pequeno proprietário. Esse último ponto foi motivo de polêmicas entre os membros da ANL. Mais esquerdistas como ele, Rosenberg, esperavam mudanças que fossem favoráveis sobretudo para os trabalhadores – e não as armadilhas de sempre impostas pela burguesia, que dá com uma mão e tira com a outra só para permanecer em cima do lombo do povo a todo custo. Mas, no fim, aquele ponto polêmico – mas progressista, mas liberal – entrou na pauta. Até que Luís Carlos Prestes e sua esposa alemã, Olga, dessem o bote em busca do controle da Aliança, em nome, obviamente, de Stalin e do *Comintern*.

A presença de Luís Carlos Prestes no PCB finalmente colocou a sério a derrubada violenta de Getúlio como ponto de pauta número um. E a Aliança se esvaziou porque tal ideia gerou atrito entre PCB e ANL, já que a ANL não queria a luta armada. Quando Prestes finalmente ingressou na ANL, em julho de 1935, aí a cobra fumou e Vargas acionou a famigerada Lei de Segurança Nacional, jogando a ANL à clandestinidade. E, então, ela ficou de vez com cara de Prestes e de tenentismo, o que levou a burguesia a abandonar o projeto de frente ampla: todos contra Prestes. Essa situação, e mais a provável espionagem promovida por Vargas e agentes internacionais, levaram a uma intentona comunista mal sucedida.

Do que Rosenberg saberá só alguns anos depois, Paul, ligado a Prestes, mais tarde será Johnny. Ninguém sabe, mas é agente duplo. Informava Alfred Hutt, superintendente da Light, chefe da seção de gás da companhia, igualmente agente do MI6, serviço secreto britânico. Hutt selecionava as principais informações para repassá-las a Oswaldo Aranha, embaixador do Brasil em Washington, que depois escoava para os ouvidos atentos de Vargas e deste para Felinto Müller. A única coisa que passou despercebida de toda essa cadeia de informações foi a preparação do levante do 21º Batalhão de Caçadores de Natal, que pegou de surpresa até mesmo o mais alto escalão do PCB. O tenente-coronel José Otaviano Pinto Soares era a mente por trás da insurreição que culminou com o início da intentona. "Sim, o início de tudo tem nome e sobrenome, José Otaviano, diga-se a verdade", pensa doutor Rosenberg enquanto amarra o cadarço de seu belo mocassim preto. Se bem que o Rio Grande do Norte teve condições propícias para tais aventuras. Hercolino Cascardo, presidente da ANL e interventor do Rio Grande do Norte em 1933, criou o ambiente favorável para que os trabalhadores de Natal ganhassem força. A criação da UGT, sob orientação do Partido Comunista, o fortalecimento da classe operária em todo o Nordeste – que, apesar de reduzida quando comparada aos números da Europa ou dos Estados Unidos, tinha, nos trabalhadores dos portos, principalmente no Porto do Recife, um grande foco de interação com ideias circulantes em São Paulo e Rio de Janeiro. Daí veio a ascensão do sindicalismo, das greves, da conquista de direitos trabalhistas. Dados os laços estreitos com o Partido na seção do Rio Grande do Norte, Rosenberg sabe bem de toda essa história. Ele é, de fato, muito amigo do estivador João Francisco Gregório, ex-presidente do sindicato dos estivadores de Natal – hoje na cadeia cumprindo pena por sabe-se lá quanto tempo. O sindicato dos estivadores de Natal foi o primeiro a aderir à ANL. Foi o fermento ativo no levante do Batalhão de Caçadores. A força dos trabalhadores potiguares foi adquirida passo a passo por meio de greves importantes, em Natal e Mossoró, de trabalhadores da Great Western, Light, motoristas de táxi. Greves com ramificações na Paraíba, Pernambuco e Alagoas. E com conquistas e acordos via Ministério do Trabalho. Conforme ele relembra, em julho de 1935, a ANL fora jogada na ilegalidade. A lei de segurança nacional fora acionada devido ao discurso de Luís Carlos Prestes naquele fatídico cinco de julho, em comemoração à primeira revolta tenentista. "Ah, tenentismo", pensa Rosenberg, "que contaminaste a esquerda nacional. Comunismo à brasileira tem essa singularidade de se misturar a parvalhices militaristas. Nunca vi isso em lugar nenhum." E, voltando às greves de Natal e Mossoró, bem no fim daquele fatídico ano, elas logo desencadearam a greve dos trabalhadores da Great Western em Recife, uma greve de maiores proporções com manifestações acirradas por parte dos trabalhadores e reação policial encharcada de violência. De fato, os grevistas acabaram contando com a simpatia da população e o Partido entendeu que era chegada a hora.

E agora Abelardo está morto. Por causa de tortura. E, logicamente, por ser cabeça do Partido. "E eu aqui, solto. Que covarde!" A prisão e perseguição pós-intentona durou meses a fio. Aliás, o próprio nome "intentona" é por demais desprezado por Rosenberg, ainda mais o apelido jocoso criado pelos mais ardentes defensores do *modus vivendi* burguês à brasileira: "intentona macarrônica". E bastasse um pequeno gesto à esquerda, lá estava mais um no camburão e na cadeia debaixo de torturas indizíveis, como foi o caso de Carlos Marighella no 1º de maio de 1936.

Rosenberg entra numa loja especializada em boinas, propriedade de um velho amigo: Schenberg e Irmãos. Quer comprar uma para sua namorada polaca do Chanteclair.

– Aquela *beret* vermelha da Maison Laulhère, por obséquio.

Na mesma loja, pessoas num canto têm suas conversas ouvidas por Rosenberg com estranhar e pesar:

– É que eles medem a inferioridade da pessoa medindo as dimensões do crânio – diz um.

– Isso é frenologia e frenologia é superstição, não sabia? – responde o outro. – Tão superstição quanto a tua obsessão por astrologia e esoterismo. Eita que Recife só tem nazistinha agora. Que coisa!

O dono, que atende Rosenberg, vira-se para um jovem de olhos claros e bochechas rechonchudas, o interlocutor que reclamou da frenologia, e diz asperamente:

– Mario, queira parar de provocar os clientes! – e, recompondo-se rapidamente, volta-se para o cliente, para o atendimento impecável: – Perdoa-me, doutor Rosenberg. Ele ali é meu sobrinho que está de férias. Acabou de tirar o título de bacharel em matemática numa famosa faculdade de São Paulo e veio nos visitar no verão. Agora acha que sabe mais que todo mundo. Esses jovens. É comunista como tu e é teu xará. Adorará te conhecer. Um minuto, por favor – diz o balconista, ajeitando o quipá e acenando para o sobrinho: – Mario, vem cá! Quero apresentar um amigo de sinagoga e uísque!

80 – Zezé e Valtão

– Essa perna manca é uma derrota da gota.

Valtão, ou o "doutor Valter" – das tratativas formais advocatícias –, é desses que virou homem quieto por causa das agruras da vida, mas que, no passado, falava pelos cotovelos.

– Eu falava pelos cotovelos, tu nem vai acreditar na história. Aconteceu um episódio na minha vida que, vamos dizer assim, mudou meu jeito de ser – diz Valtão a Zezé, naquele dia em que conversaram pela primeira vez, acompanhados, naturalmente, pelo intermediador Zé Galo.

Doutor Valter é desses que, em toda frase, faz questão de inserir repetitivamente um "vamos dizer assim". Depois de um tempo, chegava a ser irritante. Ali, na conversa daquele dia, até parece um homem palrador; mas, no geral, ao que consta, e pelo o que às vezes dizia Zé Galo, é mesmo uma pessoa muito reservada. "Impenetrável como um nó górdio", diziam os conhecidos mais achegados de Valtão, da época em que ele ainda advogava em Carpina. "Dizem que no fundo é uma matraca, mais falador que um papagaio psicótico", inferiam outros, não tão próximos quantos os primeiros, gente que tenta adivinhar o tipo da pessoa pela cara e pelo jeito.

– Oxe, ali é muito calado. Que homem tímido. Desconfiado que só índio – repetia Zé Galo enquanto desciam a escadaria que dá acesso ao térreo, naquele dia em que se dispusera a apresentar Valtão a Zezé.

No início da conversa, vem essa revelação prolegômena dos motivos pelos quais é tão quieto:

– Aconteceu um episódio na minha vida que, vamos dizer assim, mudou meu jeito de ser. Sempre fui uma pessoa muito falante. Fiquei mais taciturno depois da morte trágica de meu melhor amigo, Miguel, carinhosamente chamado por todos de "Maninho". Um verdadeiro irmão. Foi num dia de julho, de chuva forte. Estávamos aqui em Recife, na festa de aniversário do irmão de Maninho, Floriano. Uma festa regada a bebida, lança-perfume, cânhamo e ópio. Uma festa particular numa mansão de alguém cujos pais estavam viajando. Nessa época, eu tinha dezenove e Maninho, dezessete. Ele era um rapaz que nem bebia nem se drogava. Nem loló de leve no carnaval! O contrário do irmão Floriano, mais banda voou que aquele não havia. Na festa, Floriano mandava colocar até calmante forte na bebida das meninas. A menina ficava zonzinha e, depois, era levada para um quarto. No dia seguinte, nem se lembrava mais de nada. Teve então aquele dia em que Floriano encheu tanto a cara que, na hora de ir embora, tropeçou no batente da escadinha de acesso da mansão. Rolou na grama, riu e gargalhou como um palhaço e depois vomitou tudo na própria camisa. Chamou o irmão Maninho e mais uns parceiros e disse, com voz bêbada: "tem uma festa de arromba acontecendo para os lados da Ilha do Leite, vamo pra lá agora, porra". Nessa hora, eu meti o bedelho e disse algo como "oxe, Floriano, tu vai sair da própria festa de aniversário pra ir em outra?". Lembro que ele respondeu: "vai te foder, tabacudo. Venha, Maninho, não se junte a essa bicha empata foda. Vamos sair dessa nojeira, que aqui só tem menina fresca que não quer dar o cu". Eles saíram no meio da madrugada para a Ilha do Leite, lugar ermo e deserto. O que se soube é que o carro sofreu uma batida feroz bem no lado em que Maninho estava. Este, ao que parece, morreu na hora. Floriano era quem dirigia. O bicho não sofreu um arranhão. E é aquela história: como filho feio não tem pai, nunca foi responsabilizado, ficou por isso mesmo... e eu fiquei arrasado. Passei anos me conformando e o resultado disso foi esse meu jeitão taciturno.

Zezé pensa com seus botões que Valtão não é tão calado como Zé Galo havia dito. "Oxe, esse fala que só...". Essas conversas com Valtão duram dias. A cada banho de sol, Valtão, Zé Galo e Zezé se juntam para um novo papo. Numa dessas vezes, Zezé fica sabendo que Valtão, apesar de jovem – com seus trinta anos –, já fora advogado afamado da cidade de Carpina e adjacências. Atuava na área de Surubim, Taquaritinga, com pulos de vez em quando à Paraíba, Campina Grande em raras ocasiões.

– Tem como eu sair daqui, doutor?

– Claro que tem! Só que, no teu caso específico, pelo que pude avaliar do que me contou, estão jogando areia. No fundo, é o que acontece com todo mundo por aqui. Bastasse você ser amigo de juiz importante pra tudo andar. Amigo de juiz não fica preso, não. E quem não é amigo de juiz, apodrece nestas celas. Aqui ninguém é julgado, espera por anos. Até eu, que sou criminoso confesso, aguardo julgamento há dois anos. Antes daqui, eu passei por algumas cadeias municipais que fecharam por falta de espaço ou estrutura. Depois me jogaram aqui mesmo. E vejo que, em breve, fecharão esta casa de detenção também, porque está mais abarrotada que puteiro em tempo de vaquejada.

A conversa se estende ao longo de todo o banho de sol. Valtão conta uma versão de sua história aparentemente muito honesta, sem traços de exageros desmedidos ou mentiras deslavadas:

– Casei-me com a filha de um rico comerciante de Limoeiro, o dono de Limoeiro, da dinastia que controla a cidade desde sempre. Nem deu seis meses de casado, inventei de trair minha esposa com a esposa de meu cunhado. Eu e ela já trocávamos olhares há tempos, mas a consumação da putaria só começou depois que nos agarramos numa várzea escondida da fazenda do sogro em um dia de Natal. O problema é que a partir dali não foi uma ou duas trepadas. Eu e ela nos apaixonamos, começamos a nos ver com tanta frequência que foi impossível não deixar rastros. Pense no fuzuê. Meu maior medo: que o sogro descobrisse. Do jeito que ele era, nem ficaria tão brabo. Silencioso, partiria para o bote, uma jararaca. Os jagunços me

233

cercariam quando eu menos esperasse e me cobririam de tiros de calibre 12 na cabeça para que eu ficasse irreconhecível.

– Concunhada, eita! – comenta baixinho Zezé, acompanhando a história com pequenos comentários aqui ou acolá.

– Oxe, o problema nem foi esse. Se eu comesse e ficasse no meu canto, não tinha como minha mulher e nem meu sogro descobrirem... o problema foi mesmo a paixão... se apaixonar é uma merda. Com os encontros escondidos cada vez mais frequentes, Marlene, minha concunhada, inventava qualquer desculpa para ir de Limoeiro a Carpina, um pulo. Nos encontrávamos no meu escritório. Arrastava, violento, os livros e a papelada para fora do meu birô, fazíamos sexo selvagem em cima da mesa, no chão, no sofá. Carpina inteira logo percebeu o chifre gigantesco em minha esposa. Das fofocas que vazam desapercebidas, um dia ela descobriu tudo. Foi um rebuceteio da porra. Para não dar tanta bandeira, comecei a me retirar cada vez mais, me isolar em minha granja nos arredores da cidade. Minha esposa, um dia, apareceu por lá, puta da vida. No meio da roça, discutimos feito dois miseráveis. Eu esquentei a cabeça, ela chorou, gritou, disse que ia se separar, implorou. Disse que ia contar tudo para o pai. Oxe, Zezé, quando ela veio com essa ideia, fiquei arretado que só. Perdi as estribeiras. Se o pai soubesse, adeus, doutor Valter, ele me arrancaria o couro num piscar de olhos. Meu primeiro impulso foi o de dar-lhe um soco, enchê-la de porrada. Depois ela veio com a história de que o pai ia saber de todo jeito, de que eu era um homem morto, condenado. Não sei o que houve, simplesmente peguei uma pá e meti-lhe na cabeça. Como ela não morreu na hora, fui atrás de uma peixeira, dessas grandes de picar mato, cortei-lhe o pescoço.

– Virgem! – sussurra Zezé, benzendo-se.

– Oxe, não se aperreie, não, porque não vou contar outros detalhes sórdidos dessa história que certamente me condenou ao inferno eterno. Cristo, tende piedade – diz Valtão fazendo o sinal da cruz. – E, sinceramente... nem sei por que estou lhe contando. A cena do fio de sangue escorrendo do cabelo galego... ela se tremendo e caindo... a peixeira e ela morrendo, seus olhos verdes a perderem a vida. Eu chorando que só criança. Peguei a pá e a enterrei ali mesmo. Quando a família notou a ausência, dei queixa à polícia, tomei a iniciativa de iniciar a investigação, camuflar o meu crime. Para o pai dela e demais familiares, eu fui quem notou a ausência, que ela tinha sumido, que ninguém sabia o paradeiro. Passadas semanas, a pobre de minha

234

sogra caiu numa depressão da moléstia; meu sogro, secretamente, contratou detetive particular e colocou os jagunços para farejar qualquer rastro suspeito. Para me passar de inocente, tive que conversar com o sogro de vez em quando, me fazer de sonso. Mas pelo olhar do filho da puta dava para perceber que ele desconfiava de mim. Já não bastasse o remorso por matar a própria esposa, agora eu não conseguia dormir mesmo: a obsessão de que a todo instante alguém podia entrar pela porta e me coalhar de chumbo grosso, me capar, me tirar o couro ou coisa pior. No final, virei assassino confesso por esse medo de morrer ou de sofrer na mão do sogro ou de seus capangas. Duas semanas depois do assassinato, fui à delegacia de Carpina para me entregar, indiquei onde estava o túmulo e o corpo. O delegado, conhecido meu de longa data, fez de tudo, tentou arrumar um jeito, disse que era melhor aguardar, conseguir um advogado que fizesse tudo com muita calma. Decidi que não e ele não teve alternativa. Fui preso, levaram-me à cadeia municipal, pedi para que me transferissem para Itamaracá, por causa de possíveis vinganças por parte de meu sogro. E, sim, como era de se esperar, ele contratou gente de dentro da cadeia para me matar, mas fui transferido a tempo. Em Itamaracá, fui logo fazendo amizade com os líderes dos presos que me protegeram como ninguém. E, aqui, Zé Galo e seu bando me protegem como ninguém. Você tem sorte de ser amigo dele. Ele dá logo surra em todo mundo que se mete onde não deveria. Em troca, logicamente, lhe dou uns cigarros, dinheiro e conselhos. Dia desses ele me contou sobre você e sobre tudo o que aconteceu no Palácio do Governo. Estou aqui pra te ajudar, fique certo disso. Vou te dar alguns atalhos que podem lhe tirar daqui, pode crer.

– Vou precisar mesmo. Já tenho devogado, mas acho que ele me enrolou, doutor Valtão. Não sei direito desses arremedos de lei, não. Só sei cuidar da roça, caçar peba, asa branca e tratar dos cágados das minhas filhas, de bacurins e bodinhos para o almoço de cada dia. De resto, sou observador de estrelas e sei bem como se comportam rasga-mortalhas, soins e índios do brejo. Conheço um pouco de candomblé que aprendi com minha mãe, passe de benzedeira que aprendi com minha prima e contar histórias de orixás. Fora isso, meu velho, sou ignorante feito jumento.

81 – Rosenberg: judeu, comunista e espírita

Doutor Rosenberg caminha com dois amigos pela rua Gonçalves Dias, no Rio de Janeiro. Estão indo em direção à Confeitaria Colombo para conversar sobre os rumos do Partido. Rosenberg vai pela rua assobiando e cantarolando Noel e Chico Viola:

> *Você tem palacete reluzente*
> *Tem joias e criados à vontade*
> *Sem ter nenhuma herança nem parente*
> *Só anda de automóvel na cidade*
> *E o povo já pergunta com maldade:*
> *Onde está a honestidade?*
> *Onde está a honestidade?*

– Pessoas que se gabam de mandar, mas envoltos por atmosfera decrépita. Suas aleivosias são nefastas e suas fraldas vivem cheias, só não vê quem não quer. A negação de quem se é sem nunca chegar a ser quem não é. Durma com um barulho desses – diz Rosenberg a um amigo igualmente pernambucano. Outro amigo, que não vê há muito tempo, carioca e igualmente comunista, pergunta aos dois de que cidade vieram, ao que Rosenberg responde: – Sou do Recife mesmo e Lourenço aqui é de Tacaimbó, no interior de Pernambuco.

– Tacaimbó. Tá caindo bosta... – diz o tal amigo carioca, dando uma gargalhada fina, encatarrada, irritante e sem graça.

Entram na Confeitaria Colombo e tomam um café. Doutor Rosenberg a contar sobre as brigas de políticos que presenciara nos velhos tempos de Carlos de Lima Cavalcanti:

– Minha nossa! E teve aquele senador que tentou chegar às vias de fato com o prefeito do Recife. Lembram? Pedia o aumento do salário da guarda municipal. O prefeito, ao contrário, tinha um projeto de redução de pessoal, diminuição de salário e aumento do uso de forças federais. O senador apareceu do nada num certo evento público e gritou com o prefeito para logo ser expulso sumariamente por soldados do exército: "Me respeitem, seus moleques", gritou o senador ao prefeito. "Eu sou senador da república, porra!"

Todos riram da lembrança.

– No final, quem tem razão é nossa querida Chiquinha Gonzaga, que mandou Rui Barbosa às favas, quando escreveu aquele maxixe: "quem é mais folgazão é quem sabe cortar jaca nos requebros de suprema perfeição, perfeição" – interpõe o amigo carioca.

– Aquele coronel vai para o inferno é de escorrego. Ah, se vai! Ele e toda a súcia que trabalha naquela fazenda.

– Na história recente, 1929 mudou tudo.

Depois desse tiroteio de frases de efeito meio interpoladas, os três se despedem, cada um para um lado. Em particular, doutor Rosenberg, admirador de música sinfônica, entra no Theatro Municipal do Rio de Janeiro. Primeiro vem o "Le Carnivaux des Animaux" de Saint-Saëns e depois entra o próprio Heitor Villa-Lobos para reger a sua magnífica Bachiana nº 4. Uma lágrima escorre dos olhos do advogado: aquela é a primeira vez na vida que vê e ouve o compositor brasileiro de quem sente tanto orgulho. "O Brasil com um compositor desse quilate! É de se encher de brio e orgulho!", pensa consigo mesmo.

***

Doutor Rosenberg é judeu de frequentar sinagoga, comunista na assiduidade à reunião do Partido – clandestino, haja clareza – e místico para ir à Federação Espírita às vezes. Lá, vai para ouvir alguma pregação sobre mesas falantes, reencarnação – coincidência plena, segundo ele, com a doutrina judaica e cabalística do *gilgul* –, ou alguma história sobre Allan Kardec, Jesus ou Bezerra de Menezes. Às duas últimas instituições, o Partido Comunista e o Espiritismo, comparece secretamente, imitando aqueles cristãos das catacumbas dos tempos de Nero. Pelo fato de ser judeu, não está em tão bons lençóis. Até deixara de frequentar o Clube Alemão: preocupa-lhe aquela amizade de Getúlio e Hitler. E tanto pior ser comunista. Ninguém gosta de comunista, ainda mais nestes tempos. E os espíritas, a todo instante, têm algum centro por aí a ser apedrejado, assim como centros de umbanda ou terreiros de candomblé, todos classificados pelo povão carola como coisa de catimbó. Daí doutor Rosenberg se vê como o perfeito enjeitado, frequentador de uma tríade de instituições amaldiçoadas por todos. E, apesar dos pesares, conta isso a vovó Naná rindo-se como uma criança, ela sentada na cadeira do terraço da casa do advogado. O gramofone, baixinho, toca Vivaldi, um concerto com o qual Rosenberg ainda estava se familiarizando: Concerto Grosso RV 558, *con molti strumenti*.

– Oxe, doutor! E que mal há na macumba? Ess'arrente tá é doida do juízo, *atotô*.

– Opa, dona Naná, a senhora é mesmo hilária...

– "Hilária", que palavra mal-assombrada é essa?

– Engraçada, é isso que a senhora é; mas não me leve a mal, digo isso no bom sentido: o engraçado que lhe deixa muito simpática. Venha, vamos tomar um cafezinho que lhe conto mais sobre o espiritismo, sinagoga, Allan Kardec, Moisés e Karl Marx.

Sobre uma alegada ameaça "judaico-comunista", doutor Rosenberg às vezes se debruça nas cada vez mais raras conversas com doutor Zago, quando este vai a Recife e ao Poço da Panela.

– Parei de ir ao Deustcher Klub e nem entro mais na Sloper. Já não gostava mesmo... essa gente do Recife quer ser *chic* a todo custo: reis e rainhas enrustidos que nunca serão. Sinto-me muitas vezes sufocado... já viu a quantas anda esse tal Estado Novo? Por ser judeu, mas principalmente comunista, me vejo numa prancha de pirata sendo empurrado para os tubarões. Já ouviu essa história de plano Cohen? O plano Cohen é uma simulação perversa! E, por causa disso, doutor Zago, meus dias de liberdade estão contados.

– Entendo perfeitamente, doutor Rosenberg.

– Estão contados! É um regime ditatorial, contrarrevolucionário, motivado por uma revolução simulada, falcatrua escrita pelo próprio chefe do serviço de inteligência da Ação Integralista, o capitão Olympio Mourão! Resultado: o Congresso concordou sem piscar com o estado de exceção. Primeiro concordou e depois foi fechado! Tu viste? Como chegamos nisso? Um Estado baseado em relatórios falsos? Como? Há quem diga que o capitão Olympio acusa o general Góes Monteiro, chefe do Estado-Maior, e que o general diz que não sabe de nada e no final ninguém quis ser o pai da criança.

– Olympio Mourão?

– Sim, o capitão Olympio Mourão, miliciano, integralista insignificante, a vaca fardada. Criou um documento falso sobre uma suposta ameaça judaico-comunista, um certo "plano Cohen", com o intuito de facilitar a tomada do poder pelo Estado Maior, militares e getulistas alinhados com as ideias nazifascistas de Hitler e Mussolini. O general Góis Monteiro acreditou no documento e falou à *Voz do Brasil* sobre o plano diabólico "judaico e comunista" para derrubar o presidente Vargas. Tu deves ter visto ou ouvido isso...

– Ah, sim, claro, agora ligo os fatos.

– E com base nessa falsificação é que chegamos a esse estado de coisas, o Estado Novo, o pretexto para a ditadura plena, autoritária, vil, disforme, militarizada, fascistoide. Plano Cohen: um pretexto para manter Vargas, uma armação, notícia falsa, apelo aos sentidos torpes de nossa elite reacionária. Apenas uma repetição bizarra do que presenciamos em 1921, aquele documento falsificado, sem pé nem cabeça, o "Protocolo dos Sábios de Sião". Lembra-se? Um documento forjado, que atestava uma conspiração mundial judaico-maçônica? Até quando nosso Brasil vai combater o crime na base da dentada? Nem a democracia liberal deu certo em nossas plagas! Como é possível? É bem como disse Sérgio Buarque de Hollanda naquele livro: em nosso país, a democracia não passa de um mal entendido. E 1937 será sempre lembrado como o ano do Estado Novo e o ano em que, ao mesmo tempo, se inaugurou o Museu de Belas Artes do Rio. Os paradoxos destes nossos tempos...

E assim passam-se os dias para doutor Rosenberg. Conta a seus clientes mais confiáveis sobre os seus medos, seus ataques de ansiedade. Diz sempre que, a qualquer instante, entraria por sua porta um agente do Estado Novo, amarraria seus braços e o jogaria num calabouço de tortura. E quão maiores os medos e obsessões, maior seu esquecimento sobre a existência de Zezé e de que ali havia um caso para o qual tinha se dedicado horas a fio naqueles últimos dois anos.

82 – Iemanjá, rainha do mar

– Era uma festa danada de boa! *Atotô*, faz vinte anos ou mais. O 2 de fevereiro de Iemanjá. Estávamos todos nós no terreiro, comemorando tranquilos, a oferenda estava linda e nós estávamos indo ao mar pra homenagear nossa rainha. Foi então que chegaram uns gorilas com um uniforme que nem era da polícia e nem era do exército. Mas era um uniforme. Ave, oxe!, entraram no terreiro e espancaram mãe Mazé. Bateram tanto que, dias depois, ela bateu as botas. Mas não foi só nela. Bateram em todo mundo. Essa cicatriz no meu pescoço vem disso. Quebraram foi é tudo, não deixaram nada em pé. E ameaçaram todos, dizendo que, se voltássemos a rezar para Iemanjá ou outro santo, pagaríamos com nossas próprias vidas. Chegou-se até a proibir a capoeira... branco que não dava emprego pra preto. Nos chamavam de fedidos, imaginem só. No Rio de Janeiro era pior! No fim da escravidão, era tanto preconceito que os pretos libertos tiveram que habitar o alto do morro. Em Salvador não foi tão ruim, mas foi parecido. Proibir nossa cultura e praticamente nosso direito de viver. Esse tipo de coisa levou muitos de nós a sair do Recôncavo. Alguns foram para Alagoas, mas disseram que lá estava até pior, que tinham destruído mais de cem terreiros, a tal "Quebra de Xangô". Nessa época, eu já morava ali na Zona da Mata e fiquei com medo mesmo assim. Porque lá é meio perto de Recife e não queria me arriscar. A gente se juntou com as pessoas de Alagoas: *atotô*, mudança para o interior de Pernambuco, todo mundo caladinho, mas tudo deu certo, saravá! Eu e mãe Viviane mais o marido dela. No interior tem preconceito também. Mas é mais fácil de mexer com orixás sem fazer barulho. Vocês sabem que esses coronéis do Sertão são brabos. Da boca pra fora dizem que a gente mexe é com coisa do sete peles. Mas, no final, se rendem aos santos. Se rendem na verdade à coisa pior. Credo em cruz! Dizem que eles vivem à noite em terreiro de magia ruim pra fazer ritual de fechar corpo. Aí, sim, é rabo preso com o coisa ruim. É bronca! Ali, menina, é meu angu primeiro! Eita, gente miserável!

83 – As queijadinhas de vovó Naná

Vovó Naná visita Zezé todo sábado à tarde. Um calor danado, uma suadeira no caminho, um cansaço na barca que a leva até a Casa de Detenção. Nada a impede. Senta-se num tamborete improvisado e passa meia-hora a conversar com o filho.

Durante a semana, conta os dias. No fundo, sábados à tarde acabaram se transformando em momento feliz, mas de tons fúnebres: é como se ela estivesse a visitar um ente querido em cova rasa de algum cemitério horripilante.

– Ah, mãe... aqui é um lixo de vida. Estou fedendo porque aqui se toma banho muito de vez em quando. Meu corpo e o grude viraram uma coisa só. Pelo menos tem Zé Galo, que conta piada e me protege dos galalaus que querem me foder. Eu bem que queria estar virado no mói de coentro. Mas não é fácil. Puta merda, não é fácil.

– Olha a boca, menino! Depois que entrou aqui vive falando palavra feia! Eu, hein! Que criação foi essa que te dei? E engula o choro! Tu é forte, lembra da história dos malês que já te contei? Recupere tua força que o próprio doutor Zago me agarantiu: tu vai ser solto, logo, logo. Ouça as palavras de minha falecida mãe, que Deus a tenha. Ela costumava dizer que com o tempo, o prado seco reverdece.

Ele enxuga uma lágrima e tenta demonstrar um pouco de ânimo.

– E a senhora? E Eunice? E Carolzinha?

– Nesta semana elas não puderam vir. Não é má-querença, não. Estamos trabalhando muito, principalmente elas. Hoje Carolzinha tem hora extra no hospital Dom Pedro, plantão até o início da noite. Graças a Deus, conseguiu esse emprego de auxiliar de enfermagem em local tão próximo de nossa casa. Já Eunice, não tem boquinha, não. Tem que trabalhar no centro, vender aquelas bugigangas que compra no Mercado da Boa Vista pra lucrar quase nada na rua Nova. Até nos domingos.

– Na roça eu trabalhava todo dia. Nem sabia quando era domingo. Já aqui no Recife, parece que tudo para no danado do domingo. E vejo que, mesmo assim, Carolzinha fica de enfermeira no plantão do hospital e Eunice na rua Nova a vender bugiganga. Queria até que a senhora me explicasse melhor isso. Acho estranho que trabalhem até no domingo...

– Nem lhe disse, mas desde a semana passada também estou ganhando meu dinheirinho. Vendo tareco e alfenim de porta em porta, nos Coelhos e redondezas... ali tem maruim que só a gota, mas finjo que nem existem.

– Espero que Carolzinha esteja mesmo trabalhando no hospital... às vezes falo dela pra Zé Galo e ele acha que a senhora tá me enganando, contando essa história de enfermeira só pra eu ficar tranquilo e feliz. Ele até aposta comigo que Carolzinha trabalha num puteiro. Vez em quando ele também acha que Eunice inventa que vai na rua Nova vender bugiganga, mas no fim vai mesmo é no cabaré que tem por ali...

– Oxente, menino, vade retro! Cale sua boca suja quando falar de tua fia e de tua mulé! Oxe! Que absurdo é esse? *Atotô*, Zezé! Não ouça esse Zé Galo, não! Se esse afolozado aparecer na minha frente, dou-lhe um carão da moléstia! E o arranca-rabo vai ser grande! O que é que é isso? Que bicho mais enxerido, esse cabra! Zezé, até acho que tu tem é que se afastar dele. Onde já se viu? Olhe a má influência: agora tu fala mais palavrão e acredita nesse tipo de besteira. Oxe! Limpe a boca para falar de tua fia e de tua mulé, menino! Repare bem, e eu agaranto: temos sangue ashanti e malês, de lutadores, gente que não se curva. Nunca Carolzinha será puta, te agaranto! Fique tranquilo, não se avexe, já fui até ajudar Eunice nas bugigangas e ela só faz isso mesmo, não se avexe. Saravá! Esse Zé Galo inventa cada história!

Tem é minhoca na cabeça, só pode! – diz vovó Naná, notadamente irritada. – *Atotô*! Esse Zé Galo mente pior que pescador. E de pescador eu conheço, tanto da época de São Francisco do Conde quanto da época em que vivi no Rio Vermelho. Iemanjá é testemunha!

– Sim, mãe. Zé Galo é meu amigo, mas nessas horas eu fico arretado. Quando ele vem com essas histórias, é bem quando me dá vontade de dar porrada na cara daquele otário. Eu fico é muito arretado, pra não dizer outra coisa.

– Ess'arrente que mente muito, a rebordosa pode vir é pesada... orixá não gosta de mentira, não.

– A senhora estava dizendo que ganha um dinheiro vendendo doce e alfenim?

– Sim, fio. Faço em casa. Compro os ingredientes no Mercado da Boa Vista, que é perto lá de casa. Até semana passada foi tareco e alfenim. Mas já comprei os ingredientes e as forminhas para fazer umas queijadinhas também. Minha mãe, tua avó, me ensinou a receita de muitos doces. A queijadinha: meio quilo de trigo, três ovos, quatro colheradas de manteiga, da boa. Depois de amassar bem e dar um grau, abro a massa, forro as forminhas e encho com doce de coco, no ponto forte, pra mode ficar gostoso. Depois asso no forno. Tu sabe como fica gostoso.

– Oxe, mãe, nem me fale, que já tô com água na boca. Aqui só tem gororoba.

Vovó Naná retira um pacote da bolsa, repleto das queijadinhas de iaiá.

– Tome aqui, meu fio. Tu não passa mais fome, não. Coma tudo depressa e não dê queijadinha pra Zé Galo, que hoje ele me deixou irritada. Deixe de ser baba ovo desse sujeito, tá me ouvindo?

Ali mesmo Zezé se empanturra com as guloseimas, deliciosas, de comer rezando.

– Aproveite, fio!

– Meu Deus, a senhora tem mãos divinas! Isso aqui é mais do que gostoso! E fique tranquila que não dou a Zé Galo nem umazinha. Pedido de mãe é uma ordem. Como tudo antes, hoje mesmo não sobra nem uma pra contar história... – diz Zezé de boca cheia, espalhando, sem se importar, queijadinha mastigada aos quatro ventos. Depois de apropriadamente engolir e agradecer ao Senhor do Bonfim, ergue a cabeça e muda de assunto: – Mãe, antes que me esqueça, tu disse que doutor Zago tem esperança de que eu saia logo?

– Ah, sim, fio. Semana passada, fui a Confeitaria pra conversar com doutor Luiz. Ele acha que tu vai sair logo, sim. Sem falar que toda semana vou lá em Casa Forte bater na porta daquele devogado de nome estranho. Ele diz que tudo tá se encaminhando. Nosso Senhor do Bonfim é testemunha do tamanho da injustiça, mas há de nos ajudar! – diz ela com firmeza; mas, mesmo assim, a baixar a cabeça, a tentar esconder sem sucesso as lágrimas que brotam sem parar de seus lindos olhos amendoados. – Acho que já tá na hora de ir. Vou chegando, de hoje a oito eu volto. Muito axé, meu filho. Deus te abençoe, meu Zezé.

Depois disso, Zezé nunca mais voltaria a ver vovó Naná.

84 – Valtão mexe os pauzinhos

Doutor Valter, aquele novo advogado factual e informal de Zezé, tanto pediu que conseguiu uma audiência com o diretor da Casa de Detenção. Valtão queria simplesmente saber quem era o juiz que estava com o caso de Zezé Tibúrcio. E fazia esses favores em nome da amizade que fizera com Zé Galo, o homem que protegia sua vida a ferro e fogo. No dia da reunião, o diretor, muito educado, fato caro e boina de pelica, respondeu sinceramente que não sabia, mas disse que verificaria, diria algo logo que soubesse.

Não demorou muito, cerca de cinco dias, menos de uma semana, para chegar um bilhete na cela de Valtão, informando o nome do juiz. Para surpresa do ex-advogado, o nome escrito no bilhete remetia a um velho amigo de seu pai.

– Oxe! E o que dá pra fazer? – perguntou Zezé, cheio de esperança.

– Agora não tem mas-mas, vou conseguir apressar essa porra desse julgamento. Quem é mesmo o teu advogado?

– Um tal doutor "Rosebergueim", já ouviu falar?

– Vixe, o comunista? Caralho, Zezé, onde tu te meteu? Que azar do caralho! Esse aí logo, logo, estará aqui entre nós, preso por subversão. Só uma questão de tempo. Como é que tu fosse parar na mão desse advogado?

– Foi doutor Luiz Zago, um médico amigo meu de Confeitaria, muito influente... no início, pensei que se doutor Zago indicou esse devogado "Rosem não sei o quê" é porque o homem ia resolver tudo. Me decepcionei. Nunca mais o devogado deu as caras por aqui.

– Não importa... vamos tentar livrar você da cadeia.

Valtão escreveu uma cartinha naquele mesmo dia endereçada ao tal juiz amigo de sua família. Honesta e sincera, ela apenas sugeria que o julgamento de Zezé ocorresse o quanto antes.

– Obrigado, doutor Valter. Agora sinto firmeza!

– Valtão, Zezé. Pra você, eu sou Valtão.

85 – A morte sopra e ecoa tristeza

Zezé contou a Zé Galo o que se passou, a morte de sua mãe e o quanto estava triste. O amigo, que comia umas frutas tiradas do pé, apenas comentou com um sussurro, sem os ares gaiatos costumeiros:

– Pé de oiti que é diferente de sapoti. Cruz em credo!

A morte do filho de uma mãe preta é a morte do filho de todas as mães pretas. Esse foi o último pensamento de vovó Naná, que agradecia a Oxum por não levar seu filho antes dela e evitar o maior sofrimento de todos. E agradecia solicitando aos orixás que seu filho ficasse livre o quanto antes. E, depois, morreu tranquila. Na casinha dos Coelhos.

Zezé ficou sabendo por sua esposa, Eunice. Balançou a cabeça, não acreditou. Limpou as lágrimas de choro mudo e se conteve para não dar um grito daqueles. Na salinha de visitas, todo mundo o viu colocar o braço direito sobre a face, esconder as lágrimas que borbotavam como cachoeira. Soluçou e entendeu que, mais do que em qualquer outro momento da vida, agora ele estava definitivamente sozinho no mundo. Vovó Naná, Carolzinha, Águeda e Eunice eram o seu maior patrimônio. Era exatamente isso o que o mantinha vivo. Águeda partira, ele nem viu. Chorou aquela saudade seca... já tinha meses de prisão quando aquilo aconteceu. E, agora, a mãe Naná. Sim, agora definitivamente ele estava só no mundo, porque a mãe Naná era o seu principal sustentáculo, moral e espiritual. Desde que nascera, eles nunca se separaram. Quando seu pai morrera e mesmo após seu casamento com Eunice, vovó Naná sempre morara na mesma casa que ele. Eram como carne e unha. Aprendera tudo com ela: sobre amar a vida, sobre os orixás, sobre as ervas e as plantas de Oxóssi.

Carolzinha estava destruída. "Tristeza camará", como dizia sua vozinha. Nunca Zezé a vira tão triste. Carolzinha, simples, quieta, mas alegre na maior parte do tempo. Agora só estava quieta e nitidamente triste. Pobre

Carolzinha. Sua avó Naná era como segunda mãe e segundo pai ao mesmo tempo. Ensinara à menina coisas sobre o céu e a vida e também sobre a importância de se ter orgulho de ser preta. Carolzinha se lembrava com saudades das bonequinhas *abayomi* que sua avó lhe fazia. De panos coloridos, cabelinhos assanhados e lindos. Sua avó sempre lhe repetia quando lhe dava uma boneca nova: "*Abay* é 'encontro' e *Omi* é 'precioso'. Bonecas feitas em navios negreiros para afastar o banzo, trazer felicidade." As bonequinhas *abayomi* de sua querida infância perdida... feitas com os cabelos ainda pretos de vovó Naná, com pedacinhos de suas chitas coloridas. Agora a chita perdeu a cor. Os cabelos ficaram rapidamente brancos. E sua avó estava enterrada no cemitério de Santo Amaro.

Depois dessas lembranças e viagens internas, o ato inusitado foi ver Carolzinha vir até o guarda, aquele sargento que definitivamente não gostava de Zezé por imaginá-lo criminoso, preto arruaceiro e, por algum motivo que ninguém sabia, comunista perigoso quiçá. E então ela perguntou inocentemente se podia abraçar o pai. O sargento sabia sobre a dor pela qual a família passava. Conhecia bem vovó Naná: eram visitas semanais por dois anos. Tinha até simpatia pela senhorinha. Mas não deu o braço a torcer. E então negou a Carolzinha o afago, o que causou grande tristeza à menina e à sua mãe. Foi aí que Zezé ficou possesso.

– Como assim? – exasperou-se, falando alto, voz ecoando por todo o ambiente. – Como assim? – repetiu, liberando o choro em voz alta, mostrando toda a tristeza em carne viva. O sargento deixou escapar um sorriso discreto, camuflado com o pigarro que obriga o pigarreante a colocar a mão fechada sobre boca, esconder lábios e intenções.

Carolzinha e sua mãe foram embora desoladas, revoltadas.

– Um cheiro, painho – disse a menina enquanto se levantava e se despedia, afogada em lágrimas.

Ela tinha ganas reais de destroçar o sargento. Dos lábios da menina, quase se podia ouvir o estampido inaudível de um "filho da puta!". Sua mãe, mais passiva que ela, mais quieta, nada disse e nem expressou claramente sua revolta. Seus pensamentos, desde sempre, foram um mistério de Fátima. Ninguém nunca sabia o que se passava naquela cabeça.

86 – Enterro de vovó Naná

Dona Eunice nasceu em Vila Candeia, distrito de Confeitaria. Conheceu Zezé aos treze, casaram-se quando ela tinha catorze. Carolzinha nasceu quando ela mal completara os quinze. Agora tinha vinte e nove anos. "A pessoa mais calada de toda Vila Candeia", alguém uma vez disse. Seu pai era um vendedor de fumo de corda na feira e sua mãe, lavadeira. Lavava a roupa de casa e às vezes ganhava um dinheirinho fazendo serviços para terceiros.

Depois de casada, foi morar no pequeno sítio ao pé do Brejo, casa de taipa, pequena mas aconchegante. Ela fazia o café, o almoço e a ceia. Lavava, passava, costurava. Criava as galinhas, retirava os ovos de capoeira, amarronzados que só eles. Às vezes ajudava Zezé na pesca e na caça. Amava o marido, mas era tão quieta que ninguém diria que era amor de verdade.

A prisão de Zezé a obrigou a se mudar para Recife, cidade em que nunca havia pisado e que, diga-se de passagem, odiara desde o primeiro momento. Mudou-se para o casebre dos Coelhos. Gostava da sogra, mas nunca a encarou como uma mãe ou figura que minimamente lembrasse figura materna. Gostava da sogra mais pela ajuda que esta dera na criação de Águeda e Carolzinha. E porque ajudava na casa. No entanto, vovó Naná era osso duro de roer, pessoa difícil de se conviver. Dizia as palavras na cara, sincera e duramente. Era difícil de gostar de verdade. E, às vezes, soltava indiretas quando não gostava de algo que a nora fazia. Dizia que Eunice era "dissimulada", mas não com essas palavras. Quando vinha uma visita, vovó Naná falava baixinho, mas Eunice conseguia ouvir lá de seu quarto:

– É fingida, mas boazinha. É bronca, seu menino! Aceita quieta mas tem ódio no coração. *Atotô.* Se dependesse só dela, eu acho que essa casa seria uma bagunça. E, ainda assim, ela não se aguenta quando me vê mandando no pedaço. Um dia me questionou por que eu tinha tantas fotos nas paredes da casa. Por ela, isso aqui era tudo liso, seu menino! Eu tenho é mesmo, e a casa é minha, paga com o dinheirinho que eu ajuntei e que doutor Luiz me deu. Fora isso, essa minha nora é quieta e misteriosa. Nem fede nem cheira.

A esposa de Zezé não era fofoqueira, não vivia nos conchavos e nos cochichos. Praticamente não tinha amigas. Carolzinha era sua única "confidente" e, quando morava no pé do Umuarã, conversava hora ou outra com algum índio que participava das caças e das pescas do marido. Em Recife, falava com a vizinha mais por educação. Nunca teve pretensões de grandes amizades, mas era sincera e simples. Provavelmente Carolzinha era sua única amiga verdadeira. Aquela com quem conversava com gosto. Dona Eunice não confiava completamente em Zezé. Via que era controlado pela mãe. Amava-o, mas não o considerava um amigo real. E, ainda, desconfiava que o marido não era cem por cento fiel. Na época do sítio do Brejo, ele sumia muitas vezes sem dar satisfação. Nunca tinha coragem de perguntar aonde ele fora, nem por brincadeira. Mesmo assim, amava-o. Era um porto seguro, mas definitivamente não era um grande amigo. Dona Naná, no final, era quem atrapalhava nisso. Era como uma rival. Dessas de invejas mudas, de raivas veladas.

Tudo isso dona Eunice pensou quando viu o caixão de vovó Naná descendo para aquela tumba de pobre cavada na triste areia do Cemitério de Santo Amaro. Pensava também o quanto odiava a si mesma, pois não fizera grandes esforços pela liberdade de Zezé. Ódio infinito de si mesma. Fica ali ensimesmada até que colocam uma cruz de madeira azul por cima do túmulo, mal pintada, descascada. E há nela uma inscrição escrita de qualquer jeito: "Naná, avó e mãe dedicada". De resto, o silêncio da moça, de tão quieto, não revela outros detalhes de seus pensamentos.

87 – Coisas de Confeitaria, coisas do Brasil

Um dia, apareceu em Confeitaria um professor doutor do recém-fundado Departamento de Geologia e Paleontologia da Universidade de São Paulo. Veio em nome do departamento fazer levantamentos topográficos no Agreste e no Sertão, conferir pequenos erros de mapas e manuais, inserir novidades ainda não catalogadas. Ficou hospedado no palácio do bispo porque, segundo consta, tinha parentesco com ele ou era parente de um amigo de um parente do bispo. Isso é o que se ouviu da boca pequena de uns e de outros. De qualquer forma, a insana curiosidade de dona Matilde foi satisfeita assim que doutor Zago contou-lhe os pormenores da presença do tal professor. Isso porque, numa feita, o bispo, dom Fabiano, convidou o pároco da cidade, o pároco de Vila Candeia – aquele que substituiu padre Bento – e doutor Zago para o chá das cinco, para prosearem um pouco sobre o trabalho do dito geólogo.

– Chegue, doutor Zago. Que bom que veio. Servido? Este é rapé do bom. Meu caro professor Demóstenes, apresento-lhe o doutor Luiz Zago, orgulho de Confeitaria. Ele é médico tropicalista e chegou a ajudar o próprio Oswaldo Cruz no combate à peste bubônica no Rio de Janeiro!

Depois de meia hora de apresentações e conversas iniciais, doutor Zago passa a perguntar sobre o trabalho do professor doutor Demóstenes – este é o nome do sujeito –, geólogo de formação, com linguagem sofisticada e erudita, *philosophy doctor* pela Universidade de Chicago, Estados Unidos:

– E do que é que é feita a nossa terra, professor? – pergunta doutor Zago em determinado momento da conversa.

– Ah, o solo é constituído por granitoides indiscriminados e suíte cal-cialcalina de médio a alto potássio, tipo Itaporanga. Em algumas superfícies há os planossolos, medianamente profundos e fortemente drenados, ácidos a moderadamente ácidos ou ainda podzólicos, profundos e de textura argi-losa. Nos vales dos rios, há afloramentos de rochas, planossolos profundos e imperfeitamente drenados, com algum problema de sais. Relevo de vales profundos, estreitos dissecados, altitude média de 650 metros, região cerca-da por serras, maciços e outeiros altos. Predomina a caatinga, algumas vezes aparece a floresta subcaducifólica, chamada por aqui de brejo.

– Boa para plantar?

– Não muito. Mas isso já não é da minha alçada. Deixo para os enge-nheiros agrônomos.

– Diga para doutor Zago o que achou de nossa região… – intima dom Fabiano, intrometendo-se.

– Agrada-me muito a paisagem. Sempre gostei do semiárido nordes-tino e também do Agreste. Rochas, serras rochosas, gado e fazendas, como tem que ser.

– Bom, não sei se viste, tchô, aqui e ali também há uns brejos de altitu-de, com mata e tudo. Até índio… se bem que hoje em dia sumiram. Mata-ram, para ser sincero…

– Às vezes acontece… revezes do progresso.

– Progresso? Matar índio?

– Meu caro doutor Zago, às vezes há que se optar entre a selvageria e a civilização. Não sou eu que digo isso, mas foi o próprio diretor do Museu Pau-lista, no início do século, notório cientista. Ele mesmo pediu ao governo que usasse tropas oficiais para limpar as terras, retirar invasores indígenas, em pro-veitos dos imigrantes europeus. O progresso há que vir, a terra não pode ficar parada… eu compreendo que isso ocorra justamente por aqui: Pernambuco é o único estado do Norte que tem algo de semelhante ao desenvolvimento do Sul. É o que ao menos aprendi com a obra de Roberto Cochrane Simonsen.

Esse desenvolvimento é traduzido nos excelentes ministérios conquistados desde o início da República por cidadãos pernambucanos, principalmente o Ministério da Agricultura. De Lourenço Cavalcanti de Albuquerque a Agamenon Magalhães. O desenvolvimento tem seus revezes, como eu já disse. É triste a situação dos índios, mas... enfim, tira-se a selvageria, institui-se o progresso. Assim foi nos Estados Unidos, assim há de ser no Brasil.

– E o princípio de estabelecer o direito compensatório aos indígenas por todas as calamidades que o homem branco e colonizador lhes acometeu ao longo da história brasileira? Veja, tchê: a herança cultural que vem do índio é grandiosa. No mínimo, é possível perceber isso nas palavras de origem indígena, como tapioca, beiju, pamonha, gamela, puçá, arapuca. Esse é só um primeiro exemplo que vem na memória, mas há tantos outros: nossos pratos típicos, nosso modo de falar, nosso próprio imaginário, tudo tem traços que vêm do índio! Por séculos o "homem branco" se apropriou das terras indígenas e os matou. E aqui, o que nós chamamos "homem branco" é senão a mestiçagem de europeu com índio, com preto. Por que não deixar o índio em sua terra? Por que não trabalhar a reparação histórica por tantos erros cometidos contra eles?

– Mas nessa toada, nunca usaremos a terra adequadamente, para a agricultura produtiva. Se o índio é igual, ele tem o dever, como todo cidadão brasileiro, de cultivar a terra, torná-la produtiva. Do contrário, deve ser expulso para dar vazão a empreendimento mais produtivo.

– Tu dizes que os índios são iguais. Mas nunca foram tratados como iguais. É a igualdade teórica que, na prática, não funciona. Assim, não se pode cobrar deveres de alguém que não é tratado como igual – arremata doutor Zago, elevando a voz sem perder a serenidade.

Os padres, tanto o de Confeitaria quanto o de Vila Candeia, nem concordam nem discordam. Olham de soslaio, remexem os lábios, arqueiam as sobrancelhas, soltam alguma palavra culta que não tem significado algum. Já o bispo, de vez em quando, remenda o raciocínio do professor doutor com outras ideias que aprendera anos atrás nos Estados Unidos, quando lá fez seu doutoramento em teologia. Diz em alto e bom som que os índios são seres atrasados por usarem métodos comunistas de coletivização.

– Irmãos, nesse ponto, eu concordo com o professor. A selvageria não cabe mais no mundo moderno. E a explicação é simples e comezinha. Vide: dizem que o cristianismo primitivo era coletivista e usam isso para defender os índios. Na verdade, o que ocorria é que os cristãos primitivos compartilhavam por pura necessidade. Eram homens perseguidos, tinham que se esconder e compartilhar para sobreviver. No mundo atual, no entanto, isso é completamente desnecessário, mormente no mundo ocidental livre. No nosso mundo moderno, há comércio, técnica, indústria, o mais avançado capitalismo. Ser contra esse progresso é senão ser enganado pelas palavras vazias dos bárbaros comunistas da União Soviética. Não sei se concordarás, meu caro doutor Zago, mas não há ser mais preguiçoso do que o índio. Estudei profundamente, isso pensando na história norte-americana, que os índios de lá nunca conseguiram se civilizar, tão simplesmente por deterem a posse coletiva de extensões enormes de terra. Isso promoveu um ser errático, incapaz de entender o significado do que é a propriedade privada e da individualidade, assim como a vantagem dos lares fixos. Ainda por cima, que não aconteça no nosso país!, o governo americano garantiu-lhes algumas anuidades em dinheiro, o que os tornou mais preguiçosos e indolentes do que já eram. O resultado disso: o estímulo ao espírito aproveitador de que são dotados, a oportunidade de gratificarem ainda mais seus apetites depravados. Com o índio brasileiro é o mesmo.

Doutor Zago, flagrantemente irritado, toma um gole de vinho do porto e rebate:

– Dom Fabiano, também tenho pensamentos liberais como os de vossa reverendíssima. O progresso material é necessário para impulsionar o desenvolvimento econômico. Sim, concordo. No entanto, esse desenvolvimento não pode vir a partir de atitudes bárbaras como o extermínio de índios. Isso é bárbaro. O capitalismo brasileiro nem é tão liberal como bem gostaria vossa reverendíssima. Sejamos francos, o capitalismo à brasileira, tupiniquim, é de fato pré-capitalista, baseado principalmente no extrativismo e na exportação de bens primários. Sim, há indústria. Mas a indústria brasileira é supercentralizada no sul do país. No resto do país, há uma agricultura vã, uma agricultura que engorda os bolsos das contas públicas, mas não desenvolve de fato o país. E, cada vez mais, pulula a mania de investir em títulos, na bolsa, em dinheiro de mentira, em capital financeiro vazio. Onde está o capital real? Fora São Paulo e alguns pontos do Sul, sim, e um pouco de Pernambuco, eu diria que o Brasil é o país das desigualdades: há o industrial paulistano, que convive na esquina do lado com o mendigo sem perspectiva de vida; há o fazendeiro mato-grossense rico, com milhares de cabeças de gado e avião particular; mas, ao lado de sua fazenda, há o sitiante do *hinterland*, que tem que percorrer léguas e léguas no lombo de um jumento para conseguir um punhado de sal ou uma peça de tecido de chita ou uma enxada para tocar sua roça. Essa é a verdadeira realidade do nosso país. E não será a matança de índios que mudará isso. Pelo contrário: pode agravar a situação, dando mais terras à gente que só alimentará o ciclo pré-capitalista tupiniquim. Até mesmo as indústrias do Sul são um tanto pré-capitalistas. Essa questão toda que a gente vê São Paulo a cavocar tem um pouco de espírito racista, que vem lá da época dos bandeirantes, caçadores e matadores de índios. Ainda não entendo por que os paulistas inventaram, nos últimos tempos, essa homenagem ridícula aos bandeirantes paulistas...

– Sobre as indústrias, as de São Paulo não têm nada de pré-capitalistas, vide as grandes fábricas do falecido conde Matarazzo.

– São Paulo é um caso à parte. Mas, mesmo ali, nem todos os itens são fabricados. E então os paulistas também dependem de muitos manufaturados importados do estrangeiro. Mas há lugares que não podem depender do estrangeiro, e aí é que são criadas as indústrias isoladas, cujos donos acabam criando um protetorado monopolista, quando não um império local que acaba executando algo meio pré-capitalista, quase feudal. Vide a fábrica Confeito, aqui na nossa cidade; ou a fábrica da Torre, no Recife. Industriais que se veem como reis. E, no fim, mandam e desmandam na política local.

– Os coronéis não mandam mais? – pergunta, curioso, o professor geólogo.

– A ascensão de Vargas praticamente decretou o fim deles. No entanto, as práticas pré-capitalistas, específicas do Brasil profundo, acabam imitando o formato coronelista. O novo coronel brasileiro é o empresário rico, comerciante, industrial ou financista, que se arvora de seu prestígio financeiro para ter prestígio social e poder político regional. Os filhos dos coronéis viraram empresários e rentistas, mas continuarão a ser coronéis, sem o título oficial. Nem no campo trabalharão mais. Basta observar que há uma série de coronéis que retiram seus filhos da vida clássica do pastoreio e do gado. Nossos coronéis da velha república, ricos de nascença e, sejamos francos, verdadeiros *leisurists*, sonham em tornar os filhos médicos ou advogados. E, de fato, é o que vejo: esses filhos, depois de formados no Recife, criam desgosto pela vida e não ganham dinheiro com a profissão: acabam como leisuristas, a viver às custas dos pais coronéis, que lhes compram todos os equipamentos para seus consultórios. Filhos que se gabam com suas roupas de capitalistas *fainéant*, desfilando incólumes nas calçadas da rua Nova, médicos que não são médicos, a torrar o dinheiro dos pais nos bailes do Clube Internacional, a transformarem-se em coronéis da "nova" política pernambucana. Ocorre isso em Pernambuco, mas não nego que, no Rio Grande, ocorre o mesmo.

– Talvez dez anos atrás fosse assim... hoje, aqui ou acolá, a gente já vê por essas bandas vislumbres de capitalismo jurídico e sociedades anônimas – interpõe o bispo.

– Sim – responde doutor Zago. – Mas, bem dizer, não passam de meras sociedades de famílias, apenas rotuladas como "anônimas". A fábrica Confeito é também um grande exemplo disso: capitalismo industrial na aparência, sociedade anônima no papel, sociedade familiar na prática. Os avôs são os donos, os pais são os diretores e os filhos são os gerentes. Quando os fundadores morrerem, anotem o seguinte, a fábrica vai se esfacelar e fechar, e as heranças serão transformadas em capital financeiro. Os herdeiros não serão mais industriais: investirão em gado e em títulos financeiros. Capitalismo tupiniquim da pior espécie.

– Zago, Zago, cuidado que já namoras o comunismo... essas ideias novas são sedutoras, mas são ilusões. Deixam a pessoa lesa. Tenha cuidado, meu filho! – diz Dom Fabiano, olhando para os lados e sorrindo, matreiro.

– Não, vossa reverendíssima. Meu discurso não tem nada de comunismo, mas de liberalismo amadurecido, que passa longe das práticas capitalistas de nossos ricos energúmenos.

Após um minuto de silêncio, estampidos se fazem ouvir. Tiros, ao que parece, de espingarda. Assustado, professor Demóstenes dá um pinote e pergunta:

– Ué, que barulho foi esse?

– Preocupa-te não, meu caro professor doutor. É o bacamarte. Hoje, na cidade, tem festa de bacamarteiro, mas é só pólvora seca. Coisa do Sertão.

88 – Mais uma visita ao Poço da Panela

Depois de um bocado de tempo sem notícias de Zezé, dona Naná morta e um silêncio ensurdecedor sobre o destino de Eunice e de Carolzinha, doutor Zago resolve viajar a Recife para conversar pessoalmente com doutor Rosenberg.

– E Zezé Tibúrcio?

– Ali está difícil, dificílimo. A manifestação dos índios, o governador. Tu bem sabes, mexeu-se em vespeiro. Carlos de Lima nem é bem quisto hoje. Mas, meu caro doutor Zago, basicamente a regra foi e será esta: mexeu com governador, o preposto de Getúlio, mexeu com o próprio Getúlio. E aí tu já sabes. Vespeiro. Zezé é um bode expiatório. Há bodes expiatórios em todo lugar. Eles estão em Recife, no Rio, em São Paulo. Até Monteiro Lobato foi preso, não sei se soube…

– O escritor? Por quê?

– Semana passada estive em São Paulo para um congresso apócrifo do Partido, que está proibido de existir, não sei se o doutor soube…

– Sim, soube. Depois da Intentona e do golpe de 37… e tu tens que tomar cuidado, tchê! Bem sabes. Viajar a São Paulo para congresso de partido com tudo isso acontecendo? Tu és mesmo maluco!

– Eu, que nem tenho tanto apreço assim a Monteiro Lobato… a mim, tenho que ele é eugenista e racista. Suas historietas aludem o papel do preto praticamente com o de um escravo sorridente e passivo. Além do mais, acho que ele nem sabe o que é comunismo. E, imagine o absurdo, não faz muito tempo, ele foi convidado a ser Secretário Geral do Partido Comunista! A única virtude que vejo no escritor é a ácida crítica que ele faz ao governo Vargas. E, logicamente, o resultado, em nossos dias, do confronto contra esse alinhamento extremo do Estado Novo ao nazifascismo é a cadeia e o sumiço.

– Eu soube que Lobato fez uma campanha pela soberania do petróleo…

– Sim, tem razão, esse é o grande lema do escritor. Sua cruzada pessoal, desde os anos 1920. Lembra de um livro chamado *O Poço do Visconde*?

– Ah, sim… meus filhos ganharam a coleção toda. De *Reinações de Narizinho* a *Os Doze Trabalhos de Hércules*.

– Monteiro Lobato tem essa série de livros para crianças, mas não sei se entrará de fato para a história… e há tanta coisa além de Lobato! Enfim, de todo modo, o que tenho a dizer é que essa nossa década, do ponto de vista cultural, é perfeita, com ou sem Lobato. Mas, do ponto de vista político, está se revelando um desastre autoritário.

– Por que dizes que é uma década perfeita do ponto de vista cultural?

– Ah, meu caro Zago. Embora eu não concorde com necas do que está escrito ali, esta é a década de Sérgio Buarque com o *Raízes do Brasil* ou Gilberto Freyre com *Casa-Grande & Senzala* e *Sobrados e Mucambos*. A mim, são livros preconceituosos e com interpretações distorcidas sobre os reais problemas da sociedade brasileira. Mas não deixam de ser icônicos, pois trazem ideias inéditas. Caio Prado também é um grande nome. Mas, sobretudo, é a década de Rachel de Queiroz! E da literatura de Graciliano

Ramos! *Caetés, São Bernardo*. E há esse inédito *Memórias do Cárcere*, que será o símbolo de nossa década. Um compêndio maravilhoso, bem escrito e absolutamente triste, do que é o Estado Novo.

– Nunca ouvi falar desse livro... – diz doutor Zago. – E nem sabia desse escritor.

– Graciliano Ramos tem um manuscrito proibido pelo governo. Não é possível publicá-lo. Mas eu li trechos graças à minha amizade de longa data com o escritor José Lins do Rêgo. José Lins, ultimamente, está trabalhando pela soltura de Graciliano. É um trabalho árduo, já que Graciliano, atualmente preso numa cela imunda de Maceió, foi acusado de ter simpatias com o Partido Comunista e de ter participado da Intentona de 35. Acho que José Lins tem contatado Herman Lima, prolífico escritor e secretário do Estado Novo. No entanto, Herman já deu a entender que, em caso de comunismo, ele não mexe um dedo para livrar quem quer que seja. E, no final, que é o que sói acontecer nesta nossa época conturbada, José Lins teve que falar com Filinto Müller, o chefão da polícia secreta do Estado Novo.

– Dizias algo sobre, na política, haver um desastre autoritário...

– Ah, sim. Esse caso de Graciliano Ramos é um ótimo exemplo. Mas vide também outros países: nossa década é a década de Salazar, Franco, Hitler, Vargas e Mussolini. De movimentos de uma direita insana: nazismo, fascismo e, aqui no Brasil, a piada chamada "integralismo". Mas, sobretudo, essa política autoritária brasileira que nos levou ao Estado Novo. Pouca coisa já nasceu tão velha quanto esse decrépito Estado Novo. Nem criativo Vargas foi: "Estado Novo", como deves saber, é o nome que Salazar deu a seu governo protofascista em Portugal. E isso em 1933!

– Acho que te esqueceste de inserir Stalin em tua lista autoritária. E, sinceramente, acho que Vargas, apesar dos pesares, não pode ser comparado a Mussolini, que é muito mais autoritário e arrogante do que nosso presidente.

– Tu não sabes, mas a política de terror de Vargas é tão violenta quanto a dos *camicie nere* de Mussolini. Filinto é praticamente braço direito de Vargas, e sua polícia é tão enervante quanto a Gestapo de Hitler. Nos porões de Filinto, há tortura e fascismo.

– Sim, sim, meu caro doutor Rosenberg. No caso de Filinto e do Estado Novo e, sendo mui sincero para contigo, esse teu esforço para com o movimento comunista não se tornou perigoso demais? Reconsidera tuas ações, pois vejo que um dia cairás em enrascada, pois não? Pergunto isso pois é de meu interesse pessoal, acima de tudo por Zezé, a quem estimo muito, que não sejas preso.

– Não te amofines. Dou meus pulos aqui e acolá. Vou aos congressos clandestinos, mas não tenho interesse direto em me meter em confusão. Minha participação tem sido muito discreta ultimamente. Lutar contra as injustiças sociais e estudar a luta de classes aqui no Nordeste é o que tenho de mais precioso na vida.

– Sim, doutor Rosenberg. Há injustiça social, mas não luta de classes: o trabalhador engole o seu serviço sem reclamar, vive quase como os antigos escravos. O senhor tergiversa sobre o nosso proletariado como se este fosse o europeu. Nosso povo nunca conheceu as lutas de classes, isso no sentido marxista.

– Os tempos não são mais os mesmos, caro doutor Zago. O que disseste vale para vinte anos atrás. Hoje os tempos são outros. A ordem pré-capitalista, quase feudal, do Leão do Norte está se desfalecendo em uma barbárie quase fascista. Os grão-senhores das usinas de açúcar perderam seus status e, por isso, agora sugam como nunca seus trabalhadores dentro do que restou de seus feudos e banguês. Essas questões, e mais o que ocorre na nossa indústria, levam, sim, à luta de classes. Desde sempre, vivemos numa república de compadrio, domada por uma elite colonial apodrecida. Nosso patriarcalismo é tão violento, contém tão violentamente as rebeliões que o povo se torna manso. Nosso povo não é manso, como o senhor tenta atestar. Ele não é manso por traço cultural, mas para não morrer mesmo na mão das "autoridades". Não lembra o que ocorreu em Canudos? Um banho de sangue que se repete toda vez que os camponeses ameaçam se rebelar. E acaba que nossa elite é tão violenta e cruel que o camponês nunca se rebela. E a escravidão? Nos Estados Unidos, ela acabou com uma guerra civil. Aqui no Brasil ela continua. Só está disfarçada. Aqui, a secessão que não houve é travada diariamente nos Brejos do Umuarã e nas vitórias pujantes e covardes dos coronéis Ernestos.

– É... doutor Rosenberg... o que me preocupa é que aqui, no Brasil, o comunismo virou um pouco moda. E agora está duramente sob perseguição. Às vezes, dá-me a impressão que tem muita gente querendo ser comunista sem saber o que isso significa...

– Para isso serve o Partido e os sindicatos: para organizar, desfazer a desorganização das massas proletárias brasileiras, que ainda não se encontraram. E, quando se encontrarem, farão a maior revolução que este mundo já viu...

– Mas, voltando a Zezé, como ele está?

– Doutor Zago... ali está difícil. E fiz esse preâmbulo sobre Monteiro Lobato porque Zezé, que não tem a fama daquele escritor e é preto, e pobre ainda por cima, pode ser considerado um subversivo digno de cadeia eterna. Ser preto e mais aquele protesto com os índios... mais do que o suficiente para colocarem a pecha de criminoso e nunca mais tirarem. Nos autos, pasme, está dito que ele é um criminoso comunista perigoso.

– Bah! Zezé, comunista? De onde tiraram isso?

– Por incrível que pareça, está escrito nos autos e desde o início. Para o doutor ter uma ideia, com o passar do tempo, de minhas visitas à cadeia, Zezé se tornou cada vez mais vigiado, cada vez mais ladeado por guardas. Numa das últimas vezes em que fui com dona Naná, que Deus a tenha, lembro dela comentando: "Virgem Maria! Para que tanto guarda? Para que tanto exagero? Meu filho não é o diabo, não, visse?"

– Muito estranho isso...

– Lembro que, na ocasião, o sargento incumbido comentou: "seu filho é um comunista perigoso!", ao que dona Naná respondeu: "comunista? Eu vou dizer já, já quem é o comunista aqui, seu guardinha nojento!" – diz doutor Rosenberg, passando um lenço no rosto, tentando imitar vovó Naná até nos trejeitos, nas expressões regionalistas e no timbre da fala. – Os guardas chegaram a comentar com o sargento: "prendo a véia, sargento?", ao que o sargento respondeu: "não, essa é coroca... deixe estar." Ali foi pesado porque Zezé se tremeu todo, medo da mãe ser presa por desacato. Ele pediu, baixinho, para que dona Naná se acalmasse, e eu também reforcei a mensagem. E então ele cochichou que tudo ficaria bem, que fora da cadeia havia eu, advogando pela libertação; e, de dentro da cadeia, havia um certo Zé Galo, que estava ajeitando tudo. Dizia isso realmente muito baixinho e dava uma olhadela tímida para o sargento. Este, com olhos flamejantes, arrancava um naco de fumo de corda e segurava o relho, ameaçador. Acompanhou a mim e a dona Naná até a saída da Casa de Detenção e insistiu perante a mãe de Zezé: "seu filho é comunista... e comunista bom é comunista morto!" Acenei como totalmente desnecessário o comentário e, pedi, respeitosamente, que o sargento pedisse desculpas à pobre dona Naná. Ele apenas cuspiu mais um naco preto do fumo mastigado e fez um gesto com a cabeça, como a dizer "sumam daqui". Dona Naná, enquanto a porta da cadeia se fechava, ainda deu um último grito: "imbecil! Apôi avexe que arrente tá louco pra lhe dar uns tapas, seu descarado!" Da pequena abertura, o sargento ainda nos deu uma piscadela, olhou ao redor e insistiu com a cabeça para que eu e ela fôssemos embora. "Não se metam em assuntos do Estado Novo", disse ele por último. "Estado Novo é uma pitomba! Que estropício!", saiu dona Naná a resmungar enquanto atravessávamos a Ponte de Ferro. Ali foi a última vez em que a vi...

E, por mais que a conversa seja sobre Zezé, doutor Zago percebe que Rosenberg sempre retorna à arena política, falando das perseguições do governo ao Partido Comunista. No fim da conversa, Rosenberg fala um pouco sobre as dificuldades financeiras que está enfrentando. Diz que deve dinheiro a todos. Mora em um lindo casario do Poço da Panela e fuma charutos Montecristo – como está a fazer naquele mesmo momento. A casa é de seus pais e os charutos, comprados com dinheiro de mais um empréstimo. Provavelmente, o único bem de Rosenberg é aquela fubica, o Ford Bigode. Para demonstrar solidariedade, doutor Zago se permite ouvir atentamente o chororô do advogado. Mas, de modo geral, a conversa entre doutor Zago e doutor Rosenberg é duradoura e prazenteira naquele dia. Chegam mesmo a assistir a um filme na salinha que Rosenberg mantém como sala de projeções. Assistem ao filme pernambucano *Aitaré da Praia*, o primeiro filme pernambucano da história. Riem, comentam cenas, fumam charutos, bebem bourbon.

Nunca mais doutor Zago virá ao Poço da Panela.

89 – O último discurso de Rosenberg

Conta-se que, pouco depois daquela última conversa com doutor Zago, doutor Rosenberg acaba por ser de fato preso. A autuação se passa assim: ele está no Instituto de Advogados de Pernambuco – em pleno Palácio da Justiça –, no dia do aniversário do órgão. Rosenberg inventa de proferir um discurso inflamado:

– Devo dizer que nunca um líquido precioso será tão valioso quanto uma amizade cativante, nem quanto uma ideia preciosa ou um livro fantástico. Há itens no mundo que não têm preço. No entanto, meus amigos, embora comece assim este discurso, devo avisá-los de que há pobreza entre os nossos. E, ainda assim, nosso país é rico. Nosso país tem cultura! É paradoxal. Mas assim é nossa elite: rica e egoísta. Chegou a hora de dedicar a riqueza do país aos brasileiros e não à elite brasileira. Nosso país tem riqueza no subsolo, principalmente as não descobertas. Petróleo, minha gente – disse o advogado, galante, com pose de orador e postura espigada, voz sonora e dedo em riste. – Não hemos de esmorecer! Sói preparar o caminho para as novas gerações, lutar pelo petróleo, pelo valor nacional, por um país livre, feito de homens e de livros! – nesse ponto, estava copiando em algum nível o discurso de Monteiro Lobato que ouvira meses atrás. – O valor nacional! As elites preferem as coisas do estrangeiro. O povo é quem de vez em quando tem vislumbres dos valores que há em nosso Brasil! Amar o Brasil, mas também amar a união internacional dos povos!

É aplaudido de pé várias vezes durante seu discurso. Só não é tão aplaudido no final da palestra porque decide terminar falando mal das oligarquias, concitando os cidadãos a darem um basta a ideias fascistas e fascistoides. Batem palma toda vez em que louva as virtudes tupiniquins, o homem brasileiro, os índios, os negros, as belezas da miscigenação, a grandeza do internacionalismo. De outra sorte, quando inventa de misturar esse mesmo assunto com a expressão "injustiças sociais", todos ficam meio silenciosos e ninguém aplaude. "Tema polêmico", dizem. A maioria conhece Rosenberg de longa data. Alguns deles são mesmo amigos pessoais, desses de passar o dia a fumar charuto no Poço da Panela. Estão carecas de saber sobre a filiação comunista do companheiro, bem como sua predileção pelos temas relativos às injustiças sociais. Ainda assim, naquele dia, até mesmo seus amigos mais próximos não aplaudem aquelas palavras. Mas, no frigir dos ovos, até que é bastante aplaudido.

– O Brasil é uma república efetivamente governada por essas famílias ricas, europeus de boca, mas o mau gosto na prática. Controlam tudo!, da imprensa escrita ou falada à agropecuária, do cimento imobiliário ao prestígio político. Quando eles mesmos não se tornam vereadores, deputados ou senadores, delegam suas vontades e pagam para que elas sejam cumpridas a peso de ouro. Eles fogem da espada de Damocles, destruindo a vida de quem ousa se opor às suas ideias ou se colocam em seus caminhos. E se cansam facilmente dos anseios democráticos: preferem o fascismo no poder se isso for garantir-lhes tranquilidade para suas inescrupulosas transações. A Alemanha nazista se tornou exemplo para o Brasil do Estado Novo. Vide: nunca na história do mundo empresas como a Bayer e a Krupp lucraram tanto desde que Hitler assumiu o poder na Alemanha. Nazifascismo e capitalismo andam juntos! E aqui, no Brasil, além de tendências claramente fascistas, nossas elites esmagam as necessidades do povo sofrido, subjugando-o como se ainda estivéssemos na época da escravidão. O prestígio e o favor são moedas de troca de uma elite que se alimenta de uma luta de classes velada, mas de fato existente!

A essa altura, por exemplo, só se ouvem silêncios e burburinhos. E, então, Rosenberg continua:

– Há que se entender e estender a Revolução Praieira! Desfazer o que desde aquela época se cantarola: "quem viver em Pernambuco, há de estar desenganado; ou há de ser Cavalcanti, ou há de ser cavalgado." Na época, século passado, eram os Praieiros da rua da Praia, os irmãos Abreu e Lima e os jornalistas liberais do Diário Novo. Hoje, que sejamos nós, não só os liberais autênticos, aqueles que não se esqueceram de Tocqueville e Benjamin Constant, mas os comunistas, ou a esquerda em geral, a lutar contra o monopólio das oligarquias do campo ou a canalhice das elites da cidade. Essa elite da cidade que, muitas vezes, até se denomina liberal, mas nada sabe de democracia! Nada sabe de direitos universais, nada sabe sobre o valor humano. São ratos disfarçados, os novos senhores de engenho que se disfarçam de investidores da Bolsa. Tentam se camuflar de *rentier class*, mas vivem como senhores de engenho, cheiram a senhor de engenho, se comportam como senhores de engenho, chicoteiam como senhores de engenho... mas falam como liberais! Falam como liberais porque acham que investir na Bolsa ou em imóveis já os tornam instantaneamente liberais. Hipócritas! São sepulcros caiados, cheios de lodo por dentro, mas revestidos da etiqueta liberal que copiaram das elites do estrangeiro. Vamos tomar a rua da Praia e escrever um Novo Manifesto ao Mundo! Sejamos os Novos Praieiros! Vamos tomar aquele novo hotel recém-inaugurado por Alberto Bianchi na rua da Praia, o Grande Hotel, e sejamos os Novos Praieiros a combater os gabirus nos novos tempos, libertar a imprensa escrita ou falada!

Quando falou em "Grande Hotel", vieram uns burburinhos daqui e dali sobre o fato de o hotel não ficar exatamente na rua da Praia, mas sim em suas proximidades.

– Ah, vá lá, dá-se um desconto. O hotel fica realmente nas proximidades, mas ali é mais rua do Imperador mesmo. Sim, porque a Igreja do Espírito Santo está na rua do Imperador – comenta alguém.

De qualquer forma, mal acaba o discurso quando chegam uns soldados, vindos não se sabe de onde, para algemar doutor Rosenberg. Os medos anteriores do advogado agora se materializavam. No entanto, na hora do vamos-

-ver, ele até que é corajoso: sente o gelo metálico das algemas a circularem seus pulsos e mantém a cabeça levantada. A seus verdugos, ele apenas pergunta:

– Para onde me levarão?

– Interrogatório no quartel de Olinda e depois vai apodrecer na cadeia de Itamaracá – diz aquele que parece estar à frente da operação, que dá uma cusparada catarrenta no chão do auditório e chama Rosenberg de "comunista imundo" e "traidor da pátria".

A assembleia, lotada de advogados, protesta com vaias e palavras de ordem. Alguns mais ousados se postam à porta de saída, dizem que ninguém pode tratar uma pessoa daquele jeito, sem mandato e sem acompanhamento da representação advocatícia. São empurrados ou espancados sem cerimônia pelos soldados. Quem fala mais alto é igualmente detido e levado pelas viaturas que coalham os arredores do Palácio da Justiça.

No dia seguinte, doutor Zago, em sua cadeira de balanço em Confeitaria, folheia tranquilamente a edição matinal do Diário de Pernambuco. Nas páginas policiais, depara-se com a manchete:

Advogado Comunista, Mario Rosenberg é preso em Operação da Polícia Especial

E balbucia de si para si mesmo:

– Barbaridade, tchê!

Zezé, lá da Casa de Detenção do Recife, também fica sabendo do ocorrido e comenta com Zé Galo:

– Agora meu ex-devogado, aquele de nome estranho, virou preso político. Que absurdo! Agora é que fodeu de vez! E a gente que sempre fala bem do presidente Getúlio, o bom velhinho. Hoje eu tô é rogando praga pro imprestável!

– Eita, porra! O devogado comunista tomou foi no caneco! Zezé, fique frio que agora é Valtão mais do que nunca. Valtão é um cobrão, tu vai ver!

90 – "Extra, extra! Hitler invade Viena!"

Meses antes da prisão de doutor Rosenberg, doutor Zago já tinha plena ciência de que precisava trocar o advogado de Zezé por alguém mais efetivo e presente – e menos enrolado com questões políticas. No começo, doutor Zago visitava Zezé com bastante frequência; depois, passou a aparecer de maneira espaçada; e, de repente, começou a não dar mais as caras. Isso ocorreu basicamente na mesma época em que vovó Naná morrera. No entanto, algo que assustara o médico gaúcho foi aquela informação estranha dada por Rosenberg na última conversa que tivera com o advogado, a de que havia uma acusação formal contra um Zezé comunista. Se havia de fato tal acusação, Zezé agora não era só um simples arruaceiro; mas, pior, um inimigo do Estado. Do Estado Novo! "Barbaridade, terei que vadear o rego em outros assuntos...", pensa doutor Zago ao constatar que havia mesmo a tal acusação, surgida não se sabe de onde. "Quem ajuda comunista é capaz de também ser comunista, tchê... aí fica difícil. Coitada da família de Zezé... coitada da falecida dona Naná. Mas a vida tem dessas. Não me meto mais com comunismo. Cuidado com o andor que o santo é de barro..." Resolve, então, desapear de vez do caso. Rumina sobre tudo aquilo dentro de um bonde que o leva para a Estação Central, rumo à sua vidinha tranquila de interior. Enquanto isso, o menino grita na calçada da Estação:

– Extra, extra: Hitler invade Viena e é bem recebido! Extra!

Doutor Zago come uma cartola com queijo de manteiga na confeitaria da esquina, toma um cafezinho, aguarda o trem. Com o ouvido afiado, escuta conversas aleatórias das pessoas que caminham por lá. Há um professor do Sul numa mesa próxima a falar sobre a rota de tropeiros, o ciclo do charque: "proteína para os escravos das Gerais, passando por Vacaria, Lages e Curitiba..." Doutor Zago, que conhece bem aquela história, sente um grande enjoo ao ouvir aquilo tudo. Alguém conversa com o tal professor sulista, provavelmente um nordestino – provavelmente alguém do Recife mesmo –, e diz coisas do tipo: "nordestino é uma derrota, não faz nada direito"; e o sulista a replicar: "lá no Sul também somos uma derrota, não há muita diferença". O nordestino insiste, diz que no Sul há gente mais trabalhadora: "aqui, o Nordeste, é o mais derrotado do mundo!" Noutra mesa, alguém fala sobre o filho, inteligente e dado a leituras: "esse dá para fazer Direito." No gramofone do estabelecimento, há uma música de Lamartine Babo – não as marchinhas satíricas, banidas pelo Estado Novo. De início, doutor Zago não dá muita atenção, mas percebe se tratar de nova gravação, uma composição de Lamartine sob a voz de Francisco Alves, "Serra da Boa Esperança". Doutor Zago segue fingindo que não está compenetrado na canção. Não quer lágrimas nos olhos, isso nunca!, pois aprendeu desde cedo, com os pais, a engolir o choro – e não é agora que vai se desfazer de sua pose de forte. Finge não prestar atenção para não chorar, para não ter que se ensimesmar com pensamentos acusatórios sobre ter abandonado de vez aquele caso insolúvel de Zezé. Mas a música está lá. E toca alvissareira:

Eis a hora do adeus
Vou-me embora
Deixo a luz do meu olhar
No teu luar
Adeus!

O menino, lá fora, continua a gritar que Hitler invadira Viena. E alguém na mesa do lado comenta *en passant*:

– Esses galegos alemães agora acabam com a bagunça do mundo. Viva Hitler!

91 – Cartas para a posteridade: Carta I

Anarquistas e comunistas presos agora são trabalhadores manuais e artesãos. Fazem peças de futebol de botão e pentes de osso para vender na porta da cadeia, caso surja a permissão para fazê-lo. Para mascarar a dor, Zezé também faz cesta de vime, conserta algum mobiliário avariado. Mesmo estando entre tantas pessoas, entre tantos trabalhos, a dor persiste: sua mãe morta é peça que lhe falta na alma, um pedaço de seu próprio ser que foi embora. Dói de pensar, dói que só a moléstia. Além disso, a vida solitária de preso. Solitária, mesmo que não pareça ser.

Zezé não sabe escrever, mas pergunta a Valtão sobre a possibilidade de colocar uns dizeres no papel. Quer ditar algo, extravasar, registrar sua alma.

– Carta? Ou testamento? – pergunta Valtão, dando umas boas gargalhadas. – Ou será um documento de protesto à guisa de vingança?

– Oxe, vingança? Vai ser é carta pra posteridade.

– Eita que tu agora sabes umas palavras difíceis!

– Aprendi com o senhor, doutor Valtão...

Valtão diz que vai escrever a tal da carta só se não for nada contra Getúlio Vargas. Disso Zezé sabe bem, sabe desse amor que o advogado nutre pelo presidente: Valtão, de vez em quando, contava que um parente dele de Exu havia lutado ao lado das colunas de Vargas na revolução de 30. "O filho de Januário", dizia. Esse que hoje toca forró e baião, Gonzaga. "Nome de duque italiano, *très chic*", comentou doutor Zago na última e derradeira vez em que viera à cadeia e fora apresentado a Valtão por Zezé. E, agora, Zezé e Valtão se põem a conversar sobre Getúlio Vargas e suas qualidades.

– Getúlio é mesmo o pai dos pobres – repetia Valtão, sempre que contava a história da revolução de 30.

Dizem que a tal carta de Zezé nasceu bem naquela noite. Ninguém sabe onde ela foi parar, mas sabe-se que foi escrita. Escrita com a caneta, a letra e o estilo de Valtão, mas composta por dizeres e pensamentos de Zezé. Às vezes, o autor intelectual fala algo de ruim contra o presidente e Valtão até registra sua opinião, mas a enfeita um pouco para não ficar tão feio. Zezé titubeia no início, diz que tem medo de que aquilo saia uma fuleragem só. Valtão pede para o amigo não se preocupar: se o rascunho saísse feio, que ao menos soubesse que todo primeiro rascunho, de qualquer coisa mesmo, sempre sai ruim.

– Oxe, não se amofine, não, Zezé! Nem dê murro em ponta de faca sem necessidade. A ver, meu caro, a ver, conte-me que eu escrevo tudo e depois você me diz se ficou bom. Senão, a gente corrige junto.

Zezé se senta num batente próximo à entrada da Casa de Detenção, num canto da murada interior daquela grande construção, e vai construindo aos poucos suas ideias. Acolchoa os pensamentos, tece dizeres e costura seus retalhos mentais. Obviamente, a carta final só ficaria pronta tempos depois, após alguns banhos de sol na companhia de Valtão. Zé Galo aparece às vezes, mas não atrapalha aquele arranjo. Fica quietinho, apenas observando a construção da tal carta para a posteridade. Depois de alguns dias de Zezé transbordando frases e mais frases, Valtão aparece com um texto, a ser ou não aprovado por Zezé:

Carta I

Recife, 18 de setembro de 1938

Querida posteridade. Sou preto e pobre. Minha mãe acabou de morrer, meu advogado foi preso e também estou preso. Na Casa de Detenção do Recife. Dizem que o meu crime foi a balbúrdia contra um governador que hoje está foragido, fugiu das responsabilidades para com seu presidente, o digníssimo Getúlio. Só que, não sei por quê, até o digníssimo presidente nos esqueceu por aqui. Os mais entendidos, como meu amigo doutor Valter, dizem que Getúlio é realmente o pai dos pobres, só que os coronéis e os poderosos do Sertão ainda mandam mais que presidente naquelas paragens distantes e ainda têm muito poder, até mesmo sobre as pessoas do Recife. E, como todos sabem, a gente rica do Recife, e de Pernambuco no geral, odeia preto e pobre. É tão óbvio que dá vergonha de escrever a frase. Além disso tudo, acusam-me injustamente de comunista. Nem sei o que é isso! A bem da verdade, o pouco que eu soube é que o comunismo é do mal e prega a falta de Deus na vida das pessoas, o que logicamente leva ao mal. E agora me acusam disso? O sargento responsável vive espalhando essa enganação aos quatro ventos. Por isso minha mãe morreu: de desgosto. Não o desgosto por eu ser realmente comunista, mas o desgosto de ver o sargento e os soldados fazendo pouco de mim. E até detentos que antes me eram confiáveis acreditam nisso e espalham essa bobagem por aí. Dizem que sou comunista porque participei de um protesto a favor dos índios de Confeitaria, minha cidade. Índios que nada conseguiram e foram exterminados um a um pelo coronel Ernesto, cabra intocável e miserável. O certo é que me chamam de comunista só porque o meu ex-advogado, doutor Rosenberg, é de fato judeu e comunista. Agora ele está preso na Cadeia de Itamaracá, local destinado a presos de alta periculosidade. Hoje em dia, "judeu" e "comunista" são praticamente palavras proibidas. Justiça seja feita, embora eu não goste dessas questões comunistas, considero-o um homem entendido; nunca enxerguei maldade ou malícia naquele coração. Por isso a opinião dele tem peso. Ele me disse que Getúlio não é o pai dos pobres e que, na verdade, Getúlio é contra a união dos pobres e a favor de um alemão brabo chamado Hitler, aquele do bigode miudinho que lembra Carlitos e grita "raz, raz, raz!" Getúlio, de acordo com doutor Rosenberg, deu um golpe tão bem dado que até o miserável do governador Carlos de Lima, aquele que me mandou prender, teve que fugir. Covarde! Foi embora e me deixou aqui. Covarde, o ex-governador. Não Getúlio, que, apesar do que disse doutor Rosenberg, ainda acredito ser um presidente digno, um bom senhor e talvez mesmo o pai dos pobres. Covarde é o ex-governador. Fugiu e me deixou aqui. Ah, que triste sina tem o homem preto! Lembro que, desde a primeira vez em que vim para o Recife, dez anos atrás, a polícia me parou e pediu meus documentos e quase me prendeu na estação de trem. Não parou mais ninguém, somente a mim. No dia em que eu soube da fuga do ex-governador, pensei que todos os presos da minha prisão seriam soltos. Mas qual o quê. Ninguém foi solto. Desalmado esse ex-governador, o juiz, a justiça, todos! Depois comentei com doutor Valtão e ele me disse que não é assim que a justiça funciona. Somos simples presos comuns, no aguardo da sentença de um tribunal. Mas a demora é arretada! Tem dois anos que estou por aqui a ver navios… e nada! Cadê o juiz? Doutor Valtão disse que está quase conseguindo, mas que é difícil, principalmente agora que o meu advogado comunista foi preso. E agora estou sem advogado oficial. Espalham por aí que doutor Rosenberg me defendia porque achava que eu também era comunista. É nada, rapaz! Nem sei o que é comunismo e nem quero saber. O principal e triste fato é que sou preto e pobre. E isso já basta. O homem que começou a me ajudar nisso tudo, um médico gaúcho morador de Confeitaria, doutor Luiz Zago, que pagava meu advogado enquanto minha mãe era viva, hoje me abandonou. Desistiu de mim. Nunca mais se ouviu falar do homem. Triste sina a minha. Agora só me restaram Carolzinha e Eunice. E sequer vi minha filha mais nova morrer, a finada Águeda, que Deus a tenha. Meu velho companheiro, o cacique Guará, que foi meu hóspede e que eu protegi das garras do coronel Ernesto, escondendo-o em meu próprio sítio, agora está morto. A jagunçada passou o pente fino, descarregou o chumbo grosso de aldeia em aldeia, passou a metralhadora naquele Brejo de ponta a ponta. Cacique Guará, morto. Levou um tiro bem depois que o ex-governador garantiu a posse por direito das terras dos índios Xererê-Eho. Agora, nenhum índio dali tem terra: tudo virou pasto e fazenda. Agora, pelo que eu soube, não tem mais índio na Serra do Umuarã. Somente gado. E os índios se espalharam. Uns moram em casebres de taipa no meio de Caruaru, outros vieram para o Recife. Mas o certo é que todos, diz doutor Valter, viraram beberrões, tomadores de cachaça, para esquecer o que o homem branco lhes faz desde o dia do descobrimento do Brasil.

Fui curandeiro, mas não acreditava firmemente nos santos de minha mãe. Xangô, Iemanjá, Ossanha, Exu-Tiriri ou Tororó. Coisas da imaginação de minha mãe Naná. Todo meu respeito, no entanto. Sempre acreditei, valha-me, em Jesus e Maria. Mas que existe mau-olhado, existe! E por isso aprendi com mainha sobre o sal grosso e as propriedades da espada-de-são--jorge. E como benzer pessoas com ervas. Porque as ervas retiram os maus fluidos, o mal agouro e a má sorte. Aprendi isso com minha mãe. Apesar de não acreditar em orixás, acredito na importância da cultura africana, as comidas e as danças, os cantos e as roupas. Santa mãe… agora ela está morta.

E eu? Quem é que sabe sobre o meu destino? Ficarei aqui nesta cadeia para sempre, bem capaz. Porque os crimes dos quais fui acusado parecem crimes sem perdão: ser comunista e ser preto. É o que parece. Crime sem defesa. Não há mais o que dizer. Talvez chorar por essa vida perdida? Torcer para que caia uma bomba nesta cadeia imunda? Sim, torço para que caia uma bomba para que todos saiam, assaltem e matem os que se acham os tais. Os tais que jogam pedra em mangueira. Eu cortaria com prazer a garganta desse sargento imundo. Para mostrar que o sangue vermelho dele é tão vermelho quanto o de índio, de comunista, de preto, de mulher e de criança. Ave Maria! Nunca me deixe ter uma peixeira quando o sargento estiver por perto. Ao menos não fui torturado. Graças a Zé Galo, homem doido, mas homem de alma boa. Dizem que, lá em Itamaracá, tem sargentos bem piores, sargentos que apagam o cigarro na pele dos presos e esmagam os polegares de comunistas com martelos. Valha-me, Virgem Santíssima!

Aqui dentro, o país é igual ao lá de fora. Lá fora, eu até comia mais carne, porque no interior sempre tem um bodinho para o guisado do domingo. Aqui dentro, às vezes tem carne seca, às vezes só ovo mesmo, que Zé Galo chama de "bife dos zoião". Aqui dentro, o país é igual ao lá de fora. Só que, lá fora, as pessoas usam máscaras e são hipócritas. Fingem-se cidadãos de bem e vivem aterrorizados pela ideia de que os bandidos daqui de dentro escapem. Os bandidos lá de fora são bem piores. A morte dos inocentes do mundo existe por causa deles. Os bandidos lá de fora são protegidos por suas máscaras de zé-bonzinhos. São amigos de todos e se safam a peso de ouro. E de vidas. Mas, aqui dentro, o país é igual ao lá de fora.

Fico por aqui e desejo o melhor.

Honestamente,
Zezé

– Oxe, Valtão, eu não falo assim, não! Mas ficou foi é muito bonito, sim, sinhô!

92 – Carolzinha

Carolzinha sempre ouviu da avó aquela história sobre serem descendentes dos últimos sudaneses da Bahia, o povo mais aguerrido e lutador do mundo. Aqueles que – segundo o que ela lera num livro da biblioteca pública do Parque 13 de Maio – protagonizaram a Revolta dos Malês. Faladores do hauçá, muçulmanos em geral, que se rebelaram nove vezes e, depois da grande revolta de 1835, foram mortos em sua grande maioria. Os poucos que restaram fugiram para o Recôncavo, como os avós de Naná, tataravós de Carolzinha. Todos eles letrados e, por isso, perseguidos. Por questões práticas, deixaram de seguir Maomé para seguir o candomblé e os orixás. Trocou-se a religião, mas o sangue de guerreiro continuou fluindo em suas veias abertas.

A avó morta, mas os intuitos firmes. Carolzinha, mais do que nunca, resolveu continuar a praticar o candomblé naquele terreiro dos Coelhos, que misturava todos os rituais da umbanda sagrada. E ela dizia com orgulho:

– Minha vó ensinou que candomblé é retidão, respeito pelo outro e amor à natureza. *Saluba Nanã buruque!*

No dia do enterro de vovó Naná, enquanto o caixão era depositado naquela cova quase rasa, na areia, Carolzinha disse com todas as letras:

– Que nossos ancestrais te recebam, voinha. E te protejam... – exclamou, primeiro tentando impor uma força em um não-chorar e, depois, desfazendo-se em lágrimas devastadoras.

Carolzinha tinha sangue de guerreira. E era altamente consciente disso. A morte da avó a deixou cabisbaixa; mas, sempre que lembrava da história dos guerreiros, ela prometia não esmorecer. E, diante da situação do pai e das injustiças do mundo, aprendeu a cultivar a revolta bem dosada das vinganças que se comem em prato frio.

Depois da morte de vovó Naná, começou a visitar o pai sozinha, quase todo sábado. Nem sempre a mãe podia lhe acompanhar. Ela ia sem medo, não tinha essa de baixar a cabeça, não! – mesmo que seus dezesseis anos e suas formas cada vez mais voluptuosas despertassem olhares mal-intencionados de presos e guardas. Era óbvio que ela era forte, mas isso gerava desconforto. Sempre saía da Casa de Detenção cheia de ódio. Cada vez mais, seus ouvidos ouviam gracinhas perniciosas, cantadas que a despiam das peças íntimas mais escondidas em seu corpo de adolescente.

Para reverter a situação do pai, ela se esforçou com um advogado que conhecera na biblioteca do Parque 13 de Maio. Diga-se de passagem que o lugar era praticamente sua segunda casa e ela conhecia muita gente por ali. Entre uma leitura e outra, trocava conversa com a bibliotecária, com o faxineiro ou com algum estudante da faculdade de Direito. E nessas foi que conheceu esse advogado, recém-formado, homem dado por intelectual e que lhe tirou a virgindade. O dito cujo se chamava Eduardo.

Carolzinha contou a Eduardo sobre os planos de vingança. Ele prometeu que advogaria de graça, que retiraria Zezé da cadeia. Essa ideia fora prometida e reprometida um par de vezes, no calor da cama ou enquanto os dois tomavam sorvete em alguma confeitaria da rua do Hospício. Além das promessas, Eduardo dizia, vez ou outra, palavras românticas sem muito comprometimento – palavras que repetira a outras moças e que tinha praticamente decorado, como uma espécie de salvaguarda ilusória que garantisse a cama nossa de cada dia. Ele soltava: "nós dois somos aquele impossível irresistivelmente inevitável" ou frases do gênero. Carolzinha não entendia o que ele queria dizer com a palavra "impossível", achava que se tratava de um quê de sofisticação, colocada qual um floreio meio sem significado, daquelas firulas usadas para enfeitar frases gigantescas do tamanho de um parágrafo e que poderiam ser ditas em menos de uma linha.

Mas ela, apaixonada, confiou em Eduardo até a última gota. Ele morava com o avô, seu Alonso, um senhorzinho meio safado que dizia impropérios e tudo o que viesse na cabeça da forma mais espontânea possível. Sempre que via os dois saindo do quarto do rapaz, a se arrumarem e prenderem as camisas por baixo das calças, dizia suas canalhices sem-vergonha sem qualquer cerimônia. Bem na frente da menina, às vezes chegava até a jogar areia no relacionamento, dizendo coisas como: "vocês dois, cheios de energias acumuladas, pê pê pê, pá pá pá... não vai dar certo!" Essa era uma espécie de carta de apresentação que seu Alonso fazia sobre Eduardo, meio que a dizer às namoradinhas do neto que, muito em breve, aquela paixão havia de ruir. Lançava aos quatro ventos que o neto só estava atrás de safadeza mesmo. Dito e feito: o rapaz se enjoou e sumiu da vida de Carolzinha sem deixar rastros ou explicar os porquês – se é que eles existiam. Ele nunca mais apareceu na biblioteca e Carolzinha nunca mais o encontrou em casa. E, em certa feita, quando o viu de soslaio em algum dos lugares que os dois frequentavam juntos, ele fingiu que não a reconheceu e desviou o caminho, deixando claro que não queria nada mesmo.

Esses episódios deixaram a menina realmente triste. Nunca chorara tanto. E nem a lembrança doce do céu azul do Sertão, da brisa do Brejo e do angico em flor demoveram-na dessas tristezas que vêm e ficam quando se tem o coração partido.

93 – Tempo que se foi de carnaval do Papa Angu

Zezé e a família gostavam de ir ao carnaval de Bezerros, ver o Papa Angu e se fantasiar como um deles. Carolzinha se lembra desses tempos com extrema nostalgia. É o que a mantém minimamente conectada a algo que possa lembrar um quê de alegria. No mais, há desventuras em série, desde a época em que o pai fora preso. Daí em diante veio a morte da irmã Águeda e a mãe, que sempre guardou tudo para si mesma, não aguentou, entrou numa inevitável depressão. Carolzinha e vovó Naná viraram praticamente as enfermeiras de Eunice, que foi se recuperando aos poucos. Mas, não muito tempo depois, vovó Naná também morreu. E então, nos Coelhos, sobraram somente elas duas, Carolzinha e sua mãe.

Depois de Eduardo, Carolzinha acabou tendo alguns namorados. Apareceu, certa feita, aquele sujeito, Rogério, que queria ficar com ela mas que era casado. A menina percebeu que se apaixonava facilmente. O tal Rogério veio com juras de amor e disse que estava se separando da esposa. E tudo por causa de Carolzinha. Como não se apaixonar? Ela e Rogério se aproximaram mais e mais. Ele dizia, repetidamente, que a tal, que aparentemente já tinha virado ex-esposa, era uma doida varrida, digna de internação no Hospital Psiquiátrico da Tamarineira. Um dia, ninguém sabe como, a dita cuja apareceu nos Coelhos, na casa de Carolzinha, para falar com dona Eunice e alertá-la sobre os perigos de Rogério, cafajeste crônico e cabra safado inveterado, que se aproveitaria da garota enquanto houvesse tesão e, depois, a jogaria fora igual lixo estragado. Carolzinha estava presente e, escondida no quarto, ouviu tudo – mas nem ligou. Viu a olhos vistos que, de fato, a tal parecia louca. Rogério tinha razão. E, se tinha razão, é porque, por via das dúvidas, ele dizia a verdade quando declarava seu amor e provavelmente estava apaixonado, sim. Se deixara a esposa para se casar com Carolzinha, então a menina investiria, sem cerimônia, toda energia, tempo, atenção no novo namorado. A ex de Rogério saiu da casa, esbaforida, meio que esperneando. E, então, Carolzinha se encantou ainda mais por Rogério. Um homem que levava alguém à loucura devia ser especial no amor... na cama. Sim, na cama, especialmente na cama! É que Carolzinha, até aquele momento, ainda não havia experimentado a potência do sujeito. Mas, daí em diante, deu tudo o que ele quis. Chegou até a morar com ele. Mas passou somente cinco meses naquilo que lembrava um paraíso que nunca acabaria. Até que descobriu que Rogério saía também com outras, que prometia o céu e a terra também a outras, que o que a ex-mulher do dito cujo havia dito agora se confirma, que Rogério é de fato um canalha, um zé galinha que vive de passar o rodo e enganar namorada. Banho de água fria, decepção, ódio! Ela nunca fora disso, mas, dessa vez, resolve brigar – briga feia –, quebra prato e copo de vidro, grita e xinga Rogério de todos os nomes feios existentes e inexistentes. Vai embora, nem chora muito, apenas sente raiva e gastura, mas também um remorso antes não sentido de ter se afastado – durante essa aventura com Rogério – da mãe e principalmente do pai. Ela, que praticamente nem visita mais o pai, amaldiçoa Rogério, mas culpa a si mesma. Decide mudar seus modos de uma vez por todas, decide se dedicar incansavelmente a Zezé.

De sua casa – pois agora mora novamente com a mãe – até a cadeia, são cerca de quarenta minutos de caminhada. Enquanto anda na direção da Casa de Detenção, percebe os bondes que adentram o bairro de Santo Antônio. Gente bacana de roupas novas e chapéus caros. A rua Nova, rua de ricos, está bem ali do lado da cadeia. Tão perto, mas tão longe... eram mundos totalmente desconectados. Assim como a maioria da cidade: bairro pobre que ao mesmo tempo é rico. Casebre que tem por vizinho mansão. Casa Amarela de morros paupérrimos vizinho de Casa Forte de mansões e casas grandes. Casa grande e senzala, um do lado do outro. Ela caminha, moída por dentro. Confiou demais, foi deixada por outra. Chora um pouco o choro que ainda não tinha chorado. A sensação de se sentir humilhada por homem, misturada a lembranças que surgem quando se caminha muito... vovó Naná morta, sua mãe meio que abandonada. Como ela pôde abandonar a mãe daquele jeito? Dona Eunice nem guardou rancor, ama a filha incondicionalmente. Suas crises de depressão, no entanto, aumentaram: ver a filha mais velha fugida com um zé-ninguém qualquer e a filha mais nova morta; o marido preso e relegado; a solidão atroz que veio depois da morte da sogra. Os vizinhos a internaram forçosamente algumas vezes – pelos gritos, pelos desesperos. A cidade grande tem tanta gente e tanta solidão. Ela prefere muito mais o deserto do sertão, de facheiros e xique-xiques. A vida na velha chácara era muito mais feliz. Todo dia, suas duas filhas, ao acordar e antes de dormir, chegavam até ela e lhe pediam: "um cheiro, mainha, sua benção". E ela respondia com: "um cheiro, minhas queridas". Nesse mesmo momento, Carolzinha percorre a margem do rio, a pensar que a vida é uma peixada só. Ricos com suas oportunidades de ouro, tudo na base da peixada. O rico, de um pinote, já tem emprego. Porque tem amizades e prestígio. Prestígio! A tal da peixada. E se lembra do pai, injustiçado. E vê, em vislumbres, os momentos bons de antigamente, em Bezerros, no carnaval do Papa Angu, pulando aquela marchinha "Ala-lá-ô", misturada a um frevo que se ouve ao longe. E é nessa andança que acaba por se lembrar também da morte de Águeda. Morte de crupe com funeral solene nas ruas de Vila Candeia. Sua irmã, um dia, apareceu com febre e dor de garganta e, depois, o pescoço inchou. Vovó Naná ministrou ervas, compressas e benzimentos; doutor Zago foi chamado; e, no final, não havia mesmo o que fazer. Tristeza para os pais, para vovó Naná, mas especialmente para ela. Carolzinha e Águeda eram companheiras inseparáveis.

Enquanto entra na Casa de Detenção, faz uma pequena reza que seu pai lhe ensinou. Ele, que é seu mestre de histórias sobre o céu e a terra, sobre índios e plantas sagradas, sobre os pretos ancestrais, malês maometanos por um lado, a nação nagô do outro e seus versos sagrados de Ifá. Ela, que a olhos vistos é dessas mulatas clarinhas, meio indiazinhas, puxara mais à mãe, mas se sente como preta, é preta! Lembra-se do pai, do quanto ela está inserida naquela cultura que o pai lhe ensinou. O pai, tão simples, mas tão sábio!

Carolzinha entra na ala das visitas, ela vai no horário de visitas e se anuncia na portaria. Espera que o pai a encontre na ala das visitas... mas não encontra Zezé.

– Foi hoje para o tribunal – diz um dos guardas daquele turno, que conhece todos os parentes daqueles da turma do poderoso Zé Galo.

– Hoje? Mas esse julgamento nunca saía. Agora, assim, sem mais nem menos?

– Dizem que Vargas mandou julgar todo mundo que ainda não foi julgado.

– Oxe, não ouvi falar disso, não... será solto? Será possível?!

– Reze para que tenha a mesma sorte de Antônio Silvino, o cangaceiro arrependido.

94 – A prisão de Valdir

– Olhe, seu menino. Repare bem... aqui ultimamente está mais seco que Catulé do Rocha. Nem chuva de caju teve em janeiro...

– E não é, não?

Esse era o tipo de conversa jogada fora que Valdir tinha com outros jagunços enquanto estavam no pátio da fazenda do patrão, coronel Mendonça. E nunca é demais relembrar que, embora fosse capanga de coronel Mendonça, muitas vezes Valdir trabalhava mais para o coronel Ernesto do que para o seu próprio patrão. Valdir e os outros jagunços daquela fazenda eram o típico grupo de cangaceiros que, um dia, desistiu de fugir pelas brenhas e resolveu se fixar, mais estavelmente, como capangas dos fazendeiros. Sim, capangas dos fazendeiros que, antes, eram alvo dos ataques de cangaceiros.

– Valdir é um cabra extremamente medroso e, por isso, brabo – dizia coronel Ernesto aos outros jagunços, os mais velhos ou os mais novos, de sua fazenda ou de outras. – Extremamente medroso. Eita, bicho cagão! Se não compensasse com a sua brabeza, esse bicho só dava vexame. Vixe, que baixinho invocado da porra!

– Aqui é cheio de cagão, coroné – disse um dos jagunços, bêbado que só gambá.

– Vá dizer isso pra tuas negas! Arralá! Tu é mesmo uma beleza grega, hein, seu filho da puta. Aqui só Valdir é cagão, seu porra! Pode ser que você também. Mas todo o resto é corajoso, caralho!

Dizia isso no dia em que prenderam Valdir e Silvino.

Primeiro, Valdir ficou um bom tempo na cadeia pública de Confeitaria e, só depois, foi transferido para o Recife, mas não foi para a Casa de Detenção: ficou embiocado numa pequena cela de uma delegacia de polícia do bairro de Afogados. Tudo isso porque, conforme o combinado, a ideia era nunca deixar Silvino e Valdir juntos – para que não inventassem nada além do que fora conversado com o coronel Ernesto. Em tempo: Silvino fora trancafiado na Casa de Detenção mesmo.

"Eita, vida apertada", pensava Valdir, enquanto fazia riscos na parede de sua cela em Afogados. Só soube que iria preso um dia antes. E, após essa presepada, agora se sentia cansado de receber somente pastel e caldo de cana como pagamento dos tiros que dera naqueles últimos anos como jagunço profissional. Lembra-se da época em que começara a vida de matador no bando de

Corisco, na década de 1920, depois que Lampião dividiu o bando em tantos outros. Naquela época, Valdir morava nos arrabaldes de uma fazenda perto de Belém de São Francisco. No bando de Corisco, aprendeu a célebre frase, que costumava repetir à exaustão: "cuidem do que é seu porque, do que é meu, cuido eu!" Eita, Corisco era mais brabo do que Lampião! E a esposa, Dadá, era mais bonita do que Maria Bonita. "Bons tempos", pensava Valdir de vez em quando, enquanto esperava o julgamento. Sentia saudade daqueles bornais coloridos, do chapelão de couro todo estrelado. No bando de Corisco, chegou a sofrer ferimento numa emboscada feia que os macacos armaram no sertão da Bahia. Depois disso, Valdir acabou desistindo daquela vida de Robin Hood do sertão e foi embora para Caruaru, para ser ajudante de feirante. Montou sua própria barraquinha. Pensando em sua vida, ficou orgulhoso de si mesmo, sentiu a honra de ter conhecido gente que ele considerava importante, como Corisco ou Mestre Vitalino. Tinha orgulho do pai também. Sim, seu pai, que fora coroinha do próprio padre Cícero em Juazeiro. Silvino e coronel Ernesto diziam que isso não contava: coisa de pai não conta. Mas tinha orgulho do pai, que, depois de ser coroinha, estudara para ser padre, virara frade, frei Martinho, frade do sertão do Seridó cearense, ninguém sabe de que cidade... depois, seu pai abandonara a batina, casara-se com sua mãe e foram parar em Pernambuco, sabe-se lá quando. Valdir pensava em si e nas coisas que fizera na vida... "e eu? Sou um merda mesmo", refletia na solidão de sua cela. E também relembrava as armadilhas em que caíra. As armadilhas que os coronéis montam para seus empregados, a fim de tirar vantagem de qualquer situação e livrar o próprio couro às custas da desgraça do capanga. Coronel Ernesto lhe prometeu dinheiro, assim como havia prometido a Silvino. Disse que no final tudo ia ficar bem... "vou ganhar dinheiro? Vou... mas a que custo? O de ficar num lugar merda como esse aqui?", comentava consigo mesmo enquanto percebia o cheiro forte de urina e fezes que cobria cada centímetro da parede daquela cadeia imunda.

No silêncio, Valdir aproveitou para se lembrar de outros fatos menos interessantes do passado, lembranças que há muito não ruminava. Além da história com Corisco, da vida na feira de Caruaru, lembrou-se dos tempos em que fora caixeiro viajante. Naquela época, início dos anos 1930, casou--se com Mariazinha. Mas foi casamento sofrido. A esposa lhe colocou uns pares de chifres e fugiu com o dono da venda. "Aqueles salafrários! Que filhos da puta!" Matou os dois com tiro de revólver e foi preso pela primeira

273

vez. Passou uns dois anos na cadeia. "Cadeia é uma merda mesmo!", balbuciava quando lembrava da situação ou quando sonhava com Mariazinha, acordando sobressaltado de madrugada. Era comum que o ronco de outros presos o deixasse com insônia. E passava o resto do tempo, até o amanhecer, pensando em Mariazinha, a única mulher que amara de verdade. "Aquela puta..." Depois dos tempos de cadeia por causa da esposa e de seu amante, foi solto e virou jagunço já no dia seguinte. Decidiu ficar brabo. "Brabo como Corisco!" Lembrava-se de sua trajetória sofrida e chorava baixinho.

95 – A prisão de Silvino

– Tu mata e não tem dor de consciência?

– Não.

– Se não sofrer, não é matador. Entendeu?

– Oxe, que conselho de jumento!

Silvino: homem de lábios grossos, barba mal feita, rosto curto e largo, costas meio encurvadas. Homem que ninguém havia visto sorrir. Tinha uma leve obesidade mas, mesmo assim, corria feito um cavalo. Por isso e por outras qualidades é que coronel Ernesto estimava o jagunço. Cabra que sabia se esconder e perseguir! Ele é aquele que foi caçador de passarinho e que foi demovido por um padre que disse que Jesus não gostava daquilo.

Embora não fosse nascido ali, Silvino era quase um filho legítimo de Serra Talhada, terra de Lampião e da Missa do Vaqueiro. Sabia derrubar e aboiar como ninguém. Vez ou outra, cantava nas horas vagas enquanto ajeitava os cavalos do coronel nos currais da fazenda:

> *Ô vaqueiro, herói da caatinga*
> *Reza uma Ave Maria*
> *Enfrenta o espinho*
> *Pega barbatão...*

Após certas conversas de coronel Ernesto com doutor Sepúlveda, Silvino começou a perceber que não era tratado com tanto mimo pela casa grande. Sabia que algo esquisito estava acontecendo e já farejava o que era. Foi quando veio a esperada conversa com o coronel:

– Vem aí polícia. Se entrega sem pestanejar, ouviu, cabra? Vai ter gente de olho em tu na Casa de Detenção do Recife. Nem invente moda, ouviu? Vou te depositar dois contos de réis na conta bancária que lhe abri. Todo santo mês. Está bom assim?

"Tomei no papeiro!", pensou Silvino, assim que o coronel veio com essa história. Eita, seu menino, agora vem esse acordo com o próprio Satanás. Olhou para o chão sem saber o que dizer. Seu coração estava remoído. No fim, era isso: agora serviria de capacho para os pés sujos do coronel. Depois de um tempinho, só pôde responder que sim. E, Nossa Senhora, dois contos de réis por mês era o mesmo que a fortuna de um príncipe ao final do ano! Mas que isso cheirava a enxofre, seu menino!

Depois de alguns dias, tal qual anunciado, chegaram os policiais cantando voz de prisão. Naquele fim de tarde, chovia torrencialmente, um toró monumental. Silvino deu um pinote de onde estava, na entrada da casa grande, e pensou novamente consigo mesmo: "bolas! Tomei no papeiro, puta que pariu! Essa porra é pior que dentada de jumento, que merda! Que vontade de acertar esses policiais filhos da puta com uma saraivada de tiro de bacamarte..."

– Quem é Silvino? Josué Silvino? – perguntou o policial à frente da batida.

– Sou eu, seu polícia – respondeu o jagunço brevemente e sem mais delongas.

– Josué Silvino da Silva, esteja preso em nome da lei.

Foi direto para Recife, sem sequer passar por cadeia municipal. Quando chegou na Casa de Detenção, os guardas comentavam coisas como "sai Antônio Silvino, entra o parente Josué Silvino" e davam risadas em razão dos nomes iguais do famoso cangaceiro "Rifle de Ouro", libertado meses antes, e do jagunço Silvino, que acabava de chegar.

O jagunço foi bem tratado e não abriu o bico para nada. O julgamento foi logo marcado para breve, dentro de um mês. Que velocidade! E Silvino seria julgado junto com Zezé, porque alegaram que os dois crimes estavam conectados.

E, por falar nisso, Silvino, bem no primeiro dia de prisão, viu Zezé e logo o reconheceu, meio envergonhado. Naquele momento, os dois trocaram algumas palavras incompreensíveis: uma única vez para nunca mais.

96 – Finalmente, tribunal

Três anos depois da prisão de Zezé e dois meses depois da prisão de Silvino, os dois se encontraram obrigatoriamente no tribunal para o acerto de contas com a justiça. Além deles, também Valdir.

– Eita que o cacique Guará tá se remoendo no túmulo hoje – comentou novamente Zezé com Valtão, antes de sair escoltado até o Fórum na Praça da República. – Oxe, Valtão. Já visse isso? O mundo virou, pense que absurdo! Bicho gaiato que só, esse jagunço do coroné. Que putaria! Hoje o cacique tá se virando e se revirando no seu caixão de pobre a sete palmos do cemiterialzinho de Vila Candeia – dizia Zezé, fazendo o sinal da cruz e cuspindo ódio pela boca.

– Arralá, que julgamento mais chinfrim! Nunca vi uma combinação de jogadas tão demoníacas. De qualquer forma, que Deus proteja o teu amigo, o cacique, onde ele estiver. Não o conheci, mas por tudo o que contaste, a mim é claro como o dia que a presepada que fizeram com o coitado foi a pior das mais puras injustiças.

– Sim, Valtão. Tudo obra de uns cabra que nasceram pro mal. Sabe como é, né? Uns merdas! Principalmente o coroné. Espero que se fodam no inferno!

E, após despedir-se de Valtão e Zé Galo, ambos nas portas de suas celas a darem um pequeno adeus ao amigo, Zezé deixou que os guardas o levassem ao fórum, onde finalmente passaria pela humilhação de ser julgado depois de tanto tempo encarcerado e esquecido.

97 – Serginho, o filho pródigo que não foi

– Não tenho calos nas mãos, mas os tenho na consciência – diz doutor Zago, sabe-se lá por quê.

– Barbaridade, Luiz, não digas isto, tchê – responde dona Matilde, enquanto ele lê jornal e comenta frases soltas de vez em quando; e ela, na poltrona ao lado, tricota umas meias de lã precoces, antecedendo que, em algum momento, sua filha Mariquinha "havia de ter um rebento, o neto esperado". – Estás assim por causa de Serginho. Aquele guri bem que merece umas palmadas bem dadas!

Sérgio Luiz Zago, que desde pequeno sonhava em virar médico – o que deixava doutor Zago feliz tal qual um jovem apaixonado com amor correspondido –, do nada, uns meses atrás, simplesmente decidiu que queria ser ator.

– Onde já se viu? Vou te dar uns tabefes que tu hás de ver estrelas, menino desorientado! Bah, minha Nossa Senhora Achiropita, o que eu fiz para merecer isso? – berrava dona Matilde, braba que só ela, assim que Serginho, decidido, de repente arrumou as malas e saiu de casa rumo ao Recife.

– Agora que tenho dezoito, decido o que bem entender. *Au revoir papa, au revoir maman*!

Já tem uns quatro meses que a fuga insólita ocorrera. Havia sido uma surpresa danada para as meninas Araci e Luíza. Mariquinha, ainda que pasma, somente comentou:

– Oxe, mamãe. Deixe Serginho. Nessa vida acontece dessas. Ele vai chegar em Recife, vai quebrar a cara e logo está de volta. Confie que vai acontecer bem desse jeito.

Mas, quatro meses depois, Serginho continuou bem onde estava, sem menção alguma de voltar para a cidade. Nesse ínterim, mandou uma carta apenas, dizendo que tudo estava bem e que estava feliz. E nada mais. Doutor Zago ficou quieto. Desde que o filho havia ido embora, ele não dissera nadinha nem contra nem a favor. O fato mudo e desconhecido de todos é que, no fundo, ele estava arrasado. Em primeiro lugar, quando decidiu abandonar Zezé, já se sentia no fundo do poço, profundamente triste. Agora, com a fuga de Serginho, pensava que talvez não havia dado a devida educação ao menino, ou mesmo a atenção que seu filho merecia. E, por isso, Serginho talvez não tivesse aprendido o suficiente sobre a beleza da profissão de médico. Agora… ator? Aquele tipo de profissão que raramente dá dinheiro. A não ser que seja de Hollywood. "Mas o inglês de Serginho é macarrônico", refletia doutor Zago. Teatro? Ganhará uma micharia! "Trabalhar para pobre é pedir esmola para dois", concluía o médico. Ator? De onde isso surgira? Ah, certamente dessas idas mensais a Recife e das sessões de cinema que tanto amava. Serginho colecionava cartazes de seus filmes favoritos, de seus atores e atrizes prediletos. Comprava revistas que contavam a vida e os mexericos de famosos da cena hollywoodiana, sabia tudo sobre Shirley Temple, Joan "Veneno de Bilheteria" Crawford, James Stewart, Gary Cooper, Ginger Rogers ou mesmo sobre aquela novata que ninguém conhecia – só Serginho mesmo –, Joan Fontaine, que muito em breve estrelará, junto com Laurence Olivier, o filme *Rebecca*, que a tornará famosa. "Incompreensível", é o que doutor Zago repetia para si mesmo sempre que pensava no tema. E, sim, pensava demasiadamente. Não demonstra, mas quando está só se põe a chorar como um menino, lembrando-se do filho que se desgarrara, que os abandonara. Naquele dia, lê o jornal enquanto Matilde trabalha naquelas diminutas meias para o neto que nunca chega. Cheira um rapé, espirra à vontade e comenta com a esposa:

– O guri está em Recife, fui visitá-lo duas vezes. Ele está bem, não te preocupes. Há tempos não vamos juntos à cidade. Buen, por que não agora? Visitas o piá e paras com o chororô de uma vez.

– Sim, por que não... Serginho... ele é só um de tantos que largam tudo para se aventurar no desconhecido para depois se arrependerem. Há até gurias que largam os pais para fazer faculdade no Recife! Barbaridade, isso é o fim do mundo, só pode ser!

– São poucas, Matilde. Nunca vi guria saindo daqui para estudar em Recife. Talvez garotas de Caruaru? E, ainda assim, uma ou outra...

– Uma ou outra? Já contei umas dez só daqui de Confeitaria! Se de Confeitaria, Confeitaria esse fim de mundo!, imagina quantas não fogem de Caruaru ou saem de suas casas na própria capital para fazer Direito na faculdade do Parque 13 de Maio. Se transformam em mulheres da vida a usar tóxico, emprenhando de algum gaudério papudo sem-vergonha, sem saber depois quem é o pai. Passam de prenda a vagabundas assim, ó! Absurdo, tchê!

– Acho que exageras, Matilde... no entanto, entram nessa vida perturbada de faculdades, umas se prostituem, outras se tornam peixes a serem mui brevemente fisgados pela doutrina vermelha da União Soviética. Emporcalham-se de ideias subversivas, como essa Olga de Carlos Prestes...

– Preocupo-me com os tóxicos, Luiz. Cânhamo e éter é o que se ouve falar, mas tem coisa pior, tchê.

– Tens razão, Matilde. No fim, é uma baita esculhambação embretada, tchê. Que Deus nos proteja para que Araci e Luíza tenham afinal o juízo de Mariquinha.

– Santíssima Virgem, Mãe de Deus e nossa Mãe, Achiropita, volte teu olhar para nós mesmos e nossas famílias. Nossa Senhora Achiropita, rogai por nós. Amém.

Naquele mesmo instante, em Recife, Serginho está em sua nova casa, uma pensão meio perrengue, a ouvir músicas de Lucienne Boyer. Tal qual sua irmã Mariquinha, ele toca as *chansons françaises* no gramofone e põe-se a cantar. Às vezes, até mesmo a dançar.

Parlez-moi d'amour
Redites-moi des choses tendres
Votre beau discours
Mon cœur n'est pas las de l'entendre
Pourvu que toujours
Vous répétiez ces mots suprêmes
Je vous aime

Ele, que chegou em Recife de Toyota Rural porque não queria gastar dinheiro com trem. Porque precisava economizar para as despesas na capital. Toyota Rural, de Confeitaria a Caruaru. E uma nova Toyota de Caruaru a Recife. Na garupa, a conversar com as rameiras das cidades por onde passava que pegavam carona para os puteiros em que trabalhavam. Em Recife, no primeiro mês, morou em três pensões diferentes. Brigou com os dois primeiros senhoris porque eles não gostavam da ideia de ter um inquilino que levava moças para seu quarto e fazia barulhos que incomodavam as outras pessoas da pensão. Na terceira, habitada na maioria por jovens, houve certo sossego e acordo entre Serginho e o gerente do local. Só não era permitido fumar no quarto e andar nu pela casa. De resto, ele podia fazer o que bem quisesse, incluindo levar mulheres diversas ao seu aposento. O aluguel, ele pagava com um dinheiro que seu pai lhe mandava e com uns bicos de figurante que conseguiu arrumar no Teatro do Parque. De resto, ele nunca conseguirá um papel de destaque em sua vida e sua rotina será praticamente a mesma desde o início: acordar tarde, tomar café da manhã em alguma confeitaria que esteja aberta, sair à noite com amigos para tomar cerveja no Café Chile, levar periodicamente meninas diferentes para seu quarto, sonhar em ser um ator reconhecido. Depois, conhecerá o cânhamo e passará a ser um apreciador; fumará em seu quarto com outros apreciadores. Quebrará regras. E cantará com voz suave músicas às amantes com letras inventadas por si mesmo: "ela me enredou num torvelinho sem direção!" Namorará todas as vedetes dos cinemas, aquelas que vendem cigarros e guloseimas e levam suas grandes caixas abertas suspensas por uma tira que passa ao redor do pescoço. E viverá na corda bamba: beberá dois copos de vodka ao acordar para animar e passará o dia bebendo só porque sonha em ser um *bon vivant* à la Ernest Hemingway.

Doutor Zago, que morará em Confeitaria até o fim de sua vida, depois que fechar os olhos, deixará para Serginho um imóvel surpresa, completamente mobiliado, desconhecido até de dona Matilde – que perguntará de onde surgira aquela casa. Serginho, de posse dessa herança e dos valores financeiros que haverá de receber, terá a vida dos sonhos. A casa, do que consta na planta, é antiga e grande, provavelmente da época de algum senhor de engenho. Seis cômodos, formato retangular, com primeiro andar mas sem sacada, muro relativamente alto e um jardim ornado de rosas vermelhas e amarelas, cuidadas com esmero por um jardineiro contratado. Alvenaria de detalhes simples, pinhas portuguesas de pedra a ornamentar os vértices da murada, portão de ferro de figuras em zigue-zague de formato losangular. Pintada de branco com fachada da cor creme. Essa será a nova casa de Serginho. Não é a mais linda da Avenida Rosa e Silva, nem a que mais se destaca, mas é uma casa da qual Serginho terá orgulho. Ele levará os mais diversos amigos e amigas para pitar tragos de cânhamo. Namoradas para passar suadas noites ao som de gemidos luxuriosos e, depois do amor, torrentes de champanhe para comemorar as noites de boemia. Na ausência de emprego no teatro, ele gastará boa parte do dinheiro que seu pai há de lhe deixar. E, quando o dinheiro acabar, para sobreviver, ele então virará um fotógrafo mal pago, desses de praça ou de casamento.

Na frente daquele casa da Rosa e Silva, doutor Zago pensa e imagina como seria a vida de Serginho se lhe deixasse dinheiro e moradia de mãos beijadas: mulheres, cânhamo, orgias... acorda daquele pesadelo, pensamento que se insinua em trilhões de possibilidades e decide não deixar casa alguma para o filho. Serginho nunca morará ali, não haverá noites de boemia e tampouco gastanças desnecessárias. O médico conversa com seu advogado e diz:

– Essa casa será vendida. O dinheiro fica comigo. Decido eu o que fazer depois.

– Casa bonita. De quem o doutor comprou?

– Ganhei de presente, junto com um carro novo, aquele cabriolé da Mercedes ali. Mas preferia não ter ganhado. Vamo-nos daqui – diz doutor Zago, com a voz embargada de tanto imaginar um futuro que talvez seja ou não seja. De qualquer forma, a tristeza ainda lhe assombra, já que, nesse exercício de imaginar o futuro de Serginho, ele viu o futuro de si mesmo e da medicina brasileira. Doutor Zago antevia que, em breve, se tornará tão somente uma peça de museu, o médico familiar, conhecido pelo nome, que atende em casa, vencido pelo crepúsculo que o substituirá pelo médico avulso e desumanizado de consultório de hospital.

98 – A história de Kuati-mirim, Curumim Guará

Curumim Guará nasceu na aldeia Piraquara-mirim, que, apesar do nome, já foi a maior tribo de Xererê-Eho de todo o sertão pernambucano. Ela foi uma das poucas aldeias que restaram depois que portarias alagoanas e pernambucanas dos séculos anteriores autorizaram a extinção de todos os aldeamentos indígenas. Foi batizado e registrado no cartório da cidade como Antônio José de Souza. Os índios "Souza" do Brejo. Todo mundo já sabia. Na prática, Antônio não existia. Mas Kuati-mirim, sim. Esse era seu verdadeiro nome. E, por ser filho do cacique Guará, todos o chamavam de Curumim Guará ou Guará-Curumim, ou apenas Curumim. E todos entendiam que, implicitamente, havia nesse nome a informação de que ele era o herdeiro de Guará. E, desde pequeno, seguiu os passos do pai e se preparou para assumir a tribo assim que chegasse a hora.

Na época em que padre Bento ainda era pároco de Vila Candeia, Curumim e outras crianças do Brejo foram alfabetizadas, aprenderam a ler pequenos livros e trechos da Bíblia. O padre e uma professora da Vila se juntaram e abriram uma escolinha para alfabetizar os indiozinhos. Padre Bento dizia que Curumim Guará era o mais danado, que aprendia história como ninguém. Em especial, o pequeno índio era fascinado pelos episódios relacionados às Guerras Guaraníticas do Rio Grande do Sul – e chegou a ler uns trechos de um livro sobre a questão. Curumim também leu livros sobre índios brasileiros e índios dos Estados Unidos. Até doutor Zago se admirou de ver que Curumim conhecia tudo sobre Guerras Guaraníticas e conversou com o menino longamente sobre elas.

– Antes das Guerras Guaraníticas, tchê, houve a destruição do Guayrá pelos bandeirantes paulistas – relatava doutor Zago.

Curumim não perdia tempo e ia estudar sobre o assunto. Ouviu falar em Guayrá e, pouco tempo depois, já se tornava especialista naquilo tudo.

– Explica isso aí, Curumim – reivindicavam os solícitos índios da aldeia.

– Oxe, é uma história longa, mas posso resumir: os paulistas brancos e caboclos entraram pela mata para escravizar os índios guaranis da cidade de Guayrá, naquela época pertencente à Espanha, mas que hoje fica lá no Paraná, na fronteira com o Paraguai. Destruíram tudo, exterminaram, deceparam, queimaram: padres jesuítas e índios guaranis. Quem sobrou, voltou com Raposo Tavares como escravo para a cidade de São Paulo.

– Eita, tu sabe muito, Curumim!

Depois da morte do pai, Curumim bem que tentou ficar numa pequena aldeia improvisada dentro do Brejo. Mas os fazendeiros que dividiram os lotes serraram tudo e ficou impossível de se esconder. Então, Curumim teve que se mudar para outro lugar. Foi primeiro para Caruaru. Foi difícil se acostumar com os ares da cidade. Logo conheceu o sabor da cachaça, a forma mais fácil de afogar suas mágoas. Tinha pouco mais do que treze anos, mas bebia e fumava como um caipora papudinho. Para ganhar um dinheirinho, trabalhava levando trecos da feira para lá e para cá. Mas seu tempo livre, até os dezesseis, consistia em beber, jogar cartas, pedir esmolas na estação ferroviária e inventar briga com os valentões que o chamavam de "índio cachaceiro".

– Esse porra aí não é índio, não – corrigia um, que parecia o líder do grupo dos valentões. – É um caboclo. Índio sem cocar e pena. Onde já se viu? Esse aí vive de bermuda, chinela e camiseta. Caboclo imundo e cachaceiro!

Era nessas horas que, mesmo sob a tontura do álcool, Curumim se lembrava de algum ensinamento do pai. Aprendera, por exemplo, que tinha que meter, em certas ocasiões, uma flechada no quengo de branco aproveitador. Lembrava-se e partia para o ataque, mas logo caía na sarjeta sob os risos dos adolescentes que o aperreavam. E, toda vez que Curumim ouvia alguém, geralmente gente metida a besta, chamando-o de caboclo bêbado, ele cuspia e dizia alguma imprecação – baixinho, mas dizia: umas maldições catimbozeiras dedicadas a Exu que aprendera com vovó Naná há tempos, antes de tudo o que acontecera, antes que ela se mudasse para o Recife. Depois dos xingamentos e de se meter a corajoso diante da gente que mangava dele, e depois que todos iam embora, ele se enrolava no jornal, dormia na calçada e chorava com as lembranças que tinha do frescor do Brejo. O Brejo, que, à noite, era fresquinho; e, no inverno, fazia frio de matar. Mas Caruaru era quente até no inverno... ali era o inferno: quente e imunda, o rio Ipojuca com cheiro de azedo, peixe morto misturado com cocô de rico.

Um dia, soube por um caixeiro viajante, que vinha dos lados de Vila Candeia, que vovó Naná havia morrido e que Zezé Tibúrcio ainda estava preso e nem tão cedo ia sair da cadeia. Vida podre! O sangue lhe subiu nos olhos. Lembrou a morte do pai, o infortúnio dos índios. E seus pensamentos logo, logo já estavam novamente no coronel Ernesto, o culpado de tudo aquilo. Às vezes, reunia forças e prometia para si mesmo que ia sair daquela vida de cachaça, que ia encontrar coragem para se vingar.

282

Acabou saindo de Caruaru e foi morar em Recife, tentar contato com Carolzinha, sua amiga de infância. A bem da verdade, deu uma passada novamente por Confeitaria, ver como estavam as coisas. Queria enxergar com os próprios olhos alguns dos muitos absurdos em que aquilo se transformara. Viu a desgraça do Brejo que se acabou todo, quase nenhuma árvore, todo cheio de cercas para conter gado e mais gado, nos lugares que agora só tem capim-gordura e outras plantas do tipo, substituindo o que antes era árvore, morada de Tupã. Depois partiu e foi mesmo para a capital. Chegou em Recife no mesmo dia em que expuseram a cabeça dos cangaceiros do bando de Lampião. Ficou indignado. Onde já se viu, em pleno século XX, expor cabeça de gente? Parecia cena de livro de história, destrato de época medieval ou da Roma antiga. Covardia da braba! E, enquanto via as cabeças, começou a arquitetar um plano de vingança: Curumim Guará não seria esquecido, jamais!

99 – Um final… não, dois finais para Carolzinha

Carolzinha acorda sobressaltada. Pesadelo que não lembra. Naquele mesmo instante em que acorda, a quilômetros do Recife, em Vila Candeia, um povo evangélico de igreja recém-chegada invade o terreiro de mãe Viviane, quebra todos os símbolos de candomblé, toca o povo preto a correr. E Carolzinha presume que, de fato, seu sonho esteja relacionado a algo ruim. Mal sabe ela que se trata da pobre sina da prima Viviane. Um pesadelo escuro, a invasão ao terreiro, o quebra-quebra e a expulsão de pessoas, o levantar-se de repente com um grito. Sonho e realidade que se entrecruzam, mera paráfrase desses dramas shakespearianos: de fato houve invasão, de fato houve reboliço brabo, sonho e grito. Depois, Carolzinha se levanta com pressa para o trabalho madrugadeiro no Hospital Dom Pedro.

Há dois finais para Carolzinha – dado que, quando ela entra no Hospital Dom Pedro, o universo se bifurca em dois multiversos. No primeiro multiverso, ao sair do hospital, na hora do almoço, ela se depara com o amigo de infância, Kuati-mirim, o Curumim Guará, sem pai nem mãe, recém-vindo de Caruaru, um maltrapilho que claramente tentava vestir roupa minimamente decente para o encontro especial. Nunca viera a Recife, mas para ele era fácil: nunca se perdera em mata; e, para ele, a cidade é selva, mas selva diferente, de pedra – e, por isso, sabe de quase todas as agruras das cidades, consegue se mexer diante de obstáculos diversos. Ali, na capital, chegou na estação de trem, já quis ver o mar e, ao vê-lo, admirou-se e chorou. Depois, andou para lá e para cá, comprou uma camiseta barata numa dessas tendas da rua Nova, abotoou por cima da velha que já estava vestindo, roubou uma boina numa loja de chapéus da rua da Imperatriz e verificou no bolso da calça o papelzinho que continha a informação sagrada e necessária para achar Carolzinha. Chegou à casa do bairro dos Coelhos e, lá, dona Eunice lhe informou sobre o Hospital Dom Pedro e o horário de almoço da menina. Ele espera por horas o que, na verdade, já espera há anos. Dão-se as mãos quase que automaticamente assim que ela aparece. Saem a caminhar, relembram os tempos de criança, quando os dois brincaram juntos tantas vezes no Brejo. A menina chora ora ou outra. Conta a Curumim os seus desesperos e o que tivera que passar nos dois últimos anos na vida de cão que o Recife oferece a seus filhos mais pobres. Contou a história do pai, a morte de vovó Naná, a depressão da mãe. Quando fala do pai, repete algumas vezes aquele ditado que aprendera, não se sabe onde, de que a justiça é víbora que só morde descalços. Nesse primeiro multiverso, Curumim Guará acaba por ficar em Recife, vai morar nos Coelhos e se torna companheiro inseparável de Carolzinha.

– Pensar em você é música por si só – é o que diz a ela, apaixonado por ela como sempre foi.

E os dois inevitavelmente se agarram, beijam-se loucamente, consomem-se na cama de casal de um albergue alugado caindo aos pedaços, casam-se e vivem felizes para sempre.

A segunda realidade alternativa não tem Curumim Guará. Por quê? Porque ele procurou Carolzinha por todos os lugares e não a encontrou. Ele se confundiu todo. O papel no qual anotara as informações repassadas por alguém da Vila Candeia sobre onde encontrar a menina era bastante explicativo, o endereço era claro, mas ele acaba por se render ao medo de cidade grande. Só em sua imaginação ser desbravador do mato é o mesmo que saber domar uma cidade grande. Se bem que ele até desbrava uns bairros aqui e acolá. Vê o mar. Chora. Mas não acha Carolzinha. Decide, em seguida, ruminar vingança e depois voltar para o interior, lá onde os cabras safados se veriam com ele! Abre-se, então, o multiverso em que Carolzinha sai do Dom Pedro para o almoço – em casa, que é pertinho –, encontra sua mãe fazendo, naquele dia, buchada de bode, arroz, feijão, farofa de jerimum, quiabo, maxixe e salada verde e até sobremesa, manuê de milho: leite de coco, farinha de milho, sal, açúcar, manteiga derretida, canela em pó. Tudo bem mexido, assado em forno dentro de forminhas de empada. Depois daquele almoço dos deuses, Carolzinha volta ao Hospital e vive essa segunda realidade paralela – que é senão paráfrase de Dostoiévski, sem garrafas de Château d'Yquem. Vários meses depois, ela se suicidará tomando Pitú até o fim. Mas antes que se bote o carro na frente dos bois, eis as circunstâncias do ato: Carolzinha trabalhará como enfermeira até que sua mãe, doente, morra. O pai, preso, ficará por anos na cadeia. Ela decidirá mudar de carreira, irá aos bares e cafés e encantará a todos com sua voz. Não só em Recife, mas também em Maceió. Haverá até empresário que lhe prometerá estrelato na RCA-Victor. O cabra, amigo do dono do conglomerado multinacional, apostará um bom gogó em Carolzinha.

– Sim, mas que cor que a menina tem?

– É... ela é negra...

– Ah, então, meu caro, você já sabe a resposta.

E, por causa dessas, Carolzinha, apesar do talento, nunca de fato alçará as escadas do *show business,* local ou nacional. Nem a Odeon, mais aberta a esse tipo de caso. Aí já não será por ser preta. Mas, sim, por outro motivo: por ser filha daquele tal Zezé comunista ou que todos ouviram dizer que é comunista. Dessa forma, nesse segundo multiverso, Carolzinha, frustrada, cairá na bebida, na Pitú, para tentar afogar as mágoas de toda uma vida sofrida. Seguirá sendo a cantora de sempre dos cafés. Mas, aos poucos, se transformará em papudinha inveterada, iniciará a apresentação já bêbada e terminará o show na gritaria e no tumulto, a cair como um molambo no meio do palco. Um belo dia, depois de uma dessas apresentações, será conduzida a uma festa de ricos e será dopada. "Venha cá, boneca!" Ela e mais uma amiga serão estupradas sem dó. Os donos da festa, mimados filhos de juízes e de médicos importantes do Recife, pagarão alta soma para que ninguém saiba do ocorrido. Dirão que, se não aceitarem o destino, serão levadas a um matagal no bairro da Macaxeira e serão mortas brutalmente. Elas aceitarão o suborno, todo mundo nas altas rodas ficará sabendo, mas é como se nada tivesse acontecido. O filho do desembargador e seus amigos serão protegidos até o último ceitil. Nunca serão presos, julgados, levados a júri. Da cadeia, Zezé saberá de tudo. Chorará amargamente. Soluçará feito criança. O amigo Zé Galo é quem lhe contará o infortúnio e dirá que sabe quem pode dar um jeito naqueles moleques safados. Como a polícia secreta estará à toda, Zé Galo mandará uma carta com palavras simples e inocentes dirigidas à sua mãe em Sousas, Paraíba. Naquela cidade, há uns sujeitos que roubaram uma bateria antiaérea que chegara dos Estados Unidos com o intuito de proteger qualquer ameaça à cidade de Natal, Rio Grande do Norte – local onde se montara uma base americana de onde saíam aviões e navios para conter qualquer ameaça alemã no Atlântico. Os sujeitos de Sousas são ninguém mais que os irmãos de Zé Galo, contrabandistas de armas e, nas horas vagas, assaltantes de banco. Um dos irmãos de Zé Galo, o mais brabo, ex-cangaceiro, ex-capitão do exército, ex-integrante da polícia secreta de Vargas, nesses tempos atuará no terrorismo contra ricos, almofadinhas ou boçais em geral. Por puro prazer. Embrenhando-se nas caatingas da Paraíba e armando seus esquemas que envolverão desde pequenos furtos a coronéis de cidadezinhas a grandes bancos do Recife. Ficará sabendo o que aconteceu a Carolzinha, nome dos responsáveis, endereço, retrato falado e tudo. Juntará sua trupe. Juntos, se disfarçarão de militares do exército, tomarão um caminhão camuflado, colocarão sua bateria antiaérea na caçamba do caminhão, cobrindo-a com cuidado, forjarão uns documentos de mentira e viajarão para o Recife totalmente despreocupados de serem ou não parados na estrada. Como é ex-polícia secreta, tem seus contatos e descobrirá rapidamente tudo sobre os filhinhos de papai.

– Serviço para amigo do meu irmão é serviço para meu próprio irmão – dirá para seus correligionários de terrorismo surreal.

Entrarão no Recife sem muito alarde, fardados – e, por isso, ninguém perguntará coisa alguma. Irão até a casa do filho do desembargador – que morava sozinho, por sinal – para testemunhá-lo tendo uma vida de luxo impressionante, em uma mansão da avenida Rui Barbosa, Estrada d'Uchôa. Posicionarão o caminhão em frente à casa, montarão a bateria antiaérea, o irmão de Zé Galo a fumar um cigarrinho de palha, dando ordens para lá e para cá. Ele saberá que na casa não há uma só alma. Não quer matar gente, só quer deixar um recado. Datilografará umas palavras em um pedaço de papel, afixando-o ao lado do largo portão. O vigia estranhará e perguntará o que é aquilo.

– O Estado Novo pede que o senhor se retire desta casa – dirá o irmão de Zé Galo, com fuzil em punho.

O vigia nem pensará duas vezes. Casa vazia, portão aberto, recado afixado, bateria antiaérea apontando para a casa.

– Fogo!

Serão dois minutos seguidos de tiros ininterruptos, o suficiente para não deixar pedra sobre pedra. Depois disso, voltarão à Paraíba sem serem incomodados.

– Quem é que paga por essas balas gigantes? – perguntará Zezé.

– Assalta-se um banco e está tudo certo – responderá Zé Galo.

Carolzinha nem saberá dessa façanha. Um dia, irá a um hotelzinho da avenida Caxangá. Tomará uma garrafa de Pitú até o fim. Os atendentes ouvirão o estampido, enxergarão sangue debaixo da porta e, antiparafraseando Dostoiévski, aqui haverá muito sangue. E, após arrombada a porta, o dono do hotel notará a expressão pouco serena, a agonia no rosto, da defunta que sofreu até o fim.

100 – O casamento de Juliana Tavares

Sirene de polícia, o radiador do delegado esfumaçando. Ele veste uma calça de cós alto. Não havia sido convidado, mas apareceu após o sucedido. Suspensório, gravata curta na altura do abdômen, bigodinho à la Clark Gable – ator com quem se acha muito parecido só porque a vizinha bonitona o comparava com o tal do Clark. Coisa que só ela mesmo via. Enquanto o perito tira foto, ele canta baixinho: "a véia debaixo da cama, a véia criava um véio". Depois, come um naco do bife que lhe trouxeram da festa. Enquanto isso, coronel Ernesto, ferido na perna, raspão de peixeira, achega-se ao corpo e dá-lhe uma cusparada:

– Falhou no seu mister e veio a rebordosa! É bronca, seu cabra! Que queimem no inferno: você e seu pai. *Et caterva*!

– Eita que o bicho fez das tripas coração – comenta baixinho o delegado com o fotógrafo.

Exatamente duas horas antes, coronel Ernesto desligava o gramofone de propósito porque queria ter conversa privada com doutor Sepúlveda, que dançava animadamente com dona Laura um tango de Carlos Gardel. Levou o juiz à sala de estar, fechada aos convidados da festa e, sozinhos, abriram aquele uísque *single malt* Macallan 60 anos. Jogaram conversa fora, as já conhecidas do prólogo, e foi um falando das lembranças de sua querida Londrina, o outro de lembranças do sertão de Alagoas, para além de Inajá, de onde viera e ainda tem muitas terras. Trocaram ideias sobre vinho do Porto, colheita 1937, "excepcional!", concordavam, "vintage!". Depois, começaram a trocar impressões mais precisas sobre o motivo daquela pequena reunião.

– E aquele doidivanas do Joaquim Lindolfo, ele levantou novamente alguma questão sobre índio de Confeitaria?

– Não, não, doutor Sepúlveda. A tua liminar foi muito benfazeja. Tá tudo bem no seu lugar. E posso afirmar com convicção que tu és um excelente arauto dos novos tempos de Estado Novo. Essa liminar combinou exatamente com os anseios de doutor Getúlio: manter lei e ordem! Eia! E Joaquim Lindolfo e o Diário de Pernambuco agora chupam dedo. Eu sei que tu és amigo de doutor Assis Chateaubriand e que ele manda bem mandado naquele jornal. E sei que acertastes as coisas com ele antes da liminar.

Na sala, as mulheres dançavam a moda do momento, o Big Apple americano, ao som de "Rockin' the Town", cantada por Betty Allen, disco do selo Brunswick, a relembrarem os passinhos dados por James Stewart e Jean Arthur na última cena do filme *Do mundo nada se leva*, de Frank Capra.

O casamento da filha caçula se desenrolava. E, diga-se de passagem, coronel Ernesto era pai de dez filhos. Seis rapazes e quatro moças, apenas três morando em Confeitaria: Ricardinho, Lúcio e Juliana. Juliana era o xodó do coronel. Menina virgem, prendada, tocadora de piano – que é o que se espera de moça de família. Dizem que foi a única filha que o coronel admitira pensar em participar de fato do casamento. As três outras não viram a cara do pai na festa.

– Filha não foi feita pra sair da casa do pai – dizia coronel Ernesto, quando alguma filha ficava noiva. Ele dava uma de forte, mas estava todo macambúzio por dentro.

No dia do casamento de sua filha Juliana, com a devida licença a João do Valle e Luiz Wanderley, coronel chamou mesmo um sanfoneiro dos bons. No grupo, zabumbeiro, triângulo e um certo Jackson paraibano – ajudante do sanfoneiro, rapazote de seus vinte anos. A festa se deu em maio, mês das noivas, como há de ser. A mãe, dona Letícia, empenhou-se com os quitutes. Não podiam faltar canudinhos de camarão, barquetes de siri com pimentão vermelho, canapés, sarapatel – além, é claro, do jantar com leitão assado, carne de sol à fartura, peru com abacaxi, galinha d'angola, pato e outros assemelhados. E as sobremesas: bolo de rolo, bolo Souza Leão e muitos docinhos, tais quais uvinha, olho de sogra e tantos outros. O bolo de noiva, de frutas, coberto por uma avantajada crosta de açúcar branco, antiga receita da família, repousa entronizado na grande mesa principal. Dona Letícia passa a receita para uma amiga:

– Uma libra de manteiga inglesa, uma libra de açúcar, 12 ovos, três quartos de farinha de trigo, um quarto de chocolate, passas e frutas cristalizadas. Separe a gema da clara, este é o primeiro segredo. Então, comadre, rale o chocolate, bata a manteiga, bem batidinha, junto com as 12 gemas e a libra de açúcar. Bata então as 12 claras. Vá-se misturando então as gemas já batidas com manteiga e açúcar com as claras, aos poucos. A maneira certa é assim: tome ao mesmo tempo uma colher de sopa de clara e outra de farinha de trigo e misture à preparação de gemas. Vá fazendo isso até acabar a clara e a farinha. Depois de tudo bem batido, coloque o chocolate ralado e bote as frutas. Coloque essa massa em seis formas e leve ao forno. Assim que a massa estiver assada, monte o bolo, prepare uma crosta grossa de açúcar por cima. E faça os enfeites de confeitaria que mais lhe agradar.

As mesas, com tantos quitutes, requintados e ineditamente fartos, estão rodeadas por centenas de flores multicoloridas: rosas, muitas rosas, margaridas, lírios – mas principalmente rosas, para imitar a decoração de um concerto de ano novo a que dona Letícia assistira anos atrás no Musikverein de Viena. Tudo estava do lado de fora da casa grande, no extenso gramado à frente da escadaria de entrada.

A celebração religiosa ocorre na velha capela colonial da fazenda. É celebrada pelo bispo de Confeitaria em pessoa. Convidados renomados estão nos velhos bancos de madeira: o juiz, doutor Sepúlveda Alberto Maroni, da comarca de Caruaru, o prefeito de Confeitaria, políticos diversos, intelectuais de renome, toda a gente rica da cidade, mormente os industriais da fábrica Confeito, da tecelaria Sebastião Gaspar e, naturalmente, os outros grandes fazendeiros da região, compadres carnais de coronel Ernesto. Todos acompanhados por suas respectivas esposas. Missa completa: dom Fabiano e os párocos a rezarem e cantarem em latim e os convidados respondendo em tom de ladainha. E, então, todos sorvem a hóstia com fé: doutor Sepúlveda fecha os olhos acirradamente, coronel Ernesto deixa cair uma lágrima. Depois que a missa acaba, a equipe de comadres de dona Letícia chama o povo todo para os comes e bebes. (Em tempo: dizem que o noivo engravidara Juliana antes do casamento, heresia das brabas! Só alguns sabiam da história. Coronel foi à casa do pai do rapaz e colocou uma arma na cara, obrigando-o a levar o filho ao altar. Parecia mesmo um casamento de quadrilha junina. Mas é só um disse-que-disse que virou lenda e que ninguém sabia ao certo se era verdade.)

Assim, depois do casamento religioso, parte-se para o trecho profano. Todos no gramado, o trio com sanfoneiro a se ajeitar, uma música de fundo enquanto isso, o foxtrote "Break-Away" de Jack Hylton e sua orquestra, selo Campbell Connelly & Co, no gramofone instalado próximo à porta principal. A cerimônia é iluminada por tochas que circundam o tapete vermelho central, que liga a escadaria da casa grande à entrada da igrejinha colonial. Vem a abertura do champanhe e uma valsa solene para a dança dos noivos. Vivas e alegrias se descortinam nas falas e nos olhares de todos. O sanfoneiro começa a tocar, gente jovem e gente velha se atracam a dançar.

– Devagar com o andor que o santo é de barro!

Nesse momento, ninguém percebe, mas entra a galope na fazenda um não convidado. Galope ligeiro, cavalo alto e malhado a relinchar como um demônio. Na montaria, um homem raivoso com peixeira na mão. Ele grita, alto e solenemente:

– Vingança por Guará!

É o Curumim, filho do finado cacique. Está aqui, perdido na história, mas ressurge como um anjo exterminador – que vem sem esperar o fim da festa –, diretamente para a mesa em que se encontra o bolo de noiva, coronel Ernesto, dona Letícia, a noiva, o noivo; e, ali do lado, o sanfoneiro e o povo de Confeitaria a dançar *for all*, ou "forró", como já se diz por aí. Lentamente, todos se viram para se deparar com o cavalo célere em rota de colisão. "Morreremos!", pensa um ou outro. Coronel Ernesto percebe a tempo o cavalo estranho, que rapidamente se aproxima:

– Lúcio, que porra é aquilo?

– Sei não, painho. Não é algum jagunço fazendo graça?

– Não quero jagunço fazendo graça no casamento de Juliana! O bicho tá carregando facão e gritando por vingança? Oxe! Não quero nem saber, vou matar o cabra – diz o coronel, retirando do coldre sua pistola e dando um tiro para cima, como um aviso para ver se mantém o invasor longe. O barulho levou toda a jagunçada que estava ali a se aproximar. E o coronel, desesperado, berrava: – Atirar pra matar! Jagunços, a postos!

Feitores e jagunços da fazenda e também de outras propriedades acorrem, vindos de todos os lados, com seus revólveres Colt calibre 38, fuzis ou mosquetões ou mesmo pistolas-metralhadoras Mauser, diversas pistolas Luger Parabellum, uma ou duas submetralhadoras Bergmann e um fuzil-metralhadora Hotchkiss.

– Encalacrem o filho da puta!

A poucos segundos do golpe fatal, que – tudo indica – será desferido no pescoço de coronel Ernesto, gente que nunca disse palavrão desata a falar impropérios, incluindo a noiva, o que transforma a festa elegante em vulgar. Impropérios mil! Dos mais safados aos mais aterrorizantes e aos mais inocentes. Curumim Guará se aproxima endiabrado. Os jagunços se amotinam, trazem suas armas. O Curumim grita:

– Que todos morram!

As espingardas e os revólveres disparam. As balas paulatinamente cortam o ar, em tom supersônico, mas todos juram que viram suas trajetórias na mais lenta das câmeras. Sem cerimônia, cortam a camada epitelial de Curumim Guará, que sente o penetrar de cada projétil. Peles e órgãos lhe são atravessados. Dor! A dor assustadora de balas quentes que abrem e cauterizam. São mais de vinte jagunços, de mais de cinco fazendas, todos atirando ao mesmo tempo. As balas explodem sobre o tecido do jovem índio. As gotas de sangue esvoaçam em balé tal qual fogos de artifício. Fogo! E mais uma saraivada e mais gotas intermináveis de sangue a jorrar sobre convidados e sobre o vestido alabastrino de Juliana. Boa parte das balas acerta o seu alvo. Mas outras escapam, acertam os convidados e convidadas, matam uns e ferem outros. Por incrível que pareça, um jovem convidado vê tudo aquilo e, mesmo assustado, aterrorizado, não consegue tirar da cabeça a canção que lhe acompanha desde o amanhecer, "Whistle While You Work" do desenho "Branca de Neve e os Sete Anões". Cantarola baixinho a melodia enquanto assiste àquela matança espantosa. E Curumim Guará, entrecortado por dezenas de tiros, ainda encontra forças para jogar sua peixeira-espada, que voa em câmara lenta, rodopia pelo ar, raspa na perna do coronel Ernesto, abre-lhe um talho. Por fim, após intermináveis voltas, a faca acerta o chão, fincando-se firmemente. Curumim cai do cavalo. Sua lenta queda tinge todo o gramado de vermelho. Curumim, irreconhecível, torna-se uma massa de carne viva ensanguentada sobre a grama esverdeada.

101 – Cartas para a posteridade: Carta II

Zezé escreveu, através das letras de Valtão, ainda outra carta para a posteridade:

Carta II

Recife, 31 de agosto de 1939

Fui preso alguns meses antes de o cangaceiro Antônio Silvino ser solto por indulto de Getúlio Vargas. Por coincidência, na dança das celas, acabei na mesma cela 35 do raio leste em que o "Rifle de Ouro" esteve. Antônio Silvino é tão rei do cangaço quanto Lampião. E assim o chamavam: "Rifle de Ouro". Depois de passar um tempo na cela 35, me mudaram para uma bem longe e, por sorte, numa bem próxima da de Zé Galo. Foi naqueles tempos em que fiz amizade com ele, homem que me ajudou tanto e a quem devo minha vida. Agora fui julgado e nem sei quando saio daqui. Nem sei se saio vivo. Os capangas dos coronéis da minha terra também foram presos e acusados. Mas eles, todo mundo sabe, são peixe pequeno, bois de piranha, bodes expiatórios. Hipócritas, os poderosos dirão que se fez justiça. Eu, por ser acusado de subverter e atentar contra a ordem pública. Silvino e Valdir, jagunços das fazendas de Confeitaria, por serem os "autores" do assassinato do cacique Guará. Fomos julgados os três ao mesmo tempo. Eu, depois de três anos de espera. Eles, três meses depois de presos. Segundo consta no parecer do juiz, a sentença foi grande. Eu recebi quinze anos de prisão; eles, vinte e cinco cada. Não sei se, depois, essa pena será diminuída. Doutor Valter diz que sim. E que Silvino e Valdir bem que podem ficar menos tempo ainda do que eu. O joguinho de cartas marcadas de sempre. Quanto à sentença, fui condenado a ficar aqui nesta Casa de Detenção de Santo Antônio do Recife. Eu, subversor da ordem, sou até hoje confundido com os comunistas que chegavam à cadeia quase todo dia. Entre eles, havia uns que tinham sorte, bem apessoados, filhos de gente importante, pagavam multa de 500$000 réis e já eram soltos. Mas o destino de muitos, e o meu em particular, não têm dinheiro ou influência para esperar por algo diferente da indiferença. Quanto a Silvino e Valdir, logo depois do julgamento, foram para a cadeia pública de Caruaru. E ali, logicamente, ficaram sob os auspícios de doutor Sepúlveda e sob a rédea curta do próprio coronel Ernesto. Nós três, condenados ao mesmo tempo. E eu, Zezé, tão diferente daqueles outros dois. Nunca cometi crime na vida e só fiz ajudar todo mundo. Eu, que sou preto e troncho, fui rapidamente preso por protestar contra a injustiça do mundo. Ainda tento entender por que estou preso. Nunca matei ninguém. Bem ao contrário daqueles dois. Aqueles, Virgem Maria, ninguém há de saber quanta gente perdeu a vida em suas mãos, quanto sangue eles derramaram. E, se alguém tem ideia de um número, provavelmente já perdeu a conta. Ainda lembro do dia do julgamento de nós três. Eu ali era o único preto. Silvino, meio caboclo; e Valdir, branco que só leite de cabra, uns olhos verdes, verdes. E não tenho nada em comum com aqueles dois. Talvez tenha. Agora lembro: no tribunal, enquanto o juiz lia a sentença, percebi que, de fato, havia algo que nos unia: a nossa barba crespa, a nossa cabeleira preta desengonçada e o nosso sobrenome. "Da Silva". Sim, o nosso sobrenome: "da Silva".

Zezé

102 - Arruando pela rua Nova II

– Esse bicho ruim é um filhote de aratana.

– O que é aratana?

– Não sei e nem quero saber – diz Mariquinha sobre o sapato apertado que lhe aperta o dedão.

"Macaxeira, inhame, cará e batata doce!", grita o caboclo desdentado na esquina da rua da Palma com a rua Nova. Bonecos de Vitalino, vindos diretamente de Caruaru, testemunham o vaivém de gente saindo e entrando de lojas e magazines. No meio das gentes, andando por entre o tumulto, estão dona Laura – esposa de doutor Sepúlveda –, Mariquinha e sua cunhada Jucélia. Arruam pela rua Nova como há de ser naquele fim de tarde de sábado ensolarado de alegria e lazer. "Olha o cavaquinho! Quem quer cavaquinho?", exclama a vendedora ambulante, oferecendo seus quitutes, em especial aquele beiju de massa fina cilíndrica, crocante e adocicada.

Mariquinha vai com as meninas para uma tarde de cinema, quer ver todos os filmes em cartaz. Já viram um, agora estão fazendo hora para ver o próximo. Param na frente da Confeitaria Fênix. Mariquinha agora é doceira de mão cheia e vende oficialmente o bolo de rolo que está nas vitrines das principais confeitarias do Recife. Olha com orgulho sua obra de arte. Suas amigas tecem comentários de admiração. Depois continuam a arruar em direção à Igreja do Santíssimo Sacramento de Santo Antônio.

– Quero uma semana inteirinha de Recife e cinema, e só voltar a Confeitaria de hoje a oito – comenta Mariquinha, a sorrir enquanto discorrem sobre o último filme assistido, *O Mágico de Oz.*

– Um filme lindo e estranho ao mesmo tempo – comenta Jucélia.

– Aposto que aqueles *munchkins* estavam bêbados e que a pele daquele leão de mentira era de verdade – diz dona Laura Maroni, rindo-se à vontade.

– Atores bêbados, com pirulitos de criança na boca, dançando ao redor de uma bruxa morta. Nunca vi filme mais doido!

Ao se aproximarem da Igreja de Santo Antônio, observam as construções de altos prédios, edifícios que se erguem ao longo do centro da cidade.

– Eis o futuro do Recife! – exclama Mariquinha, erguendo a palma da mão, como a apresentar um cenário imaginário lotado de arranha-céus.

Arruam por outras ruas da cidade, bebem coalhada na Fênix e depois entram no Cine Royal para ver a novidade do momento, *E o Vento Levou...*, o primeiro filme totalmente em cores. Lá dentro, os sinos tocam e surgem os títulos de abertura, "*Selznick International in association with Metro-Goldwyn-Mayer*", e a música de Max Steiner se erguendo em alto volume, grandiosa.

– Menina, que arrepio danado que essa música dá! – comenta Mariquinha no ouvido de Jucélia.

– Dá vontade de chorar – responde a amiga.

Lá fora, naquele mesmo instante, a rua Nova, alvoroçada, testemunha as andanças de ricos, as sorveterias lotadas e o menino do jornal, que grita alto e estridente aos quatro cantos:

– Extra, extra! Hitler invade a Polônia! Começou a guerra!

Epílogo

Fim de tarde árido de limite de Agreste com Sertão, de asas brancas que se aglutinam e de andorinhas que, rápidas, chegam do Sul rumo aos arrabaldes do Norte para fazer verão. "Tarde perfeita", pensa o coronel. "Meu avô, que foi pistoleiro pobre, ganhou dinheiro matando. Agora sou rico e *chic*", pensa consigo mesmo. Olhares rápidos e ele, claramente, entende que tudo está resolvido. Fala mansa e arrastada, voz gutural e grave, poder de fala inigualável – além, é claro, de astúcia na vida: não há nada do que precise além disso. Isso é o que imagina ao acender o seu Partagas Cifuentes.

– Doutor, só tenho a dizer que o senhor é uma estrela do direito. Peça o que quiser. Tudo o que quiser.

– Viva, compadre! Sem exageros, por favor. O que posso dizer é que vossa mercê é um garanhão da política. Alguém ousará dizer que há um futuro em Confeitaria sem o senhor?

Coronel Ernesto cruza as pernas com galhardia e olha para o alto com orgulho. Pensa que ele não abandonará seu trono de caolho em terra de cego. Nunca irá para o Recife ser rentista, ganhar dinheiro mas não ter poder. Então, ele se levanta e aproxima-se do juiz, que está admirando o mato seco infinito, enquanto a fumaça do charuto se dispersa.

– Eita, que aroma bom! Sempre esqueço e só relembro quando o doutor volta aqui para nos visitar. Pode pedir mesmo, o que quiser. O doutor bem sabe o que está à sua disposição.

– Aquela casinha na Avenida Boa Viagem...

– Só isso? Oxe, compadre, pense mais alto! A doutor Luiz, que foi só um peão, dei coisa muito mais cara. Ele, que podia ter atrapalhado, ficou quietinho e se contentou com carro novo e ex-casa de senhor de engenho na avenida Rosa e Silva. Doutor Luiz Zago, eita, cabra confuso! No fim, pra não se chamuscar na cidade, o cabra abandonou aquele pretinho que tá lá na cadeia do Recife e esqueceu que, um dia, já existiu índio em Confeitaria. E o bicho ainda é meu padrinho de maçonaria. Já pensou? Eita que tá tudo nos conformes. Doutor Sepúlveda, meu amigo, escolha um item de rei. De rei, por favor.

– Esse Zago... um que predica mas não pratica... ele vem ao casamento?

– A essa altura, ele nem quer me ver e eu nem quero vê-lo. Mas deixemos Zago de lado e diga-me o que importa: queres casa, queres mansão, queres carro?

— Uma mansão na praia de Maceió, que tal? E também continuo fechando os olhos para a lavagem de dinheiro, aquela do leite que não existe, na tua fazendinha de mentira em Caruaru. O que achas?

Coronel ajeita o largo chapéu panamá, limpando as poeirinhas do terno branco de linho, bigode e fumaraça se mesclando em uma mesma silhueta. Os olhos verdes olham maliciosamente para o juiz de alto a baixo.

— Oxe, fique logo com as duas... pronto. Fica assim, casa na praia de Boa Viagem e mansão na praia de Jatiúca, em Maceió. Feito?

— Amém, feito! Voltemos mais tarde para beber o resto dessa garrafa de Macallan. E, não esqueçamos, o bolo de noiva será acompanhado do licor das freiras, certo?

Em seguida, o coronel retorna ao casamento para entregar a noiva ao seu novo dono. O sol se pôs e o bacurau já canta canções estridentes e meio roucas. E, enquanto se aproxima do centro da festa, ali fora, no gramado na frente da casa grande, ele olha para o céu escuro e nota a coruja fugidia que por ali voa e estrelas cadentes esverdeadas e potentes. "Que noite linda!", pensa. Ele não tem noção, mas aquelas estrelas cadentes são os mesmos meteoritos condritos que caem em penca ao redor da cidade, vendidos a preço que parece alto, mas na verdade é preço de banana diante daqueles valores comercializados nos leilões da Christie's de Londres.

A coruja voa, voa. Dedica o seu olhar estrigiforme, do alto de sua onisciência noturna, ao testemunho de dor e confusão que logo se formará com os tiros e gritos a se lançarem lá daquele gramado de fazenda. Índio morto, sangue no chão. Diante de tais lamentos, ela pia. "Aqueles são os seres humanos", pensa a coruja, "lindos, singulares, perversos. E também espertos, mas que nada sabem sobre a alegria de voar junto à lua e às estrelas".

Este livro não seria possível sem o auxílio de pessoas incríveis, que contribuíram com sugestões, leitura, revisão e releitura. A parceria excepcional com Paula Grinko Pezzini agregou tempero, vivacidade e correição à obra. As conversas com Alvacir Raposo e Túlio Feliciano deram motivação para seguir adiante com várias ideias e detalhes específicos contidos no texto. Sou eternamente grato a Raimundo Carrero por se colocar à disposição para fazer uma leitura do manuscrito, a Ritchielli Schröder por ouvir e conversar sobre o nascimento de muitas das ideias contidas no livro, a Rita dos Anjos por sugerir ideias e estratégias e a Eloísa Manoele por fazer a leitura crítica desde os primeiros esboços. Agradeço muitíssimo a toda equipe da Arte & Letra, principalmente a Thiago Tizzot, pela atenção, pela ajuda em todas as etapas da editoração e pelas muitas trocas de ideias sobre o processo de publicação. Minha família, José, Diana, Cláudia, Flávio, Fábio, Mariana, Guilherme, Lucas e Gabi foram grandes e excelentes incentivadores deste caminhar literário. Agradeço ainda a J. Borges – este inefável e excelente artista de nosso Nordeste, de nosso Brasil –, que se dispôs a ouvir a história do livro e produziu a linda arte que compõe a capa da obra.

Sobre o autor

Carlos H. Coimbra nasceu em Recife, Pernambuco, em 1976. Filho de pais comerciantes, mudou-se de pequeno para a cidade de São Paulo, voltando para o Recife aos 11 anos de idade. Desde criança tem se interessado pela multidisciplinaridade agregadora entre ciência, filosofia, arte e literatura. Além de escritor, tem formação nas áreas de física e astronomia. Entre os anos 2003 e 2009 desenvolveu trabalhos científicos nas universidades de Cambridge (Inglaterra), São Paulo (USP), Campinas (Unicamp) e Barcelona (Espanha). Atualmente mora em Palotina, Paraná, onde é professor e pesquisador da Universidade Federal do Paraná. Desde 2011 tem desenvolvido projetos literários, entre eles o seu romance-ensaio de estreia "Os Inusitados Diálogos Purgatórios de Frei Savonarola e Leonardo da Vinci", publicado pela Arte & Letra-Cajarana e também contos e poesias, publicados pela Editora Trevo. Com "Catimbó Caboclo", da Arte & Letra, ele retorna a suas raízes pernambucanas, expressando no papel muito do que ouviu ou vivenciou a partir de suas viagens por Recife e pelo Sertão Pernambucano.

ESTE LIVRO FOI PRODUZIDO NO LABORATÓRIO
GRÁFICO ARTE & LETRA, COM IMPRESSÃO EM
RISOGRAFIA E ENCADERNAÇÃO MANUAL.